HEYNE <

Zum Buch

Eine Pornoproduktionsfirma als letzte Möglichkeit für ein entspanntes und unangepasstes Leben – das ist die Ausgangssituation in *The Cocka Hola Company*. Die Helden des Romans sind sexbesessen oder impotent, süchtig oder abstinent. Aber sie haben ein gemeinsames Ziel: sich der herrschenden Konsenskultur zu entziehen. Es ist eine ziemlich verrückte Truppe, die es mittels der Pornoproduktionsfirma Desirevolution geschafft hat, sich an der schmuddeligen Kehrseite des aufgeklärten Bewusstseins einzunisten. PapaHans, der väterlich die Fäden zieht; Simpel, sein Compagnon, impotent und mit einer unglücklichen Liebe zum Intellekt; Casco und Tiptop, die »stimmungsneutralen« Pornodarsteller; Ritmeester, der gestrenge Pornoideologe; Eisenmann und Speedo – alle vereinen sie der Zorn auf die herrschende »Normalitätsparanoia« und der Wille zu einem Leben in Freiheit. Während sich Ritmeester in seiner Kleinstwohnung der Isolation verschreibt, hat sich Speedo einem Zwangsalkoholisierungsprogramm unterworfen und führt Simpel seine misanthropischen Aktionen gegen alles durch, was ihm missfällt – und das ist fast alles von der guten Nachbarschaft über den öffentlichen Verkehr bis zum Tourismus.

Eine bitterböse und gleichwohl herrlich unterhaltsame Satire auf die Abgründe der Konsensgesellschaft.

»Das ist schon sehr komisch. Wie überhaupt dieser Roman bei aller Misanthropie und Schlechtgelauntheit vor burlesker Komik fast aus den Nähten platzt.« *junge Welt*

Zum Autor

Matias Faldbakken, 1973 geboren, Sohn des berühmten Schriftstellers Knut Faldbakken, lebt in Oslo als bildender Künstler. Veröffentlichte unter dem Pseudonym Abo Rasul in Norwegen die heftig umstrittenen, später dann gefeierten Romane *The Cocka Hola Company* sowie *Macht und Rebel*. Matias Faldbakken zählt zu den bedeutendsten skandinavischen Gegenwartsautoren.

Lieferbare Titel

Macht und Rebel

Matias Faldbakken

The Cocka Hola Company

Skandinavische Misanthropie

Aus dem Norwegischen von
Hinrich Schmidt-Henkel

WILHELM HEYNE VERLAG
MÜNCHEN

Die Originalausgabe
THE COCKA HOLA COMPANY
erschien 2001 bei J. W. Coppelens Forlag s. a.

Verlagsgruppe Random House
FSC-DEU-0100
Das für dieses Buch verwendete
FSC-zertifizierte Papier *München Super*
liefert Mochenwangen.

6. Auflage

Taschenbucherstausgabe 04/2005

Printed in Germany 2008
Umschlagillustration: Chrish Klose
Umschlaggestaltung: Nele Schütz Design, München
Druck und Bindung: GGP Media GmbH, Pößneck

ISBN: 978-3-453-40052-8
http://www.heyne.de

Figuren

PAPAHANS 61, väterlicher Kopf des DESIREVOLUTION-Konzerns, Pornoproduzent, graue Eminenz und Geldverwalter

SONJA Pornoproduzentengattin und Jüngerin der Hochkultur

CASCO 31, beider wohlgeratener Sohn, hauptberuflich Pornodarsteller

TIPTOP 31, Cascos Kollege und fast sein Doppelgänger; beide kommen sich unverhofft nahe

SIMPEL 40, mit PapaHans Gründer des Konzerns, heckt allerlei anarchische Projekte aus

MOTHA Simpels Frau aus Sansibar, Porno-Darstellerin und durch nichts aus der Ruhe zu bringende Mutter

LONYL 7, verhaltensgestörter, vernachlässigter Sohn von Simpel und Motha, carpaccioabhängiger Filzschreiber-Tagger

RITMEESTER Pornoideologe, DESIREVOLUTION-Theoretiker, in selbst gewählter sozialer Isolation lebend

EISENMANN Requisiteur und Mädchen für alles: einer, der rennen kann, wenn er muss

SPEEDO Ex-Abstinenzler, jetzt freiwillig zum Zwangsalkoholiker verpflichtet, Sohn von

GÖRAN PERSSON gut 70, Waschmittelproduzent, hofft verzweifelt, seinen Sohn in die Normalität zurückzuholen

DR. BERLITZ Schulpsychologe, Erzfeind Lonyls wie auch jeglicher Form von Graffitis

MONICA B. LEXOW seine Frau, Textildesignerin, Faszinationsjunkie, Zielscheibe eines Simpel-Projekts

ROBERT JEGLEIM Fernsehredakteur, eröffnet Simpel die Macht der Medien

PERNILLE die kleine Unbekannte, bringt einen dicken Stein ins Rollen

IM STUDIO VON DESIREVOLUTION
(Zwei Wochen vor dem Infomeeting)

Tiptop improvisiert munter drauflos:

– Yeah, baaaaby, c'mon Horatia, suck that dick, suck it, c'mon, give head babe, give us some head now, oooh, that's it babe, yeah, that's it …

Tiptop und Casco knien im Visier von drei DV-Kameras jeder an einem Ende von Horatia. Tiptop vorn, Casco hinten. Casco und Tiptop haben sich auf dem Dreh noch nie in die Augen gesehen, trotz ihrer langen Zusammenarbeit. Aber jetzt ist es gleich so weit. Horatia bewegt sich konzentriert auf allen Vieren wie ein Schaukelpferd vor und zurück; wenn Casco aus ihr rausgleitet, gleitet Tiptop rein und umgekehrt. Die beiden (Casco und Tiptop) sehen aus wie die Enden einer Gardinenstange, auf der Horatia hin- und hergeschoben wird. Tiptops Blick wandert von Horatias Nacken zu ihrem Hinterteil. Der helle Streifen vom Solarium sieht aus, als hätte sie einen milchweißen Tanga an. Tiptop sieht diesen Streifen gern. Ihre Schinken erbeben jedes Mal, wenn sie gegen Cascos Beine klatschen. Tiptop hebt den Blick und sieht Casco ins Gesicht. Casco starrt Tiptop schon an. Sein Blick ist fast streng.

Es ist verflucht heiß unter den ARRI-Lampen. Tiptop schaut an sich hinunter. Sein Bauch glänzt schweißnass, er glänzt wie aus Bronze gegossen. Horatias Lippenstift ist fast an seiner Schwanzwurzel. Er blickt wieder auf. Cascos Augen stehen da wie Fixsterne, blank, flackernd. Normalerweise würde Tiptop den Blick abwenden, aber jetzt passiert irgendwas. Er erwidert Cascos starren Blick. Cascos Augenbrauen hängen voller Schweißtropfen, sein Mund ist halb geöffnet. Er atmet schwer. Tiptop lässt den Blick an Casco niedergleiten und sieht, wie sein Oberkörper sich jedes Mal strafft, wenn Horatia zustößt. Cascos Gesicht ist unverändert. Er schnauft mit offenem Mund. Tiptop sieht, wie breit und hammerhart der Schaft von Cascos Schwanz ist. Horatia schwingt vor und knallt wieder zurück. Cascos Schwanz bewegt sich wie eine glänzende Schiene in sie hinein und aus ihr heraus. Tiptop blinzelt und schluckt. Er spürt genau: Gleich passiert etwas Verrücktes.

– Cool bleiben, denkt Tiptop, du bist ein Profi, was ist das, verflucht nochmal, was geht hier vor? Was geht hier vor, verfluchte Scheiße? Cool bleiben, Tiptop, nicht ablenken lassen, cool bleiben, du ARBEITEST.

Sein Hirn wummert, es ist heiß, er spürt Gänsehaut auf den Beinen und im Nacken, seine Zähne kribbeln. Tiptop wird schwarz vor Augen, er verliert die Kontrolle.

– 69! kommandiert er und zieht sich mit einem Schmatzer aus Horatias Mund zurück.

Er wirft sich vor ihr auf den Rücken und kriecht Kopf voran zwischen Horatias Armen und unter ihrem verschwitzten Bauch hindurch bis zwischen ihre Beine. Casco zieht seinen Kolben ebenfalls heraus, voller Respekt vor Tiptops Gefühl für den Rhythmus eines Takes, voller Verständnis für die breit gefächerten Stellungsmöglichkeiten und voller Gefühl für die Gefühle nackter Männer auf der heimischen Auslegeware vorm Videogerät. Doch bevor er, Casco, sich von den Knien erheben kann, um sich in Horatias Drittloch einzufädeln, Horatias Hintertür (damit Kamera 1 bessere Sicht hat und Tiptops Mundarbeit besser ausgeleuchtet wird, aber auch um der Variation willen), da gelingt es Tiptop, auf dem Rücken liegend und mit einem Schwertschlucker gleich zurückgelehntem Kopf, sich Cascos gesamte Stange, die in einem Winkel von ca. 90 Grad zwischen Horatias Beinen wippt, in die Kehle zu rammen. Er stützt sich auf der Matratze ab, und schon ist Cascos Keule ganz und gar in seinem Gesicht verschwunden. Die reinste Meisterleistung: Einzig die pechschwarze Zoolou aus THROATIES und einige wenige andere Schauspielerinnen verfügen über eine Atemtechnik, die so was erlaubt. Aus seiner liegenden Position, Cascos Skrotum über der Nasenwurzel, die Eier sozusagen als Brille, beobachtet Tiptop kopfüber den Herrn Produzenten (PapaHans) sowie den Herrn Regisseur (R-Peter), die mit übergeschlagenen Beinen und mehr oder weniger desinteressiert jeder auf seinem Stuhl sitzen. Eins-zwei-drei-vier, zählt Tiptop. Cascos Eichel stampft weit hinter seinem Zäpfchen auf und ab.

Fünf-sechs-sieben; der Herr Regisseur stellt die Kaffeetasse hin, acht-neun-zehn, der Herr Produzent schaut von etwas auf, das so tut, als wäre es ein Drehbuch. Sie sperren die Augen beziehungsweise den Mund auf. Horatia hat ihre Mundarbeit wieder aufgenommen, ahnungslos, was zwischen ihren Beinen vorgeht. Sie gräbt ihre langen, künstlichen, rosa glänzenden Fingernägel in Tiptops rosinengleiche Sackhaut und kratzt ihm mit der anderen Hand das *nomansland* (den Bereich zwischen Skrotum und Anus). Sie senkt den Kopf über seinen Schwanz, hebt ihn langsam und lässt ihn erneut sinken. Tiptop zieht sich alles zusammen. Er mag so erfahren sein, wie er will; er kann sich unmöglich länger zurückhalten. Horatia spielt mit der Zunge an seiner Eichel. »Here we go, here it comes, here I coooome!«, denkt Tiptop. Er versucht, mit dem Ruf CAM 2 CUMSHOT! CAM 2 CUMSHOT! die Aufmerksamkeit von Kamera 2 auf sich zu ziehen, aber er kriegt nur KHANG KHU KHANGHAH! KANK KHU KHANGHAH! heraus (eher das Lallen eines zurückgebliebenen Koreaners, da er sich vor dem Ausruf nur ungefähr die Hälfte von Cascos Keule aus dem Hals hat ziehen können). Auch Casco, dessen Ständer seit gut einer halben Minute tief im Hals seines Kollegen steckt, ohne dass er es bemerkt hätte, kommt jetzt zu sich und blickt an sich hinab. Seine großen, lasziven Augen ruhen eine Sekunde oder zwei auf Tiptops Kinn, bis ihm aufgeht, was da läuft. Er stößt einen Ruf aus: »FUCK!«, Horatia hebt den Kopf und dreht sich um, neugierig, welche Zwiesprache da zwischen ihren Beinen geführt wird.

Und in derselben Sekunde schießt Tiptop seine 20 000 000 potentiellen Nachkommen scharf an ihrem Gesicht vorbei, das doch nach § 10a) der DESIREVOLUTION-Regeln das eigentliche Ziel gewesen wäre, hinaus in den leeren, von den ARRI-Lampen hell erleuchteten Raum.

DONNERSTAG, 10. DEZEMBER
(Ein Tag vor dem Infomeeting)

Tiptop steht im Al Mafar's und kratzt sich ungefähr auf der Höhe des türkischen Gebäcks im Schritt, während er bei Fazil einen darmbakterienglasierten Börek bestellt. »Hi, Tiptop«, hört er hinter sich und spürt in der Erinnerung umgehend Cascos Penis in seiner Kehle. Daher bringt er erst ein ersticktes Räuspern heraus, bevor er antworten kann: »Hi, Casco.«

Casco ist auf die Straße gegangen, um seine Mutter anzurufen, aber unterwegs hat ihn Fazils fehlerhaft buchstabiertes Börek-Schild abgelenkt. Er fühlt sich irgendwie verpflichtet, eins der Münztelefone an der Ecke zu verwenden, seitdem Simpel – der definitive Wortführer des DESIREVOLUTION-Konzerns – bei ihrer letzten Begegnung zu ihm gesagt hat:

– Verdammte Scheiße, bald gibt es verflucht nochmal kein einziges Münztelefon mehr, aber ich weigere mich, eine Scheißtelefonkarte zu kaufen, solange ich nicht in der Ecke liege und vor lauter beschissener Telefoniernot aus dem Arsch blute.

Simpel hat nicht bemerkt, dass etliche Kombi-Automaten sowohl Karten als auch Münzen annehmen. Er kann es nicht ab, dass es ständig Veränderungen gibt und dass zugleich ewig alles derselbe uralte langweilige Scheißdreck bleibt. Veränderungen sind Scheiße, und Wiederholung ist genauso Scheiße, verflucht nochmal.

Casco und Tiptop, beides glückliche Männer, geben sich vor der Börektheke die Hand. Sie schauen einander nicht in die Augen, aber sie lächeln. Sie haben sich seit dem THE COCKA HOLA COMPANY-Dreh weder gesehen noch gesprochen. Casco sieht gut aus. Nicht hübsch auf die dämliche Tour, er ist *richtig* hübsch. Große, schläfrige Augen und schwere Lider. Er ist einer von den Typen, die derart gut aussehen, dass man nicht weiß, tragen sie das Haar nach vorn gekämmt oder nach hinten.

Tiptop erzählt, dass er gerade aus dem Kino kommt. Er hat einen Film mit dem Titel KENDALL, YOU'RE BEING VIDEOTAPED gesehen. Casco weiß, dass das gelogen ist – keine schwerwiegende Lüge, aber dennoch eine Lüge –, denn Simpel hat ihn, Casco, in diesen Film eingeladen, in die erste Vorstellung des Tages, und die ist nachher um 19.30 Uhr. Jetzt ist es erst 18.45 Uhr, Tiptops Pech. Casco kann sich durchaus vorstellen, dass Tiptop den Film beispielsweise gestern Abend gesehen hat, er bezweifelt gar nicht, dass Tiptop ihn gesehen hat, nein, nur heute kann er ihn noch nicht gesehen haben. Casco weiß, dass Tiptop sowohl höflich als auch ein bisschen nervös ist und entschuldigt ihn – vor sich, Casco – damit, dass sein Gewissen (mehr eine Art soziale Neurose als ein Gewissen) ihn dazu bewogen hat, ein kleines Stückchen Wahrheit zu opfern, damit der Smalltalk in Gang kommt; es ist ja nun nicht ganz von der Hand zu weisen, dass Tiptop seit ihrer letzten Begegnung noch einige offene Fragen zu beantworten hat. Da ist eine Notlüge zwecks Smalltalkförderung nicht so schlimm. Und worüber ließe sich besser Smalltalk führen als über Filme? »Verdammt, es ist inzwischen leichter, über Filme zu reden als übers Wetter«, denkt Casco. Tiptop gibt dem Affen richtig Zucker. Er tut so, als wäre seine Begeisterung über den Film noch ganz jung und frisch und als wäre es ihm ein dringendes Bedürfnis, darüber zu reden. Casco hat irgendwo das Plakat zum Film gesehen. Der Titel ist mit verschiedenen Buchstaben geschrieben, als wären sie aus Zeitungen ausgerissen wie in einem Erpresserbrief. Tiptop erzählt drauflos, Casco erhebt keine Einwände, obwohl er den Film in einer Dreiviertelstunde selber sehen will. Er denkt, am besten, er sorgt dafür, dass Tiptop nicht noch nervöser wird, als er ohnehin schon ist.

Laut Tiptop geht es in dem Film um Folgendes: John Kendall, die Hauptfigur, arbeitet irgendwas Technisches in einem komischen Gebäude mit irgendeinem Logo auf dem Dach. In den ersten zehn Minuten des Films wird ausführlich vorgeführt (so, wie er »ausführlich« sagt, zeigt Tiptop, dass er eigentlich »überdeutlich« meint), was für ein konventionelles und ziemlich langweiliges Leben Kendall führt. Zur Arbeit fahren, nach Hause fahren, Frau ohne Pep, ein paar kleine Mädchen, die »Daddy!« rufen, wenn er nach Hause kommt, Haus, Supermarkt, Parkplatz, Verkehrsstau. Nichts Besonderes. Aber eines Tages bekommt er einen anonymen Brief, in dem steht: KENDALL, YOU'RE BEING VIDEOTAPED. Konventions-Kendall begreift nicht, was das soll. Per Voice-over hört man seine Gedanken: »Hmm, wer um alles in der Welt sollte schon daran interessiert sein, mich aufzunehmen? Ich mach doch nichts, was eine Überwachung rechtfertigen würde?« Nach einiger Zeit kann er sogar das kleinste Alltagsritual nur noch so vollführen, dass er sich die jeweilige Situation auch auf der Titelseite der verfluchten New York Times vorstellen kann. Und so bleibt es. Tiptop erzählt, er hätte die ganze Zeit auf eine Auflösung oder Entwicklung gewartet. Aber beides, Auflösung wie Entwicklung, ist ausgeblieben. Es wird keine Erklärung für den Brief geliefert. Kendall verrennt sich ganz von selber in eine Normalitätsparanoia, die sein Leben zu einer viel schlimmeren Hölle macht als zuvor.

Wie sich herausstellte, ist das so ein Film, den der Zuschauer selbsttätig weiterdichten muss, anders gesagt, einer von billigster Machart. Ein Film, der Einfühlung verlangt. Aber wer zum Teufel geht denn ins Kino, um selber loszufantasieren? Tiptop erzählt, dass die ersten Leute nach einer halben Stunde gingen und er am Ende allein im Kino saß. »Die Scheißgeduld von den Leuten ist so was von verflucht kurz geworden«, sagt er mit Worten, die gegen den Wind nach Simpel riechen. Casco betrachtet die weißen Zähne seines Pornokollegen, er ist es langsam scheißleid, ihn Simpel nach dem Munde reden zu hören. Und er denkt über seine eigene Fähigkeit nach, sich in einen Einfühlungsfilm einzufühlen. Aber egal wie, er wird ihn sehen, hauptsächlich, weil er nie ein Angebot von Simpel ausschlägt, ob es nun um einen Kinobesuch geht oder um sonst was.

Gestern (Mittwoch, 9. Dez.) hat unten am Empfang von DESIREVOLUTION auf einem roten Zettel eine Nachricht von Simpel für ihn gelegen. Folgendes hatte Frl. Oppenheim mit Filzer auf den Zettel buchstabiert:

ANRUF VON SIMPEL: CASCO, SIMPEL ANRUFEN.

Frl. Oppenheim hat strengste Anweisung von PapaHans (dem Geschäftsführer und Produzenten von DESIREVOLUTION), die Schauspieler nicht das Empfangstelefon benutzen zu lassen. (»Unser Unternehmen ist ein Low-Budget-Kosmos«, hatte PapaHans gesagt, »wir müssen sorgsam mit dem Geld umgehen, wenn unterm Strich ein Plus bleiben soll.«) Also hat Casco die Produktionsstätte verlassen und ist ein paar Blocks weiter zum erstbesten Münztelefon gegangen. Simpel überraschte ihn, indem er genau ein halbes Klingelzeichen brauchte, bis er abnahm.

– Simpel.
– Casco.
– Lange her, Casco. Scheiße, gut, dass du anrufst, Casco (wenn Simpel von dem Zwischenfall bei der THE

COCKA HOLA COMPANY-Aufnahme wüsste, würde er das jetzt erwähnen. Simpel scheut sich nie, die unangenehmsten Dinge auf den Tisch zu legen), saaaaaugut, dass du anrufst, wir beide gehen nämlich morgen ins Kino, du und ich, ich hab einen Film entdeckt, in dem es um MICH geht …

– Aha.

– … und um DICH, Casco. Der Film geht um mich, und er geht um dich, er geht um unsere ganze Bande, Casco. KENDALL, YOU'RE BEING VIDEOTAPED. So heißt er. Hast du so was schon mal gehört? KENDALL, YOU'RE BEING VIDEOTAPED. Da krieg ich Gänsehaut von, Casco, das trifft doch voll ins Scheißschwarze, Mann. Morgen, halb acht. Im FILMPALAST.

– In Ordnung. Ich hab Zeit.

– In Ordnung. Ich hab Zeit. (Simpel äfft ihn nach). Das musst du auch, verdammt nochmal, Casco, das hier ist was, das man nicht verpasst, nur weil man irgendeine Scheißverabredung hat. Klar? Geschnallt?

– Wenn ich etwas Wichtiges vorgehabt hätte, hätten wir aber vielleicht an einem anderen Tag gehen können …?

– Da sei dir bloß nicht so scheißsicher, Casco, hör auf zu winseln, verflucht nochmal, ich rede von einem guten Film, du weißt genauso gut wie ich, wie das mit guten Filmen ist, die kommen beim großen Publikum nicht an, ja, das hier ist ein Film, der *Teilnahme* verlangt, und du weißt genauso gut wie ich, wie scheißträge die Leute sind, wenn es um Teilnahme geht, die Leute wollen alles intravenös reingedrückt kriegen, Casco, die haben keine Lust mehr, was zu kauen, *smack me up*, ja, und du weißt genauso gut wie ich, dass der Film heute schon wieder aus dem Programm genommen werden könnte, wenn ich nicht zwei Karten für die Vorstellung morgen um halb acht bestellt hätte, eine für mich, Casco, und eine für dich. Ich kann mir nicht helfen, Casco, ich mach mir echt Sorgen wegen deiner beschissenen Einstellung, ich mach dir hier ein echt qualitätsvolles Angebot und dein ganzer scheißverfickter Dank ist, dass du rumzögerst.

– Schon in Ordnung, ich hab ja gesagt, dass ich Zeit hab, kein Problem.

– Ich hab ja auch gar kein Scheißproblem, Casco, das Problem PIEP ist, dass die Leute PIEP sich für allen möglichen PIEP Scheiß engagieren, und das PIEP bedeutet doch dass PIEP …

Simpel ist jederzeit über sein BOSCH-Handy zu erreichen, aber das ist natürlich enorm teuer. Simpel aus der Zelle anzurufen, ist fast genauso ärgerlich, wie die Scheißauskunft aus der Zelle anzurufen. Eigentlich scheißt Casco darauf, was es kostet, aber es ist physisch unmöglich, schnell genug Münzen nachzuwerfen.

(Zurück im Al Mafar's).

Casco kann sich unmöglich vorstellen, dass Tiptop auf einmal zum Homo geworden sein soll, wie er ihn so sieht mit seinen weißen Zähnen vor Fazils Börek-Theke. Und es ist genauso unmöglich, dass Tiptop nicht mehr weiß, dass Cascos Eichel sich vor knapp zwei Wochen tief hinter seinem Zäpfchen befunden hat. Fazil seinerseits denkt nichts Besonderes, als er Tiptop den Börek mit Spinat und Feta über den Tresen reicht.

– Ich nehm auch einen, Fazil … und gib mir bitte Kleingeld raus, ich muss meine Mutter aus der Zelle anrufen, sagt Casco.
– Bitte, bitte, sagt Fazil, – … wie gett ihr und PapaHans so? Alles wie sein soll?
– Ja, denke schon, sie wollen über Weihnachten wieder so 'ne Rundreise machen. Ich bin irgendwann die Tage mal zum Essen bei ihnen … Meine Mutter will mir auf Teufel komm raus ihre Reisepläne erzählen … wann und wohin und so …
– Mal wieder eine Kulturtour? Tiptop versucht tapfer, ironisch zu sein.
– Kültürtür?, sagt Fazil und lacht laut über sich selber. Casco lacht nicht. Tiptop erstickt ein Gähnen und Casco wartet zwei Sekunden, ob Tiptop noch so eine dumme Bemerkung à la Simpel bringt, aber als nichts kommt, redet er weiter.
– Ja, wieder mal eine Kulturtour nach Mitteleuropa. Stimmt. Keine Scheißahnung, wohin. Aber das kriege ich bald zu hören. Wie immer in Museen und so Zeug.

Was Casco nicht sagt: Das mit den Museen ist nur die halbe Wahrheit. Eigentlich sucht nur Sonja, Mutter des Pornodarstellers Casco und Gattin des Pornoproduzenten PapaHans, die Museen auf. Während Sonja im Museum vor den alten Schinken sitzt, schleift PapaHans seine mittelalten Knochen durch Pariser und Berliner und Wiener Pornoklubs, um Kontakte zu knüpfen oder auch nur zur Inspiration, wie er sagt. Auf ihren ersten Reisen, zwei, drei Jahre nach Cascos Geburt, also fast sieben Jahre, nachdem der kleine tot geborene Klaus im Reichshospital in den Müll gewandert war, legte PapaHans noch etwas an den Tag, das man mit aufrichtigem kulturellen Interesse verwechseln konnte – ja, er hatte Sonjas Kulturinteresse sogar ursprünglich geweckt –, doch nach mehreren und jedes Mal langweiligeren Pilgerreisen in dieselben Museen und zu immer denselben ewigen bescheuerten Kunstwerken schwand sein Interesse, und im selben Maße wuchs sein Zweifel an dem ganzen Kulturkrempel, was nicht zuletzt Simpels Tiraden geschuldet war, die sie jedes Mal nach ihrer Heimkehr über sich ergehen lassen mussten. Das klang dann beispielsweise so:

– Warum zum Teufel fahrt ihr bloß immer wieder runter in das verfickte Scheißeuropa? Hä? Warum? Why? Ist mir total schleierhaft. Um Kultur zu erleben? Atmosphäre zu tanken? Kontakte zu knüpfen? Häh? Erspart mir das! Hört ihr? Bleibt mir bloß mit solchen Scheißausreden vom Hals. Ihr fahrt da runter, weil ihr diese Scheißstädte so scheißhübsch findet, darum. Aber das könnt ihr vergessen. Ihr *müsst müsst müsst* so langsam mal schnallen, dass Städte mit dem ganzen historischen Schrott und Denkmälern und Prachtbauten und Lebendigkeit und diesen kulturell-urbanen Menschen, dass die total zum Kotzen sind, hört ihr? *Zum Kotzen*! Ihr dürft diese scheißeuropäische Vielfalt nicht so toll finden, wie ihr erzählt. Schlagt euch die fucking europäischen Großstädte aus dem Kopf. Hört ihr? Schluss damit! Und fangt bloß nicht an, stattdessen für kleine Städte zu schwärmen! Scheiße! Lasst das bleiben! Tut mir das nicht an!

Etcetera. PapaHans soll bei DESIREVOLUTION zwar sozusagen den Leitwolf spielen, und Simpel hat sich vor ihm gewaltig auf den Rücken geworfen die paar Male, wo PapaHans sich zu einem Infomeeting oder so bequemt hat, aber es lässt sich einfach nicht leugnen, dass PapaHans aufmerksam zuhört, wenn Simpel wieder mal irgendeine Hypothese vom Stapel lässt.

Simpel ist so einer, der keinen Schimmer hat, ob die Leute auf seine Tiraden hören oder nicht. Darum weiß er nicht, dass PapaHans sich seine Kritik zu Herzen genommen und vor etlichen Jahren aufgehört hat, hinter Sonja her ins Kunsthistorische Museum zu schleichen, um sich das *Bildnis eines Jünglings vor weißem Vorhang* anzuschauen. Vor diesem Gemälde steht Sonja immer und sinnt darüber nach, auf welche Abwege ihr Familienleben geraten ist (stehen muss sie, weil die Museumsleitung aus irgendeinem Grund beschlossen hat, Lorenzo Lottos Bild zu irgendwelchem anderem italienischen Mist draußen in einen Flur an eine Trennwand zu verbannen, während der bescheuerte Tizian zum

Beispiel, ja, der hängt an einem Ehrenplatz mitten im Palast, mit Bänken davor usw.) Sonja steht also da und betrachtet das *Bildnis eines Jünglings vor weißem Vorhang*, während PapaHans irgendwo auf der anderen Seite der Stadt bei irgendeinem Meeting sitzt, zum Beispiel mit seinem österreichischen Kollegen Jürgen »Hartherz« Grausmann und mit ihm Vierfarbdrucke aus aller Welt evaluiert, auf denen Weibsbildern Penisse in bis zu fünf von sieben möglichen Körperöffnungen zugleich gesteckt werden; offen gesagt, hat er auch schon Abbildungen von Frauen mit Penissen in sieben von sieben möglichen Körperöffnungen zugleich gesehen, aber das ganze Gewurschtel mit Nasenlöchern und Ohren und so ist eher uninteressant – unter fachlichen Gesichtspunkten –, und sie haken so was als witziges Kuriosum ab. Danach gehen Sonja und PapaHans ins Restaurant. Wenn Simpel wüsste, dass sich Sonja und PapaHans auf ihren Reisen jedes Mal mit erlesenen Kostproben der Weltcuisine den Bauch voll schlagen, dann hätte er noch sehr viel mehr Stoff, um sich auszukotzen, und PapaHans hätte viel mehr Stoff zum Nachdenken, doch bislang hat sich Simpel nur über die Übelkeit erregende Widerwärtigkeit von guter alter europäischer Stadtplanung, Architektur, Atmosphäre/Stimmung, Lebensart, Allgemeinbildung, Kunst und anderer Hochkultur ausgelassen. Die Tischkultur hat er bei all dem vergessen, wer weiß warum.

Der Pornodarsteller Casco Foster stammt also aus einem eher bürgerlichen Zuhause, das ursprünglich repräsentative Interessen verfolgte. Das hat angehalten, bis PapaHans Simpel über den Weg gelaufen ist. Sonja gibt sich nach wie vor alle erdenkliche Mühe, diese Interessen zu pflegen, es beirrt sie nicht, dass bei PapaHans die Begeisterung fürs Geschäftliche überwiegt, schon in Ordnung, findet sie, aber nach wie vor ist das *Bildnis eines Jünglings vor weißem Vorhang* in ihren Augen ein wertvolles Stück Kulturerleben, und das liegt offen gesagt daran, dass ihr lauwarmes Kulturinteresse auf einem Kunstverständnis beruht, mit dem man sich den Hintern abwischen könnte. Sie hat nicht genug auf Simpel gehört, könnte man wohl sagen, und das spricht nicht gerade für sie.

FREITAG, 11. DEZEMBER
(Der Tag des Infomeetings.
Aus Eisenmanns Perspektive)

Ich renne. Supertrainiert bin ich zwar nicht, aber ich renne, so schnell ich kann. Weder habe ich Übergewicht noch bin ich physisch deformiert. Obwohl ich rund 50 Zigaretten pro Tag rauche, ist meine Kondition hervorragend. Ich verfluche Simpel, während ich renne, und ich renne, so schnell ich kann. Die Isnesgate runter, sie ist lang und breit. Auf beiden Straßenseiten stehen dreigeschossige Häuser in allerlei Farben. Ich bin fast im Stadtzentrum. Die Isnesgate verläuft gerade. Ich folge den Straßenbahnschienen. Vor kurzem haben sie auf dieser Strecke die Straße aufgerissen, und weil ich jeden einzelnen verfluchten Morgen hier vorbeikomme, habe ich Tag für Tag verfolgen können, wie die Schienen verlegt wurden. Hier renne ich, und ich weiß, worauf. Welche Lagen von was für Material verlegt wurden und in welcher Reihenfolge. Ich weiß, wie tief man ausschachten muss, wie viele Betonschichten gegossen werden müssen, wie der Beton gegen Sickerwasser und Frost geschützt wird, mit welcher Verlegetechnik die Schienen in genau dem richtigen Abstand zueinander platziert werden, exakt in Waage, mit welcher Schweißtechnik sie verbunden werden. Wenn ich den Blick auf eine Stelle weit vor mir richte (um zu vergessen, wie fertig ich bin), dann wirkt es, als ob ich langsam rennen würde. Aber wenn ich auf meine Füße blicke, auf den Boden direkt vor mir, sieht es so aus, als würde ich sehr schnell rennen. Meine Beine schnellen vor und zurück. Fast, als würden sie den Boden gar nicht berühren. Der Asphalt wird nach hinten gezogen. Als hätte er Streifen in Laufrichtung. Jedes Mal, wenn die Beine auf den Straßenbelag treffen, nickt mein Kopf leicht. Ich stelle mir vor, mein Kopf wäre eine *distorted camera* beim Film. Das Bild, das meine Augen geben, ist *distorted.* Wenn ich geradeaus blicke, wackelt die Stadt im Rhythmus meiner Schritte. Mein Atem geht staccato. Meine Schritte laufen noch viel schneller als der Atem. Es ist kühl, ich kann mir vorstellen, dass die Atemluft hinter mir und zu beiden Seiten meines Kopfes weiß in der Luft steht. Ich versuche, den schlimmsten Eis- und Matschstellen auszuweichen. Von meinem Herzen höre ich nichts, aber ich bin sicher, dass es rast. Dass es rast, liegt verflucht nochmal nicht an mir selber. Aus zwei Gründen rast es so. Der eine: Allmählich bin ich scheißfertig. Der andere: Ich habe derart Angst, dass ich mir fast in die Hose scheiße. Ich habe mehr Angst, als dass ich fertig bin, darum renne ich weiter. Zum Teufel mit Simpel, dem beschissenen Arschloch! Wenn es nach mir ginge, wäre ich längst stehen geblieben. Es ist nicht meine Entscheidung, dass ich derart die Straße langrenne. Mein Körper rennt. Und mein Körper hat Angst. Er will mich retten. Wenn ich stehen bleibe, geht es mir nämlich noch viel schlechter. Mein Körper gibt vor, was Sache ist, ich folge ihm. Ich habe einen komischen Geschmack im Mund. Das Gefühl breitet sich aus, vom Kinn hin zu der Gegend hinter den Backenzähnen im Unterkiefer, unter der Zunge. Mein Speichel wird dünn, ich schlucke. Das wird Blutgeschmack genannt. Weiß der Teufel, woher der Begriff kommt, es schmeckt gar nicht nach Blut. Ich bin schon über die Überanstrengung hinaus. Ich will nicht weiterrennen, ich renne nicht, weil ich das will, ich hab keine Amphis eingeworfen, ich kann eigentlich gar nicht derart rennen; ich hab nur zwei Pfannkuchen im Magen, aber mein Körper schuftet wie eine Maschine. Ich blicke nach unten und sehe meine Beine rennen, aber ich spüre sie nicht. Keine Ahnung, wo die Milchsäure bleibt. Es läuft. Es läuft vorbei an der ATAMA-BAR, in der Speedo damals an einem Donnerstag vor vier oder fünf Jahren auf mich gewartet hat, als ich mich verspätet hatte, um ein paar Stunden. Er war nervös wie nur was und sein Aschenbecher war voll mit Pall-Mall-Kippen. Ich arbeitete seit vier Monaten für DESIREVOLUTION, und Ritmeester, unser Porno-Ideologe, hatte mich zu dem Treffen mit Speedo geschickt, der sich unserem Konzern anschließen wollte. Keiner wusste, was für ein Projekt er verfolgte. Er kam mir mit allerlei Entschuldigungen zuvor, obwohl ich selber schon eine parat hatte. Sie hätte mehr oder weniger gelautet: »Tut mir Leid, Speedo, aber ich bin oben bei Ritmeester hängen geblieben, du hast ja keine Ahnung, wie schwer man bei dem wegkommt, wenn er mal mit seinen Hirngespinsten anfängt …«, aber Speedo zog in diesem Entschuldigungsduell schneller (so ist er und so ist er immer gewesen, ich hatte nur vergessen, wie schnell er seine Entschuldigungen zur Hand hatte; ich hatte mich verflucht nochmal *vorbereitet*, um ihm diesmal zuvorzukommen, aber nix), ich bekam gar nicht ganz mit, was er erzählte, bis er mit bleichem Gesicht und zu meiner großen Überraschung und Freude den *Zwangsalkoholikervertrag* aus der Tasche zog. Er reichte ihn mir rüber, und aus seinem Ärmel wehte mich süßsaurer Stressgeruch an. Es läuft weiter.

MITTWOCH, 9. DEZEMBER
(Zwei Tage vor dem Infomeeting)

Das BOSCH düdelt einen *type-british*-Klingelton, und Simpel schaut den Apparat aus rot unterlaufenen Augen an, sein jüngst erstandenes Handy DUAL-COM 738, ein wenig verärgert angesichts der Tatsache, dass die neueste Technologie, wenn man sich endlich aufrafft und sie sich leistet, schon nach ein paar Tagen traktormäßig altmodisch aussieht. Die reine *sophisticated-technics*-Aura, die das BOSCH umwehte, hat genau zwei Tage angehalten, nachdem Simpel es stolz samt der in Plastik eingeschlagenen Kleinteile (Gürtelklip etc.) aus der Styroporform gehoben hatte. Jetzt wirkt nur noch die Gebrauchsanweiung neu und unbenutzt, und Simpel kann keinen Zusammenhang mehr zwischen diesem Heftchen und seinem Telefon erkennen. Kaum dass ihm die Abbildung auf der Titelseite noch was sagt. Auf den ersten elf Seiten wird erklärt, wie man das Ding zusammenbaut und den Akku lädt, und dass man auf »Annehmen« drücken soll, wenn es klingelt. Weiterzulesen hat Simpel nicht über sich gebracht, also hat er seitdem nicht wieder reingeschaut, denn es ist ihm ganz unvorstellbar, die Gebrauchsanleitung eines Geräts zu lesen (schlimmer noch, sie weiterzulesen), das schon länger in Gebrauch ist. Obgleich also sein

BOSCH DUAL-COM 738 tadellos funktioniert, empfindet Simpel es als quälend, dass eine in seinen Augen so veraltete Apparatur so einen *fancy* Namen hat. Was zum Geier soll bloß diese bescheuerte Nummer bedeuten, fragt er sich. Ihm ist klar, dass die Zeit schon längst über dieses Telefondingens hinweggegangen ist und der Name DUAL-COM 738 eher veraltet und schwachsinnig klingt als irgendwie *fresh* – der Verkäufer im Telefonladen hat sich fast geweigert, Simpel das Modell zu verkaufen, weil es so alt und out ist, aber der Preis – in Zahlen: 0,00 Kronen – war Simpel so sympathisch, dass er es sich nicht hat ausreden lassen. Wie auch immer, Simpels Handy, das er tagaus, tagein hektisch aus seiner Jackentasche fischt, ist nicht mehr im engeren Sinne taufrisch. Das DUAL-COM 738 liegt morgens in Kaffeelachen und Brotkrümeln und abends auf versifter Auslegeware und angesengten TV-Tischchen herum. Das Mobiltelefon als solches erinnert Simpel an ein Paar neu gekaufter Socken: Neu sind die auch nur beim ersten Mal. Er nimmt ab:

– Simpel.
– Casco.
– Was ist denn schon wieder, Scheiße nochmal?
– Tut mir Leid. Ich hab vergessen, wo dieser Film läuft.
– Im FILMPALAST, Casco, im FILMPALAST, du weißt doch, gleich neben der Passage … diesem Galeriedings … komm schon, Casco, so viele Kinos gibt es in dieser Stadt nicht … denk nach, Casco, DENK NACH! An der Ecke ist ein HiFi-Shop, und … fuck,

Casco ... und ein paar Paki-Läden mit Schildern davor, WO HEIBE WURTSCHEN draufsteht statt HEISSE WÜRSTCHEN ... Cascooooooo ... WACH AUF, CASCOOOOO!

– Jajaja, ich weiß schon ...

– Halb acht (klick).

DONNERSTAG, 10. DEZEMBER, 19.30 H
VORM FILMPALAST

(Ein Tag vor dem Infomeeting)

Simpel blickt Casco an. Er hält ihm eine Einladung hin und sagt, er soll das mal lesen. Casco liest.

ADVENTSFEIER!

Liebe Kinder und Eltern der Klasse 2a,
wie ihr alle wisst, haben wir unsere Adventsfeier letztes Jahr im Filmsaal unserer Schule begangen. Wir haben gedacht, dieses Jahr machen wir mal was anderes und treffen uns am Mittwoch, dem 16. Dezember, um 17.00 Uhr bei Pauline zu Hause, ein Stückchen die Straße hinunter, und zwar in der President Harbitzgate 16. Möglicherweise müssen wir ein bisschen zusammenrücken, damit Platz genug ist, falls alle kommen, was wir natürlich hoffen, aber genug Raum für Spiele, Gespräche und Weihnachtslieder wird sicherlich sein – und vielleicht gibt es ja auch noch eine kleine Überraschung für die Kinder …? Also, um 17.00 Uhr geht's los; es gibt einen Imbiss, Limo, Kaffee und Kuchen.
Herzlich willkommen!

Freundliche Grüße,
Guri Foss
Klassenelternsprecherin

Damit wir wissen, auf wie viele Teilnehmer wir uns einstellen dürfen, bitten wir um Anmeldung bis Mittwoch, den 9. Dezember. Ein Unkostenbeitrag von 20,00 Kronen/Person wird am Eingang erhoben.

Wir kommen!

Name des Kindes......LONYL ....
Anzahl Kinder ....1 ....
Anzahl Erwachsene ......1 ....

– Könntest du bitte mitkommen, ja, Casco, fragt Simpel. Motha weigert sich. Sie sagt, nach dem, was letztes Jahr im Filmsaal passiert ist, würde sich kein Mensch mehr da hintrauen. Stimmt schon, Lonyl war ein bisschen schwieriger als üblich, und ich schaffe es nicht, schaffe es nicht, schaffe es verdammt nicht, noch mal allein mit ihm hinzugehen. Tut mir Leid, dass ich dich in so was reinziehe, aber das macht dir doch nichts aus, oder? Ich hab mit allen Mitteln versucht, Motha zu überreden, aber sie weigert sich. Gegen Afrika kann ich nicht an.
– Kein Problem, Simpel, ich hab am 16. noch nichts vor, sagt Casco.
– Du bist manchmal so was von scheiß in Ordnung, ich kann dir's gar nicht sagen, Casco.

(Simpel legt sich die Einladung aufs Bein, bückt sich und versucht, aus der 1 in der Rubrik *Anzahl Erwachsene* eine 2 zu machen. Er sticht mit dem Kugelschreiber hindurch, piekst sich ins Bein und sagt AU! und SCHEISSE!)

Als Erster bemerkte es vor ca. drei Jahren Lonyls Kindergartenonkel Nazreen. Erst hörte Lonyl auf, mit den anderen Kindern zu spielen. Dann hörte er überhaupt auf zu spielen. Dann hörte er auf, allein in seiner Ecke zu sitzen, sondern lag allein in seiner Ecke. Dann hörte er auf, Menschen anzuschauen; er sah konsequent weg, wenn jemand sich ihm näherte. Dann hörte er auf zu weinen, wenn Nazreen ihn hochhob und zum Mittagstisch trug, dann stellte er die Nahrungsaufnahme ein. Er aß kein Brot mehr, keine Butter, weder Wurst noch Käse noch Marmelade. Keine Eier, kein Obst, kein Gemüse, keinen Fisch, kein Fleisch und kein Hähnchen, weder gekocht noch gebraten. Lonyl aß weder Schokolade noch Kartoffelchips, weder Bonbons noch Eis, weder Marzipan noch Kekse. Und als Nazreen auf jede erdenkliche Weise versucht hatte, ihn zu bewegen, dass er irgendwas aß, egal was, da hörte er auch noch auf zu trinken. Er trank einfach nichts mehr. Kein Wasser, keinen Saft, keine Milch, keine Cola, nichts konnte ihn locken, weder Strohhalm noch Eiswürfel. Er verweigerte sowohl Schnabeltasse als auch Nuckelfläschchen. Nazreen versuchte ihn dazu zu bewegen, dass er bei Sultans hochschwangerer Mutter trank, aber Lonyl drehte den Kopf weg. Nazreen ließ Lonyl von anderen Kindergartenonkeln und -tanten aus der Gruppe der Dreijährigen festhalten und versuchte, ihm zwangsweise etwas Flüssigkeit einzuflößen. Lonyl spie und spuckte, schließlich erbrach er sich. Da warf Nazreen die Flinte ins Korn. Er hatte ein bisschen Angst, Lonyl könnte zu Hause bei Vater und Mutter petzen, denn beide Eltern (Simpel und Motha) sind schrecklich jähzornige Leute. Es dauerte nicht lange, und Lonyl brach zusammen. Er kam ins Krankenhaus und wurde intravenös ernährt. Und dort blieb er eine geraume Weile, weil er sich weigerte zu versprechen, jemals wieder zu essen und zu trinken. Ärzte, Pflegepersonal, Pädagogen, Therapeuten, Betreuer, Pädiater, Kindergartenkinder, Großmütter, Onkel und Tanten, Nachbarn, Eltern und Nazreen konnten bitten und betteln und drohen, soviel sie wollten; Lonyl wurde das Essen ins Blut geträufelt, mehr ließ er nicht zu. Und so lag er da, bis er irgendwann und Gott weiß warum beschloss, wieder zu essen. Eines von hunderttausend Angeboten nahm er an. Niemand wusste genau, was das war oder wer ihn hatte überreden können. Irgendwer fragte Lonyl, der stinksauer im Krankenhausbett lag, ob er nicht wieder essen wollte, und Lonyl sagte ja, gut. So. Doch die Freude währte nur kurz, denn kaum war er entlassen, kaum war er wieder zu Hause und ging wieder in den Kindergarten, da hörte er auf zu reden. Das Ja im Krankenhaus war der einzige Akt der Kommunikation, den man gut drei Jahre lang von ihm erlebte. Lonyl war drei, als er aufhörte zu reden, und fing erst mit sechs wieder an. Er malte nicht und spielte nicht mit Legosteinen, er hatte weder für Tiere Interesse noch für Maschinen oder Zeichentrickfilme. Er nahm Nahrung zu sich und ließ sich herumtragen. Das war's. Wenn er nicht von einem Ort zum anderen getragen oder gefahren wurde, bewegte er sich nicht vom Fleck, wo auch immer man ihn abstellte, blieb er sitzen und glotzte. Simpel hatte ihn im Verdacht, dass er ein tückisches Spiel mit allen spielte, aber da irrte er sich. Er unterzog Lonyl kleinen Tests, ging kurz aus dem Haus, um nach zehn Minuten zurückzukommen, dann nach einer halben Stunde, dann nach einer, dann erst nach zwei Stunden. Lonyl lag reglos da. Simpel kam und ging in den verschiedensten Abständen, damit Lonyl keinen Rhythmus erkennen konnte, aber der Junge saß oder lag da, unverrückbar wie ein Stein. (Simpel hatte keine Möglichkeit, Lonyl von außen zu beobachten, denn sie wohnen in einer Katakombe von Wohnblockwohnung.) Irgendwann blieben Simpel und Motha einen ganzen Abend, ja die ganze Nacht aus dem Haus, ohne Babysitter. Lonyl passte selber auf sich auf. Wenn sie seitdem länger als fünf Stunden am Stück wegwollen, stellen sie Lonyl einfach einen Teller mit Carpaccio und ein Glas Wasser hin; Carpaccio – degeneriertes Schwuchtelfutter, findet Simpel – ist das Einzige, was Lonyl isst. Herausgefunden haben sie das im SLOBODKIN, wo Simpel, Motha, PapaHans und Tiptop fein zum Essen aus waren, am Tag von Lonyls Entlassung aus dem Krankenhaus, am Tag nach der Realisierung von TRAM SLAM (Simpels letztem Projekt). Am Nachbartisch saßen eine hübsche Dame mit Ausschnitt und ein Mann, der offensichtlich sein rechtes Bein dafür hergegeben hätte, um trendy zu wirken. Nachdem er sie über sämtliche Gerichte auf der Speisekarte belehrt hatte, bestellte sie auf seine Empfehlung hin Carpaccio. Als es kam, rutschte Lonyl, der relativ bleich und hinfällig dasaß, von seinem Stuhl und stapfte zu der Dame hin. Zu ihrer Freude, zu des Mannes Abscheu und Simpels Verwunderung legte Lonyl die Hand flach auf ihren Carpaccioteller und blieb stocksteif so stehen. Simpel und Motha blickten einander an, die Dame schlug die Hände zusammen und gluckste, dass ihre Brüste nur so wabbelten – das fiel PapaHans auf –, und Herr Trendy fluchte laut, deutete mit dem Finger auf Lonyl und schaute Simpel an. Simpel & Co. bestellten Carpaccio für das Kind, und seitdem isst es nichts anderes mehr. Wasser ist sein einziges Getränk. Na, egal; erst haben sie den Babysitter gespart, dann auch noch den Kindergarten, denn es kommt ja im Prinzip auf das Gleiche heraus, ob er im Kindergarten dasitzt und glotzt oder zu Hause; sowohl Simpels als auch Mothas Alltag hat das erheblich entlastet, sie können ihren jeweiligen Beschäftigungen in aller Ruhe nachgehen. Vor allem Simpel erlebte während Lonyls apathischer Periode (falls die Diagnose Apathie denn zutreffen sollte) einen erheblichen Aufschwung, was die Anzahl der realisierten Projekte angeht. Einer der Gründe, aus denen Simpel und Motha Lonyl aus dem Kindergarten nahmen, war Nazreen. Er war bis über beide Ohren überzeugter Veganer und litt schon Gewissensqualen, wenn er die anderen Kinder mit ihren Pausenbroten voller Salami, kaltem Braten, Leberpastete und Cervelatwurst an den Tisch brachte. Aber tagaus, tagein für den kleinen Lonyl

Rindsfiletscheibchen hübsch auf einem Teller anzurichten, das widersprach seinen Prinzipien dann doch zu sehr. Er beklagte sich empört darüber bei Simpel, lächelte mit makellosen Zähnen und strich sich das schwarze, kurz geschnittene, pomadisierte Haar nach vorn (er sah aus wie ein in Öl getunkter Kormoran). »Prinzipien sind ja okay«, hatte Simpel entgegnet, »und gute Prinzipien respektiere ich auch, nicht alles, was die Idioten sich heutzutage ausdenken, aber gute Prinzipen doch, nur sag mir eins, Nazreen, findest du es nicht auch egal, ob Lonyl zu Hause herumsitzt und glotzt oder hier im Kindergarten herumsitzt und glotzt?« Er sah Nazreen so unbarmherzig hart in die Augen, dass der zu jeder Frage genickt hätte. Und ab diesem Tag ward Lonyl im Kindergarten nicht mehr gesehen. Simpel pflegt jeden Tag ein bisschen mit Lonyl zu plaudern; zum Beispiel sagt er, er solle ruhig Bescheid geben, falls er auf irgendwas Lust hätte. Aber Lonyl hat auf nichts Lust. Und er gab keinen Mucks mehr von sich, bis er sechs war und in die Schule kam.

CATHRINE FÆRØYS ABSCHIEDSBRIEF

In zwei Tagen – also am Samstag, dem 12. Dezember – wird ein heroingeschwängerter Tiptop auf Simpels Sofa sitzen, Cathrine Færøys Abschiedsbrief in der Hand. Er hat ihn eben aus Lonyls Schultasche gefischt, wo er eigentlich nie hätte landen sollen. Cathrine Færøy ist, nein, war bis vor kurzem Lonyls Lehrerin.

(Ohne Anrede). Donnerstag, 26. November

Ich muss die B-Schule verlassen, und ich muss Euch verlassen. Meine Entscheidung steht fest. Jeder Versuch, mich davon abzubringen, kommt zu spät. Dieser Brief ist das Letzte, was ihr für lange Zeit von mir hören werdet.

Ich habe alles getan, was ich nur konnte, um beliebt zu sein. Ich habe immer den Menschen in den Mittelpunkt gestellt. Ich habe immer das getan, was nach meiner Auffassung für meine Mitmenschen und ihr Miteinander das Beste ist. Ich habe mir nicht vorstellen können, wie ich meine Energie besser oder richtiger hätte einsetzen können. Gute Bildung ist eine der wichtigsten Säulen, auf denen unser Gemeinwesen ruht. Und ich habe viel investiert, um zu begreifen, was gute Bildung ausmacht. Ich habe getan, was ich für richtig gehalten habe. Ich habe mich selbstlos und stets so verhalten, dass ich niemanden verurteilt habe. Aber jetzt ist es so weit, dass ich mich selber verurteilen muss. Ich gehe weg und bitte euch, nicht nach mir zu suchen. Lasst mich in Frieden. Außerdem möchte ich mich für die Unannehmlichkeiten entschuldigen, die ich der B-Schule verursache, indem ich auf diese Weise verschwinde.

Lebt wohl.
Cathrine Færøy

Cathrine Færøy, 36 Jahre alt, ist eine menschenfreundliche und sehr engagierte Lehrerin gewesen. Dennoch lässt es sich nicht länger verhehlen, dass sie, die Klassenlehrerin der 2a auf der B-Schule, auf Lonyl einen Hass entwickelt hat, wie sie ihn noch nie einem anderen Menschen gegenüber empfunden hat.

Im Laufe des letzten halben Jahres hat sie immer längere Stunden im Büro des schuleigenen Kinderpsychiaters – Dr. Berlitz – verbracht und die Möglichkeiten diskutiert, mit dem Problemkind Lonyl fertig zu werden. Bei diesen Gesprächen ist sie wiederholt mit Heulkrämpfen zusammengebrochen.

Freitag vor genau zwei Wochen ist Frau Færøy nicht zum Unterricht erschienen, und seither hat kein Mensch sie gesehen. Sie wird polizeilich gesucht, die Hauptstadtzeitungen haben über die Aktion berichtet, obgleich so eine scheißlangweilige Vermisstennummer nicht gerade die News sind, um die man bei der Zeitung betet. Die Polizei hat fünf Mann auf die Sache angesetzt, aber den fünf Mann fehlt jede Grundlage für ihre Ermittlungen, denn sie kennen ja den Abschiedsbrief nicht. Als Letzte haben zwei Kollegen Frau Færøy gesehen. Um die Kommunikation im Lehrerzimmer steht es nicht zum Besten, so dass diese beiden Kollegen Donnerstag Nachmittag vor zwei Wochen nicht weiter beachteten, dass sie ihre Tasche packte und ging. Das tat sie ja jeden Tag, sagten die Kollegen, auf stets dieselbe Art und Weise. Und zum Abschied sagte sie »Macht's gut«, wie üblich, ohne besondere Betonung, kein »Lebt wohl« oder Ähnliches. Und niemand, auch kein Schulkind, konnte sich erinnern, sie beim Verlassen der Schule gesehen zu haben, aber dass man als Grundschullehrer übersehen wird, gehört ja eigentlich zum Beruf.

Frau Færøy hat in der Zeitung von ihrem eigenen Verschwinden gelesen, ist aber fest entschlossen, sich nicht zu melden, bevor nicht, wie sie sich selber geschworen hat, »das Unkraut mit der Wurzel ausgerissen ist.«

DONNERSTAG, 10. DEZEMBER, 19.30 H
(Wieder vorm Filmpalast)

– Was soll denn an diesem Weihnachtsfest so wahnsinnig schwierig sein?, fragt Casco.
– Was soll denn an diesem Weihnachtsfest so wahnsinnig schwierig sein …, äfft Simpel ihn nach. Jetzt trauen die sich nicht mal mehr, das wieder im Filmsaal zu machen, die sind so was von scheißparanoid, diese Schulleute. Wenn man das schon liest! *Wir haben gedacht, dieses Jahr machen wir mal was anderes.* Mal was anderes? So kann man das auch sagen! Hauptsache, die Fassade bleibt gewahrt! Die Säcke! Dass man sich derart ahnungslos stellen kann, dass das geht, ich fasse es nicht … verstehst du, Casco …?
– Keine Ahnung, was da passiert sein soll.
– Man müsste die verfickte Schule zu einer Tapetenfabrik umfunktionieren, das müsste man, ja, und die Lehrer zu Tapetenmachern umtaufen. Und statt diesem heuchlerischen Motto überm Schultor WISSEN IST EINE SANFTE LAST müsste man da hinmeißeln: DURCH TAPETEN SCHAUST DU NICHT. Verfluchte Heuchler das!
– Was ist denn passiert, Simpel?
– Es fällt mir nicht leicht, Casco, glaub's mir oder nicht, aber ich war der Grund dafür, dass die Tapeten sich

letztes Jahr bei der Adventsfeier von der Wand gerollt haben. Ja ja, grins du nur, du Fotzengesicht … für mich ist das überhaupt nicht komisch.

– Aber genau das ist dein Job, Simpel …

– Vergiss es, es ist ganz was anderes, wenn nicht ich, sondern Lonyl so was anstellt, er ist mein *Nachkomme*, ja. Ich versuche, bei den Leuten ein Bewusstsein dafür herzustellen, was ich mache, was *wir* machen, das weißt du. Aber hier geht es um Lonyl, und Lonyl lebt alles Böse und Wütende aus, das in mir steckt, verstehst du? So eine Art I'VE CREATED A MONSTER-Story, Casco. Man muss doch *wissen*, dass man Widerstand leistet, damit es sich lohnt, man muss *operieren wie* ein Arschloch, keins *sein*.

– Und diese Weihachtsfeier …?

– Oh Gott, das war so was von grauenhaft, Casco. Bei der Adventsfeier letztes Jahr hatten sie ein Hufeisen aus Tischen und Stühlen aufgebaut, für beide ersten Klassen, 25 Kinder in jeder plus zirka doppelt so viele Eltern, also rund 120-130 Menschen in einem Saal, der nur knapp zweimal so groß ist wie ein Klassenzimmer. Wie die Ölsardinen! Und vorn eine große Leinwand. Sie wollten ein Video vorführen, über den Beamer an der Decke, irgendwas von Disney, das Dschungelbuch, glaube ich, und Lonyl … nein, erst war noch was anderes, wir haben Kuchen, Würstchen und Waffeln gegessen und für die Erwachsenen gab's Glühwein, und als alle saßen, stand Fräulein Færøy auf, um uns willkommen zu heißen. Sie klatschte in die Hände, und dann, mit perfektem Timing, genau in dem kleinen Moment nach dem letzten Klatschen, als alle den Schnabel hielten und genau bevor Fräulein Færøy den Schnabel aufmachte, da hat Lonyl so was von einem Wahnsinnsfurz ziehen lassen, he-he, und zwar nicht nur so einen Kleinejungenpups, nein, er hat wahnsinnig laut gefurzt, Casco. Ich kann bis heute nicht begreifen, wie ein so kleiner Körper und ein so kleines Arschloch ein so lautes Geräusch hervorbringen können, weißt du, das war … es ist schwierig zu erklären, aber das war eher ein Heuler als ein Pups, was da aus seinem sechsjährigen Arsch kam, kannst du dir, HE-HE-HE, so ein Geräusch vorstellen, HÖ-HÖ-HÖ, Casco …

– Nein, he-he …

– HE-HE, ich auch nicht, he-he, ich kann dir verflucht nicht erklären, wie sich das angehört hat, ich glaub's ja selber kaum, he-he, ein himmlischer Furz he he he, aber egal, so was sind wir ja gewohnt, aber Lonyls Trompetenstoß war nur das Vorspiel. Nur die Ouvertüre, was Kleines als Appetitanreger. Alle lachten sich schief, ich saß da und starrte betreten in meinen Glühwein, aber Lonyls Fanfare war erst der Anfang. Lonyl ist ja vieles *nicht*, aber eins ist er auf jeden Fall, nämlich *diebisch*. Lonyl ist ein echter Dieb geworden, diebisch wie eine Elster, ohne jede Angst, ertappt zu werden, egal, was man ihm androht. Du weißt doch, dieser kleine Rucksack, mit dem er immer rumläuft? Da steckt er alles Mögliche rein, abgesehen von seinen Schulbüchern, in denen es nur um Gutes und Anständiges geht, bei Lonyl bin ich ja gezwungen, meinen Prinzipien untreu zu werden, Casco, da muss ich mich sogar überwinden und gute Bücher kaufen, na, egal; neben den Schulsachen hat Lonyl in dem Rucksack also immer alles mögliche Diebesgut. Und na ja, letztes Jahr ist er vor der Adventsfeier an meinem Videoregal gewesen, Casco, und …

– Neein …

– Doch, doch …

– Neeein …

– Doch, alles Tatsache, Casco, Klein-Lonyl, der Teufel, ist an meinem Videoregal gewesen und hat sich einen Porno geschnappt, und …

– Neein … das kann doch nicht …?

– Und ob, einen von unseren, seit einem geschlagenen Scheißjahr ist mir das so was von peinlich, Casco, ich hab das noch niemandem erzählt, außer Motha, verstehst du, Casco, diese Leute schaffen es, dass ICH mich verhalte wie einer von diesen verdammten Tapezierern! Ich hab das Maul gehalten, hab nicht mal dir was davon erzählt, Casco!

– Wahnsinn! Nicht zu glauben! Und dann …?

– Na ja, die Kinder rannten rum und futterten, wie das immer so geht, und während Fräulein Færøy mit ein paar Vätern den Weihnachtsbaum beiseite rückte, weil der mitten im Hufeisen stand und die Linse vom Beamer verdeckte, da hat Lonyl, das verfluchte kleine Monsterchen, das ich zustande gebracht habe, das Dschungelbuch, das dieses Fräulein Færøy ein paar Stunden zuvor in den Videoplayer gesteckt hatte, damit auch ja alles einwandfrei läuft, da hat Lonyl schnell den Disney gegen LIPSTICK ON MY DICK ausgetauscht … ja wirklich, die Kassette war halb abgespielt, wie das bei diesen Filmen immer so ist, und lief dann mitten in einer Szene an …

– Neeein … Waaaaahnsinn … Und dann …?

– Und jetzt halt dich fest, Casco. Na, du kannst es dir ja vorstellen. Aber … he-he … besonders lustig war dann, dass wir alle 130 schön was zu sehen gekriegt haben, weil Fräulein Færøy natürlich gleich in Panik geriet, du weißt ja, wie schwierig es ist, auf Anhieb den Stopp-Knopf an einem Gerät zu finden, mit dem du nicht vertraut bist, und Frauen sind das ja nie, und wenn dann noch Panik dazukommt, na egal; es hat jedenfalls so ein paar Sekunden gedauert, bis die Leinwand wieder sauber war, und solange konnten wir also … he-he … dein Gesicht mitten beim Orgasmus bewundern, Casco, und dazu, he-he, konnten wir dein geisteskrankes Gestöhne hören, und dann YEAHH!! Hö-hö, kannst du dir das vorstellen, das auf der Adventsfeier von der Scheiß-B-Schule? Die Adventsfeier und deine Visage auf 2x3-Metern, wandgroß, und dann dein Schwanz in *Close-up*, der Sheebas Gesicht mit Hausmachersahne vollspritzt. He-he … Mann, Scheiße, Casco, das war nicht zum Aushalten, es war nicht zum Aus-zum-Halten, Casco. Ich glaube, so laut wie da hab ich nie LONYL!!! geschrien, meine Stimme kippte über, die Lebkuchenkrümel sprühten aus meinem Maul quer durch den beschissenen Filmvorführsaal, ich bin aufgesprungen, dass der Tisch umkrachte, die Thermoskannen mit Kaffee und Tee gleich mit, die Väter starrten auf die Leinwand, den Stiefmüttern entrangen sich eigenartige Röchellaute des Entsetzens, sie hielten ihren Kindern die Augen zu, die saßen mit offenem Mund da, solange sie was sahen. Ich mit Tunnelblick auf Lonyls kleine runde Visage los. Der saß einfach da! Das sagt doch eigentlich alles darüber, wie der kleine Scheißer drauf ist. Saß in aller Ruhe da und schaute zu, wie ich mir einen Weg zu ihm bahnte, ein wütendes Nashorn, durch Sterne und Girlanden und Weihnachtsmänner. Das Lametta stob wie eine Wolke um mich herum, Casco, und Lonyl saß einfach da, die Hände im Schoß ... der kennt einfach keine Schuldgefühle, Casco, der hat keine einzige Norm oder andere zwischenmenschliche Konvention begriffen. Mit sechs Jahren könnte man ja so die eine oder andere Norm begriffen haben, oder, Casco, mindestens eine winzigkleine? Was? Lonyl nicht, fuck. Und diese Schulsituationen rufen in mir den allerletzten Rest Disziplin wach, die Grundschule ist die letzte Chance, Casco. Ich fühle Schuld und Scham, wenn ich dort bin, völlig ohne jeden Grund, ich werde das verdammt nochmal nicht los. Ich werd's nicht los. Und seit dieser Katastrophe letztes Jahr ist es auch nicht unbedingt besser geworden. Ich packte Lonyl, hob ihn hoch und über den Tisch. Und da fing er dann an zu quieken wie ein Ferkel, aber nicht etwa, weil er Angst hatte, ich reiße ihm den Arm aus, er schrie FUCK YOU!, und zwar so, als ob er wüsste, was das ist und wie das geht. Und er meinte nicht mich. Er wand sich, er baumelte an einem Arm, und auf dem Weg zur Tür schrie er das der ganzen frohen Festgesellschaft zu, stell dir das mal vor, Casco! FUCK YOU! FUCK YOU AAAAAALL! Eine schrille Kinderstimme, die so was kreischt, dass es lauter nicht geht. Ich schnell zur Tür raus und den Flur runter, zum Haupteingang, Lonyl schrie weiter, ich hab mich nur noch kurz umgedreht und gesehen, wie uns ein paar Erstklässler und eine Handvoll blasse Erziehungsberechtigte aus der Tür nachschauten, mit Stielaugen vor ihren hässlichen Fratzen. Sie sahen uns nach, wie wir in der Kälte verschwanden, und blieben in ihrer Hölle aus Kinderweihnachtsbildern und niedrigen Kleiderhaken und Linoleum zurück.

– Und da soll ich mit hin? Du hast sie wohl nicht mehr alle, Simpel, soll ich das jetzt wieder gutmachen, oder wie? Warum nimmst du nicht Tiptop oder Speedo mit? Ich packe das nicht. Wie stellst du dir das vor, Simpel? Wie kommst du auf die Schnapsidee, ausgerechnet mich da mit hinzunehmen? Wirklich, du hast sie nicht mehr alle …

– Cool, Casco. Versprochen ist versprochen.

– Von wegen versprochen, ich hab doch keine Ahnung gehabt, dass die mich zur Belohnung auf die Folterbank spannen, ich fasse es nicht, dass du überhaupt denkst, ich würde mitkommen. Ich komme nicht mit, Schluss.

– Caaaasco, dich erkennt kein Mensch wieder. Erstens ist es Jahre her, dass wir LIPSTICK gedreht haben, zweitens warst du damals frisch gebräunt, du hast ausgesehen wie ein Scheißlatino, jetzt bist du blass wie eine Wasserleiche, und drittens, Casco, habe ich mit PapaHans gesprochen, und er hat mir euer kleines Produktionsgeheimnis verraten, nämlich dass du dir für den Weihnachtsfilm einen Bart zulegen musst, du sollst einen Familienvater spielen, nicht wahr, wie heißt der Film nochmal, JINGLE BALLS?

– Der Scheißkerl!, zischt Casco mit flackerndem Blick und korrigiert: – Der Film heißt I'M CREAMING FOR A WHITE CHRISTMAS, aber vergiss es!

– Da siehste mal wieder, Casco, ich bin halt immer informiert, und darum weiß ich, dass kein Mensch auf Gottes weiter Erde dich mit dem Star aus LIPSTICK verwechseln wird. Die Adventsfeier ist überhaupt kein Problem. Außerdem ist Fräulein Færøy verschwunden, hast du das nicht in der Zeitung gelesen? Du kommst mit zu der verfickten Adventsfeier, und fertig!

Simpel lächelt, so wie immer, wenn er seinen Willen gekriegt hat, er lächelt, schon bevor Casco nachgegeben hat. Dann tippt er auf seine Armbanduhr und sie gehen in den FILMPALAST.

Trotz ansonsten starken Publikumsandrangs im Kino findet nur eine erbärmlich kleine Zahl von Zuschauern den Weg in Kino 9, wo KENDALL läuft. Auch ist dieses Kino nicht eben groß, nur 12–15 Reihen. Simpel erläutert Casco, was Casco längst weiß, dass er nämlich immer den Kopf in die Zelle des Kartenverkäufers steckt oder wenigstens das Gesicht so fest an die Scheibe zwischen sich und dem Verkäufer drückt, dass er den Sitzplan auf dem Bildschirm sehen kann. Dann pflegt er die Hand durch den Geldschlitz zu stecken und auf den Platz zu deuten, den er haben will; selbstverständlich mitten im Saal, nicht auf der Seite, und was die Höhe im Raum angeht, ebenfalls mitten vor der Leinwand. Also in Luftlinie gesehen zentral vor der Leinwand, sonst hat es keinen Zweck, ins Kino zu gehen, findet er. Er regt sich gründlich über die Größe von Kino 9 auf, kein Rang, wie soll man da in die richtige Höhe kommen. Aber er will es ausnahmsweise gut sein lassen, sagt er, schließlich ist KENDALL, mit seinen Worten, »ein Bengalischer Tiger von einem Film, also sozusagen von der Ausrottung durch Komödien und beschissene Correctness bedroht, aber an und für sich lebensgefährlich.«

Als sie wieder rauskommen, nachdem also Casco und Simpel Zeugen der Massenflucht des spärlichen Publikums geworden sind, was Simpel in eine sowohl sentimentale als auch rachsüchtige Stimmung versetzt hat, sagt er: »Du magst als Tiger noch so gefährlich sein; das hilft dir nichts, wenn deine Opfer dir mit der Waffe der Langeweile begegnen.«

Der Ausgang des Kinos führt in eine Nebenstraße, eine Seitengasse, Simpel und Casco wissen nicht so recht, wo sie gelandet sind, nachdem sie aus einem Kinofilm kommen, dauert es immer einen Moment, bevor sie wieder Orientierung haben. Es ist hundekalt, Simpel, der den ganzen Film über die Jacke anbehalten hat, fängt an zu frösteln und zu fluchen, sobald sie draußen sind. Sie schlendern aufs Geratewohl los. Casco ist keiner, der ein Gespräch in Gang bringt, und da Simpel weder über den Film noch über sonst was lossprudelt, herrscht erst mal Stille. KENDALL hat Simpel sichtlich irgendwie beeindruckt, etwas verstört starrt er unverwandt zu Boden. Er pustet Frostatem durch seinen Standardschal und hat sich die Standardmütze tief in die Stirn gezogen.

Casco lauscht den mitgehörten Bruchstücken von Gesprächen der zahllosen ihnen entgegenkommenden Freundinnenpaare in den Dreißigern, die sich einen schönen Abend in der Stadt machen. Sie kommen aus dem Theater oder dem Kino oder von einem Abendessen mit guten Freunden und gehen zu einer Fete oder ins Restaurant, und sie alle reden nichts als Mist. Scheiße quillt aus ihren Mündern. Allesamt haben sie sich aufgebrezelt, mit mittelprächtigem Erfolg, haben alles Mögliche in ihr Aussehen investiert und würden doch nie im Leben auf irgendwen irgendwie anziehend wirken. Casco denkt an die Ressourcen, die da in den Wind geblasen werden, in Form von Kosmetika undsoweiter, die wirkungslos auf hässlichen Visagen verteilt werden. Er sagt zu Simpel, man müsste mal einen Doku-Film machen über ein Schwein oder sonst eins von den Tieren, die zu Kosmetika gemacht werden, wie es klein gemahlen und zerkocht und dann in kleine sophisticatede Tiegelchen mit der Aufschrift *Age Defying Complex* oder *Extreme Care* gequetscht wird;

diese Schweinecreme wird in ein hässliches Gesicht geschmiert, das dann einen ganzen verkorksten Abend lang damit herumläuft, null Aufmerksamkeit abbekommt, und irgendwann später in der Nacht wird die Matsche wieder weggewischt und weggewaschen und gluckert durch den Abfluss. Simpel äußert keinerlei Rückmeldung und Casco begreift, dass er besser den Mund hält, bis Simpel die weitere Tagesordnung zum Besten gibt. Also erzählt er auch nicht, dass er früher am Tage Tiptop bei Fazil getroffen hat. Simpels Handy läutet, und Casco hört mit:

– Simpel … Hei … Unterwegs … Casco … Kino … KENDALL … KENDALL … KENDALL YOU'RE BEING VIDEOTAPED … Nein … Ja … Amerikanisch … weiß nicht … bald … ja … jetzt? … Neun … na ja, so ne Stunde oder zwei … zehn, elf … Okay … ja, ja … schläft er? … hmmm … kannst du nicht … ruf doch einfach wieder an, wenn er kollabiert ist … Okay … nein, nicht nach elf … hmmm … ja, tschüss.

Nach dem »hei« ist Casco klar, dass es Motha sein muss, und er versucht, Simpel »Grüße!« zu signalisieren, indem er vor ihm herumwinkt und auf sich selber deutet usw., aber das kriegt Simpel nicht mit. Nachdem er mit Motha geredet hat, kommt Simpel bald wieder zu sich, sagt aber nichts zu KENDALL, sondern mosert stattdessen ein bisschen über die Passanten, deutet auf eine ca. dreißigjährige Person (männlich), die unter

Haarausfall leidet und den traurigen Rest wasserstoffblond gebleicht hat, sagt: »Die letzten Zuckungen« und schaut Casco kichernd an. Casco kichert zurück. Dann sagt Simpel: »Ich halt's wie mein Großvater selig: Für die Haare gilt dasselbe wie für alles andere auch. Freu dich, solange du's hast.« Und dann kichert er noch mal. Sie kommen an einem weiblichen Wesen vorüber, das da sitzt, den Kopf zwischen den Beinen, und ganz offensichtlich schon seit ein paar Jahren so verharrt, und Simpel tut so, als würde er sich voll Bewunderung vor ihr auf die Knie werfen und ruft mit erhobenen Armen: »My HEROIN(E)!«, und dann kichert er und sieht wieder Casco an. Casco kichert auch. Die Stimmung steigt. Auch Cascos Laune bessert sich, und nach einer Weile verabschieden sie sich voneinander. (Motha hat noch mal angerufen: »Jetz schlaf de' Kleine.«) KENDALL wird an dem Abend nicht mehr erwähnt.

FREITAG, 11. DEZEMBER, 12.00 H
(Tag des Infomeetings)

Speedo ist voll. So voll, dass er nasse Haare hat. Es ist zwölf Uhr. Mittags. Eine Art Instinkt – Gott weiß, welcher – treibt ihn an zu tun, was er zu tun hat. So unüberwindlich schwer ist das auch gar nicht. Er muss von einem Ort zum anderen wandern, genauer gesagt von einer Kneipe zur anderen. In der, aus der er gerade kommt, durfte er das Telefon nicht benutzen. In der anderen, in die er gerade kommt, darf er es benutzen. Soweit, so gut. Die eine heißt *Bjørns Fan Pub*, genannt *Beim Bjørn* oder *BP*. Die andere heißt *Cyrano*, genannt *Rotz*, seit sich der Besitzer vor etlichen Jahren für jedes der beiden Fenster den gebogenen Schriftzug *Rotz* aus grellroten Neonblinkleuchten zugelegt hat. Er macht nicht wenig Umsatz durch den Verkauf von Souvenirpostkarten, auf denen die Fenster zu sehen sind, unten leuchtet bescheiden *Rotz*, und überm Fenster steht *Cyrano*. Die Neonröhren im rechten Fenster sind ein bisschen altersschwach und summen beim Blinken BZZZZ … BZZZZ … BZZZZ … usw. Der übrigen Kundschaft ist das Summen wurscht, Speedo mag es. Er hat am rechten Fenster seinen Stammplatz. Von hier aus ins urbane Leben hinauszublicken (das genau genommen in dieser Gegend der Stadt – oder dieser Gegend der Welt – nicht unbedingt urban, aber doch relativ gesehen Leben ist), hier zu sitzen, während es rot blinkt und BZZZ macht, das vermittelt ihm eine Empfindung für die Vergänglichkeit der Zeit, so meint er. Speedo hat jede Menge von solchen Binsenweisheiten auf Lager.

Im Augenblick ist aber nichts mit Weisheit. Sein Instinkt hat ihn ins *Cyrano* geführt, an den Tresen, hinter dem Biijinez Aschenbecher säubert. Die nächste Herausforderung besteht in der Artikulation des Satzes: »Ein Bier, Biijinez, danke, geht auf die Rechnung von DESIREVOLUTION, wie immer, du weißt schon«, und dann muss er komplizenhaft mit dem Auge zwinkern. Aber schon an »Biijinez« scheitert er total. Speedo fängt viel zu früh an zu zwinkern, und zwar langsam und tolpatschig mit beiden Augen, was derart viel Konzentration braucht, dass er den Satzbau durcheinander bringt, ja, sogar völlig vergisst, was er sagen will. Aber das ist auch überflüssig, Biijinez weiß, was ansteht. Speedo schaut ihn an, die Lider hängen ihm bis über die Hälfte von Pupille und Iris runter. Um die Augen herum ist er schweißblank, obwohl es draußen hundekalt ist. Sein Haar kringelt sich auf seiner Stirn wie folkloristische Rankenmalerei. Auch sein Kinn ist schweißig. Der Hals rot geflammt.

– Geh säzz dich, Speedo, ich kommen und brringän deine Pils, sagt Biijinez.

Hinter dem Tresen klebt immer noch ein POST-IT-Zettel mit einer Telefonnummer, über der steht *Evtl. Konflikt mit Alkoholbehörde/Speedo): Rauswurf oder Entzug der Lizenz, bitte anrufen: 22 10 18 59*. Die Nummer ist noch nie benutzt worden. Speedo setzt sich rechts vom BZZZZRotz hin, an denselben Tisch wie Holger, ein alter Suffkopp ohne jede Absicht, an diesem Status je was zu ändern. Er setzt sich *neben* Holger, obwohl auf der anderen Seite des Tisches auch noch Platz wäre. Das *Cyrano* hat eine typische Alki-Einrichtung: zerkratzte Tische, senkrecht zur Wand platziert, zu beiden Seiten Bänke mit hohen Rückenlehnen, die an den Rückenlehnen der Bänke lehnen, die vor dem nächsten Tisch stehen usw. Koben wie im Schweinestall. Mit Plätzen auf der einen oder der anderen Seite des Tischs. Speedo und Holger sitzen auf der einen Seite. Auf der anderen sitzt niemand. Biijinez bringt, was Holger einen Goldbarren zu nennen pflegt, stellt ihn vor Speedo hin, der einen Kuhschluck in sich reinschüttet. Holger versucht eine Art Gespräch in Gang zu lallen, aber Speedo konzentriert sich auf sein nächstes Ziel: das Telefon. Er muss wieder auf die Beine kommen und die Bierfährte bis zum Tresen verfolgen (von jedem Koben führt eine ausgetretene Spur im Parkett dorthin).

– THEE … FOO …

– Was?

– THEEE … L … FOO … ON … N. Speedo bedient sich der Zeichensprache: Linke Hand ans Ohr, der rechte Zeigefinger kreist in der Luft. Biijinez stellt ihm das Telefon hin.

– Abärr nicht Auskuhnft, Speedo!, mahnt Biijinez streng.
– Neeeh … gcheeht klaa …

Nach einigem Gefummel schafft Speedo es, den Hörer abzunehmen und zum Ohr zu bugsieren. Jetzt steht er schwankend da. Speedo schwankt. Er denkt nach. Er hat in seinem Leben öfter Cascos Nummer gewählt, als zu vögeln, aber jetzt ist sie einfach futsch. Speedo leistet eine gedächtnismäßige Höchstanstrengung. Die Augen fallen ihm zu. Er kann sich Telefonnummern als solche nicht merken, er muss die Zahlen vor seinem inneren Auge *sehen.* Aber sein versoffenes und verschliertes inneres Auge sieht nichts. Die Nummer taucht nicht auf. Er denkt, solche Sachen, Telefonnummern und Adressen, dürfte der Instinkt als allerletztes loslassen. Speedo kann die Nummer in seinem Kopf drin spüren. Da liegt sie. Aber versunken. In irgendwas. In einem Mix aus Blut und Alkohol, der durch viele Kilometer Adern gepumpt wird. Speedo ist eine riesige Bloody Mary. Cascos Nummer ist versunken und schlummert tief in seinem Unterbewusstsein, wo u.a. Speedos widerlicher Vater ein geräumiges Gemach bewohnt. Er sagt Scheiße, ganz sicher das letzte Wort, das untergehen wird bei seinem Versuch, das gesamte Alphabet in Alkohol zu ertränken. Ein Deutscher (aus Berlin, erinnert sich Speedo) mit langem, schwarz gefärbtem Haar und so engen Hosen, dass einem der schiere Anblick wehtut, bestellt zwei Meter von ihm entfernt ein Bier. »Een Øøhl«, sagt er. Kein Zweifel, dieser Deutsche hat in seinem Leben die eine oder andere Zigarette geraucht. Speedo denkt wieder an die Nummer. Er versucht, sie herauszufischen. Sie versinkt wieder. Er pult sie raus, sie sinkt zurück. Es funktioniert nicht. Er muss sich was anderes einfallen lassen.

Speedo linst verstohlen zu Biijinez, der am anderen Ende des Tresens steht. Der Deutsche sitzt ein paar Hocker von Speedo entfernt, der ist keine Gefahr. Speedo blickt das Telefon an, dann wieder zu Biijinez. Auf den Deutschen, dann auf das Telefon. Und auf Biijinez, und wieder auf das Telefon. Dann wählt er die 180, die Nummer der Auskunft, es läutet fünf Mal (Speedo zählt mit) und eine Frauenstimme antwortet:

– Auskunft, ja bitte?
– Numma von Cascho Fo-osche-teh …?, flüstert Speedo halblaut, die Hand als Schutz vor den Mund gelegt. Er weiß genau, wenn rauskommt, dass hier ein Volltrunkener bewirtet wird, dann ist der Besitzer vom *Cyrano* seine Lizenz los.
– Könntest du bitte den Namen wiederholen?, fragt die Dame.
– Ca-scho-Foosch-rst-ee-r-ähh! Speedos Versuch zu buchstabieren endet in einem erschöpften Seufzer.

Die Dame räuspert sich. – Es tut mir Leid, aber ich verstehe nicht, was du sagst.

– Ca-a-schOO … Fors-Fosshe-e-eERR-Eeeehh-mmmja.

– Casco?, fragt die Dame. Soll ich den Vornamen als Suchwort eingeben?
– Jaamm…

Es ist still, Speedo hört Tasten klackern. Er schaut auf; Biijinez steht immer noch am anderen Ende des Tresens.

– Hier ist nur ein Casco eingetragen. Möchtest du die Nummer von Casco Foster haben?
– Jaja, ja … ja … mmm …
– Wolltest du noch eine Nummer?, fragt die Dame.
– Neee … mmmhh… Dannkche …

Eine digitalisierte Stimme sagt die Nummer an, und Speedo begreift *fast* sofort, dass er angeschissen ist. Fieberhaft fummelt er hinter dem Resopaltresen nach einem Stift, er kriegt einen grünweißen Kugelschreiber in die Finger, da sieht er, dass Biijinez zu ihm herschaut; er zieht die Hand ruckartig zurück und tut so, als ob nichts wäre. Die Nummer ist fertig angesagt, und Speedo erinnert sich an gar nichts. Er sagt wieder Scheiße und will eben auflegen, da hört er:

– Wählen Sie 1, um zu verbinden, oder 2 für eine nochmalige Ansage der Nummer.

Speedo schaut den Apparat an und sagt zum dritten Mal Scheiße. Eine Wählscheibe, nichts von wegen Tonwahl. In einem verzweifelten Versuch steckt er den

Finger ins Loch für die 2 und dreht bis zum Anschlag. Nichts. Er hört nichts als die rasend schnell klickenden Zählerschritte. Speedo unterbricht die Leitung mit dem Finger, heimlich, um Biijinez' Aufmerksamkeit nicht auf sich zu ziehen, dann lässt er los und wählt erneut die 180. Langsam dreht er die Scheibe und führt sie ebenso langsam zurück, damit es keine Geräusche gibt. Bescheuertes altmodisches Scheißzeugs, denkt er. Während des Freizeichens linst er nochmals über den Tresen und langt verstohlen nach dem Kugelschreiber. Dann fängt dasselbe wieder an:

– Hier ist die Auskunft, ja bitte?
– Jaaa, die Nummavon … nn … Caco-ssch-coOFo-sehhh…
– Wie bitte?
– Casscchh-coo … Fosceh …
– Casch- und dann?
– Caschcschoo … Fo-Fos-Foschthee-rr.

Etcetera. Speedo klammert sich an den Kugelschreiber. Seine Fingerspitzen sind weiß, er steht mit gekrümmtem Rücken da. Seine dünnen Bierbeine sind in der Mitte geknickt und verschwinden unter der Lederjacke, ohne beim Hintern einen größeren Halt einzulegen, aus dem schlichten Grund, dass kein Hintern da ist. Diesmal kriegt er die Nummer mit. Kritzelt sie hin, unterbricht wiederum die Leitung mit dem Finger, ohne aufzulegen, lautlos, schielt zu Biijinez hinüber und auf die Nummer runter. Speedo würde zwölf Flaschen Schnaps verwetten, dass er sie noch nie zuvor gesehen hat. Er wählt, und nach viermaligem Läuten meldet sich Casco. Casco hat eine ausgesprochen angenehme Telefonstimme. Speedo reißt sich zusammen.

– Casco.
– Heei C-CaACasco … HiiaissSschpie'oh …
– Hallo Speedo, wie geht's denn so, du bist bei der Arbeit, wie ich höre …?
– Mmnjaa … Du Cassch-sc…?
– Ja?
– Iiich … happn … Naaah-ch-chricht v-vv… vonSs-sii…
– Von Simpel? Was denn?
– Ssoo-lll-llst kommn Imfotie–iehmink … tieh-… M! … M! … M! mieieiehtin–n-nnk MEE-TINK! … TINK!
– Wann denn?
– Einuah …
– Heute??
– Mhmm ..
– Aber ich bin gestern Abend mit Simpel aus gewesen, und er hat keinen Ton gesagt. Bist du sicher, dass es heute ist, Speedo? Wann hast du mit Simpel gesprochen?
– Ach-chhh-tuah …
– Heute früh?
– Mhmm …
– Um eins? Das ist ja gleich nachher … wo denn? Wo läuft das Meeting?

– Pappa-paha-papapahansss …
– Verflucht … ja … Scheiße … ja, okay. Wo bist du jetzt, Speedo?
– Rrrodds …
– Okay, das liegt günstig. Das schaffst du doch in einer Dreiviertelstunde, oder?
– Mhmm …
– Gut. Also, bis nachher, Speedo. Und danke für den Anruf.

(Klick)

Speedo schlurft zurück zu Holger und findet, der Bierspiegel in seinem Glas steht tiefer als vorhin. Er schaut hinüber zu Holgers Glas, es ist leer. »Sch-scha-aisse«, sagt Speedo und versucht zu artikulieren, dass er zwar alles Bier anschreiben lässt, aber dennoch ein Budget zu respektieren hat. Holger quittiert Speedos Lallen, das wohl ein kleiner Protest oder eine Warnung sein soll, mit niederschmetternder Gelassenheit. Speedo würde nämlich niemals die Hand gegen jemanden erheben, das gehört zu den wenigen Dingen, die Holger in seinem versoffenen Kopp noch weiß.

AM SELBEN TAG, 12.45 H
(Aus Eisenmanns Perspektive)

Ich renne weiter. Wenn die Polizei hinter mir her wäre, wer Offizielles, irgendein Kontrollorgan, dann wäre ich schon lange stehen geblieben. Dann hätte ich mich längst hart auf den Boden schmeißen und mir Handschellen anlegen lassen. Vielleicht würden sie mir irgendwas ins Ohr zischen. Aber so ist es eben nicht, Scheißpech für mich. Ich kann nicht aufhören zu rennen, *what so ever*. In meiner Brust tut etwas tierisch weh. Mein Unterkiefer schlappt runter, bei jedem Schritt schlagen meine Zähne aufeinander, ich kann spüren, wie mein Gesicht schwabbelt, wenn meine Füße auf dem Boden auftreffen. Ich glaube, ich sabbere. Ich finde, dass Simpel mich verflucht nochmal endlich besser bezahlen müsste. In mir drin sage ich Scheiße Scheiße Arschloch Arschloch Scheiße Arschloch Scheiße Scheiße Arschloch verfickte Scheiße. Mein Leben steht auf dem Spiel. Ich führe das Klischee einer Verfolgungsjagd vor, aber deswegen ist es keinen Deut weniger ernst. Sich die Seele aus dem Leib zu rennen, das führt wohl doch ein bisschen weiter als die üblichen Botengänge, denke ich. Zum Teufel mit Simpel. Die Liste heute war schon in Ordnung, abgesehen von dem einen Punkt:

ÜBERBLOND:
2 Paar beinhohe Schaftstiefel, Olivenöl, Enthaarungswachs, Hämorrhoidencreme, eine Auswahl Gummi- und Seidentangas sowie dünne Ketten.

VAN GMBH:
5 Liter Hausgebrannten, 1 Karton Pall Mall.

DESIREVOLUTION:
10 DVD-Kassetten, 1 Partie Kopierkassetten, 3 Scart-Kabel, Seife, Handtücher, Plastikobst, Ink-Jet-Papier, 2 Ringbücher, Plastiktüten, ein Dreierpack Tangas, 1 Weihnachtsmannkostüm.

RITMEESTER:
Übliche Waren des täglichen Bedarfs, PARKER-Tintenpatronen, Dispril, Lebertrankapseln, 2 Stangen Marlboro. Bericht für DESIREVOLUTION mitnehmen.

SIMPEL/COOLCONVENTION:
Tätowiermaschine und -nadeln, schwarze und rote Tattootinte, Arzthandschuhe, Rotwein. 5 Scheine Simpelwährung bei Simpel abholen: Koks und Schlaftabletten für alle 5 Scheine. Koks beim Infomeeting an Tiptop/Simpel übergeben. Die Schlaftabletten kriegt Simpel. Bericht über Koks/Schlaftablettenkauf an Simpel.

Beim letzten Punkt bin ich gerade. Ich habe als Letztes für fünf Scheine Simpelwährung Koks gekauft, und jetzt habe ich zwei rabenschwarze Negerdealer am Hals. Besonders fit haben die eigentlich nicht ausgesehen. Ich hab sie beim Deal unter die Lupe genommen. Rotgelbe Augen, schlechte Zähne usw., aber ich hätte berücksichtigen müssen, dass es *Neger* sind. Und wenn Neger eins können, egal, wieviel Milligramm von irgendwelchem Dreck in ihren Adern kreist, und trotz rotgelber Augen und schlechter Zähne und weiß der Teufel was noch, dann ist das *rennen.* Auch wenn sie so aussehen, als würden sie seit wer weiß wie vielen Winternächten unter der Brücke schlafen. Mit raschen Fingern haben wir das Geschäft auf Hüfthöhe abgewickelt. Sie haben die Scheine bekommen, ich den Koks. Ich habe den Beutel gepackt und ihn in die Jackentasche gesteckt, dann habe ich mich ca. 10-15 Sekunden lang in beinahe verdächtig schneller Gangart entfernt, solange sie kleine paranoide Blicke um sich warfen und nach Negerart auf der Stelle trippelten, dann die Scheine entrollten und lesen durften: *Hierfür kriegst du nicht viel Dope, ARSCHLOCH!* Und als sie mit offenem Mund von den Scheinen aufblickten und ihren Augen noch nicht trauen wollten, bin ich losgerannt. Und die Negerboys hinter mir her wie die wilden Tiere. Sie rannten los, ohne nachzudenken, ganz instinktiv. Diesen Vorsprung, 10, höchstens 15 Sekunden, habe ich bis jetzt gehalten. Aber die Dealer sind seit dem Start keinen verdammten Meter zurückgefallen. Ich werfe regelmäßig den Kopf hysterisch nach hinten, um den Überblick zu behalten, und sehe sie mir nachsetzen. Beide rucken bei jedem Schritt energisch und wütend mit dem Hals. Sie laufen hintübergelehnt und starren mir nach. Es geht rasend schnell voran, unser Abstand zueinander scheint stillzustehen. Der eine hat einen Haarknoten und Afrozöpfe, die starr von seinem Kopf abstehen. Der andere trägt eine glänzende Steppjacke mit Riesenkapuze. Ich habe meine besten Laufsachen an. Jogginghosen und neue NIKES. Einerseits dient das Outfit sozusagen als Tarnung. Neue Laufschuhe und Jogginghosen sind in der Regel eine prima Tarnung für Dealer und ihre Kunden. Und zweitens, rein praktisch gesehen, ist diese Kleidung genau das Richtige für den Post-Deal-Sprint. Meist muss ich nicht weit rennen, bis die Dealer, meist Weiße, fluchend und keuchend aufgeben. Niemand flucht so jaulend und verzweifelt wie ein Junkie, dem man gerade seinen Stoff abgenommen hat. Ab sofort werde ich mich verdammt nochmal von Negern fern halten.

Meine einzige Chance ist, auf der Südseite über den Hof von der B-Schule zu laufen, hinter der Turnhalle um die Ecke, dann hoch in die Eiblsgate, an der Stelle, wo der Sommervei sich in Eibls- und Glesåengate gabelt. Die Eiblsgate vollführt eine sanfte Kurve, wenn ich mich da so weit wie möglich links halte, verschwinde ich hinter den Fassaden, bevor das Negergelichter auf der nordöstlichen Seite um die Turnhalle kommt. Das bedeutet, dass ich hinter der Halle nochmal beschleunigen muss, falls ich das irgendwie schaffe, denn bis zur Gabelung sind es noch mindestens 40 Meter den Sommervei runter. Ich muss es um die Kurve Eiblsgate schaffen, bevor sie sehen können, welche Straße ich nach der Gabelung genommen habe. Wenn das klappt, bin ich aus dem Schneider. Dann komme ich ohne weitere Probleme zum Haus Nr. 16 und kann da durch den Hinterhof (und die Tür hinter mir zuwerfen, die Casco oder Tiptop aufgestellt haben *müssen*, mit einem Zettel dran, *Erwarte Lieferung, bitte offen lassen!*). In dem Haus wohnen vor allem Rentner; wenn die Tür zu ist, besteht also relativ wenig Gefahr, dass einer der Hausbewohner sie zwei keuchenden gelbzähnigen Negern aufmacht. Von dort sind es nur noch ein paar hundert Meter hoch zu PapaHans und Sonja. Ich mache diesen ganzen Umweg, statt sofort aus der Isnesgate in den Tobias Schmidtsvei einzubiegen, denn ich muss die Neger abhängen, bevor ich irgendwo reinlaufe.

Wir nähern uns der Schule. Der Abstand zu meinen Verfolgern ist unverändert. Ich höre, wie der eine dem anderen ein Kommando zustöhnt, aber ich verstehe nicht, was. Ich renne durch das südliche Schultor. Natürlich ist gerade Pause. Anders kann's ja gar nicht gehen. Gut, dann gibt's jetzt eine Dopehatz durch die Grundschule. Über Himmel-und-Hölle-Kästchen und Prellballmarkierungen. Als ich gut die Hälfte vom Schulhof hinter mir habe, sehe ich zu meinem Entsetzen, dass der eine, der mit den Zöpfen, den Richtervei weiterrennt, während der andere mir aufs Schulgelände nach ist. Entweder haben die was geahnt, oder sie kennen sich hier aus. Dieses unerwartete Manöver torpediert meinen Plan. Jetzt hat meine Verwirrstrategie mit Eibls- und Glesåengate keinen Sinn mehr. Scheißsimpel, Scheißsimpel, Scheißsimpel, denke ich. Aus mir kommen bei jedem Atemzug Geräusche. Ich röchle. Die Grundschüler passen nicht auf, ich trete mehrere von ihnen oder renne sie um und hinterlasse eine Bahn aus Kindergeschrei und blutenden Nasen. Die Kinderchen heulen mit ihren kleinen Gesichtern und kullern durch den Schneematsch. Ich verschwende keinen Gedanken auf sie. Bei jedem neuen Zusammenstoß spritzt mein Sabber und ihrer genauso. Ich schlage einen Haken. Das Schulhaus. Ich renne schnurstracks auf den nördlichen Eingang zu. Mit der einen Hand reiße ich die Tür auf, mit der anderen drücke ich mich ab. Als die Tür an die Außenwand scheppert, bin ich schon weit den Linoleumflur rein. Drinnen ist es leer (Hofpflicht in der Pause). Aber hinten im Flur ist noch ein kleiner Pöks. Lonyl. Er kritzelt mit dem Filzer an der Wand rum. Ich sage nicht guten Tag. Er schaut auch nicht auf, als ich vorbeirase. Bevor ich zur südlichen Tür rausflitze, auf den Richtervei zurück, drehe ich mich um und sehe, wie der Kapuzenneger gerade in den Flur kommt. Ich renne wieder auf den Schulhof. Diagonal zu mir kommt der Zopfneger durch das nordöstliche Hoftor gegenüber von der Turnhalle. Wie ich mir gedacht habe, ist er den Sommervei hoch, den ich runterrennen wollte. Wieder schlage ich einen Haken und gelange über das südliche Tor auf den Richtervei. Der Zopfneger bremst, erwägt sekundenschnell, ob er kehrtmachen und den Sommervei wieder runter soll, dann rennt er weiter über den Schulhof. Ich gewinne ein paar Meter. Die Südtür knallt, der Kapuzenneger kommt aus dem Gebäude. Als ich hinterm Fischgeschäft in die Glesåengate einbiege, liegt er zehn Meter vor dem Zopfneger. Ich renne im Zickzack über die Glesåen und in die Eibl rein. Der Fischladen blockiert den Negern die Sicht auf mich, aber es gehört nicht viel dazu zu erraten, dass ich die Eibl hoch bin. Ich bin sicher, dass sie mir weiter auf den Fersen sind. Wir können uns nur nicht mehr sehen, weil die Straße eine sachte 180°-Kurve gegen den Uhrzeigersinn vollführt. Ich halte mich scharf in der Innenkurve. Die Eiblsgate geht in meiner Richtung leicht bergauf, ich renne elend langsam, aber dem Negergelichter wird es nicht anders gehen. Der kleine Widerstand durch die Steigung ist unerträglich. Kurz ist mir, als würde ich auf der Stelle treten. Ich denke an Haus Nr. 16. Ich sabbere. Ich glaube, gleich bleibt mir das Herz stehen. Alles in mir streikt. Ich erreiche Nr. 16. Die Tür ist zu!!! Ich rüttle schlapp an ihr. Mit gebeugtem Kopf. Wässriger Sabber trieft von meiner Unterlippe. Ich röchle laut SCHEISSE SCHEISSE CAAAAASCOOO! Ich reiße noch mal an der Tür, lehne mich dagegen und drücke, so fest ich kann, rutsche im Schneematsch nach hinten aus und schlage hin, mein Gesicht ratscht am Holz der Tür entlang. Ich hänge mit beiden Händen bogenförmig an der Türklinke auf den Bürgersteig. Ich höre mein Herz so schnell in den Schläfen schlagen, dass ich nicht mehr mitzählen kann, es prügelt mehr, als dass es schlägt, BAMBAMBAMBAMBAM. Ich denke: Jetzt sterbe ich sowieso, da ist auch egal, wie. Aber als ich den Kopf nach links werfe und sehe, wie sich Kapuze und Zopfkopf mit hängenden Zungen um die Ecke schleppen, rasselt drinnen ein Schlüssel im Schloss. Die Tür schlägt auf, sobald der Schlüssel sich gedreht hat. Ich rapple mich hoch. Wilden Blicks sehe ich die Rettung, aber der Rentner, der da aufgesperrt hat, zieht sich zurück, lehnt sich gegen die Tür und versucht sie zuzuschieben, mit hektischen Bewegungen und hysterischem Blick, wie für alte Leute in Stresssituationen typisch. Ich hasse alte Leute. Zum Glück hat der alte Sack nicht viel Kraft. Sobald ich den rechten Fuß richtig hinstellen kann, drücke ich die Tür ohne weitere Probleme auf und zerre den Alten an seinem Schal auf die Straße. Ein heiseres Ächzen kommt aus seiner Kehle, als der Schal sich zuzieht. Ich weiß nicht, ob er hinschlägt oder was, ich schmeiße die Tür zu und höre, wie keine Sekunde später Kapuze und Zopfkopf mit doppeltem Wumms versuchen, sie aufzudrücken. Sie schreien und werfen sich mehrmals dagegen. Ich lehne gekrümmt an der Wand, stöhne sabbernd, schaue auf die Tür und kann nicht glauben, dass sie hält. Aber sie hält. Es ist dunkel im Hauseingang, jedes Mal, wenn sie von draußen dagegenrennen, blitzt der kleine Spalt Tageslicht unten auf. Dann verändern sich die Negerstimmen, statt auf Eingeborenesisch zu brabbeln, rufen sie Kommandos auf gebrokken Norsk. Sie wollen den Rentner zwingen, ihnen aufzuschließen. Ich rolle mich von der Wand ab und stolpere auf den Hinterhof. Meine Arme und Beine sind wie gelähmt. Auf der anderen Seite des Hofes, in der Jacob Steenbuchsgate, schaue ich zurück und sehe, dass das Trio vor Nr. 16 die Tür noch nicht wieder auf hat. Ich höre Geschrei und Röcheln und dumpfe Aufschläge. PapaHans und Sonja wohnen in Nr. 64, noch 50 Meter den Sommervei hoch. Ich klingele Sturm, bis ich Simpels genervte Stimme höre. Ich stöhne meinen Namen, die Tür macht bzzzz und ich plumpse in den Hausflur.

BEI CASCO KURZ VOR DEM INFOMEETING

Casco, der bei dem bevorstehenden Infomeeting (um ein Uhr) die eine oder andere Unannehmlichkeit erwartet, ertappt sich bei ein paar kurzen Seufzern, als Speedo seine Informationen zu Ort und Zeit fertiggeschnieft hat. Casco überdenkt den Vorfall bei dem COCKA-HOLA-Dreh und legt sich ein paar Argumente zurecht, die ihm als Beweiskette für seine Unschuld und Tiptops Schuld dienen: 1. Tiptop war's. 2. Das kann ich beweisen. 3. DESIREVOLUTION besitzt diverse Videoaufnahmen, die das bezeugen. 4. Regisseur, Produzent und zwei Kameramänner haben es mit angesehen. 5. (Falls das mit dem Blickkontakt aufgebracht wird) Dass wir Blickkontakt hatten, kann nicht als Ursache des Vorfalls gewertet werden. 6. Ich bin nicht homosexuell. 7. Ich habe sofort versucht, mich aus Tiptops oraler Umklammerung zu befreien, als mir klar wurde, was da lief. 8. Hinterher habe ich mich nicht gut gefühlt (Lüge). 9. Das hatte ich in keinster Weise geplant. 10. Und selbst wenn es geplant gewesen wäre, hätte ich trotzdem nie gewagt, so was vor den Augen meines Vaters zu tun. 11. Ich finde den Vorfall bedauerlich und bin ebenfalls ganz der Meinung, Tiptop hätte es nicht so weit kommen lassen dürfen.

Casco hat sich selber rasch überzeugt, dass er, diese Trümpfe in der Hand, aus dem Schneider ist.

Die Aufnahme vor zwei Wochen war der letzte Take. Die Szenen werden in chronologischer Reihenfolge aufgenommen, um dem Regisseurpeter die Arbeit zu erleichtern; er ist nicht übermäßig begabt, aber multifunktionell einsetzbar und macht auch den Schnitt selber fertig. Da Casco von R-Peter nichts gehört hat, geht er davon aus, dass genügend Rohmaterial für den Schnitt vorliegt, auch wenn die Aufnahme abgebrochen wurde, nachdem Tiptop an Horatias Gesicht vorbei ejakuliert hatte.

Merkwürdiger ist da schon, dass PapaHans nichts von sich hat hören lassen, seitdem er aufgestanden war und sich vom Set entfernt hatte. Ebenso merkwürdig wie die Tatsache, dass er Simpel gegenüber offenbar nichts erwähnt hat. Und auch Sonja gegenüber nicht. Casco hat sich darüber in der letzten Zeit einige Gedanken gemacht und ist schließlich zu der Meinung gelangt, vor allem, wo er nun zu dem Meeting einbestellt worden ist, dass PapaHans sich die saftige Rüge aufsparen und sie erst jetzt, beim Infomeeting, voller Schadenfreude loslassen wollte. Nichts kommt PapaHans' Vorliebe für peinliche Situationen gleich. Und diesmal hat er sich selber übertroffen, hat die Peinlichkeit an seinem Busen geborgen, sie versteckt wie Weihnachtsgeschenke, denkt Casco.

Casco zieht sich was an und geht rasch hinaus, aber genau, als die Tür zuschlägt, fällt ihm ein, dass er nicht nochmal in den Spiegel geschaut hat, also geht er rasch wieder hinein und schaut in den Spiegel. Und während er dasteht und in den Spiegel schaut, kommt ihm die Tür des Hauses Eiblsgate Nr. 16 in den Sinn. Es ist Tiptops und seine Aufgabe, vor jedem Infomeeting dafür zu sorgen, dass sie rechtzeitig offen ist.

– Oh Scheiße, sagt Casco mit einem harten Nicken zu sich selber. – Eisenmann! Scheiße! Verfluchte Scheiße!

Aber jetzt kann er das mit der Tür vergessen. Wenn er die geringste Chance haben will, noch rechtzeitig zum Meeting zu kommen, muss er auf direktem Wege dorthin. Casco hofft, dass Tiptop die Sache in die Hand genommen hat, aber er bezweifelt es. Dieser verfluchte Tiptop.

BEI SIMPEL, ETWAS FRÜHER AM SELBEN TAG

Simpel sitzt still. Er bereitet sich auf das Infomeeting vor. Aus vier, fünf Metern Abstand von hinten gesehen, also von der Wohnungstür auf der anderen Seite des Zimmers aus, wirkt er eigentlich ganz harmlos. Über den Schreibtisch gebeugt, den Rücken zur Tür gewandt, sitzt er da, eine schwarze Silhouette vor der blassen Morgensonne. Aus kitschigen und sentimentalen Gründen hat Simpel den Schreibtisch vor eines der extrem wenigen Fenster seiner Wohnblockwohnung gestellt. (Der Tisch ist eher ein Pult oder ein kleines Katheder, aber ohne Schubladen und ohne die Verkleidung auf drei von vier Seiten, wie sie bei Kathedern üblich sind; Beine und Füße unter Tischen sehen ja immer irgendwie tolpatschig aus – jeder Lehrer könnte seiner Autorität gleich Lebewohl sagen, wenn er vor einer ganzen Schulklasse mit verknoteten Beinen am Katheder säße, so, dass die Schüler womöglich bloße Haut und hässliche Socken sehen könnten und noch dazu zwischen Beinen, Hose und Stuhl eingeklemmte Genitalien.) Das Fenster vor Simpels Schreibtisch weist gen Süden. Simpel hat gern die Vormittagssonne auf seinem Tisch, wie sie im Wasserglas blitzt, auf seine Papiere fällt, flach, so dass Tabak- und andere kleine Krümel lange Schatten werfen; dort sitzt er gern und bewegt seine Papiere ein wenig, lauscht den Raschel- und Knistergeräuschen eines Blatts nach dem anderen, wenn er sie zur Hand nimmt und wieder hinlegt. Er schreibt einen Satz und neigt den Kopf über seine Papiere, bis sein Kinn fast auf der Tischplatte liegt. Er sieht, wie die PARKER-Tinte aus dem Füller sich feucht und lautlos auf das Papier gelegt und die Feder sich ein winzig kleines bisschen in die Fasern gedrückt hat. Er findet, Papier und Tinte sind eine unschlagbare Kombination. Erst recht unschlagbar findet er diese Kombination, wenn die mit Tinte beschriebenen Papiere auf einem Holztisch vor einem Fenster liegen, durch das das Vormittagslicht fällt, und davor ein Holzstuhl steht, der ein wenig knarrt, wenn der dort Sitzende sich aufrichtet oder die Position seiner Beine verändert. Dieses Kitschbild von sich selbst am Schreibtisch wird er nie mehr ganz los. Allein die Vorstellung, in seinem Heim an einem Tisch zu sitzen und sich poetische Betrachtungen oder sonst einen Mist abzuquetschen, müsste ihm eigentlich zuwider sein. Dazusitzen und sich selber mit seinen Ideen, Gedanken und nicht zuletzt Gefühlen zu befruchten, das löst doch schwere Übelkeit aus, und dass Simpel so etwas fertig bringt, nachdem er Aktionen wie PHILOSUFFER oder BURN, DIARY, BURN! durchgeführt hat, das zeugt von ernsthaften Schäden an seiner Selbsteinschätzung.

Nun, egal: Sein Schreibtisch ist die einzige Installation in der ganzen Wohnung, die er selber als poetisch-philosophisch ansieht, der ganze Rest ist das reinste

Chaos. Simpel selber kann auch ganz schön poetisch-philosophisch aussehen, wie gesagt, so aus vier, fünf Metern Entfernung, von hinten, bis man nahe genug dran ist, dass man lesen kann, was er auf allerlei Zettel geschrieben hat, die rechts und links vom Fenster kleben. Ein paar Kostproben:

EVERYTHING INFINITE SUCKS
I'M HIP-NOTIZED
AMERICANAZATION
SO PUT YOUR OPINION IN THE AIR, AND WAVE IT LIKE YOU JUST DON'T CARE
EVERYTHING IS WRONG. EVERYTHING IS OK
JEDE, ABER AUCH JEDE IDEE LANGWEILT MICH NACH CA. 30 SEKUNDEN, EINSCHLIESSLICH DIESER HIER.
BLACK POWER = WHITE POWDER
FUCK ALL YOUR PROTESTS
BEST CASE SCENARIO
LIKE A MONKEY IN THE BANK
LIVE NUDES. DEAD NUDES
BEISS IN DIE HAND, DIE DICH NÄHRT, SCHEISS IN DEN MUND, DER DICH VERTEIDIGT.
MODERN FUCKING
DEPRIMIEREND, ZU VIEL ZU SCHLAFEN. DEPRIMIEREND, ZU WENIG ZU SCHLAFEN.
KNOCK ON WOOD-IMITATION
SURVIVAL OF THE HIPPEST
FIVE WORDS IN VIOLENT NEON
MC DEPTH

Undsoweiter. Tiptop ist durch die offene Tür hereingekommen. Jetzt steht er so dicht hinter Simpel, dass er seine Nackenhaare einzeln erkennen kann. Er sieht das Etikett im Hemdkragen krumm auf den Halswirbeln aufliegen. Dann dreht Simpel sich um, schaut mit einem unschönen Gesicht zu Tiptop hoch, und alle Illusionen, die der poetisch-philosophische Rücken erweckt hatte, sind futsch. Das Gesicht ist nicht nur unschön anzusehen, es ist regelrecht hässlich.

Tiptop ist immer ein bisschen angespannt, bevor er Simpel ins Gesicht schauen muss; heute ist er außerdem noch hibbeliger als sonst, denn soviel er weiß, ist PapaHans der Einzige, dem die Tiptop/Casco-Episode vom jüngsten Dreh bekannt ist, und ihm graut schon seit geraumer Zeit davor, wie er heute aufs Parkett starren wird, um nicht sehen zu müssen, was für ihn das Schlimmste auf der Welt ist: mimische Reaktionen (vor allem Simpels), wenn PapaHans bei dem Infomeeting nachher unter Garantie die Tatsache des »Malheurs« herausposaunt, und zwar mit dem Zartgefühl eines SS-Offiziers.

Simpel wohnt erst seit acht, neun Wochen in dieser Wohnung. Wegen seines laufenden Projekts, F.U.D.N. – FUCK-UP-DIE-NACHBARSCHAFT –, musste er wieder mal umziehen. In eine andere Wohnung im selben Block. In diesem Block wohnt Simpel seit Jahren, und er will hier auch nicht wieder weg. Innerhalb des Blocks hingegen ist er allerdings unzählige Male umgezogen. FUCK-UP-DIE-NACHBARSCHAFT ist eine Art

Nebenprodukt seiner sonstigen Interventionen und funktioniert wie folgt: Saddam Jacz, der Hausmeister des Blocks, sagt Simpel jedes Mal Bescheid, wenn irgendwo eine neue Familie einziehen soll. Dann ziehen Simpel, Motha und Lonyl in die freie Wohnung, und die Neuen kriegen ihre alte. Im Laufe der nächsten paar Tage startet Simpel irgendeine Aktion, oder Intervention, wie er es lieber nennt, und wenn die Polizeikräfte kommen, um ihn festzunehmen, nennt ihnen Jacz »irrtümlich« die Nummer von Simpels alter Wohnung, so dass den Neuen die Tür eingetreten und der Feierabend ruiniert wird usw. F.U.D.N. ist Simpels Maßnahme gegen eine der scheußlichsten fixen Ideen, die der moderne Mensch hervorgebracht hat: Gute Nachbarschaft.

– Schleich dich verdammt nochmal nicht so bei mir rein, Tiptop, sagt Simpel. Er sitzt verdreht auf dem Stuhl (aufzustehen würde ihm im Leben nicht einfallen) und starrt Tiptop an. Tiptop schaut mit flackerndem Blick zurück.
– Ja, sorry, die Tür war offen… wir wollen doch zusammen … PapaHans …
– Kannst du denn wissen, was ich grade hier drin treibe, Tiptop? Vielleicht bin ich ja ein Analmasturbator, nur zum Beispiel? Wäre dir das nicht verdammt peinlich, du kommst rein, und ich liege da auf dem Flickenteppich, die Knie hinter den Ohren und den … den … ja, den da (Simpel deutet auf einen Schrubber, der hinter dem Fernseher steht) … den Stiel da bis zum Anschlag in der Rosette. Das wär doch

scheißlustig, was, Tiptop, scheißklasse, was würdest du dann sagen, Tiptop? »Ja, sorry, die Tür war offen«? (Simpel zieht eine Grimasse, als er das sagt, und wiegt den Kopf hin und her, wie schlechte Imitatoren, wenn sie wen nachmachen.) Nächstes Mal solltest du's dir zweimal überlegen, bevor du bei wem reinplatzt, denn so ein Bild willst du dir doch sicher nicht zumuten, was Tiptop? Nein, ich glaube nicht. Ich mit dem Schrubberstiel im Hintern? Also ich persönlich würde mich bedanken ... Scheiße ... höhö ... auf dem Besen reitend sozusagen. »Ja, sorry, die Tür war offen und deine Hintertür anscheinend auch.« Wenn ich nicht so wahnsinnig pflichtbewusst wäre, dann würdest du möglicherweise jetzt dasitzen und dieser bestürzende Anblick, den man doch niemandem zumuten möchte, hätte sich dir fest in die Netzhaut eingebrannt. Das würdest du nie wieder vergessen. Aber dein Glück, ich sitze am Schreibtisch, liege nicht am Boden mit einem Besen im Darm, tagaus, tagein sitze ich hier und zergrübele mir mein Scheißhirn, aber das kannst du nicht wissen ...

– Wo sind denn Lonyl und Motha ...? Tiptop ist ein paar Schritte zurückgewichen. Er verzichtet auf die Bemerkung, dass Simpel ihm schon x Mal seinen irre harten Arbeitsalltag geschildert hat. Im übrigen ist es auch nicht das erste Mal, dass Tiptop durch die offene Wohnungstür zu Simpel reinkommt.

– Wo wird Lony schon sein mitten in der Woche um zwölf, he, Tiptop? Was? Wirf mal deine grauen Zellen an, wo sind Siebenjährige für gewöhnlich um zwölf Uhr mittags unter der Woche? In den Sommerferien vielleicht?

– Und Motha …?

– Vergiss es, Tiptop. Sie kommt zum Infomeeting. Bis dahin wirst du dich gedulden müssen! Oder ist es für das Tiptop-Universum so unerlässlich, die genauen geografischen Motha-Koordinaten zu kennen?

– Nein, nein, ich hab nur gedacht, man wird ja wohl noch fragen dürfen …?

– Da sei dir verflucht nochmal nicht so sicher, Tiptop, ich weiß wirklich nicht, ob es erlaubt ist, andauernd so viele idiotische Fragen zu stellen wie du. Jedenfalls nicht in meinen vier Wänden. Du kannst nicht überall tun, was du willst, weißt du.

Tiptop begreift (zum x-ten Mal), dass er besser den Schnabel hält, bis Simpel die Tagesordnung bekannt gibt. Simpel stellt fest, dass Tiptop verstummt ist, also wendet er sich wieder Schreibtisch, Papieren und Fenster zu. Simpel ist einer von denen, die andere, egal wen, ihren eigenen Gedanken überlassen, bis sie selber es für angebracht halten, Kontakt aufzunehmen oder ein Gespräch in Gang zu bringen. Diese antisoziale Eigenschaft geht wie so oft mit der Neigung zum Stimmungsdiktator einher. Simpel ist ein ausgeprägtes Exemplar dieses Charakters. Es ist ratsam, sich in einer neutralen Laune zu befinden, wenn man ihn aufsucht. Casco und Tiptop sind typische stimmungsneutrale Menschen, keiner von beiden sprüht vor Freude oder Eifer oder verbreitet sonst eine Stimmung, da sie keine zu verbreiten haben. Stimmungs-Chamäleons: Sie tragen lediglich eine kleine Portion zu derjenigen Stimmung bei, die die jeweilige Situation erfordert. In regelmäßigen Abständen und vor allem bei paranoiden Anwandlungen (also mindestens allwöchentlich) beklagt sich Simpel, dass sie an seinen Stimmungen schmarotzen, was Casco und Tiptop heftig abstreiten, mit dem Argument, dass man in seiner Gegenwart unmöglich in einer anderen Stimmung sein kann als er. Das nutzt Simpel freudig als Anlass zu einem Zank, der ihm fast jedes Mal erlaubt, irgendwann physisch gegen seine Pornokollegen vorzugehen; er schubst sie oder schleudert sie an die Wand und den Tisch usw. Zu der Erkenntnis, dass sie alle drei Recht haben, dringen sie nie durch.

Tiptop schaut auf die Uhr: Halb zwölf – noch anderthalb Stunden bis zum Meeting. Tiptop setzt sich aufs Sofa, ein Wildleder-Ecksofa ca. vier, fünf Meter hinter Simpels Schreibtisch, auf der anderen Seite des Raums. Es ist durchgesessen und speckig, kurz gesagt widerlich. Tiptop ist tiptop gepflegt und gekleidet – tadellos, wie immer. Er versucht, sich nicht in die tiefste Kuhle des Sofas zu setzen, die am schlimsten aussieht. Vorm Sofa steht ein Sofatisch, und an der gegenüberliegenden Wand befindet sich die Unterhaltungsmaschinerie, ein Fernseher und ein Videogerät auf einem Bord aus Holzimitat, das völlig mit Filzstift zugeschmiert ist. Der Sofatisch ist mit mehrere Wochen alten Boulevardzeitungen und Fernsehprogrammen bedeckt, dazu die Krümel von zwei oder drei Wochen

Stulle-aus-der-Hand-vorm-Fernseher-Mahlzeiten, Gläser mit sauer gewordener Milch, Kaffetassen und eine unüberschaubare Anzahl Einzelteile aus Kinder-Überraschungseiern. Jede Menge Papiere, Briefe, mindestens ein Dutzend Rechnungen, Reklamesendungen und Lonyl-Zeichnungen liegen auf einer Art Stapel, und oben auf dem Stapel thronen das BOSCH DUALCOM und zwei Fernbedienungen (Fernseher und Video). Rechts vom Sofa liegt das Aufladegerät fürs Handy, halb zugemüllt unter einem weiteren Stapel alter Zeitungen und Papiere. Oben auf diesem zweiten Stapel sieht Tiptop einen mit Filzer beschriebenen Zettel: *Nr. 422, am 14. Gruß Saddam.* Der restliche Boden ist mit kaputtem Spielzeug bedeckt. Es ist sozusagen unmöglich, in Strümpfen durch das Zimmer zu gehen, ohne sich fluchend und jaulend spitze Plastikteilchen in die Fußsohlen zu treten. Auf dem Boden und an den Wänden jede Menge Filzstiftschmierereien. Auch gibt es ein Bücherregal, das sich auf den zweiten Blick als Videoregal entpuppt, dicht an dicht voller Kassetten, ohne Hüllen, nur schwarze Kassetten mit beschrifteten roten und weißen Etiketten.

Tiptop steht auf. Sein Blick ist auf die Kaffeemaschine gefallen und er hat augenblicklich Lust auf Kaffee bekommen. Er hakelt sich mit dem Zeigefinger die sauberste Tasse vom Tisch und wuselt die paar Schritte zur Kaffeemaschine rüber, schlenkert dabei die Tasse und verschüttet einen Schwapps, ohne es zu bemerken. Tiptop schlürft und schätzt den Kaffee auf mindestens vier Stunden, wahrscheinlich um halb neun früh zubereitet. Tödlich bitter, aber das ist ihm wurscht.

Er setzt sich ans andere Ende vom Sofa, neben das Videoregal. Mit übergeschlagenen Beinen, die Hände um die Kaffeetasse gelegt, beugt er sich vor und schaut das Regal durch. Auf dem obersten und zweitobersten Bord stehen (außerhalb von Lonyls Reichweite) die Tiptop wohlvertrauten DESIREVOLUTION-Filme. Darunter die ÜBERBLOND-Produktionen (nicht ganz ein Bord voll) und daneben die COOLCONVENTION-Dokumentationen. Außerdem entdeckt Tiptop eine Kassette mit der Aufschrift Speedo/Van GmbH. Die hat er noch nie gesehen. Von Ritmeester gibt es keine Videodokumentation, das wäre mit seinem Isolationsprojekt absolut nicht vereinbar. Tiptop nimmt an, dass Ritmeesters handschriftliche Berichte sich in PapaHans' Archiv befinden. Sie werden zu jedem Infomeeting in einem einzigen Exemplar geliefert. Mit dem Organisatorischen hat Tiptop nichts zu tun, aber ihm sind die Größe und die Ordnung des PapaHans-Archivs aufgefallen, und er kann sich nicht vorstellen, dass die Ritmeester-Berichte woanders sind. Er hatte gedacht, auch die Van GmbH bestünde ausschließlich aus Berichten, aber offensichtlich hat er sich da getäuscht. Tiptop fingert die Speedo/Van Gmbh-Kassette aus dem Regal, schaut sie an (sie ist zurückgespult), dreht sie um, steht auf und schlurft zum Videogerät. Er steckt sie hinein, nimmt, Simpels Rücken im Augenwinkel, eine Fernbedienung in jede Hand, drückt links auf PLAY und stellt rechts auf stumm. Man kann nie vorhersagen, was Simpel verärgert und was nicht. Diesmal reagiert er nicht. Schon seltsam eigentlich, denkt Tiptop und sinkt wieder aufs Sofa.

Das Video startet mit einer schriftlichen Einführung, dem Zwangsalkoholikervertrag, wie Tiptop sieht. Die Buchstaben, sie sollten schwarz auf weiß erscheinen, sind etwas in die Länge gezogen, ihre Ränder flimmern in diversen Farben: schlechtes Magnetband. Der Vertrag ist fast fünf Jahre alt. Da steht:

Ich, Speedo, werde vom heutigen Tag an alles in meiner Macht Stehende tun, um zum Alkoholiker zu werden. Diese Entscheidung widerspricht meiner Veranlagung: Ich darf mich mit Fug und Recht als nicht zum Trinker disponiert bezeichnen. Außerdem widerspricht diese Entscheidung der Erziehung, die mein Vater mir hat angedeihen lassen.

Ich rechne damit, das Projekt innerhalb von drei Jahren durchführen zu können, anders gesagt plane ich, trotz meiner Disposition innerhalb von drei Jahren völlig alkoholabhängig zu werden.

Finanziert wird das Projekt von DESIREVOLUTION, *unter der Voraussetzung, dass ich es nicht beende, auch nicht bei erreichter Alkoholabhängigkeit. Bei Abbruch des Projekts oder einem Rückfall zum Nichtalkoholismus verpflichte ich mich, die investierten Mittel zurückzuerstatten.*

Die Projektgesellschaft Van GmbH (Versus Alcoholis Negatio – registriert in Deutschland) ist eine Tochtergesellschaft von DESIREVOLUTION *und wird in den wesentlichen Schankstätten der Stadt auf der Kunden-kredit-Liste geführt.*

Allein ich selber, Speedo, bin in das Projekt involviert. Daher bin ich sowohl der Geschäftsführer als auch der einzige Angestellte der Van GmbH.

Nach dieser Einleitung folgt ein Close-up von Speedo am Tag des Projektstarts. Speedo blickt in die Kamera und lächelt ein wenig. Tiptop sieht, dass Speedo sich seither fast zur Unkenntlichkeit verändert hat. Danach folgt eine Reihe Clips mit wild bewegter Kameraführung; Tiptop nimmt an, sie stammen aus den ersten vier, fünf Wochen des Projekts. Abrupte Dialoge zwischen Speedo und dem ganz offensichtlich ebenso besoffenen Kameramann, Clips von Speedo, der in dunklen Lokalen über diversen Tresen hängt und Bier bestellt, durch die Straßen der Stadt taumelt, halbherzig ein bisschen lallt bzw. singt und sich in Nebenstraßen und an Straßenecken erbricht. Am längsten ist eine Aufnahme von Speedo – offenbar hat das den Kameramann beeindruckt – beim Versuch, kurz vor der Polizeistunde noch rasch ein paar Halblitergläser zu leeren. Den Rand des Glases tief zwischen die Mundwinkel geschoben, schüttet er sich die Flüssigkeit in den weit aufgesperrten Schlund, er schluckt, schüttet weiter, verschluckt sich, auf beiden Seiten des Glases läuft Bier daneben, seine Brust, sein Bauch werden nass, er stößt auf, sein Hals wird kurz und dünn, er zieht das Kinn ruckartig zurück, wenn es ihm hochkommt, Speedo setzt das Glas nicht ab, er prustet, schüttet einen großen Schluck rein, muss wieder aufstoßen, Bier läuft ihm aus der Nase, er schluckt, seine Wangen sind tränennass, er schluckt, verschluckt sich, schluckt weiter, stößt wiederum auf, er senkt das Glas, verschluckt sich, versucht zu rülpsen, Schaum kommt ihm aus dem Mund, er setzt das Glas zu einem weiteren Schluck an, er schluckt, stößt auf undsoweiter. Nach insgesamt zwölf, dreizehn Minunten endet das Video mit dieser Demonstration von Prä-Alkoholismus.

Tiptop unterdrückt ein Gähnen und spult den Film, auf dem Wildledersofa sitzend, mithilfe der Fernbedienung an den Anfang zurück, desinteressiert sieht er seine Socke am linken Fuß an, das linke Bein liegt über dem rechten. Die Schuhe hat er pflichtschuldigst draußen ausgezogen, genau wie er es in seiner Kindheit bei Freunden zu Hause zu tun pflegte. Tiptop weiß genau, dass Simpel sich ohne weiteres z.B. über in der Wohnung getragene Schuhe aufregen kann, falls er nichts anderes findet, worüber sich aufzuregen lohnt, aber das hat Tiptop heute den fälligen Anschiss nicht erspart. Seine Socke ist sauber und weiß. Er zieht am großen Zeh den Saum zurecht und denkt an nichts, bis er es klicken hört, das Video ist fertig zurückgespult. Der Film wandert zurück ins Regal und Tiptop zurück aufs Sofa. Simpel sitzt immer noch da und wendet ihm den Rücken zu. Er tut offenbar nichts. Tiptop langweilt sich so sehr, dass ihm gleich der Hintern abfällt, er überlegt, ob er nicht schon mal zu PapaHans und Sonja vorgehen soll, verwirft das aber wieder; es war eigentlich noch nie angeraten, zu früh bei PapaHans zu erscheinen, er hat es nie selber versucht, sich aber Mal ums Mal erzählen lassen, von Simpel nämlich, dass das nicht gerade die beste Idee der Welt wäre. Auch erwägt er, nochmal nach Hause zu gehen, er wohnt nur drei Minuten von hier, aber hält sich die Möglichkeit offen, falls Simpel nicht bald loslegt, nichts ist besser als Simpel, wenn er loslegt, findet Tiptop, vor allem, da er weiß, dass er Teile von Nachmittag und Abend mit Casco verbringen wird, höchstwahrscheinlich auf einem Trip: auf Koks (die Peinlichkeiten, die ihn auf dem Infomeeting erwarten, werden hoffentlich im Rausch verdampfen), und da ist es gut, möglichst viele neue Simpelstories zur Hand zu haben. Simpelstories sind immer am besten, wenn man sie aus erster Hand hat und siegesgewiss darbieten kann.

Simpel steht auf und zieht sich seine nicht gerade aufsehenerregenden PAPERWORK-Hosen zurecht. Das ebenso wenig aufsehenerregende Hemd vervollständigt recht geglückt den Versuch, auszusehen wie Otto Normalverbraucher – reine Tarnung.

Simpel baut sich auf der anderen Seite des Sofatischs auf, gegenüber von Tiptop, und zündet sich eine Zigarette an. Er spitzt die Zunge zur Röhre und stößt den Rauch des ersten Zugs dadurch aus. Mit dem Rauch kommt ein fast unhörbares ÜÜÜ heraus. Tiptop sitzt immer noch auf seinen vier Buchstaben, er blickt auf, wartet, dass Simpel loslegt. Simpel steht da und überlegt. Er nimmt immer eine Position der vor-vortraglichen Reflexion ein, bevor er etwas sagt. Ein weiterer Lungenzug simpelseits bringt Tiptop dazu, seine Zigaretten hervorzuholen. Im Umkreis von DESIREVOLUTION gibt es nur Raucher; PapaHans hat bei wiederholten Ungelegenheiten (im Zusammenhang mit DESIREVOLUTIONS Geschichte oder Betrieb kann man eigentlich nichts als *Gelegenheit* bezeichnen) seine Aversion gegen die Humor- und Freudlosigkeit der Nichtraucher zum Ausdruck gebracht. Tiptop steckt sich eine an und reibt sich mit dem Finger über die Zähne, bevor Simpel loslegt. Simpel nimmt einen weiteren Zug, der Rauch kommt mit seinen Wörtern heraus, was seine Stimme noch rauer werden lässt als sie ohnehin ist.

– Hast du schon mitgekriegt, dass Sonja angefangen hat, über die Van GmbH zu mosern? Sie hat Angst, dass Speedo sich zu Tode säuft, und jetzt liegt sie PapaHans in den Ohren, er soll den Vertrag auflösen.
– Aber es ist doch der Zweck der Sache, dass er sich zu Tode säuft?, fragt Tiptop.
– Doch, schon, nickt Simpel, aber Sonja ist ja immer wieder aufs Neue schockiert, wenn ihr aufgeht, dass die Projekte von DESIREVOLUTION mehr sind als heiße Luft. Mir hat sie auch zugesetzt am Anfang, wenn ich meine Interventionen *duchführte* statt nur darüber zu reden, was ich eigentlich gern tun würde. Oder als ihr Lieblingssöhnchen Casco mit der Pornofilmerei unter PapaHans' Oberaufsicht anfing. Jetzt ist eben Speedo an der Reihe.

– Aber es dauert doch länger als fünf Jahre, wenn man sich zu Tode saufen will? Es gibt jede Menge Typen, die eine Flasche Whisky pro Tag niedermachen und jahrelang durchhalten. Warum macht sie deswegen jetzt Theater?

– So Whisky-Typen gibt es viele, ja, aber vergiss nicht Speedos körperlichen Zustand. Er ist zwar nicht regelrecht hinfällig, aber ich muss zugeben, ich habe mich schon oft gewundert, dass er so lange durchhält.

– Ja, er sieht so aus, als könnte er jederzeit zusammenbrechen. (Tiptop nimmt einen Zug, während er den vorigen durch die Nase ausbläst). Finde ich auch … hehe … (Tiptop findet Speedo immer wieder richtig komisch) … Hehehe … verfluchtes Klappergestell.

– Und daran liegt's, Tiptop. Sonja hat plötzlich gemerkt, dass Speedo sozusagen in der Vorhölle angekommen ist und schon an die nächste Tür klopft, ja? Dass das Projekt wirklich darin besteht, unterzugehen, dass es kein Witz ist, dass er nicht nur seinem Papa eine lange Nase dreht und mal besonders gründlich um die Häuser zieht. Vielleicht hat sie ihn neulich mal draußen unterwegs gesehen, weiß der Teufel. Man kann dem Jungen ansehen, dass es nicht sonderlich gut um ihn steht. Und jetzt ist ihr aufgegangen, dass ihr Gatte mitschuldig ist, wie sie das nennt, sie denkt, PapaHans hat Speedo am Wickel und will ihn nicht aus dem Vertrag entlassen. Es gefällt ihr nicht, dass ihr Mann so hartnäckig daran festhält, auch jetzt noch, wo Speedo ein hilfloser Alki ist.

Tiptop kratzt sich im Schritt.

– Aber die gibt bald Ruhe, setzt Simpel fort, oder sie muss einfach hinnehmen, dass die Van GmbH nicht dichtgemacht wird. Du weißt ja, zwei, drei erfolglose Runden gegen PapaHans' Überredungsmaschinerie, und jeder Protest macht schlapp. Diesmal hat er sogar die besseren Argumente auf seiner Seite, würde ich sagen: Erstens ist das ganze Ding Speedos eigene Idee, zweitens hat Speedo kein einziges Mal auch nur angedeutet, dass er das Zwangsalkoholikerprojekt abbrechen möchte, und drittens, falls Speedo es denn unbedingt abbrechen will, mit einem Mordshaufen Schulden bei PapaHans, dann hat sein eigener alter Herr genug auf der Naht, dass er seinen Sohn ohne mit der Wimper zu zucken aus der *Alkohölle*, wie er es nennt, auslösen kann. (Simpel sagt *Alkohölle* auf seine talentlose Imitatorenart). Von Zwang durch PapaHans kann hier *absofuckinglutely* keine Rede sein.

Speedos Vater Göran Persson, Waschmittelproduzent, hat PapaHans mehr als einmal schriftliche Aufforderungen gesandt, die Drohbriefen zur Verwechslung ähnlich sahen, er verlange, dass der Zwangsalkoholikervertrag umgehend aufgehoben werde. Er hat bereits erwogen, die Van GmbH und/oder DESIREVOLUTION gerichtlich zu belangen, doch die Vorstellung, was für eine riesige und riesig peinliche Komödie ein solcher Prozess wäre, hat ihn davon abgehalten. Bislang hat er sich mit den Aufforderungs-/Drohbriefen begnügt. Er verfasst sie in unregelmäßigen Abständen in seiner Zehnzimmerwohnung in der Grupelgate, zwei unwahrscheinlich tiefe Falten zwischen den Augenbrauen, angesichts eines Exemplars des Vertrages, das über seinem Schreibtisch hängt. Dass es dort hängt, hat Speedo erzählt. Niemand weiß, wie er an den Vertrag gekommen ist. Speedo beteuert seine Unschuld (»Naaaaaaain Ch-ch-chchchchappm Vadda nix g' gehm«).

Das Detail mit diesem Vertrag ärgert Simpel, schließlich ist er selber Konspirationstheoretiker, wie er breitbeinig vor Tiptop stehend ausführt. Er greift sich die nächstsaubere Tasse vom Sofatisch und geht zur Kaffeemaschine rüber, und dabei entwickelt er Hypothesen, wie Speedos Vater die Vertragskopie in die Finger bekommen haben könnte. Ihm machen solche Spekulationen Spaß: 1. PapaHans hat sie ihm eigenhändig zugeschickt, anonym, auf seine typische konfliktfreudige Art, getreu dem Motto: »Jede schlechte Reklame ist gute Reklame.« 2. Speedo könnte seinem Vater in der Frühzeit des Projekts eine Kopie gegeben haben (zu einer Zeit, als er noch im Stande war, z.B. einen Kopierer zu bedienen), bevor er das Original in PapaHans' Archiv einreichte. Speedo ist ja auch auf ordentlich schlechte Reklame für sich als Perssons einziges Kind aus; ein sonnenklares Motiv. 3. Da die Sache mit der Kopie erst jüngst bekannt wurde, kommt durchaus auch Sonja als Schuldige in Betracht. 4. Vor ungefähr zweieinhalb Jahren hat es bei PapaHans/Sonja Zeichen eines unbefugten Eindringens gegeben, kein richtiger Einbruch mit Verwüstungen etc., sondern eine schief liegende Fußmatte, vorgezogene Gardinen, drei, vier minimal anders liegende Papiere, eine nicht ganz wieder geschlossene Archivschublade, und dazu das, wie PapaHans sagte, unverkennbare Gefühl, dass ein Fremder im Raum gewesen ist; Simpel meinte zu wissen, dass Speedos Vater jemanden angeheuert hatte, um an den Vertrag zu kommen; der vermeintliche Einbruch geschah just zu einer Zeit von gehäuften Aufforderungs-/Drohbriefen seitens des alten Waschmittelproduzenten, und falls es tatsächlich so sein sollte, dann hatte er höchstwahrscheinlich seinen pensionierten Freund vom polizeilichen Überwachungsdienst auf die Sache angesetzt, der trottelig genug war (Alzheimer, Frühstadium), um Spuren von der Sorte zu hinterlassen, wie PapaHans/Sonja sie bei der Rückkehr von einer Urlaubs-/Geschäftsreise nach Niedersachsen vorgefunden hatten. 5. Niemand von DESIREVOLUTION war jemals bei Speedos Vater zu Hause gewesen, so dass die Vision des »Vaters, in blinder Wut vor einer ordentlich gerahmten Kopie des Zwangsalkoholikervertrages kniend« ohne weiteres ein Trugbild aus Speedos versoffenem Kopf sein könnte.

Tiptop und Simpel schlürfen Kaffee und saugen Rauch ein, immer abwechselnd. Simpel legte erste Anzeichen guter Laune an den Tag – also wird auch Tiptop umgänglicher. Simpel monologisiert weiter mit großen Worten darüber, dass Speedos Verweigerungsnummer im Grunde das tragischst-radikalste von allen DESIRE-

VOLUTION-Projekten ist. Simpels Formulierungen erringen jetzt eine historisch-poetische Dimension, sie schwingen sich zu immer neuen Höhen auf, in dem Maß, wie auch seine Laune steigt. Zugleich und im selben Maße verspürt er dank der Kombination Zigarette-Maschinenkaffee den wachsenden Drang, die Toilette aufzusuchen. Langsam entweicht er rückwärts durch den Flur, bei ununterbrochenem Redefluss, Tiptop folgt ihm in die Küche, wo Simpel eine Zeit lang gestikulierend in der Klotür stehen bleibt, bevor er drinnen verschwindet, weiterhin redend. Tiptop steht draußen vor der verschlossenen Tür und nickt wie ein katholischer Priester im Beichtstuhl. Er hat sich auf einen Küchenhocker gesetzt: Alu-Beine, grüne Plastikbespannung.

- Gesetzt, man würde dich fragen, Tiptop ... Iss'n das hier, verdammt ... also was Speedos Projekt von den größten, tragischsten Scheißwerken der Scheißkunstgeschichte unterscheidet, ja? Na? Na?, fragt Simpel von drinnen. Die Lautstärke seiner Stimme variiert, da er angefangen hat, stoßweise zu drücken, die Ellbogen auf den Beinen, die PAPERWORK-Hose um die Knöchel. Sein Hemd hat er hinten hochgezogen.
- Alle Elemente sind vorhanden, setzt Simpel fort, sämtliche Merkmale, mit denen einem die Kulturhistoriker aller Art die Ohren voll tröten; male vier Jahre lang in einer Kapelle die Decke an oder sechs Jahre lang die Stirnwand, Speedo liegt mit seinen fünf

Jahren genau dazwischen. Rhythmus und SpanNg NgNgung … platsch … das Wellental zwischen Nüchternheit und Rausch, die Illusion von Wirklichkeit, Aktivität und Passivität, Speedo sitzt seit fünf beschissenen Jahren da und arbeitet an einer Komposition, Tiptop, wir reden hier von etwas wie der *Nachtwache* Schaaaaahaiße nochmal … platsch, BLADDSCH … aber hier wird der Stilgeschichte ein bisschen Feuer unterm Hintern gemaa-aachchchcht … BLLLÖÖDDSCH! plitsch … Ahh, also ich, ich meine, es kann ja nicht bei einer einzigen langen Stilübung bleiben, es gibt beschissen nochmal kein großes Kunstwerk ohne Tragödie … PLLLOOOOPP, BLOLOPP … denk mal an Holbein, Tiptop, denk an Holbein, seine Porträts, das waren doch Auftragswerke, oder? Die straightesten, *stylishsten* Porträts, die man sich denken kann, Könnerschaft in Reinkultur, ja, Stilübungen in Reinkultur … BLLOPPP … Aber sind die unschuldig? Sind dieEHHH … plopploppp … etwa ohne Biss? … haben die nicht auch jede Menge erkenntnismäßigen Sprengstoff in sich, Tiptop, jede Menge TNT? Das will ich doch anehHHHmen … BLOOPBLOLOPP … weil, selbst die schmeichelhaftesten Holbein-Porträts sind ein *memento*, Tiptop, *memento mori*, verflucht nochmal, frag PapaHans … kloooatsch … vergiss nie, aus welchem Stoff du gemacht bist, Junge, du sollst nie vergessen, dass du ohne Rückfahrkarte dastehst … bloïpp … vergiss nicht, dass du sterben musst, bitte schön, vergiss es nicht, lass dich von Speedo daran erinnern. Das ist Speedos Werk, eine große, ernste Memento-Mori-Komposition … plopp … BLALAPP … Daran erinnert dich Speedo, und seine Art und Weise, das zu tun, steht verflucht nochmal nicht hinter irgendwelchen bescheuerten alten Gemälden zurück … Vergänglichkeit … Willkür, das ist eine Mahnung! … Sein Leben hat eine Wendung ins Tragische genommen, in Ordnung, aber wie wichtig ist das schon? Die Welt opfert gern mal ein, zwei Leben für Die Große Mahnung, das ist nichts Neues … plopp … die Welt reißt gern mal einen Elenden ein paar Tage vor seiner Zeit aus der Wirklichkeit. Mission kostet Zeit, Tiptop, egal, auf welche Art und Weise man seine Tage gratis hergibt … plopp … Diese Größe in Speedos Werk ist DER TOD, und von dieser Tatsache ist Sonja kürzlich eingeholt wordeeen … plipp … wir müssen sie nur so weit bringen zu verstehen, dass sie da gerade ein *Erweckungserlebnis* durchmacht … pfffffflt … nichts anderes. Sie verwechselt das immer noch mit …

Tiptop unterdrückt ein Gähnen, er hört schon längst nicht mehr zu. Er beäugt die tristen Frühstücksreste auf dem Küchentisch und spekuliert, was für eine Art Stimmung in dieser Bude eigentlich morgens herrscht.

RÜCKBLENDE: AM SELBEN MORGEN BEI SIMPEL, MOTHA UND LONYL

Simpel und Motha müssen an diesem Morgen so gut wie all ihre Zeit darauf verwenden, Lonyl begreiflich zu machen, dass er um halb ein Uhr direkt zu Sonja/Papa-Hans hinübergehen soll. Besser gesagt ist das Problem nicht, ihm das begreiflich zu machen, sondern ihm eine Äußerung des Einverständnisses zu entringen, ein »ja« oder ein »okay«. Als Lockvogel dient diesmal, dass er eine halbe Stunde früher als die anderen Kinder aus der Schule weggehen darf. Simpel schreibt ihm folgende Nachricht für die Lehrerin:

Lonyl muss heute wegen einer Beerdigung früher aus der Schule weggehen (12.30 Uhr).

Das findet Lonyl supercool, und er verspricht, seiner Lehrerin die Entschuldigung gleich in der ersten Stunde zu geben und sie lieb und nett um den *Gefallen* zu bitten, dass sie ihm Bescheid sagt, wenn es halb eins ist. Simpel hat gelernt, dass man Lonyl mit irgendwas Obskurem bestechen muss, wenn man ihn überhaupt zur Zusammenarbeit bewegen will (heute also diese Beerdigungslüge, die Lonyl sich selber ausgedacht hat).

Lonyls Tagesablauf sieht im Prinzip zunächst so aus wie immer. Die ersten zwanzig Minuten der ersten Schulstunde vergehen mit Anschnauzereien: Lonyl veranstaltet seinen üblichen Krawall, wohlgemerkt, ohne dass die anderen Kinder daran teilnehmen. Die sitzen nur da und grienen vergnügt, während das ebenso übliche »Jetzt reiß dich zusammen, Lonyl!« und »Du machst den anderen Kindern den Unterricht kaputt!« und »Gleich gibt es eine Nachricht an deine Eltern!« und »Muss ich dich erst zum Rektor runterschicken? Willst du das?« und »Jetzt reicht's!« und »Sei jetzt STILL, wenn du nicht dran bist!« und »Was TUST du da!!?« über seinen kleinen Körper hinwegspült. Die Dame, die die verschwundene Cathrine Færøy vertritt, hat sich schnell in die Lonyl-Anschnauz-Routine gefunden. Schon jetzt, nach zwei Wochen, schnauzt sie fast genauso geläufig wie Færøy die letzten eineinhalb Jahre lang, höchstens ein bisschen sanfter.

Lonyl wünscht ihr den Tod an den Hals.

Wie auch immer: Zum Start in den Tag vergisst Lonyl seinen Schulrucksack, oder besser, er »vergisst« ihn. Er ist sehr tüchtig darin, ihn nicht zu vergessen, wenn er auf Raubzug geht, und ebenso tüchtig darin, ihn zu vergessen, wenn er in die Schule geht. Der kleine blaue Rucksack mit den roten Riemen liegt irgendwo hinterm Sofa im heimischen Wohnblock, darin das Rechenbuch, das Lesebuch und die Fibel, dazu Cathrine Færøys handgeschriebener Abschiedsbrief. Im Rechenbuch ist bislang keine einzige Aufgabe gelöst worden, als einziges Lebenszeichen hat er die ersten Seiten mit Filzer geschwärzt. Im Lesebuch ist keine einzige Zeile gelesen worden, und in der Fibel gibt es nur ganz hinten einen Haufen Zeichnungen, ebenfalls mit schwarzem Filzer, die durchaus nicht so aussehen, als hätte sie ein Siebenjähriger gemalt.

Die Entschuldigung, das einzig Interessante heute, vergisst er nicht. Er stopft sie in eine seiner Reißverschlusstaschen, sobald Simpel die Lüge fertig gedichtet hat. Motha küsst Lonyl ganz oben auf die Stirn, ungefähr auf die Stelle, wo sein Afro-Schopf rauswächst, und geht. Simpel ist schon dermaßen tief in Gedanken versunken, dass er fast nicht mehr ansprechbar ist. In diesem Stadium der Konzentration besteht sein einziger Kontakt mit der Außenwelt in einer Art Reflex des Inhalts *Jetzt sind wir schon so lange auf, langsam wird's Zeit für die Schule*, und dieser Reflex lässt ihn ungezielt und in minütlichen Intervallen rufen: «Jetzt geh endlich, Lonyl, sonst kommst du wieder zu spät!«, bis er (wahrscheinlich unterbewusst) die Tür zukrachen hört. Simpels Rufe verstummen, und Lonyl trabt ohne Rucksack los.

Unten im Erdgeschoss kratzt Lonyl an Saddams Tür, und Saddam öffnet mit dem breitesten Lächeln der Welt. Dann stecken seine Bärenpfoten zwei Bonbons in Lonyls kleine (verdreckte) Jungshände, worauf er Lonyl drei-, viermal abwechselnd in die Wange kneift und draufpatscht, um ihn schließlich mit einem Klaps auf den Rücken loszuschicken. Saddam liebt Lonyl, der weiterläuft und sich die Bonbons in den Mund steckt. Sie sind derart gut, dass er anfängt zu trödeln. Er kommt unglaublich langsam voran; Saddams Bonbons sind dermaßen lecker (weiß der Satan, wo er so gute herhat), dass sie so gut wie täglich eine zehnminütige Verspätung bewirken. Lonyl vergisst alles andere auf der Welt und lebt in den paar Minuten, die die Bonbons halten, *in seinem Mund.* Das ist gar nicht mal verkehrt, denn wenn man sich die zutiefst spießbürgerliche Mittelklassegegend anschaut, kann man Lonyls Schulweg als einen der deprimierendsten bezeichnen, die die Welt zu bieten hat.

Als allerletztes ließe sich über Lonyl sagen, dass er gelernt hätte, sich *situationsgemäß* zu verhalten. Wie er in allerschönster Unbekümmertheit in die schon längst angelaufene erste Stunde Einzug hält, ist ein schlagender Beweis dafür. Er geht in einer makellosen Geraden von der Klassenzimmertür zur Vertretungslehrerin, die hinterm Katheder an der Tafel steht und gerade einen Buchstaben oder so schreibt. Bei Lonyls Anblick zieht ihr Mund sich zusammen, als müsste sie sich gleich erbrechen. Lonyl holt die Entschuldigung vor und hält sie ihr mit ausgestrecktem Arm hin, wie ein kleiner Hitlergruß. Die Vertretungslehrerin nimmt sie und liest. Lonyl ist weder fähig noch hat er Lust dazu, seine Freude zu verbergen; bevor die Lehrkraft sich durch Simpels Lüge durchbuchstabiert hat, wird er von einem Lachkrampf befallen; quietschend und mit Hicksern und so schadenfroh wie die Hölle in Menschengestalt. Er sperrt den Mund weit auf, kneift die Augen zusammen, sein kleiner Brustkorb hüpft und bebt, die Tränen kullern und zeichnen eine Spur auf seinen verschmierten Wangen. »LONYL!«, bellt die Vertretungslehrerin mit ihren schiefen, kampfergelben Zähnen – ein bisschen blauschwarzer Amalgamscheiß befindet sich auch dazwischen –, aber Lonyl hat keine Möglichkeit, seinen Lachanfall zu stoppen, er weiß, dass er sie gleich um den *Gefallen* bitten muss, und das steigert sein Glück noch weiter. Der Lachkrampf nimmt seinen Lauf.

Der Rest der Klasse schaut vollständig schwachsinnig drein, wie kleine Kinder eben aussehen, wenn sie endlich aufhören, Lärm zu machen, um sich auf etwas zu »konzentrieren«, das sie nicht verstehen (meist etwas, das mehr Lärm macht als sie selber). Ihre Lippen hängen herab, ihre Zungen werden schwer, sie denken nichts und verstehen nichts; sie kucken nur bescheuert aus der Wäsche. Lonyls messerscharf quietschendes Lachen füllt das schäbige Klassenzimmer, in dem es nach feuchter Kleidung und Kinderatem riecht. Das Gelächter wird vom rhythmischen LONYL!-Geheul der Vertretungslehrerin begleitet. Als er es endlich geschafft hat, dauert es zähe zwei Sekunden, bis er die Augen aufmacht und wieder ganz bei sich ist, so, als würde er auf den losprasselnden Beifall der anwesenden Bildungsbürgerlein warten. Aber hier winken ihm keine Ovationen. Nur neunundzwanzig schwachsinnige Blicke und ein rasender. Er schnappt schlucksend nach Luft, dann fragt er:

– Du, Fräulein?

Und im Namen von Pädagogik und Demokratie, von Toleranz und Menschenrechten, von Akzeptanz und Verständnis, von Gerechtigkeit, Vorurteilsfreiheit und Menschenfreundlichkeit muss das Fräulein nett und freundlich antworten:

– Ja, Lonyl?

Und Lonyl, dem längst klar ist, dass all diese Scheißlehrer in einer Zwangsjacke billiger Pädagogik zappeln, sagt:

– Kannst du bitte so nääääätt sein und mir sagen, wann es halb eins ist, Fräulein?

Er sagt den Satz auf eine Art und Weise, die jenseits von aller Bosheit liegt, und die Vertretungslehrerin spuckt:

– JaaberjetztsetztdudichaufdeinenPLATZ!«

Nach einem weiteren kurzen Schluckaufanfall strebt er im Rücken der Vertretungslehrerin seinem Fensterplatz in der ersten Reihe zu; die Beine seiner roten Stepphosen machen dabei leise sswisch-sswisch-sswisch. Kaum sitzt er, setzt es den nächsten Ausbruch seitens des Vertretungsfräuleins:

– Du weißt GENAU, dass du die Oberbekleidung

draußen im Gang auszuziehen hast, wie alle anderen! Abmarsch!«

Lonyl sswisch-sswisch-sswischt zurück und zieht im Vorübergehen einen Finger über die Tafel, an der Z - ZEBRA steht; er teilt Z - ZEBRA mit einem blassen Strich in der Mitte. Dann trödelt er irritierend lange draußen im Gang herum. Fast 20 Minuten der ersten Stunde sind vergangen, bis er endlich sitzt, aber noch hat das Vertretungsfräulein – blind vor Wut – das Detail mit dem fehlenden Rucksack nicht registriert. Sie bemerkt es erst, als sie sich mitten in der Einladung befindet, Lonyl möge doch seine Fibel rausholen, und als ihr aufgeht, dass Lonyls Scheißrucksack nicht da ist, spürt sie, wie ihre sauer ersparte Energie, die sie mithilfe von Entspannungs- und Atemtechniken undsoweiter zu konzentrieren gelernt hat, aus ihr rausläuft wie aus einem Wasserhahn. Sie beherrscht sich und erkundigt sich mit einem bebenden Seufzer, was er mit seinem *Ranzen* gemacht hat.

– Hab ich zu Hause vergessen, antwortet Lonyl.
– Dann musst du … verflucht nochmal … ihn holen gehen, Lonyl … das geht doch NICHT! Du kannst nicht ohne Ranzen zur Schule kommen. Nach Hause mit dir, sofort, hol deinen Ranzen … und … (Mischung von Schluckauf und Seufzer) … komm sofort zurück, damit du mitkriegst, was wir hier alle miteinander lernen …

Lonyl unterbricht sie mit einer blanken Lüge:

- Bei mir zu Hause ist niemand. Mama und Papa sind weg.
- (Erneuter Schluckauf/Seufzer) Sind sie das, ach ja? Hast du denn keinen Schlüssel, Lonyl?
- Nein.
- Dann können wir ja gar nicht schauen, ob du deine Hausaufgaben gemacht hast.

Und so nimmt die erste Stunde ihren Lauf; Lonyl bekommt eine Fibel und einen Bleistift geliehen, in die und mit dem er in dieser Stunde kein einziges vernünftiges Wörtchen schreibt, ebenso wenig wie in den nächsten Stunden. Stattdessen wird die Fibel ein nasser Putzlappen sein, bevor der Schultag um ist. In der Pause – Hofpflicht! – sitzt Lonyl, wie Eisenmann es beim Vorbeirennen sieht, allein im Gang und bekritzelt die Wände.

Nach der ersten Stunde geht die Lehrerin ins Lehrerzimmer hoch und sucht die Telefonnummer von Lonyls Eltern heraus. Ihre Geduld ist erschöpft. Sie hat längst aufgegeben, den Eltern Nachrichten zu schreiben. Sie wählt Simpels Nummer. Der Finger, mit dem sie das tut, zittert vor Wut.

Simpel ist sämtliche Vorstöße seitens der Schule so tödlich leid; er kann ja doch nichts Überzeugendes darauf erwidern. Die meisten Situationen des Lebens übersteht er irritierend selbstsicher und abweisend, aber das letzte Weihnachtsfest hat ihm offenbar einen

Knacks verpasst; jedes Mal, wenn er mit einem Verantwortlichen der B-Schule spricht, beginnt ihm zu seiner unsagbaren Pein die Stimme zu zittern. Simpel sitzt da und hört mit, wie das Vibrato in seiner Stimme das, was er sagt, überlagert, wie es immer stärker wird, je deutlicher es ihm auffällt, und je deutlicher ihm das klar wird, desto schwächer werden seine Antworten, weil er sich auf nichts mehr konzentrieren kann als auf das verfluchte Vibrato. Darum hat er die Nummer der B-Schule im Telefonbuch seines Handys gespeichert, so dass er auf dem Display sehen kann, wenn Fräulein oder Inspektor Soundso anzurufen versuchen. Eben jetzt sitzt er an seinem Schreibtisch, das Handy in der Hand. Es klingelt. Er schaut auf das Display. B-Scheißschule steht da. Er hat sich die Mühe gemacht, mit den Zahlentasten S-c-h-e-i-ß-s-c-h-u-l-e einzugeben. Wieder klingelt das Telefon. Am anderen Ende steht das Vertretungsfräulein, ihre ekligen Zähne und ekligen Lippen dicht am Hörer. Simpel kneift die Augen zusammen. Es kann noch keine Stunde her sein, dass Lonyl losgegangen ist. »Verfluchte Scheiße!«, denkt er. »Ich packe das nicht, ich packe das nicht, ich muss arbeiten, ich kann nicht mit irgendeinem Arschloch reden, das sich sowieso nur über Lonyl auslassen will!«, denkt er, »die müssen verflucht nochmal selber mit dem Jungen zurechtkommen die paar Stunden, wo er in ihren Händen ist, wann sollen Leute wie ich denn zum Arbeiten kommen, wenn sie unablässig bei Fuß stehen müssen, falls ihre Nachkommenschaft mal was anstellt, wofür werden die Idioten da in der Schule eigentlich bezahlt? Diese Scheißbeamten, die sollen langsam mal ihre Arbeit tun, was die nur immer alles erzählen von wegen Lonyl hat dies und Lonyl hat das, ich hab das Gemecker satt! Wenn ich jetzt abnehme, kriege ich wieder eine Liste vorgebetet, was Lonyl alles getan hat, und was soll ich dann sagen? O nein wirklich, hat er das getan? Hat sich der kleine Lonyl schlecht benommen? O jeh, o jeh, so was hat er aber noch nie gemacht, er ist doch sonst immer so brav. FÜRWENHÄLTSTDUDICHVERDAMMTESCHEISSE?? ICH BIN DER VERFICKTE SCHEISSVATER VON DEM KIND, DU FOTZE! MACH DEINE ARBEIT UND HALT DIE SCHNAUZE, DU SCHEISS INKOMPETENTES ARSCHLOCH-FOTZE-NERVENWRACK!!!«, denkt Simpel. Er nimmt nicht ab.

Der ernsthaft verhaltensgestörte Lonyl war schon oft beim Kinderpsychiater, für Simpel jedes Mal ein noch schlimmerer Alptraum. Jedes Mal hat er Motha angebettelt, ob sie nicht (BIIIIIITTE!) an seiner Stelle hingehen kann, aber sie lässt sich nicht erweichen (Geh du Ssiimpel, iss einzige Ve'plichtung, die du haas). Also hereinspaziert in Zimmer 217, wo Kinderpsychiater Dr. Berlitz mit seinem ernsten Pfaffengesicht sitzt, so voller bekümmertem Verständnis, dass Simpel jedes verfluchte Mal kurz vorm Zusammenbruch steht. Das Vibrato erbebt schon im »Guten Tag!«, mit dem die Psychosau von Anfang an Überhand bekommt; Simpel hat es Motha mehrmals geschildert: »Ich könnte genauso gut gleich die Hose runterziehen, mich über seinen Tisch legen und sagen, bitte schön, stecken Sie ihn mir rein.« Und dann geißelt der Psychiater-Pädagoge Simpel eine geschlagene Dreiviertelstunde lang (die Dauer einer guten alten Schulstunde) mit seiner verlogenen Fürsorglichkeit, eigentlich das ekelerregendste Symptom von Machtkrankheit. Verfluchter Fürsorglichkeitsnazi. Er diskutiert und erwägt das Für und Wider aller möglicher Programme und Maßnahmen, um Lonyl zu helfen, dass er »seine Verhaltensstörung in den Griff bekommt, ohne dazu sein natürliches Schul- und Freundesmilieu verlassen zu müssen«. Simpel erzählt ihm nicht, dass Lonyl keinen einzigen Freund hat und schon gar kein natürliches Schulmilieu, er scheißt drauf, aus dem einfachen Grund, dass Herr Berlitz auf Simpel scheißt und Lonyl *hasst.* Simpels Job in Zimmer 217 besteht ganz einfach darin, dazusitzen und stumm zu nicken. Kinderpsychiater Berlitz bezieht sich stets auf dieselbe Anzahl Bücher und Abhandlungen, die er anempfiehlt, denn »sie könnten für Lonyls Erziehungsberechtigte von Nutzen sein, um baldige Lösungsansätze bezüglich Lonyls Problemen zu finden.« Auch wenn man ihm nur einen dieser Titel servieren würde, würde Simpel schon Stressherpes und Hämorrhoiden entwickeln: Hal. S. Pitt: »The Problem Child-Solver«, William Sonnenberg: »Integrating the Unintegratable«, Susie Krauss-Putz: »Yes to the No-Child«, Gordon I.S.P. Heissberg: »Concerning Contrarity: An Introduction to Treatment of the Anti-Adaptable«.

Herr Berlitz engagiert sich in der Kommunalpolitik. Die Kommunalpolitik *füllt Herrn Berlitz aus*, und sein Einblick in die kommunalpolitischen Zusammenhänge, gepaart mit eingebildeter kultureller Bedeutung, vermittelt ihm das Gefühl voller Kontrolle über sein gesellschaftlich gesteuertes Leben. Er besitzt eine große, stets aktuelle CD-Sammlung mit Schwerpunkt auf Klassischem und Jazzigem samt einiger minimalistischer Musik. All das spielt er auf einer einwandfreien Superanlage ab, vor der er einen in seinen Augen präzise designten Lehnstuhl platziert hat. Berlitz kommt abends zur Ruhe, indem er mit einem Glas Rotwein und geschlossenen Augen im *Fokus* sitzt, da, wo sich die Stereomusik *trifft*, wo es klingt, als entstünde die Musik in seinem Kopf und käme nicht aus den Lautsprechern. Er entleert sich von den Eindrücken des Tages und lässt Wein und Musik an ihre Stelle fließen. Der 950-ml-Burgunderpokal von SPIEGELAU ist sorgsam gewählt, Berlitz ist sicher, dass er von Geschmack und Kennerschaft zeugt. Er lässt ihn um 45° geneigt in seiner Handfläche ruhen.

Berlitz' Frau, zuvor lange Geschäftsführerin einer renommierten Catering-Firma, hat irgendwann »einfach mit allem gebrochen und aufgehört« und sich dem Textildesign zugewandt, das hat sie immer schon so *fasziniert*. Ihr Musikgeschmack ist nicht ganz so avanciert wie der ihres Gatten. Immer wieder hat er sie dabei ertappt, wie sie zwar keinen Schrott, aber musiktheoretisch gesehen doch vollkommen uninteressante Musik hörte. Und immer wieder hat er aufrichtig zerknirscht versucht, ihren Musikgeschmack zu verbessern, indem er ihr seine Favoriten nahelegte, Donnahue und Cage und Stockhausen und Füller und Hindemith und LaMonte Young und Hedgecoe und Haegue Osaka, aber ohne Erfolg. Das verstärkt noch sein Gefühl, groß und unverstanden und allein auf der Welt zu sein, wenn er sich nachmittags zwischen 18.00 und 18.30 Uhr dem hingibt, was er als eine minimalistische Umarmung bezeichnet. Samstagabends zwischen 21.00 und 22.00 Uhr winkt dann die Lieblingszigarre (6x52 *Torpedo* von THOMAS HINDS NICARAGUAN COLLECTION; bitter, fast beißender Vorgeschmack, der zu einem tief erdigen Aroma mit Obertönen von Schokolade reift. Schwere, komplexe Struktur im Abgang. Bietet alles, was Berlitz von einer Zigarre erwartet). Der blaue Rauch komplettiert den Rotwein/Musik-Genuss. Er bezeichnet sich selber als einen nicht ganz unbegabten Pianisten. Seine Haut ist gut, trotz seiner 56 Jahre, und wenn man nahe genug an ihn herangeht, nimmt man den leichten Duft einer Lotion wahr, den Frau Berlitz Lexow insgeheim eher unlecker findet. Sie scheut sich nicht, mit ziemlich groben Worten über seine Genitalien zu sprechen, wenn die beiden sich ausgelassen der Ekstase nähern. Was sie *nicht* weiß: Herr Berlitz hält in seinem Arbeitszimmer, zwischen den Ordnern mit dem kinderpsychiatrischen Material, ein ganzes Arsenal Lesben-Pornos aus amerikanischer Produktion versteckt. Allwöchentlich liegt er entspannt auf dem Ledersofa vor dem Videoplayer, angetan mit der *lingerie intime* seiner Frau, und masturbiert zu diesen Filmen, stets nach einer reinigenden Dusche. Herr und Frau Berlitz haben zwei erwachsene Kinder, einen Sohn, Medizinstudent, und eine Tochter, praktizierende Schauspielerin, die zurzeit eine der beiden Hauptrollen in DIE KONGRESSFRAUEN spielt, im Kleinen Haus des Nationaltheaters. Frau Berlitz hat das Stück viermal gesehen, jedes Mal mit einem dicken Kloß im Hals; Herr Berlitz hält seinen Stolz in Zaum; er hat es zweimal gesehen. Ein Höhepunkt im Kulturleben des Ehepaares Berlitz war das Premierendinner im Hause des Regisseurs. Endlich konnte Herr Berlitz seine musiktheoretischen Kenntnisse anbringen; er kämpfte sich an den Platz neben dem Autor durch und vergaß ganz zu essen vor lauter Begeisterung, dass er endlich einmal »einen kulturell Ebenbürtigen als Tischnachbarn« bekommen hatte, wie er es hernach bezeichnete. Als sie nach Hause kamen, war er derart entflammt, dass er zum dritten Male in ihrer Ehe versuchte, seine Gattin anal zu penetrieren (wiederum ohne Erfolg).

In Zimmer 217 sitzt Berlitz, die Hände vor einem dünnlippigen Mund mit getrimmtem Bart gefaltet, häufig baumelt die Lesebrille zwischen seinen Fingern. Er mustert den Klienten, der den Raum betritt. Nimmt er die Brille ab, *nachdem* der Klient hereingekommen ist, dann reibt er sich die Augen, hört zu oder tut so, als ob, und denkt darüber nach, mit welcher kinderpsychiatrischen Strategie er die Sache angehen will. Sämtliche Antworten, Angebote und Behandlungsvorschläge, die er vorbringt, haben einen gemeinsamen Hintergrund, nämlich seinen abgrundtiefen Hass gegen Vandalismus, vor allem gegen Graffiti. Es drängt sich der Verdacht auf, dass sowohl seine Berufswahl als auch das Engagement in der Kommunalpolitik seinem Drang entspringen, potentielle Tagger entweder im Embryonalstadium zu unterdrücken oder ihnen behördlich zu Leibe zu rücken. Seine Diplomarbeit in Psychiatrie trug den Titel »Chronischer Kritzeldrang als soziale Dysfunktion: Tagging als Gewaltphänomen«. Und in der Kommunalpolitik geht er über Leichen, um den Taggern das Handwerk zu legen. Die Kampagne unter dem Slogan ZUM TEUFEL MIT DEM GESCHMIERE, die er vor einem Jahr initiiert und deren Durchführung er geleitet hat, war die teuerste, die die Kommune sich je geleistet hat; die Kosten übertrafen das Budget für die Reinigung der öffentlichen Transportmittel ums Dreifache. Anfangs war der Stadtrat gegenüber dem Slogan noch skeptisch, doch Berlitz peitschte ihn durch, mithilfe einiger der flammendsten Reden, die die Stadt je erlebt hat. »Wo der Hass keinen Zweifel mehr kennt, muss man das Böse bei seinem wahren Namen nennen!«, hatte er posaunt.

Lonyl ist für Berlitz ein gefundenes Fressen, wie man so sagt; trotz ausgedehnter Studien des Kritzelphänomens ist ihm ein derart drastischer Fall noch nicht untergekommen. In der ersten Unterredung, wenige Wochen nach Lonyls erstem Schultag, gelang es dem Kleinen, die gesamte Vorderseite des kathederartigen Tisches, hinter dem Berlitz thront, mit kleinen Kreuzen, Strichen und Flecken zu verunzieren. Gelegenheit dazu hatte er dank eines lautstarken Wortwechsels zwischen Simpel und Berlitz (einige Monate, bevor Simpel im Gefolge der Adventsfeier seine Grundschulautoritätsneurose entwickelte), und beiden entging Lonyls freie Entfaltung auf der Holzplatte zwischen den vorderen Tischbeinen. Seit jenem Tag sitzt der Schrecken der Tagger hinter einem Tisch voller primitiver Filzertags, die niemand wegbekommt. Trotz inständigen Bittens hat die B-Schule Mal ums Mal Berlitz' Anträge auf einen neuen Tisch abgeschmettert, mangels verfügbarer Mittel. Nach dem Vorfall hat Simpel Lonyl eine extragroße Tüte Gummibärchen geschenkt, und wie oft hat er seitdem nicht seine Neurose verflucht, die seinen Spaß mindert, wenn er in 217 sitzt, bei BERLITZ MIT SEINEM BUNTEN TISCH. PapaHans hat die Sache als vollwertiges DESIREVOLUTION-Projekt in der Abtlg. COOLCONVENTION zugelassen. Den Titel BERLITZ MIT SEINEM BUNTEN TISCH hat Lonyl selber erfunden, als Simpel ihn mit nettester Papastimme aufforderte: »Wenn Berlitz, dieser Mann, bei dem wir gewesen sind, weißt du, der mit dem Tisch, den du so hübsch bemalt hast, wenn der sozusagen mit zu dem Bild gehören würde, also wenn der ganze Tisch mit den hübschen Zeichnungen und Berlitz zusammen ein großes Bild wären, ja, wie würde das große Bild dann heißen, Lonyl? Kannst du dir einen Namen für so ein groooßes Bild ausdenken, Lonyl?«

Simpel ist sicher, dass er Berlitz' Haartransplantation erkennen kann, auch wenn der gar kein transplantiertes Haar hat. Berlitz' Stirn ist auf eine unheimliche Weise glatt, so wie bei einer verdächtig großen Anzahl Haartransplantierter, und wahrscheinlich ist eben diese Stirn dafür verantwortlich, dass Simpel anfängt zu halluzinieren. Auf Berlitz' Stirn ist keine einzige Falte zu sehen, die Haut sieht aus wie straff über eine Knolle gespannt, sie glänzt und blitzt ganz widerwärtig. Auch das übrige Gesicht ist ein einziges großes und furchteinflößendes Fehlen von Mimik. Länger als eine halbe Sekunde aufs Mal kann Simpel nicht in dieses Gesicht blicken. Erstens wegen der obszön glatten Stirn und dem übergepflegten Bart. Zweitens wegen Berlitz' Blickerwiderung. Berlitz ist ein Meister des Blickkontakts oder in Simpels Fall ein Meister darin, die kompromisshafteren Blicke seines Gegenübers abzuschrecken. Es ist menschlich unmöglich, findet Simpel, in diese eingebildete Selbstsicherheit und die eingebildete Überlegenheit zu schauen, die aus Berlitz' Visage funkeln. Simpels Problem ist, das Berlitz dank Simpels wild flackerndem, gehetztem Blick faktisch zu *wahrer* Selbstsicherheit und *wahrer* Überlegenheit gelangt. Seine, Simpels, Augen fliegen über die Einrichtung von Raum 217, verzweifelt auf der Flucht vor Berlitz' Psychiater-Augen, die sich in die ihm zugewandte Wange einbrennen. Der Raum sieht aus wie eine Art umgebautes Klassenzimmer, er ist kaum anders eingerichtet als ein richtiges Klassenzimmer, aber wenn Simpel nach überstandener Besprechung in den ebenso tristen Gang hinaustritt, wäre er nicht in der Lage, auch nur einen Einrichtungsgegenstand zu benennen. Er erinnert sich an das Katheder und an Berlitz' Gesicht. Punkt. Der Rest verschwindet in Emotionsnebel und Erschöpfung. Er könnte nicht sagen, in welcher Farbe die Wände gestrichen sind, ob sie irgendwie strukturiert sind, wie viele Fenster links zu sehen waren oder welches Muster das Linoleum verunziert. Er weiß nicht mal, ob an der Wand hinter Berlitz eine Tafel hängt oder es eine dunkle Aura aus Bosheit war, die er da wahrgenommen hat. Hängen zusammengerollte Karten über der eventuellen Tafel? Stehen Pulte im Raum? Befinden sich Regalfächer aus Sperrholz an der rechten Wand? Hängen Kinderzeichnungen an der Wand? Mag schon sein. Simpel weiß es nicht. Ist ihm auch wurscht. Zimmer 217 existiert in seinem ramponierten Gefühlsregister nur als etwas, woran er erstickt. Wenn Simpel an Raum 217 denken muss, was dank Lonyls Karriere als Problemkind relativ oft geschieht, dann brandet ihn Ekel an: Hier-ist-nichts-zu-holen-als-Überdruss-und Bekümmerung-und-die-Tage-fließen-ineinander-und-es-ist-immer-dunkel-und-alles-erinnert-nur-an-Zwang-und-Pflicht-und-ein-Leben-voller-Schulpflicht-und-Lohnarbeitspflicht-und-Leistungszwang-und-Traurigkeit-und-Traurigkeitspflicht-ich-will-hier-weg-aber-ich-muss-immer-hier-sein-warum-bin-ich-bloß-gezwungen-soviel-an-solchen-Orten-zu-sein-dass-ich-schon-glaube-ich-*brauche*-das.

Die Besprechungen in Raum 217 geben Simpels Projekten Zunder, so kann man das sagen. Und demnächst ist Berlitz, der Sack, selber fällig.

Lonyl sieht aus wie eine hellbraune Ausgabe von Buckwheat, allerdings ohne Buckwheats Stummfilmkomik. Lonyls Verhalten und Heldentaten sind insgesamt ausgesprochen wenig unterhaltsam. Lonyl ist kein kleiner Strolch. Er ist ein todernster Fall von tragischer Verhaltensstörung. Als Simpel und Motha, beides offensichtlich gesunde Leute, sich über einem Fischladentresen auf Pemba bei Sansibar Knall auf Fall ineinander verliebten, konnte kein Mensch ahnen, dass die Kombination ihrer Chromosomen so ein Monster ergeben würde. Trotz seines gestörten Innenlebens verfügt Lonyl über ein berückendes Äußeres. Genau wie Buckwheat. Seit einigen Jahren kämmt Motha ihm das Haar sogar glatt nach hinten, da Lonyl jedem, der seiner Afromähne zu nahe kam, die Zähne in die Hand oder den Arm schlug. Simpel hat nie ganz begriffen, wie sie das schafft; als Kamm benutzt sie ein Werkzeug aus Sansibar, wohl das Einzige, das man durch die verfluchten Afrolocken durchkriegt, eine Art grifflose Gabel mit zehn langen Zinken. Aber Simpel hat keine Ahnung, wie es funktioniert; die wenigen Male, wo er es gewagt hat, seinem Sprössling väterlich den Schopf zu wuscheln, hakten seine Finger sich fest, Lonyl heulte, jaulte und fletschte die Zähne. Also hält Simpel sich der Morgentoilette fern und vermeidet leichtsinniges Haarewuscheln. Ihm genügt, dass er Lonyls Milchzähne einmal zu spüren bekommen hat, letzten Herbst, als Motha ihre Familie auf Pemba besuchte. Beim ersten Versuch, Lonyl mit dem Afrokamm zu Leibe zu rücken, verpasste ihm der Kleine einen Biss in den Unterarm, der sich lila verfärbte und zwei Monate lang elend wehtat. Dass Motha Lonyl den Afro wuscheln kann, soviel sie will, verbucht Simpel als Afrikaner-Soli. Verflixte Wilde. Zurzeit fehlen Lonyl sowohl oben als auch unten die Schneidezähne, und wenn er überhaupt mal lächelt - meist aus Schadenfreude - klafft ein Loch. Letzte Woche hätte Simpel beinahe den Zeigefinger eingebüßt: Als fürsorglicher Vater wollte er Lonyl eine Schicht Parmesamkrümel von der Wange streifen, aber schneller, als er »psychotisches Scheißbalg« hätte sagen können, machte es *klack*, und sein Finger saß in dem Loch fest, wo bis vor kurzem Lonyls Schneidezähne waren. Simpel konnte ihn gerade noch rausziehen, bevor Lonyl mit den Backenzähnen nachfasste.

Lonyls Physis ist tadellos. Er ist mit einem Penis ausgestattet, um den sein Papa ihn jetzt schon beneidet. Sein Oberkörper ist muskelbepackt, Nacken und Schultern bilden kleine konvexe Bögen, wie bei einem Boxer. Die Brustmuskeln sind zwei steinharte Tennisbälle. Das Einzige, was Lonyl neben der Körpergröße von einem erwachsenen Athleten unterscheidet, ist sein Riesenkopf. Dass sein Haar absteht wie eine Gewitterwolke, lässt den Kopf auch nicht gerade kleiner erscheinen. Motha fürchtet immer wieder, Lonyl könnte wegen der einseitigen Carpaccio-Kost von Mangelernährung bedroht sein, aber Dr. Groepple, der Kinderarzt mit den trockensten Lippen der Welt, sieht keinen Anlass zur Sorge. Das Carpaccio enthalte alle Nährstoffe, die er braucht. »Ssie ßehen ja, er praucht nischtß antereß«, beruhigt er sie jedes Mal. »Ter Junge ißt außkezeischnet peißammen.« Auf Groepples Rat hin hat Motha den Kleinen beim Sport angemeldet, aber ohne Erfolg. Es versteht sich von selbst, dass Lonyl a) sich weigert, Anweisungen zu befolgen; b) bei Gruppen- und Mannschaftsaktivitäten grundsätzlich nicht mitmacht; c) den minderbegabten städtisch angestellten Trainern die Hölle heiß macht; d) Umkleide, Clubhaus und Turnhalle sowie die untrainierten, in ADIDAS-Hosen steckenden Beine verschiedener Betreuer mit seinen Filzern zukrakelt; e) abhaut, sobald Motha ihm den Rücken zukehrt; f) beißt; kurz, er blamiert Motha auf jede nur erdenkliche Weise. Lonyl kümmert sich selber um seinen Ausgleichssport, er braucht dazu weder Club noch Organisation. Jeden Tag nach der Schule hopst er auf dem Wildleder-Ecksofa vorm Fernseher auf und ab, und zwar bis er zusammenbricht, meist zwischen zehn und elf Uhr abends. Lonyl lässt sich nicht ins Bett bringen, erst muss er in Eigenregie zusammenbrechen.

Motha hat Groepple bei Gelegenheit Lonyls Tendenzen zur Hyperaktivität geschildert. Groepple fand das bemerkenswert, zumal angesichts Lonyls früherer Passivität. Davon, dass ein Kind von einer Sprech- und Bewegungsphobie so abrupt zu etwas übergeht, das einer Hyperaktivität zum Verwechseln ähnlich sieht, hatte er noch nie gehört. Daher auch sein Rat zu organisiertem Sport. »Hökstfahrscheinlisch ißt daß, faß fir in unßerer Ahnunksloßigkeit als Hyperaktifität pezeischnen, nischts antereß als der Außtruck einer Art

Üperkankßphaßenphopie. Waß isch alßo auffß Färmste empfehlen möschte, alß Behantlunk und zur Kanalißierunk von Lonyls raßender Aktifität, daß ißt orkanißierter Schport, denn orkanißierter Schport wirkt zumeißt schtrukturierent und ditziplinierent, außertem kann das Klainkint sisch tapei außtopen. Ta ißt tein Sohn Lonyl ßischer keine Außnahme.« Mehr als einmal hat Motha Groepple und seine Diagnose verflucht – wenn sie an der Seitenlinie stand, beschämt, eindeutig als Lonyls Erziehungsberechtigte erkennbar zu sein, schließlich konnten die anderen Eltern messerscharf von Afro I auf Afro II schließen – und sie hat den Kinderarzt auf den Mond gewünscht, während Lonyl eine Teufelei nach der anderen trieb. Lonyls Karriere im Vereinswesen war kurz und schmerzvoll; Gruppen- und Mannschaftssport wurde alsbald wieder verworfen. So beschlossen Motha und Simpel einhellig, das Ecksofa zu opfern. Seither dient es Lonyls Hyperaktivität als Mutterschiff. Übrigens ist das Sofa sowieso Mist – also was soll's.

Teilweise hat sich Simpel schon an das von vier, fünf Uhr nachmittags bis zehn, elf Uhr abends anhaltende TWOMP-TWOMP-TWOMP gewöhnt, das nur in regelmäßigen Abständen vom OIIIK-OIIIK des Filzers auf der Wandverkleidung unterbrochen wird. Diese relativ geräusch- und bewegungsarmen Pausen, in denen sein Sohn die Wände schwärzt, schätzt er ausgesprochen, aber sie sind kurz, meist wird gehopst. Lonyls kurze, prall muskulöse Beine geben erst auf, wenn der ganze kleine Körper dehydriert oder so. Simpel hat eine

Rechnung aufgestellt – nicht aus Spaß, sondern aus verzweifelter Wut: Durchschnittlich fünf Stunden (17–22 h) x 60 = 300 Minuten x 60 = 18.000 Sekunden macht bei einer Hopsfrequenz von 1/sec. 18.000 Hopser jeden einzelnen verfluchten Nachmittag und Abend. Eine niederschmetternde Zahl. »Den ganzen scheiß Schultag lang sitzt er reglos da und kritzelt rum, und dann kommt er nach Hause und hopst 18.000 Mal – das ist doch wahnsinnig ungerecht!« Dreimal hat Simpel es gewagt vorzuschlagen, man könne Lonyls Carpaccioationen etwas reduzieren, damit er vor Hunger schlapp macht, aber jedes Mal hat Motha ihm gründlich Bescheid gestoßen. Ob er sein eigenes Kind verhungern lassen wolle? Damit er es los sei, ein für alle Mal? Sein kleinlaut vorgebrachter Einwand, er müsse doch auch ein bisschen in der Wohnung existieren dürfen, hat nichts geholfen. Schluss mit der Diskussion. Lonyl hopst weiter auf dem Sofa, seine Beine werden immer stärker.

Es ist fünf vor halb eins. Die Vertretungslehrerin hebt ihr ramponiertes Gesicht vom Klassenbuch und schaut in die Runde. Die Kinder sind mit einer Rechen-und-Ausmal-Aufgabe beschäftigt. Sie schaut auf die Uhr und blickt Lonyl an. Lonyl malt das puzzleartige Bild mit den Rechenaufgaben (»Male aus: Die Antworten zu den Aufgaben 1 bis 3: blau, 4 bis 7: rot, 8 bis 11: grün, 12 bis 15: gelb«) nicht bunt, sondern schwarz aus, er grundiert alles mit seinem Filzer. Die Vertretungslehrerin hat keine Energie mehr, ihn zurechtzuweisen oder mit ihm zu streiten, also räuspert sie sich, was mit einem halblauten Würgelaut endet, und bemerkt mit wenig überzeugender pädagogischer Einfühlung:

– Lonyl.
– …
– LooonyYYL!
– JaaaAAA!
– Lonyl, in fünf Minuten musst du gehen, du kannst dich jetzt fertig machen.
– Fertig machen?
– Du kannst deine Sachen einpacken und in den Flur gehen und dich anziehen.
– Ich kann nix einpacken, Fräulein, ich hab meinen Rucksack nicht mit, Scheiße.
– SO WAS SAGT MAN NICHT, Lonyl. Dann tu deine Sachen ins Regal und geh raus und zieh dich an. Ich habe von deinem Verhalten jetzt GENUG!

Lonyl schiebt seine Sachen so rabiat zusammen, dass er von der Fibel, die er in der ersten Stunde bekommen hat, fast den Einband abreißt. Mit beiden Armen greift er den losen Haufen Bücher und Hefte, presst ihn sich an die Brust, aber alles rutscht auseinander, und bei seinem halbherzigen Versuch, es festzuhalten, reißt er den Einband der Fibel vollends ab. Lonyl steht da, den Einband in der Hand, alles andere purzelt auf den Boden, genau dahin, wo er in der letzten Pause einen Viertelliter Schulmilch vergossen und sich geweigert hat, es aufzuwischen. »Dann musst du eben in deinem eigenen Dreck sitzen«, hat die Vertretungslehrerin gesagt und ein »Ja« als Antwort bekommen. Jetzt liegen drei Bücher da und saugen sich voll Milch. Die Vertretungslehrerin reibt sich mit zitternder Hand die Stirn. Ihre von zahllosen verbitterten Falten gefurchten Lippen öffnen sich rhythmisch und legen die kampfergelben Zähne frei, sie sieht aus, als müsste sie ihr eigenes Erbrochenes essen. Sie sagt nichts. Da die Rubrik »Verhalten« im Klassenbuch hinter Lonyls Namen bereits mit Bemerkungen mehr als voll ist, schreibt sie ZERSTÖRUNG VON SCHULBÜCHERN auf einen gelben POST-IT-Zettel und klebt ihn an den rechten Rand des Klassenbuchs. Lonyl hebt (unaufgefordert) die Bücher auf und schüttelt sie dergestalt, dass er Pauline (die bis weit in ihr Studium hinein an dem Spitznamen Pauline-Pupsine zu tragen haben wird) mit hunderten Tröpfchen saurer Milch besprenkelt. Pauline-Pupsine kreischt BÄÄÄH!; die Vertretungslehrerin holt zum letzten Mal für heute zischend und bebend Luft: LONYL!, jault sie. Lonyl schüttelt seine Bücher noch ein bisschen, als hätte er nichts gehört, dann legt oder besser gesagt knüllt er sie in ein Regalfach rechts an der Wand. Ein bisschen Milch rinnt in das Fach darunter, es gehört Tony, dem eine lange Karriere als heroinsüchtiger krimineller Jugendlicher bevorsteht.

Ordentlich angezogen sswisch-sswischt Lonyl über den Schulhof auf die Sommergate hinaus. Gestern Abend hat er ein paar Münzen vom Fernsehtisch stibitzt und kann sich noch einen Abstecher in Ngyuens

Lädchen an der Ecke Sommergate/Tobias Schmidtsvei leisten (Obst, Gemüse, Pornos, Tabak). Dort ersteht er eine 1,5-Liter-Flasche XTREME ENERGY (isotonisches Sportlergetränk, wirkt Ermüdungszuständen entgegen) und schüttet auf dem restlichen Weg zu PapaHans und Sonja 4/5 davon in sich hinein.

Genau eine Stunde, nachdem Lonyl den Klassenraum verlassen hat, erleidet die Vertretungslehrerin drüben im Lehrerzimmer der B-Schule einen akuten Anfall von plötzlichem Tunnelblick. Sie leidet Todesängste. Alle möglichen Schreckensbilder von Hirnschwellung, geplatzten Adern und entzündeten Netzhäuten flimmern vor ihren (halbblinden) Augen. Ihre Kollegen eilen hinzu. Sie schluchzt und schreit, presst sich die Hände vor die Augen und rutscht vom Stuhl, bis sie auf dem gallegrünen Linoleum kniet. Das Kollegium bemüht sich, ihr zu entlocken, was ihr fehlt; mit kreischender, in den Ohren schmerzender Stimme kann sie nur noch herauspressen: »ÄÄÄÄOOOOHH ... AOOOHH ... Loonyyl ... LOOONYYYYL ... AAAAOOOOHHH!«

WIEDER BEI SIMPEL

Tiptop schlurft ins Wohnzimmer zurück und setzt sich aufs Ecksofa. Drinnen auf dem Klo brabbelt Simpel weiter. Die Uhr geht auf halb eins. Tiptop kratzt sich im Schritt. Die letzte Rundumrasur ist knapp eine Woche her. Seine Schambehaarung sagt Bescheid, dass es wieder mal so weit wäre. Da kennt Tiptop sich aus. Er fasst sich in die Unterhose und versucht, die Einzelteile auseinander zu halten, Schwanz, Sack, Beine und möglichst auch die Pobacken. Viel hilft das nicht. Der Juckreiz ist hartnäckig. Als Fachmann weiß Tiptop nur zu gut, dass es den Haarwuchs bei null zu halten gilt, damit er nicht steif und breitbeinig herumlaufen muss (eine wenig effektive Technik, um zu verhindern, dass die Pobacken oder Skrotum und Beine etc. aneinander schaben). Maximal zwei Tage dürfen bis zu einer erneuten Rasur vergehen. Doch seit der Aufnahme des COCKA-HOLA-Finales hat er zu viel anderes im Kopf gehabt und die tägliche oder zweitägliche Rasur versäumt. Eine Penis-Skrotum-Anus-Rundumrasur ist eine recht aufwendige Prozedur. Falls er ohne Hilfe zurecht kommen muss, und als männlicher Schauspieler bekommt er keine, muss er sich mit dem Rasierschüsselchen bewaffnet über einen Spiegel hocken. Ohne

Spiegel geht es nicht, es ist so gut wie unmöglich, sich im Hocken zu dem von den DESIREVOLUTION-Konventionen vorgegebenen Grad von Haarlosigkeit *vorzutasten*. Man muss *sehen*, was man da tut. Außerdem ist Tiptop von den Beleuchtungsverhältnissen abhängig; das Licht muss im spitzen Winkel auf seinen Unterleib treffen, um eventuell übersehene Haarstummel zu entlarven. Also legt er eine IKEA-Tischlampe flach hinter sich auf den Boden, wodurch er Streiflicht an Anus und Skrotum erhält. Stummel und Büschel, die der Rasur entkommen sind, zeichnen sich vor der 60-Watt-Lampe ab wie Bartflechten vorm Sonnenuntergang. Außerdem legt er sich nach jeder Rasur vor einem Wohnzimmerfenster auf den Rücken und zieht die Beine hoch bis zu den Ohren, während er sich den Spiegel in verschiedenen Winkeln in den Schritt hält: Nur Tageslicht kommt der Beleuchtung beim Porno-Dreh gleich; wenn das Ergebnis der Rasur im bleichen Winterlicht okay wirkt, droht auf dem Set keine Gefahr. Als Werkzeug kommen einzig und allein GILLETTE MACH 3 und GILLETTE SHAVING GEL in Frage, egal, dass es brennt. Die Rasur muss spätestens vier Stunden vorm Dreh erfolgen, damit alle Rötungen und Reizungen abgeklungen sind. Um Schnitte im Skrotum zu vermeiden, muss es im Zimmer kühl sein bzw. müssen die Genitalien mit kaltem Wasser vorgekühlt werden; die Hoden müssen hochgeschoben werden, damit sie ihre 36° halten und das Skrotum sich zusammenziehen kann, es muss dem Rasierer genügend Widerstand bieten – schlaffe Sackhaut hat schnell einen Schnitt weg. Der Anus muss so zusammengekniffen werden, dass die Falten um die Öffnung so klein wie möglich sind; ein Schnitt in die Rosette ist nicht ulkig (einmal hat Tiptop sich einen tiefen Anusschnitt zugefügt; eine verwundete oder schorfige Rosette ist weder schön anzusehen noch sonstwie angenehm). Mittlerweile bewerkstelligt Tiptop eine vollständige Intimrasur in knapp 20 Minuten. Er hat noch nie Reklamationen über die Qualität seiner Rasur zu hören bekommen, ebenso wenig wie – bislang – bezüglich der anderen DESIREVOLUTION-Konventionen, die Ritmeester, der Pornoideologe, entwickelt und formuliert hat. Sie lauten wie folgt:

§1 *Intimrasur: Die Darstellerinnen sollen an Geschlechtsteilen und Anus vollständig rasiert sein. Sollte Schambehaarung stehen bleiben (ausnahmsweise), so ist dies nur auf einer Fläche von höchstens 2x4 cm hochkant im Bereich über der Schamöffnung gestattet. Zwischen Behaarung und Schamlippen muss sich mindestens ein Zentimeter glatte Haut befinden.*
Männliche Darsteller haben sich Anus und Skrotum bis in die Leistenbeuge zu rasieren. Über der Peniswurzel kann ein Rechteck von höchstens 4x5 cm stehen bleiben. Die Entwicklung tendiert zu völliger Haarlosigkeit auch bei Männern; nichts spricht dagegen, diesem Trend zuvorzukommen.

§2 *Bräunung: Darstellerinnen sollen sich vorzugsweise im Tangaslip sonnen, so dass ein schmaler weißer*

Streifen weit oberhalb von jeder Pobacke verläuft, die Grenze zwischen Hintern und Rücken betont und zugleich den Blick durch die Pospalte auf das Interessengebiet zwischen den Beinen lenkt.
Männliche Darsteller haben sich nackt zu sonnen und streifenfrei braun zu sein.

§3 *Make-up und Frisur: Es ist ein Fehler zu glauben, die Darstellerinnen müssten übergeschminkt sein wie in den 70ern, 80ern und frühen 90ern. Angesichts der hohen Zahl junger Videobenutzer ist nuttiges Aussehen zu vermeiden. Prinzipiell genügt leichter Auftrag von vorzugsweise hellem Make-up und Lippenstift. Ansonsten hat sich die Farbgebung des Films nach der Stimmungstemperatur zu richten. Die Frisur folgt dem Vorbild der allgemeinen Unterhaltungsindustrie; sie hat dem Zeitgeist zu entsprechen.*
Männliche Darsteller haben stets sauber frisiert zu sein: Kurz, oben gegelt, an den Seiten kürzer, ggf. in getrimmte Koteletten übergehend. Glattes Gesicht.
Darstellerinnen wie Darsteller haben sich den Anus zu schminken, wenn er nicht den passenden Rosaton aufweist, denselben wie blasse Lippen.

§4 *Sprache und Geräusche: Amerikanisch. Alle Darsteller haben Aufforderungen von sich zu geben, à la »Suck it!«, »Fuck me!« oder »Harder! Faster!« usw. Fragen sind in rhetorischer Form zugelassen, z.B.: »You like watching your cock go in and out of my ass? You like watching that?« usw. Möglichst viel Stöhnen und Rufe, und zwar aktiver und anfeuernder Art, wie* »YEAH! YEAH! AHA! OOHYESS!« *und nicht passiv oder abwesend wie »mmm«, »ooo«.*

§5 *Verhalten: Aktivität ist das Schlüsselwort. Die Darstellerinnen dürfen niemals desinteressiert oder passiv wirken. Die überzeugende Geilheit der männlichen Darsteller muss die Darstellerinnen mitreißen, ihre Geilheit ist es, die den Zuschauer interessiert, daher muss sie sichtbar werden. Der Mann soll die Frau vorführen wie beim Tangotanzen. Ergreift der Mann eine Initiative z.B. zum Stellungswechsel, hat die Frau mitzuwirken, als wäre das ihr größter Wunsch. Bei lesbischen Szenen müssen die Darstellerinnen die Geilheit des Zuschauers mit entsprechend gesteigerter Geilheit ihrerseits anregen. Es geht darum, dass sie die wesentlichen Prinzipien der männlichen Sexualität begreifen und beherzigen, so die Bedeutung des Visuellen, und die Wahl ihrer – nicht zwangsläufig natürlich wirkenden – Bewegungen, Stellungen usw. danach ausrichten. Lesbische Szenen sollen Unersättlichkeit und Zügellosigkeit vermitteln.*

§6 *Oralverkehr. Frau–Mann: Deep throating ist optimal. Es ist darauf zu achten, dass Haare, Beine usw. der Kamera nicht die Sicht nehmen. In jüngeren Produktionen hat sich folgende Stellung als zweckdienlich erwiesen: Der Mann steht, die Frau kniet vor ihm, Kamera von schräg unten zwischen den Beinen des Mannes, so dass die Frau von vorn zu sehen ist, den Kopf zurückgelehnt und den Penis im Hals. Einspeicheln des Penis ist willkommen. Der Penis kann auch gegen Gesicht/Mund/Zunge der Frau geschlagen werden. Wenn der Mann das Gesicht der Frau aktiv penetriert, soll sie nicht mehr sein als das Loch, das sich ihm darbietet. Wenn sie hingegen aktiv orale Stimulation an einem auf dem Rücken liegenden oder sonstwie zurückgelehnten Mann ausübt, sollte sie den Penis als etwas Appetitliches behandeln, auf das sie ganz wild ist. Sie soll schnappen, schlucken, Gier zeigen.*

Mann-Frau: Eine gymnastische Übung. Je weiter die Darstellerin die Beine neben den Kopf ziehen kann, desto besser. Oder sie rollt sich nach hinten (gern bis zum Nacken) und spreizt dabei die Beine, die sie vorzugsweise selber festhält, zum Spagat. Das ist gut, das zeigt aktives Mitmachen. Die Zungenarbeit des Mannes sollte zwischen Klitoris und Scheide abwechseln. Gleichzeitig können Finger und/oder Hilfsmittel (Dildo usw.) in Scheide und/oder Anus eingeführt werden. Die Aktivität des Mannes sollte auch den Anus der Frau umfassen. Die Darstellerin hat dabei ihre Klitoris intensiv zu stimulieren/beklopfen/schlagen.

In einem Film haben mehr Oralszenen Frau-Mann stattzufinden als umgekehrt.

§7 Stellungen/Konstellationen. Gute Stellungen sind solche, die der Kamera gute Sicht bieten. Als Faustregel kann gelten: je mehr Spreizung, desto besser. Einige Beispiele:

Ein Mann – mehrere Frauen: Starke Konzentration auf Oralsex; die Darstellerinnen sollten darum wetteifern, ihn in den Mund nehmen zu dürfen. Face-Sitting beim Mann ist gut. Oralsex Frau-Frau, während der Darsteller vaginal/anal penetriert. Man lasse Fantasie walten. Die Darstellerinnen sollten den Mann fragen, wenn sie sich nicht sicher sind, was seinen Augen wohlgefällig ist.
Eine Frau – mehrere Männer: Ein Mann von vorn, einer von hinten. Avancierte Variante: Ein Mann von vorn, von hinten Sandwich (Doppelpenetration). Sämtliche Varianten von multipler Penetration sind erwünscht. Man lasse Fantasie walten.
Gangbang: gut, wenn ökonomisch machbar. Hier lassen sich alle bislang erwähnten Varianten kombinieren. Ein Gangbang regt die Fantasie der Mitwirkenden an; die hier gewonnenen Erfahrungen lassen sich auf weniger komplexe Szenen übertragen.
Sämtliche Stellungen sollten die sexuellen Funktionen des Körpers unterstreichen; konventionelle Stellungen im Liegen/Sitzen sind ungeeignet – es gilt, erfinderisch zu sein. Extravaganz in diesem Bereich bezeugt das Engagement der Mitwirkenden.

§8 Kameraführung und Beleuchtung: Bestmögliche Ausleuchtung ist anzustreben, so wenig Schlagschatten wie möglich. Bei speziellen Szenen, so z.B. vor dem Kamin, bewirkt schwaches Gegenlicht bessere Modellierung der Körper. Außenaufnahmen werden bei kalifornischer Sonne durchgeführt; es ist dafür zu sor-

gen, dass sämtliche relevanten Körperteile der Sonne zugewandt bleiben, da Sonnenlicht scharfe Konturen mit harten Kontrasten bewirkt.
Weitwinkelobjektive auf allen Kameras garantieren Makroeffekt und Tiefenschärfe – Details und Überblick zugleich; das vermittelt dem Zuschauer das Erleben, selber dabei zu sein. Für gute Schnittmöglichkeiten haben mindestens drei Kameras zugleich zu laufen. Auch der Durchschnittszuschauer stellt mittlerweile hohe Anforderungen und erwartet z.B. einen durchgehenden Bewegungsrhythmus, das ist beim Schnitt zu beachten. Die Kameramänner haben aktiv für dynamische Kameraführung zu sorgen. Die Qualität des Films hängt ebenso sehr von der »Teilnahme« der Kamera beim Akt ab wie von der Glaubwürdigkeit der Darsteller. Kamera und aktive Genitalien sollten zu einer Einheit werden. Das Weitwinkelobjektiv ist dazu der Schlüssel.

§9 Handlung: ganz nach Wunsch. Man vergesse nicht, dass der Kunde ab dem zweiten Mal, wo er den Film sieht, über die narrativen Sequenzen wegspult; mit anderen Worten, man verschwende nicht zu viel Arbeit und Ressourcen auf die Handlung. Ein gewisser »Plot« oder ein Thema kann hilfreich sein, um einen interessanten Titel zu finden. Ein originelles Skript kann – *so unwahrscheinlich es ist – Kultstatus erlangen, was Absatz an Filmklubs usw. bedeutet. Generell gesehen wird die Handlung immer unwichtiger. Die meisten aktuellen Filme präsentieren sich eher als*

eine Art sportliches Ereignis oder Zurschaustellung denn als Filme im eigentlichen Sinn.

§10 Verbote:

a) In Heterofilmen hat keinerlei männliche Homosexualität vorzukommen, auch nicht andeutungsweise.

b) Ejakulationen haben ausschließlich in das Gesicht/auf den Mund der Darstellerinnen zu erfolgen.

c) Eine jede Szene hat stets sowohl vaginale als auch orale als auch anale Penetration zu enthalten. Jeder Film hat so viele Stellungskombinationen und Penetrationsweisen wie möglich zu enthalten. Was fehlt, wird vom Kunden vermisst.

d) Vorhaut über der Eichel während der Erektion ist generell untersagt.

e) Wenn Darstellerinnen bei tiefen Oralszenen oder Ejakulation aufs Gesicht würgen oder sich erbrechen müssen, wird dies beim Schnitt entfernt.

f) Schmerzenslaute der Darstellerinnen bei analer Penetration sollten ebenfalls im fertigen Film nicht mehr enthalten sein (es sei denn, sie gehören zum narrativen Setting).

Niemand in den Reihen von DESIREVOLUTION zieht Ritmeesters Kompetenz in Zweifel. Er hat extreme Mengen Pornos gesehen. Daher auch die Wichtigkeit der Ritmeester-Rapporte, die Eisenmann zu jedem Infomeeting mitbringt. Bislang ist es nicht oft vorgekommen, dass einer der Mitwirkenden oder auch Regisseur-Peter sich blamiert hätten, aber die wenigen Male, wo es geschehen ist, haben sie es auch zu hören bekommen. Tiptops Weste war wie gesagt bislang unbefleckt. Der Umsatz aus der Videoproduktion ist bei DESIREVOLUTION die Basis sowohl des Konzerns als auch der Tochterunternehmen. Ist man in Ritmeesters Augen schuld an der minderen Qualität eines Films – Ritmeester pflegt mit seiner diesbezüglichen Meinung nicht hinter dem Berg zu halten –, so trägt man voll und ganz die Verantwortung für gegebenenfalls nötige Budgetkürzungen für sämtliche Tochterunternehmen. Man braucht nicht viel Fantasie, um sich vorzustellen, dass so was z.B. bei Simpel nicht gerade gut ankommt.

Tiptop weiß nur zu gut, dass er gegen § 10 a) der Konventionen verstoßen hat und, abgelenkt infolge des Bruchs von § 10 a), auch gegen § 10 b). Soviel er weiß, ist eine solche doppelte Übertretung in der Geschichte von DESIREVOLUTION noch nie vorgekommen. Falls THE COCKA HOLA COMPANY bereits fertiggestellt und zur Bewertung an Ritmeester übersandt worden ist und Ritmeester den Film auch schon bewertet hat – woran kein Zweifel bestehen dürfte, er ist bei so was blitzschnell –, dann könnte Tiptop ein schwerer Tag bevorstehen, vielleicht auch eine schwere Woche. Fürchtet Tiptop.

Ritmeester, der Pornoideologe, hat in seiner Wohnungstür einen guten altmodischen Briefschlitz, durch den die DESIREVOLUTION-Filme und die übrige Post zu ihm gelangen. Alles plumpst direkt auf sein Parkett, und zwar nicht in den Wohnungsflur, sondern direkt in die gute Stube: Ritmeester lebt auf 22 Quadratmetern, und die Wohnungs- ist auch die Wohnzimmertür. Nicht gerade wenig Post purzelt zu ihm herein. Erst mal sechs internationale Tageszeitungen: Frankfurter Allgemeine Zeitung, The Herald Tribune, Neue Zürcher Zeitung, The New York Post, El País, Le Monde und Financial Times. Dazu jeden Tag drei nationale und zwei regionale Zeitungen. Rechnet man Ritmeesters weitere Abonnements auf den Monat um, so ergibt sich, dass so gut wie jeden einzelnen Tag etwas bei ihm eintrifft, wohlgemerkt über die Tageszeitungen hinaus. Allmonatlich kommen folgende Zeitschriften: The CigarSmoker, Wine&Liquor, The Cacademic, Space& Science Picturemag, Space&Science Theoretical Appendix, Countryside, The BioChemist, Physics International, Flash Art, Artforum, Parkett, The Face, Cinematograph, Pendulum, Hustler, Teenflesh, Sex-O-Rama, Tattooworld, Transtext, The Litterate, Wolff Muzak, Wired, Computerland und Ampnews. Die folgenden eher obskuren Blätter kommen zwei- oder dreimonatlich: BLA 16, Copywrong, Limited, Eclipsed, Überunterbrücke, Sissors, Très Bizarre, Unfun, Antime, Untertainment, xxxeroxxx, Drone, Pessimost und Abruptone. Überdies ist er Mitglied von sechs Videoclubs, die einmal pro Monat einen Mitgliedsfilm schicken (die Hälfte davon in diskreter Verpackung): Private, Hole Productions, Normlos, BlackListFilms Ltd., Visionaire Video und VHSCares. Ritmeester hält stetigen Kontakt mit PapaHans, der ihm alle zwei, drei

Tage schreibt. Hauptsächlich geht es in der Korrespondenz um die weitere Entwicklung des Konzerns. Durch den Schlitz in der Tür kommen auch Briefe mit Absendern wie Mark Kossoff, Tiina Maaki, BLS, Finn Andersson, Carl Schwartz o. ä. Keiner davon hat mit DESIREVOLUTION zu tun, und niemand im Konzern weiß, wer sie sind, aus dem schlichten Grund, dass niemand außer Eisenmann Ritmeesters Wohnung betreten darf. So steht es in Ritmeesters Isolationsvertrag. Eisenmann kennt den Wortlaut des Vertrags nicht, den hat bislang nur PapaHans studiert, die Lesebrille auf der Nase, die Stirn in nachdenklich-kritische Falten gelegt. Eisenmann ist das egal. Seine Aufgabe ist unkompliziert, PapaHans hat Ritmeesters Vertrag für seine Zwecke leicht verständlich umformuliert; besonders viel zu verstehen gibt es da auch nicht. Das Projekt lässt sich beschreiben wie folgt:

Ritmeester hat alle direkten zwischenmenschlichen und sonstigen sozialen Kontakte abgebrochen. Er hat sich in seine Wohnung zurückgezogen und lebt dort unter den folgenden drei Prämissen:

1. *Jegliche Korrespondenz hat per Brief zu erfolgen, nicht elektronisch; E-Mails sind direktem Dialog bereits zu nah.*
2. *Nahrungsmittel und sämtliche Bedarfsartikel werden von Eisenmann geliefert, dem als Einzigem der Zutritt zu Ritmeesters Wohnung gestattet ist, mit der Einschränkung, dass Ritmeester während Eisenmanns*

Anwesenheit ununterbrochen zu monologisieren hat; Fragen beantworten oder stellen darf Eisenmann nicht. Dialog egal welcher Art hat zu unterbleiben. Eisenmann überbringt dem Konzern Ritmeesters Zustandsberichte.

3. *Ritmeester bewertet die Videoproduktion von* DESIREVOLUTION. *Niemand hat das Recht, diese Bewertungen zu überprüfen, in irgendeiner Weise in Frage zu stellen oder Vertiefungen zu verlangen. Ritmeester hat das letzte Wort. Eisenmann überbringt die Bewertungen dem Konzern.*

Ritmeesters Eremitendasein hat ein paar Monate vor dem Start von Simpels Zwangsalkoholikerprojekt begonnen, also ca. ein halbes Jahr nach der Gründung von DESIREVOLUTION. Und es geht ihm gut damit. Kein Problem, ohne menschlichen Kontakt auszukommen. Die Zeit, die er auf andere Menschen verwenden würde, nutzt Ritmeester für seine Abos. Mehrmals hat er das Projekt umgetauft, zuletzt auf: DOWN TO DATE. Auf diesen Namen ist er gekommen, nachdem ihn Horatia, Tiptop und SamSon per Brief in Sachen Sportswear und upgedatete Citywear befragt hatten. Er hat ihnen allen Antwort geben können, mehr als nur erschöpfend: Er hat mehrfache Alternativen entworfen und erörtert, in einer Weise, die es ihnen erlaubte, seine Antworten zu ihren innersten sexuellen und urbansozialen Visionen in Beziehung zu setzen – ihn wiederum hat diese Situation darin bestätigt, dass die ewige *Teilhabe* an der Welt, vor der er geflüchtet ist, tatsächlich überflüssig ist. »An etwas, das man vollständig analysieren kann, braucht man nicht teilzuhaben«, so hat er gefolgert, und auch, dass seine selbst gewählte Isolation die richtige Strategie ist, um nicht immer und immer wieder in dieselbe Falle zu gehen, die da lautet: »Nur-noch-*ein*-einziges-Mal-bei-dem-Hübschen-dem-Trendigen-dem-schmerzfrei-Gleitenden-dem-Kontaktschaffenden-und-Fitforfunkompatiblen-dem-Allmächtigen-und-Ewiggeneideten-mitmachen-nur-noch-*einmal*-dann-hab-ichs-*geschafft*-dann-bin-ich-up-to-date.« »Gelobt sei die Pornografie«, hat Ritmeester gedacht, »die ist in dieser Hinsicht wenigstens ehrlich. Die sagt klar und deutlich: Hier kannst du nicht mitspielen, so sehr du auch willst, denn das hier ist *Fiktion*, hörst du? *Fiktion*! Porno ist fiktiv! Vergiss es, du bist auf ewig ausgeschlossen, viel Spaß noch, du hast keine Chance, du bist verurteilt zu ewigem Begehren nach etwas, das es nicht gibt. Die verfluchte Lifestyle-Welt da draußen dagegen tut so, als ob sie dir *Möglichkeiten* bieten würde, sie betrügt dich, indem sie dich glauben macht, du hättest eine Chance. Der Lifestyle lockt dich damit, dass du angeblich etwas erreichen, dass du dazugehören kannst, zwei Milliarden junge Menschen können sich nicht irren, denkst du, aber da hast du dich geschnitten, mitten in der Mitte, da, wo alle hinwollen, ist ein tiefes schwarzes Loch, sonst nichts, alle fühlen sich gleichermaßen verarscht, du bist immer an einem Ort, der noch nicht gut genug ist, es gibt immer einen anderen, an dem du sein solltest, alle sind gleichermaßen deprimiert und mit dem

Abend unzufrieden, wenn er überstanden ist. Wer vor einem Porno sitzt, *kann* gar nicht anders als begreifen, dass ihm das nichts bringt, kein Mensch ist so blöd, dass er von einem Porno denkt, durch den könnte er was erreichen, und *das*, genau *das* – das Bewusstsein, dass es nichts hilft – das ist gesund, das Bewusstsein, dass man gearscht ist, egal, was man tut, das heißt der Welt ins Gesicht sehen«, hat Ritmeester gedacht. Wieder ein Beweis, dass sein Isolationsprojekt die richtige, die gesunde, die einzige Möglichkeit ist, wenigstens *relativ* zufrieden zu sein. Seit er sein Projekt in DOWN TO DATE umgetauft hat, fühlt er sich richtig obenauf. Er findet, das ist genau der richtige Trichter, das ist notwendig und realistisch, jetzt ist er in der Lage, zugleich vollkommen dazuzugehören und vollkommen außerhalb zu stehen, jetzt hat er die strebende, sehnende, erfolgssüchtige Welt restlos lächerlich gemacht. Ritmeester sieht sich als MR. POL und MR. GEGENPOL in ein und derselben Person. Er ist allein *gegen* alles und allein *für* alles, zu ein und derselben Zeit.

Nach mittlerweile knapp fünf Jahren in seiner Raumkapselwohnung hat er nicht das geringste Bedürfnis, vor die Tür zu gehen oder das Projekt sonstwie zu beenden.

Zwei Dinge fallen Eisenmann immer auf, wenn er hier ist. Erstens, wie penibel aufgeräumt und sauber alles ist. Weder Staub noch abgestandene Luft. Bis auf die Zeitungs- und Zeitschriftenstapel sieht die Wohnung aus, als wäre Ritmeester eben erst eingezogen. Das Parkett glitzert wie in der Putzmittelreklame. Die beiden Regale, ein Videoregal und ein Buchregal, stehen ca. dreißig Zentimeter von der Wand abgerückt, wie um zu sagen: Ich habe nichts zu verbergen. Zwischen den Möbeln ist Luft, zwischen den Möbeln und der Wand ist auch Luft. Hinter den Regalen, unter allem und auf allem ist Staub gewischt. Auch der Ohrensessel steht frei von Berührungen fast mitten im Raum, in gemütlichem Winkel auf eines der beiden Fenster in der Wand gegenüber der Eingangstür ausgerichtet. Keinerlei Unordnung, nicht mal ein Papierfitzelchen. Weder ein Paar Schuhe in der Ecke noch eine Jacke über einer Stuhllehne. Keine Tasse mit Kaffeeresten. Nicht mal ein Aschenbecher mit Kippen – Ritmeester löscht seine rund sechzig täglichen Zigaretten mit etwas Wasser in der Spüle und wirft sie dann in den Müll. Ausschließlich Möbel (schwarzes Ledersofa Doppelsitzer, Rauchglastisch 150x70 cm, Stuhl), Regale und Zeitungs-/Zeitschriftenstapel, chronologisch und nach Kategorien geordnet. Die monatlichen Abos in 30–50 cm hohen Stapeln, je nach Dicke der Zeitschriften, die Tageszeitungen ungleich höher getürmt, das Videoregal vor allem voll greller Pastellfarben, hellviolett, rosa, rot, ein bisschen schwarz, verschiedene Rosa-schwarz-Kombinationen, kurz: Farben, die laut und vernehmlich P-o-r-n-o-g-r-a-f-i-e buchstabieren. Das Buchregal ist uninteressant.

Als Ritmeester ihm heute aufmacht, fängt er gleich mit irgendwelchem geisteskranken Zeug über Anthrax an, während Eisenmann drei Tragetaschen voll Besorgungen hinstellt. Das Dispril legt er auf den Tisch; Ritmeester räumt es sofort da weg, die PARKER-Tintenpatronen nimmt er Eisenmann aus der Hand und steckt sie sich in die Brusttasche. Dann stellt er die Tragetaschen in den Schrank unter der Arbeitsfläche der Teeküche. Er wartet immer, bis Eisenmann gegangen ist, bevor er die Sachen in den Kühlschrank stellt, als wäre es ihm peinlich, bei so einem Haushaltsgefummel beobachtet zu werden.

Als Zweites fällt Eisenmann immer auf, wie Ritmeester äußerlich, ja insgesamt physisch mehr und mehr verfällt. Ritmeester sieht *ganz fürchterlich* aus. Er sitzt mitten in seiner Ordnung und seinem Postkundendasein und kommt körperlich immer mehr auf den Hund. Gekleidet ist er tadellos, das ist es nicht, er hat eine unerklärliche Vorliebe für halbteure leinenartige PAL ZILERI-Anzüge, von denen eine ganze Reihe gebügelt in dem kleinen Schrank beim Bett hängt; Eisenmann kriegt immer einen oder zwei plus die Anweisung: Reinigen lassen! mit, aber da alle gleich sind, ist er nicht sicher, wie viele genau Ritmeester besitzt; egal, die Anzüge sitzen gut, Ritmeester riecht auch immer frisch gewaschen, aber, wie Eisenmann denkt: Seife hin, Seife her, hübsch wirst du davon auch nicht mehr, du Penner. Ritmeester sieht bis ins Mark ungesund aus. Hässlich ist er sowieso schon mal, und erschwerend kommen dann noch hinzu 1) nicht blaulila, sondern schwarze Ringe um die Augen; 2) eine Gesichtshaut, die schimmelig und dabei knochentrocken aussieht (außer um die Augen, da ist er immer verschwitzt, ebenso wie die Stirn, an der kleine Haarsträhnen kleben); 3) kleine wunde Stellen am und im Mund; 4) eher gelbe als weiße Augäpfel; 5) fransige Haare wie bei einem Krebspatienten nach der Bestrahlung; 6) Spuren von Schuppenflechte um die Ohren; 7) Schläfenadern, die aussehen wie kleine blaue Würmer; 8) ein Netz von roten, teilweise geplatzten Äderchen auf den Wangen; 9) geschwollene Hände an – soweit die aus den Anzugärmeln ragen – dünnen, knochigen Armen; 10) orangegelbe Raucherfinger mit einem schwarzen Fleck am letzten Glied von Zeige- und Mittelfinger der rechten Hand. Ritmeester ist eine merkwürdige Mischung von dick und dünn; er ist nicht dick, sondern aufgedunsen, nicht dünn, sondern knochig. Insgesamt ein ausgesprochen unattraktiver Mann. Irgendwelche Einwände gegen sein Projekt im Allgemeinen oder seinen körperlichen Zustand im Besonderen kommen natürlich nicht in Frage, aber ein, zwei Hinweise in Sachen Ernährungsgewohnheiten hätte Eisenmann dann doch ganz gern mal angebracht. Recht bedacht ist es ihm wiederum völlig schnuppe, dass er dazu keine Gelegenheit erhält. Die Einkaufsliste, die er allwöchentlich zugesandt kriegt (außer letzte Woche, die wurde aus welchem Grunde auch immer übersprungen), fällt immer magerer und kläglicher aus, z.B. so:

Einkaufsliste 42. Woche:
5 Weißbrote
9 Liter Magermilch

Eisenmann weiß nicht mehr genau wann, aber er ist sicher, dass er mal gesehen hat, wie Ritmeester in ein Weißbrot griff, die Teigkugeln in Magermilch tunkte und sie sich dann in den Mund stopfte. Noch vor einem Jahr hat die Einkaufsliste Butter, ein, zwei Sorten Aufschnitt und Kaffee enthalten. Mittlerweile lebt Ritmeester ausschließlich von Weißbrot/Magermilch-Bällchen und Marlboros. Die Magermilch lässt ihn mager, das Weißbrot dick werden, vollständig wird die Misere durch die Marlboros. Die seltenen Male, dass Eisenmann Ritmeester hat lachen hören, über sich selber wohlgemerkt, hat es geklungen wie eine Ladung Kies, die über ein Wellblechdach kullert. Egal wie lustig etwas ist, wenn der andere so klingt, vergeht einem das Lachen. Jemand in Ritmeesters körperlicher Verfassung sollte die Finger von Zigaretten lassen, aber er raucht natürlich wie besessen. Man meint zusehen zu können, wie der Verfall mit jedem Lungenzug fortschreitet. Für ihn und seinen zerrütteten Korpus ist Rauchen das A und O.

Ganz anders Eisenmann. Eisenmann raucht so gut wie ununterbrochen, aber auf eine distanzierte und scheinbar gesunde Art und Weise. Es ist sozusagen nicht der Rede wert, dass er raucht. Er ist ein Kettenraucher, der ebenso gut Nichtraucher sein könnte. Eisenmann ist einer von denen, die als kleine Jungen in den Kessel mit dem Zaubertrank gefallen sind. Er kann sich so schlecht behandeln, wie er will, es hat keine Folgen. Seine Gesundheit ist und bleibt robust. Man sieht es an seinen Bartstoppeln und Lippen und Kinnbacken und Haar und Gangart, ganz zu schweigen von seinem Nacken. Eisenmann hat eine dicke Haut, die leicht braun wird, und helles Haar. Als Mann von fast dreißig Jahren volles, fast weißblondes Haupthaar zu haben, ist an und für sich schon eine Leistung. Gibt es etwas, das gesünder aussieht als sonnengebräunte Männerbeine mit hellen Haaren? Nein, nicht? Eisenmann hat so welche. Nicht jetzt wohlgemerkt, mitten im Winter, aber er ist alles andere als blass oder gar bleich, seine Haut ist alles andere als trocken oder schuppig, auch jetzt noch nach Monaten ohne Sonnenschein.

Irgendwann kommt Simpel wieder von der Toilette zurück. Er verflucht den Maschinenkaffee. »Beschissenes Java-Mokka-Zeug«, sagt er, »die verfickten Kaffeeröster müsste man anzeigen wegen Vernichtung von Arbeitszeit … und … Vernichtung von Nahrungsmitteln. Ich könnte schwören, achtzig Prozent von dem, was ich grade ausgeschissen habe, hätte ich noch verwerten können. Das ist kein Kaffee, sondern das reinste Abführmittel.« Tiptop unterdrückt ein Gähnen.

Allmählich wird es Zeit. Tiptop, der seine – todschicke – Lederjacke die ganze Zeit nicht ausgezogen hat, geht zur Flurtür und öffnet sie. Simpel zieht sich seine Normalitäts-Tarnjacke und dito Schuhe an. Er steht auf einem Bein und bindet sich den Schuh. Nicht lange, und er verliert das Gleichgewicht; er knallt mit einem Ellbogen an die Wand, statt den Fuß abzusetzen.

Jetzt steht er in einem unwahrscheinlichen Winkel schräg an die blassgelbe Betonwand gelehnt da, den Jackenkragen über die Ohren geschlagen, und flucht in einem kontinuierlichen Strom vor sich hin. Tiptop geht auf Strümpfen in den Flur zu seinen RUDOLPH-BOSTON-Schuhen. Sie sind merkwürdig sauber, wenn man an den Schneematsch draußen denkt.

– Scheißwetter draußen, was?, fragt Simpel, als sie im Treppenhaus auf den Fahrstuhl warten.
– Scheißwetter, bestätigt Tiptop.
– So 'ne Überraschung, murmelt Simpel. Kein Wunder, dass man zum Arschloch wird bei dem Klima jahraus und jahrein. Verfluchte Scheiße. Du kannst dich nicht beschweren, Tiptop, du liegst die ganze Zeit unter heißen ARRI-Lampen und fickst gebräunte Solariumsweiber.
– Ich sag ja gar nichts, ich …
– Nein …
– Nein.
– Nein … Dann hör auf, dich zu beschweren.
– …
– Wie ist die COCKA-HOLA-Produktion gelaufen?
– Gut … gut … Tiptops Blick flackert unmerklich.
– Schönschön, ich hab keinen Scheißton darüber gehört. Alle stumm wie die Austern. Warum hat mir keiner was erzählt? Hä?
– Es gibt nichts Besonderes zu erzählen, lügt Tiptop. Wir haben uns ja seitdem auch nicht mehr gesehen.
– Hör mal her, da gibt es was, das heißt Te-le-fon, ja, ei-

nen kleinen Anruf hättest du dir sicher noch leisten können, als du fertig gefickt hattest. Sonst rufst du mich immer an, wenn ein Film im Kasten ist, Tiptop, behaupte nicht das Gegenteil.

– Nein, aber … dein Telefon ist ja fast nie an.

– Eh, eh, eh, jetzt mach mal nen Punkt, Tiptop, ich sitze die ganze Zeit da und halte das Ladegerät im Anschlag, falls der Scheißakku schlappmachen sollte, und abschalten tu ich das Telefon NIE, da musst du dir schon was Besseres einfallen lassen … VERFICKTE SCHEISSE!

Tiptop zuckt zusammen.

– Bitte, Simpel, das muss doch nicht …

– Ich hab das BOSCH drinnen vergessen, SCHEISSE, halt den Aufzug fest, ich hol es schnell …

Simpel hastet den Flur zurück, fummelt nach dem Schlüsselbund, versucht es zweimal mit einem falschen Schlüssel (er kriegt nach jedem Wohnungswechel neue und hat die Übersicht verloren), er keift und flucht mit gebeugtem Nacken vor dieser Tür, die eher aussieht, als wäre dahinter eine Zelle als eine Wohnung, und irgendwann ist er drin. Tiptop hält die Fahrstuhltür mit einer Hand auf und blickt an sich hinunter. Er sieht die Beulen in der dicken Stahltür und die Etagenknöpfe. Die Knöpfe sind fingerdicke Plastikröhren, die gelblich aufleuchten, wenn man sie drückt. Die Plastik-Wandverkleidung im Aufzug ist bis in einen Meter siebzig Höhe fast restlos mit schwarzem Filzer vollgekliert. Der Nothalteknopf ist weggekokelt, rotschwarzes geschmolzenes Plastik verklebt das Loch, in dem er gesessen hat. Neben dem Knopfschild ist ein SCHINDLER-Fahrstuhlzertifikat angenietet; das Datum liegt 19 Jahre zurück. Das zulässige Höchstgewicht ist um vier Nullen erweitert worden, jetzt steht da 5.000.000 kg. Die Nullen sind so akkurat ausgeführt, dass sie fast echt wirken. Er hört Simpels Tür knallen. Tiptop trommelt mit den Fingern auf zwei Etagenknöpfe, ohne sie zu drücken. Er kehrt dem Hausflur den Rücken und blockiert die Tür abwechselnd mit dem Hintern und der Ferse. Jetzt wird die Tür aufgezogen und Tiptop dreht sich zu Simpel um, aber das ist nicht Simpel, sondern eine ziemlich verbiesterte alte Frau. Sie schiebt sich an ihm vorbei, stellt sich mitten in den Aufzug und drückt demonstrativ dreimal auf den Knopf fürs Erdgeschoss. Tiptop schaut in den Flur zu Simpels Zelle.

– Ich wart noch auf einen, auf Simpel da drüben, weißt du … er holt nur schnell sein Telefon, nur ein Momentchen.
– Ich muss runter, sagt die Frau.
– Ja, er kommt ja gleich …
– Ich habe keine Zeit, machen Sie jetzt freundlicherweise den Aufzug frei und lassen mich sofort runterfahren.

Die Rentnerin fängt an, vor Stress zu zittern.

– Du musst nicht lang warten, es ist dein Nachbar, Simpel, er kommt jeden Moment, beruhigt Tiptop sie.
– Wenn Sie nicht sofort den Aufzug frei machen, melde ich das dem Hausmeister! Ich muss zum Arzt! Ihr Freund wird sich noch umschauen! Raus mit Ihnen! ICH MUSS RUNTER!
– Ja ja, Scheiße, wenn es unbedingt sein muss, dann fahr schon …

Die gellende Stimme der Alten hat Tiptop mürbe gemacht. Er hält sich nicht so besonders in Konfliktsituationen, besser gesagt, bei Kleinigkeiten nachzugeben, macht ihm nicht viel aus. Aber als er gerade die Tür loslassen will, hört er Simpel im Diskant:

– HALT DIE SCHEISSTÜR FEST!!!

Tiptop wirft sich herum und kriegt die Tür im letzten Moment zu fassen, bevor sie zu ist und der Fahrstuhl abhaut. Die Rentnerin schaut ihn entsetzt an. Simpel brüllt den Hausflur runter:

– VERDAMMTE SCHEISSE NOCHMAL WAS LÄSST DU DIE TÜR LOS WO ICH GRADE KOMME? SIEHST DU NICHT DASS ICH GRADE KOMME? HAST DU DEN ARSCH AUF? WOZU SAG ICH NOCH DU SOLLST DIE TÜR FESTHALTEN? WAS BIST DU SO BESCHISSEN UNGEDULDIG?
– Die Frau da wollte unbedingt runter. Ich hab gedacht, wir können ja …

– WAS FÜR NE FRAU?

Simpel übernimmt die Fahrstuhltür und rauscht in die enge Kabine. Tiptop folgt ihm bedröppelt. Die Tür geht zu, der Fahrstuhl setzt sich knarrend und ruckelnd in Bewegung.

– VERFLUCHTE ALTE SCHACHTEL!, schreit Simpel der Rentnerin ins Gesicht. EIN BISSCHEN RÜCKSICHT WIRD MAN WOHL NOCH VERLANGEN DÜRFEN, EIN PAAR SEKUNDEN WARTEN WIRST DU DOCH KÖNNEN, ODER? ALTE VETTEL?

Die Rentnerin presst sich die Arme vor die Brust. Tiptop findet es im Aufzug etwas beengt. Er hält die Luft an. Unbezahlbar sieht das aus, wie Simpel dasteht mit seiner Allwetterjacke und der Alten bis ins Erdgeschoss Grobheiten an den Kopf wirft. Als Simpel und Tiptop aussteigen, bleibt sie drinnen stehen.

– Verfluchte alte Fotze, zischt Simpel und grüßt Saddam, der lächelnd aus seinem Hausmeisterbüro guckt, mit zwei Fingern. – So alte Ekel dürfen auf keinen Fall ihren Willen kriegen, Tiptop, die sind alle völlig durchgeknallt.

Simpel und Tiptop treten auf die trostlose Straße vor dem Wohnblock. Auch ohne Uhr sind sie absolut pünktlich und werden Schlag ein Uhr bei PapaHans in der Tür stehen.

FAZIL

Fazil Artana, Börekverkäufer und Inhaber vom Al Mafar's, lose mit DESIREVOLUTION verbunden, ist ebenfalls zu PapaHans und Sonja unterwegs. Man kann getrost davon ausgehen, dass Fazil auf der Straße niemandem auffällt. Er sieht aus wie der typische untersetzte, dickliche, glatzköpfige Türke mit Bart und Jeanshose unbekannter Marke, die am Hintern so merkwürdig geschnitten ist. Aber er ist relativ glücklich. Eelsi, seine Frau, hat kürzlich einen kleinen Jungen zur Welt gebracht. Freilich können sie nicht wissen, dass das nur ein weiterer zukünftiger-kurzbeiniger-unattraktiver-CrazyReels-spielender-Araber-mit-Bart-und-Mähne wird.

Fazil trottet zum Infomeeting, weil er Eisenmann Komplimente für dessen Tätigkeit als Requisiteur machen will. Fazil ist der Meinung, dass Eisenmann großartige Arbeit leistet. Abgesehen davon sind ihm die Aktivitäten des Konzerns mehr oder weniger gleichgültig. Aber er ist eben ein Araber; ein ausgeprägt sozialer Mensch; er ergreift freudig jede Gelegenheit, laut mit anderen Männern zu reden und zu diskutieren und Hände zu drücken und Gesten zu vollführen, die kein Mensch bei DESIREVOLUTION versteht.

SPEEDO

Gegen alle Wahrscheinlichkeit nähert sich auch Speedo der Sommergate. Er ist derart besoffen, dass ihn unterwegs nicht weniger als drei Familien gefragt haben, ob er Hilfe braucht oder sie einen Krankenwagen rufen sollen, worauf er jedes Mal geantwortet hat, nein, nicht nötig, er sei bei der Arbeit.

DAS INFOMEETING

Der Erste, der bei PapaHans und Sonja eintrifft, ist Lonyl. Zehn Minuten zu früh.

– Ja, hallo?, meldet Sonja sich in der Gegensprechanlage.
– Lonyl.
– Hallooo, Lonyl, komm rein! Bist du allein?
– Ja.

Sonja flucht still. Sie hat keine Lust, den Babysitter zu spielen, auch nicht für zehn Minuten. Zehn Minuten mit dem schrecklichen Lonyl schlauchen genauso wie zehn Stunden mit einem normalen Kind, das weiß sie nur zu gut. Sie drückt lange auf den Türöffner. Unten auf der Straße steht Lonyl und glotzt die Tür mit ihrem bzzzzz dämlich an.

– Bist du drin, Lonyl?
– Nein.

Bzzzzzzzz. Sieben, acht Sekunden. Lonyl steht da, die Hände in den Hosentaschen. Er grinst blöde. Die Zahnlücke klafft. XTREME ENERGY steht vor ihm auf der Stufe.

– Lonyl?, hört er aus der Gegensprechanlage.
– Ja.
– Weißt du, dass du die Tür aufdrücken musst?
– Ja.
– Dann drück.
– Ja.
– Jetzt mache ich nochmal auf, bist du bereit?
– Ja.

Bzzzzzzzzzzzzzzzzzzzzzz. Zwölf, dreizehn Sekunden. Blitzschnell fischt Lonyl seinen Filzer aus der Jackentasche und malt sieben, acht schwarze Kreuze auf die Tür.

– Bist du jetzt drin?
– Nein.
– Hast du's versucht?
– Nein.
– Willst du reinkommen?
– Nein.
– Dann warte draußen, bis dein Papa kommt.
– Nein.
– Dann musst du an die Tür drücken!
– Ja.
– Das ist das letzte Mal!
– Ja.

Bzzzzzzzzzz. Lonyl drückt nicht an die Tür. Er malt nochmal vier Kreuze mit seinem Filzer.

– Lonyl?
– Ja.
– Bist du jetzt drin?
– Nein.
– Dann bis später. Tschüß.

Sonja legt auf, aber bevor sie »Scheißbengel« gesagt hat, klingelt es wieder.

– Hallo?
– Jetzt drücke ich, sagt Lonyl.
– Dann tu's! Das ist das allerletzte Mal, ja?
– Ich drücke jetzt.

Bzzzzzzzzzzz. Lonyl drückt und geht ins Treppenhaus. Oben hört Sonja durch die Anlage, wie die Tür hinter ihm zufällt. Lonyl sieht, dass jemand versucht hat, seinen Filzerstrich vom letzten Mal wegzuputzen, immer an der Wand lang bis in den zweiten Stock, aber er zieht einen neuen. Er wird fast genau wie der vorige, bei jeder Stufe ein kleiner Zacken. Lonyl nimmt es genau, er geht in die Türrahmen, über die Tür und in jeder Kurve bis in die Ecke hinein. Er hat beschlossen, dass der Strich nicht unterbrochen werden darf, er will einen *durchgehenden* Strich ziehen. Auf dem Treppenabsatz unter PapaHans' und Sonjas Wohnung setzt er den Deckel auf den Filzer und steckt ihn in die Tasche seiner roten Steppjacke. Dann stürzt er den Rest aus der XTREME ENERGY-Flasche runter und lässt sie ins Treppenhaus kullern. Die Flasche ist aus Hartplastik und veranstaltet zwischen den halligen Betonwänden ein Mordsspektakel. Sonja steckt den Kopf aus der Tür, Lonyl grinst zahnlos.

– Was war das, Lonyl?
– …

Sie spart sich die Mühe, nochmal zu fragen, sondern hält dem Problemkind tolerant und entgegenkommend die Tür auf. Lonyl tapst an ihr vorüber, sie sagt »Hallo«.

– Häng deine Sachen hier in den Flur, Lonyl.

Lonyl zerrt sich die Jacke vom Leib und lässt sie hinter sich auf den Boden fallen. Die tolerante Sonja hebt sie auf.

– Die Schuhe auch, Lonyl.

Seine Winterstiefel sitzen ganz schön fest. Er versucht, sie sich von den Füßen zu schleudern, immer schwungvoller. Beim fünften Versucht rutscht der rechte Stiefel endlich ab. Sonja versucht ihn wild grabschend aufzufangen, aber er verfolgt unbekümmert weiter seine ballistische Bahn, berührt fast die Decke und beginnt den Landeanflug Richtung Flügel. Machtlos steht sie da und sieht zu, wie er auf die Tasten knallt, ein KLAAANGGGG in Moll. PapaHans springt von seinem PC auf und schnauzt WASZUMTEUFEL! Er haut wütend auf den Tisch und trifft das Keybord. Jetzt steht »PapaHaU-.ujmih-.« in der High-Score-Rubrik, in der er eben »PapaHans« auf dem ersten Platz eintragen wollte, über »PapaHans« auf dem zweiten, dritten, vierten und fünften Platz. Als er aber Lonyl mit einem Stiefel in der Wohnzimmertür stehen sieht, nickt er nur wiedererkennend. Sonja entfernt den linken Stiefel manuell, PapaHans korrigiert seinen High-Score-Namen. Dann geht er dem Kind entgegen, sagt »Hallöchen, mein Junge!« und hebt ihn hoch – in der Hoffnung, sein Ischias möge bei so einem Fliegengewicht keine Zicken machen; er wirft den kleinen Körper in die Luft, aber es bleibt bei dem einen Versuch: Sein Rückenmark räuspert sich und teilt mit, dass derlei akrobatische Übungen nicht so angesagt sind.

– SOOOOH ... AAHiii ... verdammt! ... mein Rücken ... sooh, kleiner Lonyl, wie geht's denn so, kommst du heute wie die Großen zu unserer Besprechung?
– Ja.
– Na, toll! Sonja hat ein bisschen Limo und Carpacciosachen gekauft, sag's einfach, wenn du Hunger hast.
– Ja.
– Und du? Wie geht's so in der Schule?
– Schlecht.
– Ach ja? Langweilst du dich?
– Ja.
– Weißt du was, das kann ich gut verstehen, ich habe mich in der Schule auch fast zu Tode gelangweilt.
– Ja.

– Aber Schule und so Zeug, das ist nicht so wichtig, weißt du.
– Nein.
– Schau mich an, aus mir ist auch was geworden, obwohl ich kein Musterschüler war.
– Ja.

Lonyl schaut zum Monitor rüber, kurz bevor der Screensaver an die Stelle des KZ-MANAGER-Logos tritt, das über der High-Score-Liste prangt.

– Was ist das?, fragt Lonyl.
– Ein Spiel. Superlustig. Willst du mal versuchen?
– Ja.
– Eigentlich ist es ziemlich schwierig, es geht um Organisation, also …

Es läutet an der Tür.

– Hans? Machst du auf?, ruft Sonja aus der Küche.
– Wart mal kurz, Lonyl, da kommt noch wer.

Lonyl drückt mit drei Fingern auf die Tastatur, der Screensaver verschwindet. Er begreift nichts von der High-Score-Liste, drückt mal hier, mal da, kommt aber nicht weiter. Der Titel des Spiels sagt ihm auch nichts. Neger-Lonyls Karriere als KZ-Verwalter ist kurz.

– Ja, sagt PapaHans in den Hörer der Gegensprechanlage und drückt fast sofort auf den Öffner.

– Lonyl!, sagt er. – Das ist Speedo!
– Hoi! Lonyl vergisst den PC und rennt zur Wohnungstür.

Lonyl und Speedo mögen sich. Der schwer verhaltensgestörte Lonyl lebt in glücklicher Unwissenheit, dass Speedo Alkoholiker ist und findet es vorbehaltlos fabelhaft, dass Speedos Augen tränen und er so komisch riecht … *fast* eklig. Speedo seinerseits hat noch nichts davon mitgekriegt, dass Lonyl angeblich ein bisschen schwierig im Umgang ist. Es läutet nochmal, Papa-Hans geht wieder an die Sprechanlage.

– Ja hallo?, fragt er. – Ja … ja … mach ich … ja … ich mach nochmal auf … jetzt mach ich auf … ja, ich mache jetzt auf.

Bzzzzzzzzzzz. Unten hat Speedo seine liebe Mühe damit, die Tür aufzukriegen. Er hat die Klinke gepackt, aber zerrt schwankend daran, statt zu drücken. Papa-Hans muss den Türöffner fast 20 Sekunden lang gedrückt halten, bis Speedo es endlich geschafft hat. Als er die Treppe sieht, bleibt er stehen und seufzt. Er hatte sich selber eingeredet, dass er am Ziel sei, wenn er nur die Tür erreicht. Doch nein, oweh. Und Treppen sind für Suffköppe ungefähr dasselbe wie Steuererklärungen für andere Leute; eine unüberwindliche Scheißplackerei. Lonyl wartet in der Tür, so ungeduldig wie ein Jagdhund. Zwei Minuten. Drei Minuten. Vier Minuten. Vier Minuten warten sind eine laaaange

Zeit für ein Kind, das sich auf etwas freut. Er läuft ins Treppenhaus, nachdem PapaHans seine Hund-der-sein-Herrchen-gewittert-hat-Signale bemerkt und gesagt hat:

– Geh ruhig auf die Treppe raus, ob du ihn schon sehen kannst, Lonyl.

Lonyl kennt keine Höhenangst und wirft sich fast übers Geländer in dem Funktionalismus-Treppenhaus. Er hängt auf dem Bauch, Beine hüben, Arme drüben, reckt den Hals ins Leere, wippt nach vorn und hält sich von der Außenseite an den Gitterstäben fest, in einem Winkel, bei dem jeder andere dank einer Kombination von Schock und ungenügender Koordination längst abgestürzt wäre. Er drückt sich ab, kommt wieder ins Gleichgewicht, sieht Speedo, ruft lauthals seinen Namen, und Speedo – wo wir gerade von ungenügender Koordination reden – erschrickt ganz gewaltig, verdreht den Kopf und blickt nach oben, beides zu schnell; ein schwerer Angriff auf sein eh schon angeschlagenes Gleichgewicht. Bereits im Fallen, versucht er instinktiv das, was man tut, wenn man gerufen wird: 1) Dreh dich um und schau nach, wer das ist; 2) Winke und rufe hallo! Umgedreht hat er sich schon, also wirft er zum Gruß einen Arm hoch, synchron zur Rotation des Kopfs, kommt ins Trudeln, stolpert von der Stufe und knallt an die Wand: – HalloLon … Klatsch! Er fällt der Länge nach die Treppe hoch, rutscht eine Stufe runter, dann kriegt er das Geländer zu fassen.

– Schaischglellända Mistzscheuch vafluchtsss, murmelt er.

Lonyl hat Schluckauf vor Lachen. Nachdem er sein Gleichgewicht wiedererlangt hat, versucht Speedo, erfreut, endlich ein dankbares Publikum gefunden zu haben, eine unbeholfene Zirkusverbeugung, als wäre das Ganze Absicht gewesen. Als er oben ist, versucht er Lonyl zu umarmen – Lonyl lacht hochvergnügt, als ihre Köpfe zusammenstoßen.

– Heeeeeeeiloonyjjl, sagt Speedo.
– Schau mal, Speedo, sagt Lonyl und macht Handstand; er kippt hintüber und sein Rücken landet an der Betonwand.
– Ohohohohoihoioioioi he-he-hust-huuust-hust, kommentiert Speedo.

Lonyl steht auf, vollführt das Gleiche nochmal und steht erneut auf.

– Ohoiioioioiopplaa, sagt Speedo.

Er fummelt so lange herum, bis er Lonyls Hand zu greifen bekommt, und gibt ihm einen Händedruck wie unter Erwachsenen:

– Hervooo … agnt, … Gl-lllanzleisch-schtung!

Lonyl zieht ihn in den Wohnungsflur.

– Die Schuhe, Speedo, sagt Lonyl.
– Jawoll! Speedo grüßt militärisch, lehnt sich an die Wand und hebt mit erfolglos heruntergespielter Mühe das rechte Bein. Er prustet wie ein Wal. Lonyl macht ihm den linken Schuh auf, aber zerrt dabei so an ihm herum, dass Speedo sich mit beiden Händen am Türrahmen festhalten muss.
– Na, wie geht's, Speedo? PapaHans steht in der Tür und betrachtet das Zusammenwirken der beiden.
– Jaaaneee-kammichnichbeklaaaang …

Speedo müht sich redlich, kommt aber mit seinem rechten Schuh nicht zurande, er stellt den Fuß hin und lässt Lonyl machen. Es läutet nochmal, Speedo zuckt zusammen, und bevor er sich's versieht, sind Simpel und Tiptop oben.

– Hast du Casco Bescheid gesagt, Speedo?, fragt Simpel gleich und hält Speedo den Zeigefinger vors gerötete Gesicht.
– Jajaklaaa … Caschokommmmp …
– Gut, ich hab's gestern vergessen, ich war mit Casco im Kino und hab den ganzen Scheiß vergessen.
– Ahaaaa?, macht Speedo.

Simpel hat Speedo früh morgens angerufen (Speedo war längst auf, wie alle Alkis) und ihm gesagt, er solle Casco anrufen. Simpel hat die Vorstellung, dass man Speedo von Zeit zu Zeit mit einer Aufgabe betrauen muss, und sei es nur, damit er nicht vergisst, dass auch er zu DESIREVOLUTION gehört. Es läutet wieder.

– EISENMAAAAAANN ... SCHNEEELLL!, brüllt Eisenmann in die Sprechanlage.

Simpel drückt auf den Türöffner.

– Der klingt ja gestresst, sagt er.
– Wer?, fragt PapaHans.
– Eisenmann.
– Duu duhassnicht viell-lll-leich was Ooo-ohntliches ßutringn ... Ha-aansss?, erkundigt sich Speedo.
– Ich glaub, wir haben Gin Tonic. Wie wär's damit? Ich geh mal Sonja fragen.
– Grosssaatichchch ...

PapaHans geht in die Küche und ruft gleich darauf:

– Dein Gin Tonic kommt sofort, Speedo. Mach's dir schon mal bequem.
– Ssu-upa ... Klasssse ... f..., antwortet Speedo. Er setzt sich nicht, sondern bleibt neben Tiptop stehen, der wahnsinnig gut aussieht – was man von Speedo nicht behaupten kann.
– Ssupasch-schuhassuda, Tippopp ... Speedo deutet mit krummem Finger auf Tiptops RUDOLPH-BOSTONS. Tiptop würde sie am liebsten sofort in den Müllschlucker werfen.
– Wo ... hasssundieje ... gekauff?

– Weiß nicht mehr. Keine Ahnung.
– Neinnein … Könntich auch dr-drau-auf …
– Mm.

Eisenmann taumelt zur Wohnzimmertür herein, rutscht auf die Knie und sinkt mit dem Kopf auf den Sitz von PapaHans' Lehnstuhl. Er ist völlig erledigt und keucht wie ein Tier.

– SCHEISSE … DUH … DUH … SIMPELARSCH … DUH … brüllt/stöhnt er ins Sitzkissen … DUH … UH … KANNST MICH MAL … DUH … DUH … KREUZWEISE … DUH … DUH …
– Was soll denn das jetzt wieder, Eisenmann? Willst du frech werden? Was zum Teufel hast du?, fragt Simpel irritiert, aber gleichgültig.
– UH … DUH … HALTDEIN … UH … SCHEISSMAUL DUH… DUH … ARSCH … DUH … UH …
– Immer cool, Junge. Sag schon, was fehlt dir, Eisenmann?
– UH … DUH … FRESSE … DUH …

Lonyl fängt an, sämtliche Schuhe aus dem Flur ins Wohnzimmer zu kicken.

– Lonyl … LonyYYYL!!! … NICHT!!! … SCHEISSE, LONYYYL!!! … Speedo, Speedo, würdest du Lonyl bitte mal sagen, dass er aufhören soll, mit den beschissenen Kackschuhen rumzumachen!?!
– Loo-nyhl?? Will-ssu … mitkommm … in … in

nie … nieKüchäää und guggn … ob … obbähh … Sonjaah … Sonja?
– Ja.

Tiptop geht zur Tür und lässt Casco und Motha rein, die sich auf dem Herweg getroffen haben. Tiptop schaut in den Garderobenspiegel, richtet sich das Haar, obwohl es da nichts zu richten gibt, blickt an sich hinunter, schaut auf Eisenmanns Rücken, der sich auf den Lehnstuhl krümmt und krampfhaft nach Luft ringt. Eisenmann presst sich die Hände an die Schläfen und grunzt in den Sessel:

– SCHEISSE … DUH … DUH … MISTKERL … usw.
– Du musst dir die Schuhe ausziehen, Eisenmann, sagt Lonyl noch, bevor er in die Küche geht, Hand in Hand mit Speedo, der mit der Linken fuchtelt, um nicht über das Telefontischchen zu straucheln.
– Schnauze … uh … duhh …, sagt Eisenmann.
– Pfui Spinne, nichts als Wracks der ganze Haufen, murmelt Tiptop und reibt sich mit dem Zeigefinger über die Schneidezähne.
– SCHNAUZE!!, sagen Simpel und Eisenmann im Chor.

Tiptop lässt Fazil rein, der »Tiptop Tiptop Heiheihei!« in die Gegensprechanlage ruft. PapaHans kommt aus der Küche, wo er ein paar Unterlagen sortiert hat. Im Flur vor der Küche drückt er sich an die Wand, um Lonyl und Speedo vorbeizulassen, die eine Breite beanspruchen wie sonst vier Mann. Dann baut er sich in der Wohnzimmertür auf, blickt über die Versammlung, auf die Uhr, und wieder über die Versammlung.

- Casco? Fazil? Motha?, fragt er.
- Auf der Treppe, sagt Tiptop, der sich neben Simpel aufs Sofa gesetzt hat, die Arme auf der Rückenlehne ausgebreitet, die Beine gespreizt (aus uns bekanntem Grund).
- Es ist ein Uhr, wir fangen an.
- Wir können wohl noch zwei Sekunden warten, bis die anderen da sind?, meint Simpel.

PapaHans antwortet nicht. Er geht zu seinem PC-Tisch, auf dem ein Stapel Papiere liegt. Dann berührt er die Maus, der Screensaver verschwindet, das KZ-MANAGER-Logo kommt zum Vorschein. Tiptop tippt Simpel mit dem Knie an und nickt Richtung Bildschirm. Simpel schaut zum PC und dann Tiptop an, er begreift nicht, was sein soll. Tiptop nickt nochmals, aber kriegt ein abwehrendes »Was zu maulen?« zur Antwort. PapaHans drückt auf Esc und stellt den Apparat auf Standby. Dann baut er sich hinter Eisenmann auf, der nach wie vor ächzend vor seinem Lehnstuhl kniet, und gibt ihm einen Tritt an die Schuhsohle. Eisenmann hebt die blutunterlaufenen Augen und rappelt sich auf, als er sieht, dass es PapaHans ist. Er taumelt zu einem der Stühle am Esstisch und setzt sich, gekrümmt, nach Luft schnappend, die Stirn in die Hände gelegt. PapaHans setzt sich auf den Lehnstuhl und legt sich den Papierstapel auf den Schoß. Er beißt mehrfach mit geschlossenem Mund die Zähne zusammen. Simpel betrachtet seinen Kiefer in der Hoffnung, einen Hinweis auf die Stimmung herauszulesen, kann die Muskelbewegungen aber nicht deuten. Tiptop fallen sie auch auf und er liest sie sofort als schlechtes Vorzeichen. Und dank seines nicht ganz reinen Gewissens ist sich Tiptop auch gleich sicher, wofür es ein schlechtes Vorzeichen ist. PapaHans hat ihm, seit er hier ist, kein einziges Mal in die Augen gesehen. Tiptop befürchtet das Schlimmste. Oder eigentlich das Zweitschlimmste. Das Schlimmste wäre, aus dem Konzern rausgeworfen zu werden und den besten Job der Welt zu verlieren. Das Zweitschlimmste wäre, wenn man ihm erklärte, wie unbrauchbar er ist. Tiptop denkt nach, ob das Zweitschlimmste nicht doch das Schlimmste wäre, lässt das Denken aber sein, als Casco und Motha in der Tür erscheinen, gefolgt vom lärmend fröhlichen Fazil. Als sie PapaHans in Wartestellung auf dem Lehnstuhl sehen, verkneifen sie sich eine Begrüßungsrunde. Sonja kommt aus der Küche. Jetzt fehlen nur noch Speedo und Lonyl, aber da die beiden ohnehin wenig zum Treffen beitragen dürften, herrscht wortloses Einverständnis, ohne sie anzufangen. PapaHans blickt von den Papieren auf.

PapaHans: Ja, dann können wir wohl anfangen.
Simpel: Ganz offensichtlich.
PapaHans: Was als Erstes?
Simpel: Egal, gibt ja genug.
PapaHans: Gut, dann fangen wir mit dir an.

Simpel: Okay. Eisenmann weiß das Allerneuste. Eisenmann … EISENMANN! … Der Bericht von dem Deal, ja?

Eisenmann: …

Simpel: EISENMANN! Hast du deinen Job erledigt? Ja oder nein? Häh?

Fazil: Eisenmann erledig seine Job immer. Eisenmann ist müde. Kannsu nich sehn? Lass Eisenmann in Ruhe, bis er wiede sprecken kann.

Simpel: Eisenmann! Lass nicht die ganze Scheißgruppe warten! Hast du deinen Job erledigt, oder was ist? Gib schon Bericht von dem bekackten Deal, Mann!

PapaHans: Wir warten, Eisenmann.

Eisenmann: Schnauze, ihr Scheißsadisten! Schnauze! Ihr … Du! … DU! (Deutet auf Simpel) … Wegen Simpel hätten sie mich heute fast umgebracht. Du kriegst deinen Bericht in den Arsch, wenn du mich nochmal fragst!

Simpel: COOL, JA, EISENMANN!! Jetzt hör mal auf zu meckern und mach deine Scheißarbeit, so schwer ist die nicht, du gehst ein bisschen einkaufen und machst hier und da mal nen süßen kleinen Deal, das war's! Also hör auf zu jammern, wenn du mal ein paar Meter rennen musst. Du kriegst alles, was du willst und musst fast nichts tun. Pass bloß auf, Eisenmann!

Eisenmann: Du bist mir der Rechte, Simpel, wer hat hier eben deinen Job erledigt, was? Wer? Ich nämlich, ja? Was machst du denn so furchtbar Anstrengendes, heh? Läufst rum und stänkerst, mehr nicht! Halt bloß den Mund!

Simpel: PASS AUF!

PapaHans: Ruhe, Leute.

Simpel: Ich habe VERANTWORTUNG! Schon mal was von gehört, Eisenmann, du Sack? Wohl eher nicht!

Eisenmann: Doch, klar, aber das kannst du dir nicht vorstellen, du stinkst doch vor Einbildung! Du denkst, du leistest wer weiß was, aber was kommt bei deinen Kackprojekten raus? Na? Verschon mich mit deiner Scheiße, du Idiot!

PapaHans: RUHE, LEUTE!

Simpel: Abwarten, abwarten. Du wirst noch Augen machen, Eisensack. Meine Projekte werden irgendwann den ganzen beschissenen Konzern finanzieren, pass bloß auf. Du wirst noch angekrochen kommen, damit du weiter mitspielen darfst, also halt jetzt die Schnauze und mach deine Arbeit!

PapaHans: Selber Schnauze, Simpel, und keine leeren Versprechungen! Eisenmann, hast du die Ritmeester-Berichte?

Tiptop und Casco schauen zu Boden und tun so, als ob nichts wäre.

Eisenmann: Ja.

Eisenmann zieht ein Bündel halb durchgeschwitzte, wellige Papiere unterm Pullover hervor, steht auf, stakst steif (Milchsäure o.ä.) zu PapaHans und gibt sie ihm.

Seine Laufschuhe knirschen auf dem Parkett. So gut wie alle Anwesenden haben sich eine Zigarette angesteckt oder sind gerade dabei.

PapaHans: Okay, gut, auf Ritmeester kann man sich wenigstens verlassen …
Eisenmann: Und zwar, weil ich meinen verdammten Job erledige, hörst du, Simpel?
Simpel: Schnauze! Jetzt werd ich dir …
PapaHans: RUHE, LEUTE!! VERDAMMT NOCH MAL!!
Eisenmann (murmelt): Casco und Tiptop sind auch nicht ganz unschuldig. Absprachen sind Absprachen. Die Tür war zu. (Schielt zu Tiptop rüber).
PapaHans: EISENMANN!

Speedo und Lonyl kommen Hand in Hand herein, Speedo hält ein halb volles Glas Gin Tonic schräg in der Hand.

Speedo: Was … Wass'n hierlos?
Lonyl: Speedo, Speedo, weißt du was?

Speedo geht vorsichtig in die Knie, die Hand mit dem Gin Tonic ausgestreckt, damit er nicht nach hinten kippt, und hält Lonyl das Ohr hin. Sie flüstern miteinander.

PapaHans: Also, dann fangen wir mit Ritmeester an, ja? Wir gehen sein Material durch, und danach, wenn ihr zwei euch beruhigt habt, kommt der nächste Punkt.

(Nickt zu Simpel und Eisenmann) Speedo und Lonyl, ihr zwei da haltet so lange den Schnabel.

Simpel starrt an die Wand. Eisenmann stützt die Ellbogen auf die Knie und lässt den Kopf hängen. Tiptop und Casco (ebenfalls mit gespreizten Beinen), bestens gekleidet, bestens aussehend, tun so, als ob nichts wäre. Fazil guckt begeistert, Sonja führt Protokoll, Motha unterdrückt ein Gähnen. PapaHans blättert in den Ritmeester-Papieren vor und zurück.

PapaHans: Also … okay … ja … gut, hier ist erst mal eine Auswertung von THE COCKA HOLA COMPANY, die ist für uns alle neu. Dazu ein paar Geldsachen, uuund … ein neuer Paragraph für die Konventionen … mal sehen … hier … ein Nightlife-Update … das ist für euch (schaut Tiptop an, dann Motha, dann Casco) … Äääm, Eisenmann, wie sieht es mit seiner körperlichen Verfassung aus?

Eisenmann: Im Arsch.

PapaHans: Aha, genau … Es geht bergab. Ja, dann also Ritmeesters Auswertung … hier … da steht's … THE COCKA HOLA COMPANY … blabla … Regie: R-Peter, Schauspieler blabla, Spieldauer, Jahr usw. usw. … blabla. Okay, ich lese es euch vor:

Handlung: Der Film spielt an acht verschiedenen Orten und bietet auf 90 Minuten acht Akte. Vier Männer namens »Mark« (Casco Foster), »Ernie« (Harold Long), »Homer« (Tiptop Diamond) und Ricky Perez (als er sel-

ber) gründen einen Club namens THE COCKA HOLA COMPANY. *Dem Club liegt der hedonistische Gedanke zu Grunde, dass alle vier mit so vielen Frauen schlafen sollen wie möglich. Eine Bedingung außerdem: Der Beischlaf soll an öffentlichen Orten stattfinden, und zwar weil, wie es am Anfang des Films heißt: »Fucking is of public interest, and none should reserve it to the privacy of their homes.« Die vier verfolgen den Clubzweck allein, zu zweit, am Ende zu viert. Nach jedem Akt findet eine Art Clubmeeting statt, bei dem sie einander ihre jüngsten Leistungen schildern. Sie stellen fest, dass das Publikum erstaunlich vorurteilsfrei ist, an den unglaublichsten Orten begegnet man ihnen mit großem Interesse und Neugier. Dezidierter Höhepunkt des Films ist die letzte Szene, in der 15 außenstehende Personen von den vier Hauptpersonen und zwei weiblichen »Opfern« in den Akt involviert werden, so dass* THE COCKA HOLA COMPANY *in eine meisterlich inszenierte Orgie mit nicht weniger als 21 Teilnehmern (11 Frauen, 10 Männer) mündet.*

Location/Deko: Zwei der Locations sind von MY HOME IS MY ASSHOLE *und* LARYNX PUSHERS *her bekannt, was die Wirkung aber nicht beeinträchtigt. Sehr imponierend die Auswahl öffentlicher Orte und Gebäude. Dass zwei Locations je zweimal verwendet werden, erhöht die Qualität womöglich noch – eine große Herausforderung, die Action gleich zweimal an einem Ort durchzuziehen und dabei noch ein ganzes Filmteam unterzubringen. Meine Favoriten sind dabei die Szenen 2 (Nationalgalerie, Barock/Rokoko-Flügel) und 5 (hinter dem Empfangs-*

tresen das Gerichtsgebäudes). Hervorgehoben zu werden verdient, dass alle Szenen unangestrengt ausgeführt werden, trotz des zeitlichen und situativen Drucks, der geherrscht haben muss.

Skript und Spiel: Ausgezeichnetes Skript. Meiner Meinung nach auf einer Höhe mit ANUSKRIPT *vor gut einem Jahr. Logisch und humorvoll. Ausgewogene Spannungsbögen. Präzise und konzentrierte Umsetzung des Themas. Wenig bis keine Zeitverschwendung durch tote Handlung oder leeres Gerede. Die Akteure sind voller Hingabe bei der Sache. Ricky Perez' Rolle als »Ideologe« sollte möglicherweise von Casco Foster übernommen werden, der sich besser artikulieren kann. Perez hat bisweilen Probleme mit seinem Text. Noch etwas: Man sieht es nicht auf den ersten Blick, aber es fällt doch auf, dass dasselbe »Publikum« mehrfach verwendet wird. Vor allem R-Peter ist etwas zu häufig im Bild, wenn man sein nicht ganz gewöhnliches Äußeres bedenkt.*

Kamera und Ausführung: Sämtliche Szenen entsprechen den DESIREVOLUTION*-Konventionen auf Punkt und Komma, bis auf die vorletzte, in der Tiptop Diamond, Casco Foster und Horatia Lopez in der Bettenabteilung vom* MÖBELLAND *zur Sache kommen. Zu ihrem Regelverstoß s.u. bei »Bemerkungen«. Interessante, gut mit der Kameraführung kombinierte Oralpositionen in den Szenen 3, 5 und 7. Exemplarische Analpenetration in der Eröffnungsszene. Sehr erfinderischer Effekt in Szene 5, wo die Kamera direkt auf Perez' Unterleib montiert wird,* *mit Blick auf sein Geschlechtsteil. Der Zuschauer blickt von oben auf seine Bewegungen – eine Art »Körperblick«. Gute pornotheoretische Anregung, visuell hervorragend umgesetzt. R-Peter sollte gelobt und dazu aufgefordert werden, in diesem Sinne weiter zu experimentieren. Virtuose Technik seitens der Hauptdarsteller. Insgesamt sind Kameraarbeit und Ausführung innovativ und »saftig«.*

Bemerkungen: Dass Tiptop Diamond in Szene 7 Oralverkehr bei Casco Foster ausübt, ist gegen die Regeln, aber vollkommen entschuldbar. Ich war beim ersten Ansehen überrascht, bei näherem Nachdenken wurden mir der Humor und der theoretische Hintergrund aber schnell klar. In Hinblick auf das Thema des Films erscheint diese Überschreitung als eine schöne »Überschreitung der Überschreitung«. Warum im MÖBELLAND, *wo man bereits alle Konventionen gebrochen hat, nicht auch die eigenen brechen? Mutig und frech, aber es geht voll auf. Diese Innovation verdient zwar keinen eigenen Paragraphen, aber doch einen Zusatz zu § 10. Der Zusatz soll dort unter der Überschrift »Zusatz« aufgenommen werden und lautet wie folgt:*

Zusatz: Sollte ein nach reiflicher Überlegung für gut befundenes Thema den Bruch eines der Paragraphen der Konventionen erfordern (mit Ausnahme der §§ 1, 2, und 4), so kann das geschehen. Das Thematische sollte zwar nie im Vordergrund stehen, wenn es aber die Akteure in der Weise befruchtet, dass sie sicher sind, auf einen der DESIREVOLUTION-*Paragraphen verzichten zu können, dann sollen sie es tun. Die* DESIREVOLUTION-*Konventionen erlauben, dass das Formale vom Ideellen gebeugt wird, wenn die Umstände es wirklich erfordern.*

PapaHans schaut von den Papieren auf und nimmt die Lesebrille ab.

PapaHans: So weit. Klingt nicht schlecht. Muss ich schon sagen. Einen Zusatz kriegt man nicht jeden Tag durch. Imponierend. Hat einer von euch den Film gesehen?

Alle schütteln den Kopf. Casco und Tiptop schauen zu Boden und begreifen nicht ganz, warum es keine Repressalien setzt.

PapaHans: Ihr auch nicht?

Er nickt zu Tiptop und Casco. Tiptop und Casco schütteln nochmals den Kopf.

PapaHans: Fazil, wann kommt der Film in den Verkauf?

Fazil: Sobalt fertig koppiert is. Fünf, sechs Tagge oder so.

PapaHans: Okay. Wird spannend, wie er läuft. Ich glaube wirklich, so ein Thema hat Potential, da kann Ritmeester noch so sehr meinen, dass Thema und Handlung immer unwichtiger werden. Filme mit großem Budget kommen immer mehr in den

Trend ... Simpel! (Simpel schaut hoch, und PapaHans nickt zu Lonyl und Speedo hinüber).

Simpel: Speedo! SPEEDO! Verfluchte Scheiße! Hör sofort auf! Der Junge kriegt keinen Schnaps. Hör auf! Hör auf! SPEEDO!

Speedo blickt Simpel um Verzeihung heischend an und gießt sich den letzten Schluck hinter die Binde.

PapaHans: Irgendwelche Fragen oder Bemerkungen, bevor wir zu TOP 2 gehen?

Allgemeines Gemurmel: Nein.

Motha: Ode' dock. Wie sieht Gesamt-Okonomie aus? Umsazz? Geld? Gut? Budgets bleiben wie sind? Okeh?

PapaHans: Besser als jemals sogar. Unser Name wird immer bekannter. Die Leute merken, dass wir die Nase vorn haben, dass wir uns was einfallen lassen. Außerdem expandiert der Markt insgesamt. Explosiv geradezu. Ich glaube, das Phänomen lässt sich ganz leicht erklären. Die erste Generation, die mit Videogerät zu Hause groß geworden ist, ist jetzt erwachsen, das heißt, alle, die ihre Unschuld durch Pornos verloren haben, besitzen jede Menge Kaufkraft, und bekanntlich vergisst man seine erste Liebe ja nicht so leicht, he-he-he. Also es sieht gut aus, Motha. Kein Ende der Wachstumskurve in Sicht. Porno gehört zum Alltagsbedarf. Das erinnert mich an etwas, das ich ein bisschen später sagen wollte, aber warum nicht gleich – die Budgets für eure Ein-

zelprojekte können ein bisschen erhöht werden. Nicht wahnsinnig viel, aber doch ein bisschen.
Simpel: Gut, gut, cool, wie viel?
PapaHans: Kann ich jetzt noch nicht sagen. Darüber korrespondiere ich gegenwärtig mit Ritmeester.
Simpel: Aha. Dann kann man nur hoffen, dass Regisseur-Peter sein Arschgesicht künftig hinter der Kamera hält, statt die Leute zu erschrecken.
Lonyl: FAZIL IST EIN BRAUNSCHWANZ!
Simpel: LONYL!
Fazil: HO-HO-HO. Lonyl, Lonyl, du Frecker.

Speedo tut so, als würde er den aufgedrehten Lonyl aus Rücksicht auf alle anderen in die Küche mitnehmen. Seine tiefste Seele allerdings sehnt sich nach einem neuen Gin Tonic. Aber nach einem Gin Tonic ohne Tonic.

PapaHans: Noch was? Tiptop, Casco, ihr seht nicht so richtig fröhlich aus, ist was?
Casco: Doch, also nein, alles in Ordnung. Mir geht's gut. Keine Probleme.

Tiptop schüttelt den Kopf.

PapaHans: A propos fröhlich … Eisenmann, du hast den Deal durchgezogen, ja?
Eisenmann: Ja, sieht man das nicht? (Wühlt in seiner Jackentasche herum und wirft Casco ein Tütchen zu. Casco fängt es aus der Luft und lächelt.)
Simpel: Und wo sind die Schlaftabletten?

Eisenmann (äfft Simpel nach): Die Schlaftabletten? Die hatten keine. Sei zufrieden mit dem, was du hast! Undankbares Schwein!
Simpel: Und du hast die Simpelwährung eingesetzt?
Eisenmann: Ja, was denn sonst?
Simpel: Gut, gut ... und, wie haben sie reagiert? Waren sie sauer? Wie haben sie reagiert? Sauer oder wie? Eisenmann?
Eisenmann: Ich hab keine Lust, das ausgerechnet jetzt aufzurollen, Simpel, du Arsch! Du kriegst deinen Scheißbericht, aber ich mag nicht AUSGERECHNET JETZT diesen ALPTRAUM schildern, hörst du, den ALPTRAUM, DEN ICH GRADE ERLEBT HABE!
Simpel: Okay okay okay, cool, Junge ...
PapaHans: Das hat ja auch Zeit. Du lieferst Simpel den Bericht, Eisenmann, und Simpel, du hörst auf, Eisenmann zu nerven. Die übrigen Besorgungen?
Eisenmann: Alles erledigt.
Motha: Die Sacken fu' UUBE'BLOND?
Eisenmann: Die auch, ich hab sie zu Zoolou gebracht.
PapaHans: Nur um der Klarheit willen: Alles, was auf Rechnung von DESIREVOLUTION geht, liegt oben in meinem Büro?
Eisenmann: Nein, ich hab's in Studio 2 deponiert. Beim Aquarium.
PapaHans: Okay. Ihr habt's gehört?

Alle nicken. PapaHans blättert weiter in den Ritmeester-Papieren. Er nimmt das Nightlife-Update, drei Exemplare, und verteilt sie an Motha, Casco und Tiptop.

Ritmeesters Nightlife-Update ist kein gewöhnlicher Nightlife-Guide, sondern eine Übersicht über alle vorstellbaren und unvorstellbaren Veranstaltungen, von den blödesten Homeparties und illegalen Interventionsfesten bis zu den schnuckeligsten Vip-Inplaces. Hungrig machen sich Motha, Casco und Tiptop über die Lektüre her.

PapaHans: Wie habt ihr euren Club nochmal genannt? Casco!

Casco: Hä … oh … EUFORIUM …

PapaHans: Kriegen wir bald mal einen Bericht über eure Bewegungen und Maßnahmen?

Casco: Öööóh … wir haben heute nichts dabei, aber … aber wir können gern für nächstes Mal was aufschreiben …

PapaHans: Gut, dann weiter im Text … mal sehen … Ritmeester hat ein paar Exposés über ein neues Schreibprojekt geschickt, das er gerade fertig vorbereitet hat. Soll ich sie vorlesen? Nein? Oder sie gleich ins Archiv tun? Ich schau mal drüber, ob was für heute dabei ist … hmmm … blabla … mmm … ööönein … eeenein … nein, das braucht man alles nicht vorzulesen. Interessiert euch wohl auch nicht besonders … lassen wir das. Aber bevor das Meeting weitergeht, könnte ich euch noch eine kleine Ritmeestergeschichte vorlesen, die ich vor ein paar Tagen im Archiv gefunden habe, dann wisst ihr, worum es in diesen Exposés so geht. Ich hab sie rausgelegt, also ich glaube, ich will mal … hiiiier ist sie, sie ist nicht lang, keine Angst, okay, es geht los:

... Lisa ist ein kleines Mädchen. John ist ihr Vater. Lisa und John haben es gut miteinander. Lisa ist erst acht. Sie weiß, dass sie John, ihrem Vater, alles erzählen kann. John hört ihr immer zu. Und er antwortet auf alles, was sie sagt. Wenn Lisa ihrem Vater etwas erzählt, über das sie nachgedacht hat, dann antwortet er, und seine Antworten füllen irgendwie die Löcher in dem, was sie erzählt hat. Und dann fällt Lisa etwas Neues ein, was sie zum Thema sagen kann, und dann füllt John die neuen Löcher. Und immer so weiter. Darum redet Lisa so gern mit ihrem Vater, mit ihrem Papa, wie sie ihn nennt. Sie redet gern mit ihrem Papa, weil er Ordnung in die schwierigen Sachen bringt, über die sie nachdenkt. Die Dinge sind da oben in Lisas Kopf oft ein bisschen durcheinander. Oft stellt sie sich vor, ihre Gedanken sind wie ein verwurschteltes Bettlaken. Und dann kommt John, ihr Papa, und streicht das Laken glatt, und alles wird schön ordentlich. Jedes Mal, wenn Lisa mit ihrem Papa geredet hat, ist sie ruhig im Kopf. Und wenn sie im Kopf ruhig ist, wird sie auch im Bauch ruhig, und dann ist sie froh. Lisas Papa, der so einen schönen Namen hat, John, macht Lisa froh.

Inzwischen ist Lisa vierzehn und redet nicht mehr so oft mit ihrem Papa wie früher. Aber sie haben trotzdem ein gutes Verhältnis zueinander. Jeden Tag isst Lisa zu Hause zu Abend. Die eine Hälfte des Tages ist sie in der Schule, die andere Hälfte läuft sie mit ihren Freundinnen rum, aber zum Abendessen ist sie bei ihrem Papa. Jeden Tag. Mit anderen Worten: Lisa und ihr Papa brauchen einander nicht mehr so wie früher. Das sollte man nicht missverstehen, sie brauchen einander natürlich immer noch, aber sie müssen nicht mehr die ganze Zeit beieinander sein, um zu wissen, dass sie füreinander da sind. Und beim Abendessen reden sie miteinander. Wie es in der Schule geht, über Lisas Lehrer, mit wem sie befreundet ist und mit wem nicht. Lisa findet es gut, alle Beziehungen zu den Menschen um sie herum in Worte zu fassen. Dann wird sie ruhig im Kopf und ruhig im Bauch, und sie wird froh. Lisa fühlt sich geborgen, wenn sie wieder zu ihren Freunden hinausgeht, nachdem sie mit ihrem Papa geredet hat. Mehr und mehr Menschen kommen in Lisas Leben, während sie heranwächst, und gehen auch wieder hinaus – aber Papa John ist immer da. Und Papa John macht Lisa froh.

Jetzt ist Lisa einundzwanzig. Sie hat einen Job, in dem sie Geld verdient, und eine eigene Wohnung, in der sie wohnt. Die Wohnung ist nicht weit von Papa Johns Wohnung entfernt, und sie besucht ihn, so oft sie kann. Mindestens einmal pro Woche, nie seltener, oft sogar zweimal. Sie ruft vorher an und sagt Bescheid, dass sie kommt. Lisa hat sich nämlich ein Mobiltelefon gekauft, und so kann John schon mal die Töpfe rausholen und was Leckeres zum Abendessen kochen, wenn sie kommt. Und beim Essen reden John und Lisa miteinander über alles Mögliche, so wie immer. Jetzt kann John ihr auch erzählen, was ihn so beschäftigt, denn Lisa ist inzwischen so groß, dass auch sie hier und da mal ein Loch in dem füllen kann, was er erzählt. Und darüber ist John unheimlich froh. Früher hat er Lisa lieb gehabt, einfach nur, weil sie da war, weil es sie gab. Jetzt ist er froh, dass es sie gibt und dass sie so schöne Sachen sagt, die ihn ruhig werden lassen, erst im Kopf und dann im Bauch. So enden Lisas Besuche immer damit, dass Lisa froh ist und ihr Papa auch.

Jetzt liegt Lisa gerade in ihrem Bett und schaut an die Decke. Neben Lisa liegt ihr Freund. Er heißt Carl. Lisa findet, dass Carl sehr gut aussieht. Aber jetzt denkt sie nicht daran, wie gut Carl aussieht. Jetzt denkt sie daran, was sie gestern zu Carl gesagt hat, und dass ihr darum heute eine bestimmte Stelle ein bisschen wehtut. Gestern hat sie zu Carl gesagt: »Geh mir an den Arsch, Carl, geh mir an den Arsch, hör auf, mir die Fotze zu vögeln, geh mir an den Arsch, fick mich in den Arsch, ja. JA! *so … ja*AAU*! Aaaa. Du musst was zum Schmieren holen, Carl, geh was holen und dann schmier mir den Arsch und fick mein Arschloch. Jetzt! Tu's! …« (Pause) … »Ich hab nur das hier gefunden«, sagt Carl, »Schokoladensauce …« »Ja, schmier mir den Arsch mit Schokoladensauce ein und fick mich ins Arschloch.* JETZT! *Ja … Jaaaooo … Jaaaa, ja, ja, ja.« Carl tut, was Lisa ihm sagt. Nach einer Zeit lang sagt sie: »Ich will von vorn und von hinten gefickt werden, Carl, ich will, dass mir beide Löcher gestopft werden. Carl! Ich will das!* CARL! *Ich will von beiden Seiten gefickt werden!« »Womit denn?«, fragt Carl, »mit dem Dildo? Willst du den Dildo in die Fotze haben?« »Nein. Ruf André an und sag, er soll rüberkommen und mich in die Fotze ficken, während du mich in den Arsch fickst …« Carl tut, was Lisa sagt, André wohnt nicht weit weg und* *ist nach ein paar Minuten da. Er zieht sich aus und legt sich unter Lisa, Carl legt sich auf sie drauf. »Ja. Ja. Fickt mich in beide Löcher auf einmal, jaaaa, fick mich in die Fotze, André … Ooooooh, fick mich in den Arsch, Carl. Jaaa!« Und so geht es weiter, bis Lisa sagt: »Ich hab noch ein Loch, ich will einen fetten Schwanz im Maul haben, während ihr mich in die Fotze und den Arsch fickt, ich brauche einen fetten Schwanz im Maul, ich will, dass mir einer ins Maul fickt, ich will einen fetten Schwanz lutschen, während ihr mich von vorn und von hinten aufspießt!« »Wir können Mohammed anrufen«, sagt André, »der hat ein mordsfettes Teil.« Carl geht zum Telefon und ruft Mohammed an, Mohammed ist nach kurzer Zeit da, zieht sich aus, stellt sich vor Lisa und schiebt ihr seinen fetten schwarzen Schwanz bis zum Anschlag rein. Sie kriegt den Mund fast nicht so weit auf, dass er reingeht. »Mfff, mfff, mfff«, sagt Lisa; irgendwann nimmt sie Mohammeds fetten schwarzen Schwanz aus dem Mund und sagt: »Jah, jah, ich will einen größeren Schwanz im Arsch haben, Carl, komm, stell dich vor mich und lass Mohammed an meinen Arsch.« Carl tut, was sie sagt, Mohammed tut, was sie sagt. Carl hat zwar ihren Arsch vorbereitet und geschmiert und geweitet, indem er sie aufgespießt hat, aber Mohammeds Schwanz ist derartig dick, dass er sich wahnsinnig anstrengen muss, um ihn reinzukriegen. Er verbraucht fast die ganze Flasche Schokoladensauce, bis sein fetter schwarzer Schwanz ganz drin ist. »Mffaa, mfffaooo …!«, sagt Lisa, in jedem Loch einen Schwanz. Und das ist der Grund, warum es Lisa heute früh ein bisschen wehtut.*

Motha: Hehehe …
Casco: Hehehe …
Tiptop: Höhöhö …
Fazil: Hehehe …
Sonja: Hmhmhm …
Eisenmann: He … hehe … he …
PapaHans: Hmhmhm … hö … hmhm ..
Simpel: Hähähä … hähä … Das ist … hähä … ist eine verdammt gute Idee. Solche Dinger, die ein Genre in die Luft jagen, die bringen's voll. Ich hab oft überlegt, ob ich so was nicht auch mal mache. Wer hat schon Lust, immer nur dasselbe Genre serviert zu kriegen. Ich jedenfalls nicht. Ich glaube, Ritmeester hat Recht. Die Geduld der Leute ist erschöpft, nicht? Kein Mensch hat mehr Lust auf so Mono-Genre-mono-Stil-Zeug. Filmemacher z.B. Die sollten ihre zehn Lieblingsgenres in jeden Film integrieren, den sie machen. Was? Finde ich jedenfalls. Scheiße, Ritmeester traut sich was. Er tut's einfach.
Motha: Abe' kein Meensch kann 'iitmeeste's Text lesen, weil e' niich ged'uuck wi'd.
Simpel: »Abe' kein Meensch kann 'iitmeeste's Text lesen« … ist doch scheißegal. Was? Er TUT es. Darum geht es doch erst mal. Ritmeester TUT es. Er setzt sich hin und schreibt eine Genregranate, ja? Er zieht sein Ding durch, fertig.
Motha: Hass du viele Texte von 'iitmeeste', Hans?
PapaHans: Ja, seine ganze Produktion.
Motha: Iich schlage vo', daass wi' jeetz iimmer einen 'itmeeste'text lesen bei den Iinfot'effs. Das makt

gute Stiimmung, nik, und schaaf Susaamenhang mit unse'em Hauptp'ojek.

PapaHans: Zusammenhang … ja … ja … Zusammenhang … kein übler Vorschlag, Motha. Ich glaube, wir machen das. Sind alle einverstanden?

Rundum Nicken.

PapaHans: Okay, dann ist das so beschlossen. Ich sehe vorm nächsten Treffen seine Texte durch und suche was Passendes aus.

Speedo und Lonyl kommen nochmal aus der Küche. Speedo hat den Gin Tonic minus Tonic schon halb ausgetrunken. Er ist bis über beide Ohren voll und kann kaum noch gehen. Der Energiedrink, den Lonyl sich auf dem Herweg verpasst hat, ist auf dem Höhepunkt seiner Wirkung angelangt. Er kann nicht stillstehen. Sie bieten ein derart unglaubliches Bild, wie sie da in der Tür stehen, dass Simpel schnaubt und unwillkürlich »Pfui Spinne, was für ein Anblick« flüstert. Lonyl mit kugelrunden weißen Augäpfeln in seinem braunen Gesicht. Eisenmann scheint etwas einzufallen, er richtet sich auf.

Eisenmann: Speedo … Speedo …?

Speedo: Ja? … aaah …?

Eisenmann: Warum hast du heute eigentlich nicht aufgemacht?

Speedo: Wannengn?

Eisenmann: Heute früh, als ich den Schnaps bringen wollte.

Speedo: Chwahnich … ßuHauese.

Eisenmann: Nicht zu Hause? Aber ich hab dich gehört.

Speedo: Neeein … chwaaa bei Björn … alßo im Rootss. HappCa-ca-caaascho anggrufnn.

Casco: Stimmt. Er hat mich angerufen.

Speedo: Da bit-t-teee.

Eisenmann: Ich war um acht Uhr früh bei dir.

Speedo: Waa … nichßuHauese. Gang-gang-ganße Nacht nich …

Eisenmann: Du bist die ganze Nacht unterwegs gewesen?

Speedo: Ja-aah …

Eisenmann: Und wen habe ich dann in deiner Wohnung gehört? Ziemlich laut sogar, und als ich geklopft habe, wurde es mucksmäuschenstill. Als ob keiner da wäre. Wer war das, hä?

Speedo scheint einen Einfall zu haben, aber er behält ihn für sich. Er denkt an Pernilles schönes Haar, das morgens über sein Kissen wallt, und er will es ganz für sich haben … niemand weiß etwas von Pernille.

Speedo: Weißnichch … ka-ka-kainaaa …

Eisenmann: Aber dann warst du das.

Speedo (diese Ausrede kostet ihn erhebliche Konzentration. Er braucht seine Zeit, um sie rauszukriegen): Ei-eischenma-mannn … Du hassmia Allo-loalllohol bringnwollln. Ich … ch-chbin Allo-hollo-holligga. Wießo so-so'ichßotu-tu-tun assopp ch nichßuHauese wäa?

Eisenmann: Stimmt. Ich weiß nicht. Aber irgendwer war in deiner Wohnung.

Simpel: Okay, Eisenmann, Schluss mit den Märchen. Was soll der Kleinkram? Speedo sagt, es war keiner da. Akzeptier das doch einfach. Hör auf zu nerven.

Motha: Hö' selbe' auf, Siimpel.

Simpel: Selber.

PapaHans: Gut, in Ordnung, dann sind wir so weit mit dem meisten durch, denke ich. Simpel, hast du was über deine jüngsten Unternehmungen zu berichten? Wir haben schon länger nichts von dir gehört.

Simpel: Ja, nein, ich habe eine Zeit lang kein Projekt realisiert, wir sind auch schon länger nicht mehr umgezogen … mindestens ein paar Monate … oder, Motha …?

Motha: Zwei Monate … ja, neun Wooken …

Simpel: Genau … meine letzte Intervention war das UNSCHULDIGE-MOBBEN-Projekt. Dazu habe ich auch einen Bericht geliefert … ist doch so … tja, viel Polizei ist da nicht gekommen, aber immerhin … hehe … es war ein gelungenes Projekt … wirklich … habt ihr doch alle von gehört, oder?

PapaHans nickt, er hat den Bericht gelesen, der Rest der Versammlung schüttelt den Kopf, außer Motha. Lonyl, der verstohlen begonnen hat, die Beine des Flügels mit kleinen Filzerstrichen zu verzieren, kreischt ein paarmal »UMZIEHEN! UMZIEHEN!«, bevor Simpel weiterredet.

Simpel: Ach so, ihr habt nicht davon gehört, aha. Ja, das Projekt bestand also schlicht und einfach darin, dass ich einen Kindergarten besucht habe, mit dem Vorhaben, jedes anwesende Kind zum Weinen gebracht zu haben, bevor der Tag um ist. Und das hat prima geklappt. Es braucht nicht viel, um ein Kindergartenkind zum Heulen zu bringen. Ein paar Sätze, mehr nicht. Man kann anfangen mit »Du bist hässlich«, und dann sagt das Kind meistens »Nein«, und dann sagt man einfach »Deine Mama ist doof«, und das Kind sagt »NEIN!«, und dann sagt man, »Doch, deine Mama ist ganz doll doof. Hast du das nicht gewusst? Und sie ist böse, sehr, sehr böse!« Das genügt zuallermeist. Manche Kinder sind ein bisschen zäher als andere, aber im Grunde funktionieren sie alle nach demselben geisteskranken Psychoschema. Ich glaube mittlerweile fast, dass Kleinkinder samt und sonders schwachsinnig sind. Ich hatte so gut wie die ganze Kinderschar durch, bevor die Kindergartentanten so weit waren, dass sie die Polizei riefen. Als ich fertig war, ließ ich meine Visitenkarte liegen und verpisste mich in die Wohnung, in die ich an dem Tag eingezogen war … Bei der neuen Familie in meiner alten Wohnung … also unserer alten Wohnung (nickt Motha zu) … die Leute heißen Hansson oder so … wurde die Tür eingeschlagen und ein paar Beamte stürmten das Wohnzimmer; auf die Weise hab ich gleich noch eine FUCK-UP-DIE-NACHBARSCHAFT-Aktion mit erledigt. Dann musste Saddam meine neue Wohnungsnummer rausgeben, sie nahmen mich zum Verhör mit auf die Wache, aber ich bin mit einer Verwarnung davongekommen. Kein Strafbefehl oder so. Fertig. Völlig straight.

Tiptop (mit neuem Mut, nachdem der COCKA-HOLA-COMPANY-Vorfall keine Folgen gehabt hat): Und hast du jetzt irgendwelche neuen Projekte laufen, Simpel?

Simpel: Nein, weißt du, ich habe nämlich gekündigt. N-A-T-Ü-R-L-I-C-H habe ich das! Was glaubst denn du? Dass ich KEIN neues Projekt hätte? Deine Dämlichkeit überrascht mich immer wieder neu, wirklich … Dummbeutel … lies mal ein paar Bücher statt immer nur zu vögeln …

Tiptop (wieder verunsichert): … und was ist das für ein Projekt?

Simpel: Du weißt scheißgenau, dass ich mich über neue Projekte nicht äußere, bevor sie durchgeführt sind, Tiptop. Lernst du das nie?

PapaHans: Na, na, Simpel. Du kannst uns ja verraten, wie es heißt. Tiptop ist nicht der Einzige, den das interessiert …

Simpel: Na gut, na gut … eins von meinen neuen Projekten heißt *Fasci*NATION. Es richtet sich gegen die Faszinationsdiktatur in unserer Nation von Kulturschaffenden. So gut wie jeder in diesem beschissenen Land ist heutzutage ein Kulturschaffender, und alle sind sie bis ins Mark von irgendeinem Mist unheimlich fasziniert. Daher der Name. Genügt das? Ist die Inquisition zufrieden?

PapaHans: Na, na, Simpel … okay, das wär's dann mehr oder weniger. Gibt es noch was zu besprechen? Ihr von EU … EUFORIE …

Motha: AUFO'IUUM.

PapaHans: … EUFORIUM müsst auch mal irgendwann mit Berichten anfangen, aber das wisst ihr ja eigentlich …

Nicken.

PapaHans: Fazil, hast du einen Bericht?

Fazil: Ja, ja … hier in meine Tüte … (Nimmt ein zerknittertes DIN-A-4-Blatt aus seiner Al-Mafar's-Tüte). Es ist eigentlik schon euch alle bekannt … aber bitte … hier.

PapaHans: Okay … hier steht: *Bericht für Al Mafar's: Alle glauben, ich bin ein ganz normaler türkischer Imbiss, niemand ahnt, dass es nur gespielt ist, dass ich, Fazil Artana, den Imbisstürken nur spiele, das Klischee vom netten Türken unten an der Ecke, wie jeder ihn kennt. Hinter der Fassade, hinter dem Vorhang im Laden läuft der Verkauf von den* DESIREVOLUTION*-Filmen immer besser. Der Umsatz steigt von Monat zu Monat. Mehr ist vom Türkentheater Al Mafar's nicht zu berichten. Sogar die Türken selber glauben es. Schönen Gruß, Fazil Artana.*

Gut, Fazil, das scheint ja besser zu laufen als je, was?

Fazil: Die Gesellschaft lebe von Klischees, nich wah, wenn du also ein Klischee *biss*, fallt niemand auf.

PapaHans: Genau … stimmt … gut.

Tiptop (mit wiedererlangter Sicherheit): Ich hab da noch was … äääähm … es gibt Gerüchte, dass Sonjaääähm … gegen Speedos Projekt arbeitet … ich will nur fragen … ist das ähm (Tiptop wird sofort wieder unsicher, als er sieht, dass Simpel das Gesicht in den Händen begräbt) … äähm also ist das sozusagen … eine Tatsache … oder nicht, ich meine … sehen das alle so … oder?

Simpel (schüttelt den Kopf, murmelt): Tiptop, das ist zum Kot-zen!

PapaHans: Nein, das ist durchaus keine Tatsache, Sonja arbeitet gegen gar nichts, sie hat nur Zweifel angemeldet, ob wir Speedo tatsächlich völlig zugrunde gehen lassen wollen oder nicht … aber ich habe dir ja klar gemacht, Sonja (wendet sich zu Sonja), dass das ganz und gar Speedos eigenes Projekt ist und wir nur sozusagen als Unterstützer daran teilnehmen … weil wir der Meinung sind, dass das Zwangsalkoholikerprojekt ein ganz ungeheures kritisches Potenzial birgt, nicht wahr?

Simpel: Ja, ganz zu schweigen vom künstlerischen Poten…

Sonja: Gut und schön, aber ich habe auch gesagt, Hans, dass (es läutet an der Tür) … Moment, ich mach auf …

Alle folgen ihr mit den Blicken hinaus.

Sonja: Hallo? Ja … Was? … Wer? … Ja … Komm hoch.

PapaHans: Wer ist das?

Sonja: Irgendein Saufkumpan von Speedo … er will ihm was sagen …

PapaHans: Verflucht nochmal! Speedo! Wir haben verabredet, dass wir keine Außenstehenden zu unseren Treffen zulassen! Und Speedo … SPEEDO! … Du kannst unsere Adresse nicht an Gott und die Welt weitergeben … hörst du zu oder was? Das ist unser *Hauptquartier*, verdammt!

Speedo: Chappnichss … eee …

Sonja: Gut, aber bevor das Treffen vorbei ist, möchte ich noch fertig … wo war ich … Ja, ich habe auch gesagt, Hans, dass im Vertrag schließlich steht, wenn Speedo sein Projekt abbricht, dann muss er alles Geld an DESIREVOLUTION zurückzahlen, und ich denke eben, dass der Vertrag ihn möglicherweise davon abhält, das Projekt abzubrechen, obwohl er das vielleicht lieber tun würde. Es wäre für ihn eine große finanzielle Einbuße, wenn er das täte …

Speedo: Aba … chchapp doch gaa nich …

Simpel: Liebe Sonja, das ist für ihn überhaupt kein Problem, ein Anruf bei seinem Alten, und die Sache ist geritzt. Der steht doch mit gezückter Brieftasche bei Fuß … falls sein Söhnchen in Schwierigkeiten kommt …

Und kaum hat Simpel ihn erwähnt, da kommt Speedos Vater, der Waschmittelproduzent Göran Persson, durch die Tür gerauscht, mit Wut- und Triumphgeheul:

Göran Persson: DASITZTIHRBANDEJA! VERFLUCHTES KRIMINELLLES PACK! ICH HAB GEWUSST, DASS MEIN TRICK FUNKTIONIERT, ICH HAB'S GEWUSST!!! (Persson deutet mit zitterndem Finger auf Sonja)

Simpel: Wer in DREITEUFELSNAMEN BIST DU!?! HEH? WER BIST DU?

Göran Persson: SCHNAUZE! ICH KOMME MEINEN SOHN HOLEN! SPEEDO! EIN FÜR ALLEMAL! ICH LASSE MIR VON EUCH NICHT MEINEN SOHN WEGNEHMEN!

Speedo (wendet den Kopf): Neee … Babba …

Göran Persson: Ja, Speedo, ich bin es, dein Vater. Junge, schau dich bloß mal an. Wie weit ist es mit dir gekommen? WAS HABT IHR MIT MEINEM JUNGEN GEMACHT!?! Speedo, mein Kind! Oh nein, oh nein. Aber jetzt kümmere ich mich um dich. Komm, Speedo, KOMM MIT, WIR GEHEN!

PapaHans: Tut mir Leid, Persson, aber Speedo geht nirgendwo hin. Er ist freiwillig hier und wir lassen nicht zu, dass er unter Zwangsanwendung weggebracht wird.

Göran Perssons Hände zittern. Sein Kopf zuckt unkontrolliert vor und zurück, er zielt auf die Mitte des Raums, wo Speedo sitzt, Lonyl auf dem Schoß. Dann atmet er tief ein und schießt auf seinen einzigen Sohn los.

Göran Persson: JETZT KOMMST DU MIT NACH HAUSE! UND BLEIBST FÜR IMMER BEI MIR! ... FÜR IIIIIIIMMER!!!

Casco und Fazil springen gleichzeitig auf, Casco vom Sofa und Fazil von seinem Stuhl am Esstisch. Sie grapschen von beiden Seiten nach dem Waschmittelproduzenten, doch Göran Perssons alter, knochiger Leib hat bereits eine derartige Fahrt drauf, dass er sich ohne weiteres zwischen Cascos und Fazils Armen durchschlängelt und seine Bahn fortsetzt. Speedo stößt unwillkürlich ein kurzes Geheul aus, als er Papa Göran kommen sieht. Da dieser zu viel Schwung hat, rennt er mit dem Knie an Speedos Schläfe, es macht »knack«. Papa Göran fällt neben seinem Sohn, der in einem kleinen Blackout schlummert, auf den Boden, wirft seine Arme um ihn und schluchzt:

Göran Persson: Speedo! Mein lieber kleiner Speedo! Das hab ich nicht gewollt, entschuldige, entschuldige, Speedo, hat es sehr weh getan? Komm, umarme deinen Papa ... OOO ... BÄÄÄÄH! DU STINKST JA, JUNGE! PFUI SPINNE, WIE DU STINKST! Komm nach Hause, dann wasche ich dich, dann wirst du wieder gesund und Papas guter Junge ...

Lonyl, den der Anprall von Speedos Schoß gekippt hat, wertet den Kniestoß an Speedos Schläfe als Kriegserklärung. Er sieht Göran Perssons milchblasse Wade zwischen Socke und Hosensaum schimmern, schießt vor und schlägt die Eckzähne hinein.

Göran Persson: ... Zu Hause wird alles gut, mein JungeeeäääÄÄÄÄÄAAAUUUUVERDAMMT! ... MACHT DAS DRECKSBALG DA LOS ... AAAAAA DRECKIGES SCHWARZES NEGERBIEST! HIIILFEEEE!

Er packt Lonyls Mähne und versucht, ihn sich vom Bein zu reißen, aber der beißt zu, so fest er kann. Sobald er sich an Lonyls Locken vergreift, steht auch Simpel auf und springt die zwei Schritte hinzu, legt Persson den rechten Arm unters Kinn und versucht, ihn am Hals hochzuziehen. »GGHAARKCH!«, macht Göran Persson und erhebt sich auf die Knie. Er hält allerdings Speedo weiter fest umklammert, und die beiden erwachsenen Männer sind für Simpel zu schwer. Wegen seiner groben Fehlkalkulation – falsch berechneter Schwerpunkt, unterschätztes Gewicht – rutscht er auf den Socken aus und schlägt der Länge nach über Persson, Speedo und dem kleinen Lonyl hin. Persson wird vorwärts gefaltet und stöhnt »UNHHGGHH«, als sein Kopf aufs Parkett donnert. Speedo reißt es ebenfalls um, er kippt rasant zur Seite, er und Simpel knallen mit den Köpfen aneinander – erneuter Blackout. Lonyl hängt unverdrossen an Perssons Bein fest. Nach kurzem Zögern springen Casco und Fazil hinzu, um Simpel hochzuziehen, aber kaum ist Simpel halb aufgestanden, wirft sich Persson herum und packt ihn am Hemdkragen. Er hängt sich mit seinem ganzen Gewicht daran, Simpel entgleitet Cascos und Fazils Griff und fällt fluchend wieder vornüber, so dass er Wange an Wange mit Persson auf dem Parkett landet.

Göran Persson: DAFÜR WIRST DU BÜSSEN, WARTE NUR, DAFÜR WIRST DU BÜSSEN! HÖRST DU? IHR BEIDE, DU UND DEIN TERRORIST VON SOHN AUCH! DU SAU! DU HAST MEINEN SOHN KAPUTTGEMACHT, ABER ICH LASSE IHN MIR NICHT WEGNEHMEN! HÖRST DUUU!?! (Lonyl beißt die Reißzähne zusammen und schüttelt den Kopf hin und her) WAUUUUH! ÄÄOOO!! … MACHT DAS SCHWARZE BIEST DA WEG! ÄÄÄUUU … LASS LOS!

Simpel: BEISS ZU LONYL, BEISS DEN BÖSEN MANN! LOS LONYL, BEISS! JA! GUTER JUNGE!

Jetzt reicht es Fazil, die Art, wie Persson sich über Lonyl äußert, sorgt dafür, dass er die Rolle des Friedensbewahrers fallen lässt und nach Perssons Hals greift. Um daranzukommen, muss er sich allerdings über Simpel legen.

Fazil (gebrochener als je): Lass miik an die Fascho-Sau, den makk ikk fertikk!

Casco: Lass das, Fazil … Fazil! FAZIL! … DU ERWÜRGST IHN JA! … LASS LOS, FAZIL! LASS LOS, VERDAMMT NOCH MAL!

Simpel (unter Fazils Bauch hervor): SCHNAUZE CASCO DER VERDIENT'S NICHT ANDERS!
Speedo (unter allen anderen, auf den Boden gepresst): Aaaaaufhöööan ... Looooiteeeeee ...
Göran Persson: ARGHAGAGHAHH ... SCHPEEEE-DOOOO! ... HILFEEE ...!
Speedo: Faziehl ... Scheiße ... nich ... nichch ...

Casco greift Fazil beim Hosenbund und versucht, den kleinen dicken Mann aus dem Knäuel zu zerren, aber Fazils Hände sitzen fest wie ein Schraubstock um Perssons Hals.

Casco: Loslassen, Fazil ... LOSLASSEN! ... DU BRINGST IHN UM!
Fazil: JA! ... JA! ... ICH BRING IHN UM!

Als sich Perssons Gesicht dunkelrot verfärbt, steht Tiptop auf und löst Fazils Finger gewaltsam.

Fazil: AUAOOUU ... TIPTOP SCHEISSE ... AUUU ... AUF WELKE SEITE STEHSS DU?

Sonja blickt zu PapaHans und sieht, dass er in seinen Bart kichert; da kann sie nicht anders und muss ebenfalls leise prusten. Göran Persson wendet ihnen mitten aus dem hitzigen Kampf ein blutunterlaufenes Auge zu.

Göran Persson: ARGHHAH ... KRANKES GESINDEL ... GLP ...

Um Lonyls Mund herum tritt Blut hervor. Seine Zähne sind durch die handschuhdünne Haut des alten Persson gedrungen. Tiptop blickt das Kind an.

Tiptop (flüstert): Krankes Volk …
Simpel: SCHNAUZE TIPTOP!

Endlich gelingt es Casco und Tiptop, Speedos Vater aus Fazils mordlustiger Umklammerung zu lösen. Eisenmann erhebt seinen kraftstrotzenden Körper vom Stuhl, geht in aller Ruhe zu den verknäulten Kontrahenten hinüber, greift sich Göran Persson, zieht ihn unter Simpel heraus und stellt den alten Waschmittelproduzenten auf die Beine. An einem davon hängt immer noch Lonyl.

Eisenmann: Simpel! Wenn Lonyl loslässt, kann ich den alten Sack rausschaffen.
Simpel: LONYL! LONYL! LASS LOS!

Er versucht, Lonyls Kinnbacken gewaltsam zu öffnen, was ihm aber nicht gelingt, bis Lonyl, erbost über die Schmerzen, die sein Papa ihm zufügt, das Opfer wechselt und die Beißer in die väterliche Hand schlägt.

Simpel: AUUU! SATANSBRATEN! MOTHA! KOMM! MACH DAS KIND LOS! AUUU! VERFLUCHTE SCHEISSE! LOONYYL!

Eisenmann hält Göran Persson von hinten im Schwitzkasten und führt ihn ruhig zur Tür. Persson zappelt und kreischt und ruft, Speedo soll nach Hause mitkommen, für immer nach Hause, aber er findet kein Gehör.

Eisenmann: Wenn mal wer die Tür aufmachen könnte, das wäre nett.

Sonja läuft hin und öffnet ihm die Tür. Persson sitzt die Anzughose fast unter den Achseln, das teure Jackett ist zu den Schultern hochgerutscht und das Hemd ist aus der Hose gezogen, so dass Sonja den Saum der Unterhose sehen kann. Der alte Mann wehrt sich immer noch, aber die Ledersohlen seiner Schuhe rutschen übers Parkett. Eisenmann trägt ihn durchs ganze Treppenhaus nach unten. Die Nachbarn stecken neugierig die Köpfe aus den Türen.

Eisenmann (beruhigend): Entschuldigen Sie den Lärm… ein Eindringling … bei Hans und Sonja oben … tut mir Leid … tut mir Leid … Entschuldigen Sie den Lärm …

Göran Persson: DIE BRINGEN MEINEN SOHN UM! DIE BRINGEN MEINEN SOHN UM! HILFE! HELFT MIR! RETTET MEINEN SOHN! WARUMHILFTMIRDENNKEINERSCHEISSENOCHMAL? (Bricht in Tränen aus) UHU! UHUHUHUUU!

Eisenmann: SCHNAUZE! Entschuldigen Sie den Lärm … er hat oben eingebrochen … bei Hans und Sonja … Entschuldigung …

Draußen auf der Straße lässt Eisenmann Persson los und verpasst ihm einen kleinen Stoß ins Kreuz, so dass er auf die Knie fällt; jetzt sitzt er auf dem Asphalt und schlägt sich schluchzend die Hände vors Gesicht.

Oben sitzen alle wieder. Speedo hockt windschief am Boden, Motha versucht, Lonyl im Zaum zu halten, der mit gezücktem Filzer herumfuchtelt, »KÄMPFEN! KÄMPFEN!« schreit und sich wild hin- und herwirft, um sich zu befreien. Simpel reibt sich die schmerzende Hand. PapaHans blickt finster.

PapaHans: Und welcher verfluchte Idiot hat Zeit und Ort des Treffens ausgeplaudert? Speedo? HÄH? SPEEDO?

Speedo (verwirrt): … Hääh? … Naaain … chapnichs-erßäld …

PapaHans: Sicher?

Speedo: Jaaaa …

PapaHans: Hat mir sonst jemand etwas zu sagen?

Alle schütteln die Köpfe.

PapaHans: Hat niemand hier im Zimmer, *keiner von den einzigen Leuten*, die wussten, wann und wo wir uns treffen, Speedos Vater was erzählt?

Wiederum Kopfschütteln.

PapaHans: Sonja? Du hast in der letzten Zeit viel über Speedo nachgedacht, vielleicht hast ja du …?

Sonja (setzt eine resigniert/enttäuschte Miene auf): Hans. Du weißt genau, dass ich so was nie tun würde, ohne es mit dir zu besprechen. Ich will doch unser Unternehmen nicht kaputtmachen, wie kannst du das denken. Nach all den Jahren.

PapaHans: Ja, ich weiß ja, aber WER ZUM TEUFEL war es dann? Hä? Es muss einer von uns sein.

Sonja: Ja, das stimmt allerdings.

Simpel: Ja … okay, Hans … passiert ist passiert, aber Eisenmann hat ihn rausgebracht, gute Arbeit, Eisenmann, können wir das Ganze nicht vergessen und hoffen, dass das nicht nochmal vorkommt und dass der Vorfall ohne Folgen bleibt? Statt uns hier gegenseitig zu verdächtigen?

PapaHans: Ach, jetzt kommst du plötzlich auf die scheißtolerante Tour, schau mal einer an, Simpel. Hast du vielleicht gesungen? Hä? Ein neues Projekt? FUCK UP THE FAMILY oder so?

Simpel: Ach, scheiß drauf, Hans …

PapaHans: Das fällt mir schwer, wenn ich daran denke, dass ein Verräter unter uns ist. (Mit gestrenger Vaterstimme) Casco!

Casco (zuckt zusammen): Was? … Nein, ich hab keine Ahnung, woher soll ich das wissen? Wirklich. Ich kann mir nicht vorstellen, dass das einer von uns gewesen ist, die Erklärung muss irgendwo anders liegen.

PapaHans: Ach, uns unterläuft ja allen hin und wieder etwas, das gegen die Regeln verstößt. Was, Tiptop?

Tiptop, der inzwischen tatsächlich gedacht hat, es würde keine Anspielung mehr auf die COCKA-HOLA-Sache geben, schlägt den Blick nieder.

Tiptop: Tja, ja … kommt schon mal vor … aber ich weiß nichts über Speedos Vater und das Ganze.
PapaHans: Nein, natürlich nicht … ganz offensichtlich sind wir alle miteinander völlig unschuldig. Speedo, ich finde, ein Anruf bei deinem Vater ist fällig, dem gehört klar gemacht, dass solche Auftritte unerwünscht sind. Ich sag's nochmal, es ist für DESIREVOLUTION *nicht förderlich*, wenn er bei unseren Meetings ein- und ausgeht. Hast du das begriffen? Speedo?
Speedo: … hhää? … jaahmmm …
PapaHans: Gut. Dann ist das Meeting hiermit beendet.

Die Stimmung ist geladen. PapaHans blickt todernst. Casco wechselt ein paar Worte mit ihm und Sonja, Sonja sagt »mein Kleiner« und tätschelt ihm die Wange, danach geht er gemeinsam mit Tiptop und Motha Richtung Zentrum. Simpel und Lonyl haben dasselbe Ziel wie Fazil, auch sie brechen gemeinsam auf. Eisenmann geht allein los, Speedo desgleichen. Keiner erträgt es, mit Speedo zusammen zu gehen, wenn er so voll ist, außer Lonyl, aber der muss brav mit Simpel mitgehen (»Lonyl, wir wollen jetzt gehen, LONYL!

KOMM! Du siehst Speedo bald wieder. Hör jetzt auf, Speedo zu küssen, Lonyl, ich will nicht mehr warten!« usw.) In der Wohnung zieht Sonja die Teppiche zurecht und stellt die Stühle zurück an ihren Platz. PapaHans legt sich hin und macht Siesta. Die Filzerstriche an den Beinen vom Flügel sind nicht zu sehen, da der Flügel schwarz ist. Schlimmstenfalls wäre ganz unten hier und da ein matterer Glanz sichtbar. Glimpflichere Schäden als so was kann man sich gar nicht wünschen, wenn Lonyl zu Besuch war.

EUFORIUM
(Später am Abend; aus Cascos Perspektive)

Ich kaue Kaugummi, gute Musik ist das hier, ich kaue Kaugummi, saugute Musik, sieht gut aus, die Frau, noch eine, noch eine, drei Stück in dem Laden, die die Mühe wert wären, plus die, mit der Tiptop tanzt, der reinste Porno, Tiptop sucht sich immer so welche raus, Motha sieht auch verdammt gut aus, Simpel weiß nicht zu schätzen, was er da hat, eine Wahnsinnshose hat sie an, so was Enges hab ich noch nie gesehen, und mit dem Hintern wackeln kann sie, das kann nur eine aus Afrika, ich kaue, Mothas Hintern wackelt auf der Tanzfläche, ich kann gar nicht mehr wegsehen, die anderen neben mir auch nicht, jetzt wackelt sie mit ihrem Hintern vor dem Schwanz von einem Typen auf der Tanzfläche, Wahnsinn, Motha *kommuniziert* mit ihrem Hintern, sie *redet* mit ihrem Arsch, ich sehe aus wie in Stein gehauen, mein Spiegelbild sieht aus, als würde ich schon seit Ewigkeiten hier stehen, Wahnsinn, diesem Blick entkommst du nicht, hab was Koks vom Klodeckel geschnupft und Tiptop in dem Kloabteil neben mir gehört, wie er dasselbe tut, was ich anhab, sitzt wie aus Stahl, ich tanze hinter einem geilen Hintern, der Hintern will mich, kein Zweifel, ich packe ihn und er schiebt sich auf mich zu, jetzt dirigiere ich den fremden

Hintern mit meinen Hüften vor und zurück, nach rechts und nach links, meine Hüften reden mit dem Hintern, sie erzählen ihm, welche Bewegungen er machen soll, und der Hintern folgt, ich trinke Schnaps, Tiptop erzählt mir alles mögliche Zeug, ich mag Tiptop verdammt gern, ich haue ihm auf die Schulter, er erzählt alles mögliche lustige Zeug, Tiptop sieht wahnsinnig gut aus, seine Augen flackern ein bisschen verrückt, aber scheiß drauf. Motha wackelt immer noch mit dem Hintern, sie ist eine echte Videoclip-Negerin, das ist sie, Motha sieht verdammt gut aus, ich gehe auf die Tanzfläche und lasse sie ihren Hintern an meinem Schwanz wetzen, sie lächelt, als sie sieht, dass ich das bin, sie reibt ihren Hintern an meinem Latz auf und ab, ich stehe neben Tiptop und trinke Schnaps, wir ziehen uns jeder eine Line rein, die Musik ist ja noch besser als vorhin, ich tanze hinter noch einem Hintern, Tiptop tanzt davor, ein besserer Hintern als vorhin, ich blicke auf den Hintern und kaue doppelt so schnell wie die Musik, die Musik ist scheißlaut, ich spüre sie in den Beinen und im Schritt, der Hintern reibt sich total fest an meinem Schwanz, der Hintern will mich, die Besitzerin des Hinterns neigt sich vor, Tiptop beugt sich zu ihrem Gesicht runter, er schaut mich an, ich lächle, Tiptop lächelt, es ist *Caribbean Party*, ich rede mit einer, deren Namen ich nicht weiß, ich stelle mein Glas auf den Tresen und bekomme einen neuen Drink, Motha steht vor mir, ihre Möpse sind schweißnass und ich stecke den Finger in den Spalt zwischen ihnen, sie beugt den Kopf vor und lutscht an meinem Finger, nimmt ihn ganz tief rein, ich ziehe ihn raus und stecke ihn ihr in den Ausschnitt, ich schaue rein, ihr Bauch ist verschwitzt, sie drückt sich an mich und ich schiebe ihr die Zunge tief in den Mund, sie saugt an meiner Zunge, ich umfasse sie mit einer Hand und begrabbele ihr von hinten den Schritt, ich rede mit Tiptop, er ruft, das Infomeeting war cool, ich nicke und lächle ihm zu, ich trinke mein Glas aus und zerkaue einen Eiswürfel, Tiptop und ich sagen lustige Sachen zueinander, ich kaue, ich sehe, dass Tiptop auch kaut, ich sehe ein paar heiße Frauen in engen Röcken auf der Tanzfläche, Tiptop hat schneeweiße Zähne, seine Kiefer arbeiten, Motha kommt wieder zu uns und bestellt einen Drink, sie drückt Tiptop ihren Hintern an den Schritt, Tiptop steckt ihr den Finger in die Poritze und bewegt ihn auf und ab, ich rede mit einer Frau, die große Brüste hat, sie hat geschwitzt und sie hat Lust auf mich, kein Zweifel, ich rede mit einem Typen, den ich nicht kenne, er redet leiser als ich.

Tiptop, Motha und Casco fangen im BANGLADESH INC. an, dann gehen sie ins X-OFF, ins EVER und ins LOCKOUT und ins LOOP und ins PANDEMONIUM, bevor sie zu Hause bei einem der geilsten Girls aus dem LOOP und ihrer Freundin landen. Die Freundin hat Stiefel an, die ihr bis über die Knie gehen. In der Wohnung gibt es zwei Schlafzimmer und ein Wohnzimmer mit Couch. Casco vögelt Motha eine Dreiviertelstunde lang auf dieser schwarzen Ledercouch, ohne dass er kommt. Tiptop vögelt und lutscht die beiden aus dem LOOP und lässt sich von ihnen vögeln und lutschen; sie haben ganz gut was Koks im Haus, also hält Tiptop bis gegen Morgen durch. Casco macht den Fernseher an, nachdem Motha im Bad zwei Flaschenverschlüsse voll GHB geschluckt hat und dann nach Hause gefahren ist. Casco stellt den Ton aus, damit er Tiptop und die zwei Gastgeberinnen hören kann.

Zu Hause kann Motha noch Kaffee machen, bevor Lonyl aufwacht. Es ist seit sieben Stunden Samstag, also setzt sie ihn vor den Fernseher. An Tagen, die kein Samstag sind, macht sie das auch so. Casco und Lonyl sitzen vorm Fernseher und sehen dieselbe Sendung, jeder auf einer Seite der Stadt, der eine mit, der andere ohne Ton. Das GHB hat auf der Taxifahrt zu wirken begonnen, also geht Motha ins Schlafzimmer und legt sich neben Simpel ins Doppelbett. Simpel kommt kurz zu sich.

– Hallo Schatz … wie war's …? Simpel schaut seine Frau aus dem Augenwinkel an. – Für eine Tragetüte voll Koks siehst du ziemlich entspannt aus …?
– GHB …, sagt Motha.
– Ach so …, murmelt Simpel und schließt die Augen.
– Woher denn …?
– Zwei Mädken, zu denen wi' nach Hause sind.
– Mmmm …, Simpel ist schon halbwegs wieder im Traumland. – … Uuund … war's … euphorisch?

Motha zieht die Nase kraus und trinkt einen Schluck Kaffee. Sie hat sich ein paar Kissen in den Nacken geschoben und stellt die Tasse auf der Brust ab.

– Naja … Nööö … wi' wa'en alle high und haben jede Menge getaanzt. Dann hab iik mit Casco gefiikt und Tiiptop mit den Mädken. Abe' es is i'gendwie niikt so 'iktik, niikt so ganz, i'gendwie, niikt so i'gendwie t'ancemäßi und doll gewesen. Näkstes Mal muussen wi' no was aande'es p'obie'en als Koks – eigenlii ist ja das Ziel, dass wi' 'iktig wegfliegen, voll good feelings und so und Gluuck, abe' iik hab iimme' gewuusst, wo iik bin, iik hab iimme' die G'enzen gesehen, das ist noch niikt so 'iktik, weiß du, Ssiimpel. Es sollen keine G'enzen meh' da sein.
– Mmm …

Motha kippt fast weg, wacht aber nochmal auf.

– Du, Ssimpel? Was is mit die Advensfeie'?
– …
– Ssiimpel!
– Mmm … hä? … Adventsfeier … oh … alles okay …. Casco kommt mit …
– Casco …?
– Jammm …
– Abe' Casco wa' doch in diese Fiilm letzes Jah'?
– Hä … oojajaschon … aber … keine Angst … alles okay … den erkennt keiner mehr … wegen Weihnachtsmann und Bart und so …
– Jajaja Ssiimpelmann … dein Business. Ik geh dusche.

Motha schält sich aus ihrer Wurstpellenhose und geht in die Dusche, wo eine unübersehbare Anzahl leere

Shampooflaschen herumsteht. Lonyl sitzt vorm Fernseher und versucht, den Trickfilmfiguren Brillen anzumalen, die aber so viel auf dem Bildschirm hin und her rennen, dass der schon ganz schwarz ist. Gestern Abend hat Simpel ihn zu Fazil mitgenommen, Fazil hat für alle Fälle immer die Zutaten für Carpaccio auf Lager, und während Simpel und Fazil drinnen in der Küche Filet in dünne Scheiben schnitten, hat Lonyl Fazils neugeborenem Sprössling eine schwarze Brille angemalt, und als Fazil das gesehen hat, hat er so laut gelacht, wie Lonyl noch niemals wen hat lachen hören, hier im Wohnzimmer von Simpel und Motha hört Lonyl immer noch Fazils Lachen in seinem Kopf, während er versucht, den Zeichentrickfiguren Brillen anzumalen. Er hat den Fernsehtisch vor den Apparat gezogen und sitzt auf der Tischkante. Unter der Schokoladenhaut seiner kleinen Beine zeichnen sich die prallen Muskeln ab. Er hört nicht Mothas prasselnde Dusche von nebenan; wie besessen versucht er, ROY THE DOG mit einer Filzerbrille einzufangen. »STEH STILL, STEH STILL!« sagt er stumm in seinem Kopf. Simpel ist wieder eingeschlafen und träumt davon, wie Tiptop und er einem römischen Gott eine unendlich lange Toga ausziehen, sie in der Mitte durchreißen und sich jeder in eine Hälfte wickeln, bis sie aussehen wie gigantische Q-Tips. Motha kriegt unter der Dusche Nasenbluten, sie bemerkt es nicht. Sie trocknet sich ab und geht ins Wohnzimmer. »NEIN, LONYL ...« sagt sie, als sie den schwarzen Fernsehschirm sieht, aber sie weiß auch, dass Filzer leicht von Glas abgeht und

Lonyls kleine Morgenaktion gar nichts ist verglichen mit der Behandlung, die er z.B. den Wandpaneelen hat angedeihen lassen. Lonyl reagiert auf Mothas Ansprache nicht. Sie kippt den letzten Schluck kalten Kaffee in die Spüle und füllt die Tasse neu an der Kaffeemaschine. Dann geht sie ins Schlafzimmer, wo Simpel in einer Stellung liegt, in der es technisch gesehen unmöglich sein sollte, nicht zu schnarchen; aber er schnarcht tatsächlich nicht. Sie legt sich nackt ganz dicht neben ihn, was keinerlei Folgen hat, da er a) wenn er mal schläft, dann so tief wie ein schwarzes Loch; b) seit seiner Teilnahme an Lonyls Geburt impotent ist; c) einige prinzipielle Einwände gegen ein »Geschlechtsleben« als solches hat. Motha sieht nichtsdestotrotz aus, als wäre sie aus Ebenholz geschnitzt. Sie schlummert ein, ihr Java-Mokka-Kaffee wird kalt.

Es ist noch keine halb elf, als Tiptop anklopft. Lonyl macht auf, und Tiptop wirft sich zur Seite, um die Plastiktasse nicht an die Brust zu kriegen, die der Negerjunge nach ihm schmeißt, als die Tür aufgeht. Tiptops Blick flackert derart irre vor Koks, dass Lonyl zweimal hinschauen muss, um ihn zu erkennen, dann läuft er zurück zum Bildschirm und seinem Filzer. Tiptop fragt hektisch, ob Simpel und Motha zu Hause sind, auf eine Antwort braucht er nicht zu hoffen; voller Übermut stolziert er durchs Wohnzimmer und klopft an die Schlafzimmertür – Motha antwortet, und als Tiptops Gesicht im Türspalt auftaucht, wirkt sie nicht gerade erfreut. Sie springt auf und schubst Tiptop ins Wohnzimmer zurück.

– Bis du ve'uck gewo'den, Tiiptop … Ssiimpel wi'd wahnsinnig wutend, wenn ihn we' aande'es weeck als Lonyl ode' ich. Was wills du hie'?

Tiptop ist immer noch übermütig – es braucht schon bisschen was, um einen erwachsenen Mann einzuschüchtern, der 790 mg Koks intus hat –; er schaut an Mothas nacktem Körper herunter.

– Hoihoihoi Nuuuba! Schau mal einer an. Hat Nuba-Mama vielleicht Lust auf ein paar Stammestänze in der Küche?

Er klatscht ihr auf den Hintern. Lonyl quietscht mit dem Filzer auf dem Bildschirm rum.

– Schluuss mit Blödsiinn, Tiiptop … was wills du … wi' schlafen nook …
– Aaaalso, das ist so, kleines Motha-Frauchen, die Girls heut Nacht, die hatten nicht nur Koka Kola in ihrem Liebesnest, sondern auch … (Tiptop tut so, als würde er ein Zauberkunststück vollführen; er greift in seine Jackentasche) … Äitsch!
– Oioi, sagt Motha und blickt auf das Silberpapier, das Tiptop in den Fingern hält.
– Ach siehmaleineranja … da sind wir gleich nicht mehr so abweisend … neinnein … komisch, wie? …

Was sagt Frau Euforium dazu? Nuba-woman like this? Yes? (Tiptop grinst sein bekokstes Grinsen und hofft, begehrenswert auszusehen).
- ... Jaaaokay, gut. Abe' ik nehm nu' ganz kleines biissjen ... zum Schlafen ...
- Ooookaaayyy ... Your choice. Tiptop packt eine ihrer Hinterbacken und schüttelt sie. – Im Wohnzimmer? In der Küche? Auf'm Klo?
- Kuche. Motha geht ins Bad und holt einen Taschenspiegel. Drüben hat Tiptop das Pulver schon auf den Küchentisch geschüttet und seine Kreditkarte gezückt.
- Wir schnupfen es, sagt er.
- Jajaja, gut, sagt Motha und gibt ihm den Spiegel.

Tiptop zieht vier Lines und schaut Motha an. Sie macht Bewegungen mit ihren Negerlippen und sagt:

- Wenige' fu' miik ...
- Wird gemacht ... Biiiiissjen weeenige' fuu' Nuuba ... und meeeh' fuu' aaalten Tiiiptop ... so biiitte. Tiptop verschiebt etwas von dem braunen Pulver. Motha schaut abwechselnd auf das Heroin und seinen jungenhaft ordentlich ausrasierten Nacken, der sich über die Präzisionsarbeit beugt. Sie legt eine Hand darauf, während sie wartet. Ihre Fingernägel, die jeder rund einen Zentimeter vorstehen, trommeln leicht auf seinen Hals. Tiptop juckt die Kopfhaut.
- Gimme an H ... gimme an E ... gimme an R ... gimme an O ... Tiptop grinst dämlich, schiebt den

Spiegel auf die andere Seite des Küchentischs, und Motha setzt sich mit dem bloßen Hintern auf den Plastikstuhl. Tiptop beobachtet aus dem Augenwinkel, wie der Hintern sich beim Hinsetzen verformt. »Schwarzer Wasserballon«, denkt er, während Motha die beiden kürzeren Lines schnieft.

– Und danke auch, sagt Tiptop; man sieht, wie wild er darauf ist, den Spiegel wiederzubekommen. Er schnupft den Rest weg. – So gern ich mit dir kopuliert hätte, jetzt ist es leider zu spät, sagt er mit gespieltem Ernst. – Mr. Ed lässt es leider nicht mehr zu.

– Ik geh in Beett, sagt Motha.

– Ja, geh du nur ins Bett mit Mr. Diacethylmorphin, du, und lass mich hier allein sitzen! Tiptop tut so, als würde er heulen. Die Wirkung des Stoffs erreicht sein Kleinhirn, als Motha durch die Schlafzimmertür verschwindet. Seine Energie wird sachte heruntergedimmt, von hell und frisch und aufgekratzt zu paradiesisch schummerig. Er schlurft ins Wohnzimmer rüber und setzt sich dahin, wo er gestern früh gesessen hat. Lonyl hat mit Spucke ein Stückchen von dem schwarzen Bildschirmbelag weggerubbelt, jetzt sitzt er da und verfolgt ungefähr 1/10 Zeichentrickfilm. Das Loch misst ca. 10x10 Zentimeter und hat auf beide, Lonyl und Tiptop, dieselbe hypnotische Wirkung. Tiptop döst ein, kommt aber mit einem Zeitlupen-Ruck wieder zu sich. Er steht auf, geht ein paar schwankende Schritte, schaut aus dem Fenster, der Himmel ist hell und blass, er steht eine Zeit lang neben Simpels Schreibtisch und schaut hinaus. Dann schaut er auf den Tisch. Tiptops Hirn registriert (sehr langsam) ungefähr Folgendes:

… komischer Papierkram … Simpel ist schräg … aber nett … nett … ich mag ihn … ich freu mich, wenn ich an Simpel denke … Videoregal … Filme … Kaffee? … nein … Sofa … endlich sitzen … Scheiße, tut das gut … Wahnsinnig gut tut das … gut, dass ich sitze … Mann, sitze ich gut … besser kann man gar nicht sitzen … noch nie so gut gesessen … Lonyl … Lonylknirps … so was von Muskeln … Lonyl … kleiner Stiernacken … hübsch … hübsche dunkle Haut … sieht gut aus … so gesund … meine Hand … meine Hand sieht auch gesund aus … hübsche Hände hab ich … mmm … hübsche Hände … yesss … Lonyls Rucksack … unter dem Tisch … rot … blau … Kinderbücher … Rechenaufgaben … interessant … ich will rechnen … eine Rechenaufgabe … eine leichte … sich vorlehnen, das ist leicht … den Rucksack nehmen, das ist leicht … ein Buch … noch ein Buch … Rechenbuch? … weg? … kann das Rechenbuch nicht finden … macht nichts … spielt keine Rolle … Blatt Papier … Einladung zur Adventsfeier? … hahaha … ich lache und spüre Freude … hübsche Einladung … mal sehen … noch ein Papier … handgeschrieben … hübsch gemacht … was steht da … *»Ich muss die B-Schule verlassen, und ich muss … euch verlassen … Meine Entscheidung steht fest … Jeder Versuch … mich … davon … abzubringen, kommt zu spät.«*

Tiptop schläft ein, Cathrine Færøys Abschiedsbrief in der Hand, ohne zu begreifen, was er da gefunden hat.

GÖRAN PERSSON UND XANAX

Göran Persson, Speedos alter, knochiger und jetzt ziemlich durchgeprügelter Vater, ist Chief Executive Officer der Firma WIFFI Waschmittel, deren Slogan derzeit lautet: *Tough Schmutz – No Problem!* Er hat von der Pike auf gedient – als Tür-zu-Tür-Verkäufer von Seife usw., war aber so pfiffig, 1) nach Feierabend auf Basis des Waschpulvers, das er tagsüber verkaufte, ein Küchenscheuerpulver zu entwickeln, d.h. eine konzentrierte Version, die ein revolutionäres Scheuermittel enthielt; 2) sich diese Entwicklung patentieren zu lassen; 3) das Mittel zunächst bei dem Waschpulverproduzenten, für den er arbeitete und von dem er die Zutaten geklaut hatte, in Produktion zu geben; 4) es mit Geld, das er sich von seinem Arbeitgeber lieh, in einer Reihe Frauenzeitschriften zu bewerben; und 5) seine eigene Aktiengesellschaft zu gründen, die heute eine führende Position in der Waschmittelindustrie innehat und Produktionsstätten im In- und Ausland unterhält. Göran Persson ist der Kopf eines Sauberkeitsimperiums, das dank MOON und KLEAROL und anderer Mittelchen blendend läuft. Das erlaubt ihm viel Freizeit. Außerdem hätte er schon vor Jahren in Pension gehen können, aber er hat keine große Lust, den Betrieb aus der Hand zu geben. Einst hat Persson geträumt, sein Sohn Speedo würde das Familienunternehmen übernehmen, aber diesen Traum hat er sich verbittert abschminken müssen.

In Sachen Narkotika verfügt Göran Persson über eine Karriere, die Speedos in nichts nachsteht. Vor gut neun Jahren ging es mit Angstanfällen los; zunächst lehnte er aus falschem Stolz jede medikamentöse Behandlung ab, doch als er bei fünf oder noch mehr Panikattacken täglich war – manche davon dauerten über eine Stunde – ging er zu Dr. Friesberg und bat um Hilfe. Persson litt unter schwerer Atemnot, galoppierendem Herzrasen und dem Gefühl, jeden Moment könnte sein Kopf platzen. Dr. Friesberg feuerte zunächst mit 50 mg Zoloft pro Tag darauf los. Nun verhielt es sich so, dass Perssons pensionierter Freund vom Überwachungsdienst der Polizei sich ebenfalls mit Angst- und Panikgefühlen herumquälte, bei Xanax(Alprazolam)-Einnahme aber wegen eines heraufdämmernden Alzheimers furchterregende Wutanfälle erlitt, die übliche Reaktion, wenn Xanax und Alzheimer aufeinanderprallen. Daher bot er Persson seine restlichen Xanax-Bestände für geringes Geld zum Kauf an, und Persson stellte alsbald fest, dass Xanax ein weitaus potenteres Zeug war als Zoloft. Heute liegt der tägliche Xanax-Verbrauch des Waschmittelproduzenten bei drei bis vier Milligramm; ein vorläufiger Höhepunkt. Das Zoloft, von dem er zuletzt 100 mg pro Tag futterte, hatte ihn sehr enttäuscht, weshalb er nur zu willig die drei goldenen Regeln für effektiv gesteigerten Zoloft-Gebrauch befolgte: 1) Nimm noch mehr Zoloft; 2) nimm dazu noch ein anderes, nicht verwandtes Antidepressivum; 3) ergänze die aktuelle Zoloft-Dosis durch Einnahme einer kleinen Dosis Trazodon (25 mg pro Tag) – woraufhin seine Libido völlig durchdrehte, aber da er weder jung noch attraktiv war, wusste er nicht, wohin mit dieser sexuellen Teenie-Energie; er fand einfach kein Ventil dafür. Aber das Xanax, das er bis dahin nicht ausprobiert hatte, wirkte über alle Erwartung gut, und heute ist er ein willigerer Xanax-Sklave, als sein Freund vom polizeilichen Überwachungsdienst es je war. Dieser Freund hält seine schlimmsten Anfälle inzwischen mit gutem altmodischem Cannabis im Zaum; er hat weiterhin freien Zugang zu AFGHANISATAN, wie sie die Giftkammer mit dem beschlagnahmten Dealergut im Polizeipräsidium nennen, und lässt dort bei jedem Besuch kleinere Mengen mitgehen. Das ist, seit er das Xanax abgesetzt hat, der einzige Stoff, den er benutzt – abgesehen von jenem einen Abend bei Gustav Novel, der Provinzausgabe eines neodekonstruktivistischen, dennoch utilitaristischen Architekten und engem Freund sowohl des pensionierten Polizisten als auch Perssons als auch Berlitz', des Kinderpsychiaters. Architekt Novel hatte zu einem Abendessen geladen – zu den drei Genannten, die sowieso dazugehörten, hatte er den Layout-Designer Claes Fritz sowie einen Innenausstatter dazugebeten, den außer dem Gastgeber niemand kannte. Das war noch zur Zeit von 100 mg Zoloft plus 25 mg Trazodon. Der alte Persson war kurz davor, vor lauter Geilheit den Verstand zu verlieren, also hatte er den Verlauf des Abends genauestens geplant. Während des Gesprächs – Novel führte Planskizzen für irgendeinen Mist vor – entschuldigte sich Persson, er müsse mal aufs Klo, und schüttete in der Küche in jede der zehn bereitstehenden, bereits zum Lüften geöffneten Flaschen *Bouvigny* eine gepfefferte Dosis Zoloft/Trazodon im Verhältnis 4:1. Kein einziger Gast wagte anzumerken, dass der Wein doch ein bisserl arg herb sei, immerhin war es Jahrgangswein und Schlossabfüllung, und so leerte die Runde im Laufe des üppigen Abendessens – es gab gedämpften Steinbeißer – alle zehn Flaschen. Die Wirkung ließ nicht lange auf sich warten. Als erster fing der Innenarchitekt an, sich lasziv im Ledersessel vor dem Kamin zu aalen, während der bereits triefäugige und zähnebleckende Architekt Novel den Cognac servierte. Persson beobachtete die Gäste mit Adleraugen, und als die Bewegungen des Innenausstatters nicht mehr zu missdeuten waren, löste er den Gürtel, ließ die Anzughose auf die Knöchel hinab und stapfte Richtung Kamin. Dort angelangt, stopfte er dem Mann seinen alten, aber steifen Penis in den Mund, und ganz wie Persson erwartet hatte, ließ der Innenausstatter sich nicht zweimal bitten, sondern schluckte ihn bis zum Anschlag. Wenige Minuten darauf penetrierte Herr Kinderpsychiater Berlitz frohgemut den Gastgeber anal, wobei er die übrig gebliebene Steinbeißersauce als Gleitmittel benutzte. Der pensionierte Überwacher seinerseits warf sich auf den Rücken, zog die Knie hoch, soweit Rheuma und Ischias es zuließen, und kommandierte Persson: »NA

LOS, STECK IHN MIR REIN, STATT DEN SCHEISSHOMO DA IN DEN MUND ZU VÖGELN!« Persson seinerseits ließ sich nicht lange bitten, sondern wechselte das Opfer und nagelte drauflos. Claes Fritz, der Layout-Designer, stand praktisch die ganze Zeit an der Seitenlinie und onanierte. Die ergiebigste Nummer, die diese sechs notgeilen, im Schnitt 57 Jahre alten Männer während der dreieinhalb Stunden, die sie zugange waren, erlebten, war die Kombination von Novel und dem Innenausstatter, die beide viel Wert auf Kreativität legten, auch in Sachen Sex. An jenem Abend äußerte sich diese Kreativität in der Form, dass Novel irgendwann zu seinem Zeitschriftenregal lief und alles Mögliche herbeiholte, z.B. EXT/INT., VISUAL LINGO und ARCH. MAG, denn ihm war der Einfall gekommen, die Zeitschriften als Analdildos zu verwenden, wozu er sie kegelförmig zusammendrehte, sie in Olivenöl extra vergine tunkte und dem Ausstatter dann rektal einführte. Dieser reagierte durch allerlei Ausrufe: »WÄÄÄOWAHH! … WAHH! … WAH! … JA! … WAH! … WAS IST DAS? … VISUAL LINGOOOWWHH! … JAH … WAH … FICK MIR MEINE ENGE ARSCHFOTZE MIT VISUAL LINGO! … JAH … WAH … SCHIEB MIR DAS DESIGN IN DEN ARSCH … JAH! … FICK MICH MIT A.D.! … JAH … FICK MICH MIT EXT/INT. … LOOOOS! … JAHH… SCHIEB MIR D&D ANNUAL IN DEN DARM! … LOS! …« Novel hatte mehr oder weniger seine gesamte Zeitschriftensammlung durch, bis der Ausstatter seine anal hochgereizte Ejakulation über das Teakholzparkett verspritzte.

Als Perssons Freund vom polizeilichen Überwachungsdienst ihn hinterher fragte, was an dem Abend bloß in sie gefahren sein mochte, gestand Göran ihm beschämt, dass er der Verursacher der Orgie war; bei dieser Gelegenheit überließ der Rentner dem Waschmittelproduzenten dann seine restlichen Xanax-Vorräte. Seitdem ist Göran Persson ein neuer Mensch. Viele Jahre lang hatte er seine Umgebung mit allerlei Neurosen und Unberechenbarkeiten terrorisiert, jetzt war er plötzlich ganz entspannt und leger – der Traum von Speedos Nachfolge im Geschäft war vielleicht die einzige Verspannung, die das Xanax nicht hatte lösen können. Wie auch immer, Persson hält es nach wie vor für dienlich, sich jeden Tag mit drei, vier Milligamm Xanax zu dopen.

Simpel liegt bei zwei Milligramm/Tag, und zwar seit einigen Jahren. Simpels heutiges Temperament ist Kinderkram, verglichen mit dem Auf und Ab, das er früher durchgemacht hat. Beim Heranwachsen wurde ihm immer wieder die Kombidiagnose Aufmerksamkeitsdefizit-/Tourette-Syndrom gestellt, obwohl gar keine eindeutigen Testergebnisse vorlagen. So erhielt Simpel jahrelang eine Falschmedikation, bis irgendein amerikanischer Pillenmissbraucher ihm erklärte, Xanax sei der absolute Knüller, und zwar egal, unter welcher Erkrankung man leide. Das Xanax behob zugleich seine schweren Schlafstörungen fast zur Gänze. All das um den lächerlichen Preis, ins Reich der Abhängigkeit einzuziehen. Seit Eisenmann für die Drogenbeschaffung zuständig ist, hat es in den letzten Jahren nur zwei Pannen gegeben, versäumte Lieferfristen, was bei Simpel Tobsuchtsanfälle von einer solchen Heftigkeit auslöste, dass sogar Lonyl nur noch wie ein geduckter Hund an den Wänden der Wohnblockwohnung entlangkroch. Jeweils kurz nach den verpassten Terminen stand Motha bei Eisenmann in der Tür, zusammen mit ihrem Bruder Uunduz, den sein Vater nur vier Monate, nachdem Motha aus Sansibar weggeflogen war, ihr nachgeschickt hatte – irgendwer musste doch da draußen in der Welt auf sie aufpassen, und da war Uunduz keine schlechte Wahl; Eisenmanns Kopf hätte ohne weiteres in einen seiner Bizepse gepasst. Als sie zum zweiten Mal bei Eisenmann aufliefen, redete Motha gar nicht mehr, sondern Uunduz ließ gleich einen Schwall auf schönstem Sansibaresisch ab, von dem Eisenmann bis auf ein »Xanax« hier und ein »Xanax« dort kein Wort verstand, zu dem er aber eifrig nickte; er war vollkommen einverstanden. Wenige Wochen, nachdem er als Requisiteur bei DESIREVOLUTION angefangen hat, ist ihm aufgegangen, dass das der ödeste Job im ganzen Konzern ist, aber er hat nie daran gedacht aufzuhören. Für Simpels Xanax-Ausbrüche hatte er vollstes Verständnis (obgleich er es nicht ganz angemessen fand, ihm gleich Mothas Nuba-Bruder auf den Hals zu hetzen) – Eisenmann selber ist nämlich ein eifriger BuSpar-Schlucker. Das BuSpar und das Xanax besorgt er bei demselben Mann; sein Job als Requisiteur ist also nicht gerade geeignet, seinen BuSpar-Konsum zu mindern, da er PillenPasztor, den Lieferanten, ziemlich häufig aufsucht. Zweimal pro Woche. Mindestens. PillenPasztor hält die exotischste Auswahl von ganz Skandinavien feil, und für einen aufgeweckten Jungen wie Eisenmann wäre es unvorstellbar zuzusehen, wie PillenPasztor lauter bunte Smarties abwiegt, ohne ein paar davon für den Eigenbedarf mitzunehmen.

Den gestrigen Abend, also den nach dem Infomeeting, hat Göran Persson in seiner Wohnung verbracht. Umständlich verband er die Bisswunde, die Lonyl ihm beigebracht hatte. Er war verspannt und versuchte erst, sich selber die Nackenmuskeln zu massieren, aber bald verlegte er sich auf die beste Methode zum Spannungsabbau, gute alte Masturbation, und setzte diesen Einfall mit Hilfe einer 4 1/2 Stunden langen Pornolawine und einer Extradosis Xanax um. Heute, Samstag, den 12. Dezember, schläft er bis in den Nachmittag hinein.

WIEDER BEI SIMPEL, MOTHA UND LONYL

Motha schläft noch nicht. In eine angenehm tolerante Heroinstimmung gehüllt, liegt sie im Doppelbett und hört zu, wie Lonyl völlig durchgedreht die Kappe seines Filzers gegen den Bildschirm knallt. Sie hat schon oft gedacht, dass Heroinkonsum einen duldsamer macht als die Kinderaufzucht. Ab und zu wendet sie den Kopf nach links, sieht Simpel an und streichelt ihm über Brust und Stirn. Er liegt absolut reglos da. Quasi tot. Motha schaut seinen Brustkorb an, ob er überhaupt noch atmet. Bald ist es zwölf, Motha weiß, dass er demnächst aufwacht. Sie hat das Xanax-Glas auf seiner Seite auf dem Nachttisch bereitgestellt, neben seinen Zigaretten, auf einen Stapel obskuren Lesestoff (alles Mögliche von Mauritius' Kosmologie bis hin zu Landau und Kumers Pop-Wissenschaft), denn sie weiß nur zu gut, dass nach acht-, neunstündigem Schlaf kein Fünkchen Xanax mehr im Zentralnervensystem herumspukt. Sobald er aufwacht, muss das Stoffgleichgewicht (oder -ungleichgewicht, wie man's sieht) wiederhergestellt werden, schon um des häuslichen Friedens willen.

Wenige Minuten später wacht Simpel auf und schnellt mit dem Oberkörper hoch wie ein Vampir im

Sarg. Er flucht und schimpft halblaut vor sich hin, bis sein vor Entzug glitzernder Blick das Xanax-Glas streift, dann schnappt er es sich, stolpert durchs Wohnzimmer ins Bad, dann in die Küche. Er knallt sich 1 Milligramm rein, gießt den von Motha aufgesetzten Kaffee weg und macht neuen. Eine gute Viertelstunde lang tapst er nackt, leise meckernd und rauchend durch die Wohnung, bis er zufällig Tiptop entdeckt, der vollständig angezogen auf dem Wildledersofa sitzt und schläft, das Kinn auf die Brust gesenkt. »Scheißdrogi«, denkt Simpel und zieht seine übliche Tarnkluft an. Als er die Hose zuknöpft, kneift er sich in den Bauchspeck, eine bescheidene Handvoll, mehr nicht, und denkt, dass er für einen Vierzigjährigen wirklich schlank geblieben ist, aber scheiß drauf, denkt er, ich scheiß komplett drauf, wie ich aussehe, denkt er weiter, und dann mag er nicht mehr weiterdenken, bis er die nackte Motha im Bett liegen sieht und denkt, er scheißt genauso komplett drauf, wie sie aussieht, aber dass sie so aussieht, wie sie aussieht, schadet auch nichts. Dann geht er ins Wohnzimmer.

– Hunger, Lonyl? Carpaccio?
– Ja.

Simpel nimmt sich eine Tasse Kaffee und vergisst alles, was mit Essen zu tun hat. Stattdessen setzt er sich neben Tiptop aufs Sofa und raucht. Das Xanax ist mittlerweile ins Kleinhirn vorgedrungen, er fühlt sich ganz okay. Er stupst Tiptop mit dem Knie an; drei, vier Sekunden nach dem Stupser reagiert Tiptop. Nach allerlei Hin und Her kriegt er die Augen auf, die längere Zeit aber nur verschwommene Bilder liefern, und lässt schließlich, als es ihm gelingt, den Blick auf Simpel scharf zu stellen, eine Mischung von Kichern und Stöhnen und Lächeln los.

– Hallo, sagt er.
– Da sitzt du hier und pennst, du Scheißdrogi, sagt Simpel.
– Mmm …
– Sieh zu, dass du auf die Beine kommst.
– Mmm …, nickt Tiptop.
– Was sitzt du noch hier rum?
– Eeeh … iiich …, sagt Tiptop mit nasaler Junkiestimme.
– Nein, vergiss es, war nur Scheiß, Tiptoppi … Ich find's verdammt nett von dir, dass du an meinem Geburtstag mal reinschaust, viele denken nicht daran, da kannst du mir glauben, manchmal überraschst du mich wirklich, Tiptop, Scheiße, danke. Casco vergisst das sicher.

Simpel lächelt Tiptop ganz ungewöhnlich freundlich zu.

– Ooooojajaja … keine Ursache. Ist mir ein Vergnügen … Simpel. Gratuliere …
– Scheiße, du verdammter Lügner, du lügst, Tiptop, Scheiße, ich hab heute gar nicht Geburtstag, du bist

ein beschissener Arschkriecher, Tiptop, ein verdammter Loser, ein viel schlimmerer *pretender*, als ich gedacht hab …

- Ach Manno, sei doch nicht immer so, Simpel, ich kenn mich doch mit Geburtstagen und so nicht aus … hab da keinen Überblick … musst du dich gleich so aufregen?
- Schnauze, ich hab dich testen wollen, was für ein Weichei du bist, du bist ein verdammtes Weichei, pass bloß auf … Penner.
- Häh?
- Du lügst, dass es nur so stinkt … ohne Grund … beschissener Feigling …
- Okay … okay … okay … ein Punkt für dich, Simpel … Glückwunsch! Okay, ich bin feige. Und?

Tiptop legt Cathrine Færøys Abschiedsbrief, den er beim Schlafen in der Hand behalten hat, auf den Tisch. Simpel reagiert sofort.

- Was ist das? Eine Geburtstagskarte?
- … Weiß der Teufel … hab das im Rucksack von dem kleinen Neger da gefunden. Tiptop nickt zu Lonyl hin, der das Loch auf dem Bildschirm wieder ausgemalt hat. Simpel schaut auf den Jungen, auf den Bildschirm, auf den Jungen und schnauzt los: »… Lonyl! Verdammte Scheiße! Was machst du da …«, aber dann mustert er den Brief und vergisst alles Geschnauze. Er liest den ganzen Text und kommentiert ihn mit kleinen Ausrufen.

– … Häh? … Wie, was? … das Letzte, was ihr von mir zu hören bekommen werdet?! … Häh? … Was 'ne Scheiße! … Lebt wohl? … Cathrine Færøy?! … Tiptop … TIPTOP! … Wo hast du den Schrieb her? HÄH!?

– Hä? … Oh … Lonyls Rucksack …

– Hä? … Lonyls Rucksack? Nein, nein … aus der Schultasche?

– Wie viele Taschen hat er denn?

– Oh Scheiße, verdammt … Cathrine Færøy … weißt du, wer das ist, Tiptop? … Hä? … Der Name hat in der Zeitung gestanden! Das ist Lonyls Lehrerin … Scheiße … Die verschwunden ist … Weißt du, was ich meine, Tiptop? Lonyls Lehrerin ist doch neulich verschwunden …

– Reg dich ab, Simpel. Wenn das Lonyls Lehrerin wäre, dann hätten sie dich angerufen … die müssen ja wohl die Eltern informieren, wenn der Klassenlehrer plötzlich weg ist … für wie doof hältst du die Leute eigentlich, Simpel?

– Für saudoof … aber ich nehm das Telefon nicht ab, weißt du? Wenn der Name von der Scheißschule auf dem Display steht, dann nehm ich nicht ab, verstehst du? Ich kann das Gemecker mit Lonyl nicht mehr hören, die rufen jeden einzelnen Tag an. Die ist noch nicht lange verschollen … schau mal das Datum … da, 26. November… gut zwei Wochen … OOO-SCHEISSE TIPTOP, das da ist ihr bekackter Abschiedsbrief. Tiptop! Sitz nicht da und glotz dämlich rum, Lonyl hat ihren Abschiedsbrief unterschlagen!

Verstehst du? VERSTEHST DU? Das ist der Wahnsinn, Tiptop. Da läuft eine Riesenfahndung … Die ist spurlos verschwunden … Scheiße, so was kann ich nicht brauchen … Lonyl … LONYL! … Ich muss dich mal was fragen, Lonyl … LONYL … HÖRST DU?

– Ja …

– Heeeeh du, Lonyl? Simpel klingt, als hätte er Kreide gefressen. – Du, Lonyl, weißt du noch, wer Cathrine Færøy ist? … Hä? … Lonyl … LONYL! ANTWORTE!

– Hä?, antwortet Lonyl.

– Cathrine Færøy … CATHRINE FÆRØY! Weißt du, wer das ist, mein kleiner Lonyl? Hä? HÄ?

– Hä?, fragt Lonyl.

– LONYL! SIEH MICH AN! Mach schon, Lonyl, sieh mich an, wenn ich mit dir rede! WIRST DU WOHL, LONYL!

Lonyl reagiert nicht. Simpel steht auf und geht zu seinem Sohn.

– LONYL! … LONYL! … JETZT ANTWORTEST DU MIR!

Er fasst Lonyl unter die Arme, um ihn hochzuheben, aber Lonyl kreischt los, sobald Simpel seine Rippen berührt, und fletscht die Zähne nach den Händen seines verhassten biologischen Vaters. Simpel setzt ihn schnell wieder ab.

– VERDAMMTE SCHEEEEEISSE!, ruft Simpel. – DU SCHEISS DURCHGEKNALLTES BIEST! LONYL, ICH

MUSS MIT DIR ÜBER WAS REDEN! VERSTEHST DU DAS?
– Ja, sagt Lonyl.
– Schön. Gut. Gut. Ich frage dich jetzt was …
– Ja.
– Gut. Okay. In der Schule, da hast du eine Lehrerin gehabt, die hat doch Cathrine Færøy geheißen, oder? War sie deine Klassenlehrerin? Ja? War Cathrine Færøy in der Schule deine Klassenlehrerin? Hä? War sie das? BIST DU TAUB DU VERFLUCHTES SCHEISSBALG ICH DREH GLEICH DURCH! ICH HALT DAS NICHT MEHR AUS!
– Jaaaaaaaa, sagt Lonyl.
– HÄ? JA? War sie das, Lonyl? Stimmt das? War Cathrine Færøy deine Lehrerin?
– Jaaaaaaaa, sagt Lonyl.
– Das stimmt? Gut, Lonyl! Braver Junge! Sie war also deine Lehrerin?
– Jaaaaaaaa.
– Brav, Lonyl! Gut! Aber du, Lonyl? Simpel nimmt den Brief zur Hand. – Du, Lonyl? Dieser Zettel hier, den hat Onkel Tiptop in deinem Rucksack gefunden … hier … schau mal den Zettel an, Lonyl … bitte … LONYL! … Schaust du bitte mal den Zettel an? … Lonyl, mein Junge? … Ja, so … dieser Brief hier, den Onkel Tiptop in deinem Rucksack gefunden hat … wo kommt der her? Hä, Lonyl? … wo hast du den her? Looonyyyl …. Sag schon … Sag Lonyl … SAG SCHON! … SAG SCHON! SAG SCHON! SAG SCHON! LONYYL! WO HAST DU DEN BEKNACK-

TEN ZETTEL HER VERDAMMTE SCHEISSE NOCHMAL? SAGSAGSAG!

– Lehrerzimmer.

– HÄ? Lehrerzimmer? Hä? Aus der Schule? Aus dem Lehrerzimmer? Hä?

– Jaaaaaaa...

– Du hast ihn mitgenommen? Hä? Wann war das, Lonyl? Hä? Was hast du im Lehrerzimmer gemacht? ... Lonyl? Warum bist du im Lehrerzimmer gewesen? Hä?

Lonyl wendet den Blick von dem schwarzen Bildschirm; es sieht tatsächlich so aus, als würde er nachdenken.

– Äää ... das Fräulein und ich sind da drin gewesen ...

– Du warst mit deiner Lehrerin im Lehrerzimmer? Diese ... diese Cathrine Færøy hat dich ins Lehrerzimmer mitgenommen? war das so?

– Jaaa.

– Weil ...? Warum, Lonyl?? Hä? Warum hat sie dich ins Lehrerzimmer mitgenommen? Lonyl? Warum?

– Direktor wollte reden ...

– Mit ...?

– Mir ...

– Der Direktor wollte mit dir reden? Braver Junge! Der Direktor wollte mit dir reden ... und dann? Was ist dann passiert? War Cathrine Færøy mit in seinem Büro drin? Hä? War sie mit drin?

– Nein ...

– Hat sie draußen gewartet? Na?
– Ja … weiß nicht …
– Und dann …? Und dann …? Was war dann, Lonyl?
– Äää … dann bin ich rausgegangen … und dann hab ich den Zettel vom Tisch genommen …
– Hä? Der Zettel hat da gelegen? Auf … auf … auf … dem Lehrertisch, als du rausgekommen bist, und da hast du ihn mitgenommen? War das so? Hä?
– Jaaa …
– Uuund … niemand hat gesehen, dass du den Zettel genommen hast? Hä? Niemand hat das gesehen? Hä?
– Eeehehe … nein.
– Auch nicht der Direktor?
– Nein …
– Ooookaayyy … okay … okay … hast du gehört, Tiptop … keine Sau hat in der Zeitung was von wegen Abschiedsbrief geschrieben … schau mal, was hier steht … ee … hier … »Aber jetzt ist es so weit, dass ich mich selber verurteilen muss …« Hä? Was sagst du dazu, Tiptop? Und die Polizei sucht nach ihr und all so was … die denken, sie ist entführt worden oder so'n Scheiß … Waaahnsinn … und wir sitzen hier mit ihrem Scheißabschiedsbrief! Was sollen wir mit dem machen, Tiptop? Hä? Hörst du mir zu oder was …?
– … Jaaadoch, jaaadoch …, sagt Tiptop, der in den herrlichsten Heroinschlummer ein- und wieder daraus auftaucht. In dem Zustand bekommt man mehr mit, als die meisten Leute glauben. – Ich hör ja zu … ich hööör ja zu …

– Also, was sollen wir machen? Hä? Wenn sie uns mit diesem dämlichen Brief hier ertappen, dann verhören sie uns, bis wir nicht mehr piep sagen können ... Was Lonyl erzählt, das glaubt doch kein Mensch. Oder was ...?
– Weiß der Teufel ... höhöh ... ich jedenfalls nicht ... hehe ...
– Ich auch nicht, verdammt ... hehehe.

Simpel liest den Brief noch ein paarmal. Tiptop lässt laaangsam die Lider sinken. Der Kopf sackt ihm auf die Brust. Simpel sitzt da und blickt auf Lonyls Rücken; Lonyl hat sich wieder dem schwarzen Bildschirm zugewandt.

– Da gibt's nur eins: Schnauze halten!, sagt Simpel. Tiptop macht laaangsam die Augen auf.
– Hä? ... ja ... ja ... Schnauze halten ... klar ... natürlich ... mmm ...

SAMSTAG, 12. DEZEMBER, 16.30 H IN DER B-SCHULE

Wegen des Nervenzusammenbruchs der Vertreterin von Cathrine Færøy ist das Kollegium zu einer außerordentlichen Lehrerkonferenz einberufen worden. Geleitet wird sie von Kinderpsychiater Berlitz, der am meisten Zeit mit Lonyl unter vier Augen verbracht hat. Auch hat er eigens einen Bericht über den Jungen vorbereitet. Als externer Fachmann ist Göran Persson geladen, der Waschmittelproduzent, der sich zu den Filzerstrichen äußern soll, die nicht nur sämtliche Flure der Schule verunzieren, sondern auch vier Klassenzimmer und Raum 217 (Berlitz' Tisch). Trotz etlicher Versuche, die Striche in den Fluren zu übermalen, schlägt die schwarze Farbe immer wieder durch. In seiner langen Tätigkeit innerhalb der Wasch- und Scheuermittelindustrie hat Persson viel Erfahrung gesammelt, auch was Graffiti-Probleme angeht.

Kennen gelernt haben sich Berlitz und Persson vor jener kommunalpolitischen Konferenz, dem ersten Schritt zur Verwirklichung von Berlitz' wahnsinnsteuerer Kampagne ZUM TEUFEL MIT DEM GESCHMIER. Einen oder zwei Monate zuvor hatte Berlitz zufällig einen Zeitungsartikel gelesen, »*Budget gekürzt – Graffiti bleiben*«, in dem auch Persson zu Wort kam. Sofort war

Berlitz klar, dass er einen potentiellen Mitstreiter gefunden hatte. Der Artikel lautete folgendermaßen:

»Budget gekürzt – Graffiti bleiben«
Verkehrsbetriebe stellen Reinigung ein

Immer wieder werden die U-Bahnstationen von Taggern verunstaltet, die mit Vorliebe frisch gereinigten Bahnhöfen zu Leibe rücken. Seit drei Wochen verzichten die städtischen Verkehrsbetriebe auf die Reinigung der meisten Bahnhöfe.

(Bildunterschrift: Vor drei Wochen wurde diese U-Bahn-Station zum letzten Mal gereinigt – so dürfte sie noch länger aussehen)

Seit einer drastischen Kürzung des für die Entfernung von Graffiti vorgesehenen Budgets können die Sprayer in den U-Bahnhöfen ihre »Kunst« ausüben, ohne dass diese wieder entfernt wird. Nur noch die unmittelbar im Zentrum gelegenen Stationen werden gereinigt, die Bahnhöfe in den Wohnvierteln müssen zugunsten des »Gesichts« der U-Bahn im Zentrum zurückstehen.

70%ige Kürzung.
Die Kürzungsmaßnahme wurde bereits im Mai von der Geschäftsführung der Verkehrsbetriebe buchstäblich über Nacht beschlossen. Bis dahin waren sechs Personen zur Entfernung von Tags und Graffiti angestellt – das Ziel war, neue Schmierereien binnen 24 Stunden zu entfernen.

Seitdem stehen nur noch zwei Vollzeitkräfte zur Verfügung. Paul Bottomski, Sprecher der Verkehrsbetriebe, räumt ein, dass »zentrumsferne Stationen in der Tat längere Zeit, möglicherweise über Wochen, nicht von Graffiti gereinigt werden.«

Die beiden übrig gebliebenen Kräfte kämpfen einen aussichtslosen Kampf seit dem »Budgetmassaker«, wie die Kürzung in der Betriebszeitung genannt wurde. In deren letzter Nummer spricht der externe Fachberater für die Entfernung von Tags und Graffiti, Göran Persson, Klartext: »Ich bin ausgesprochen frustriert. Dieses Rumpfbudget erlaubt höchstens noch kosmetische Oberflächenmaßnahmen.«

Noch vor einem Jahr wurde das von Persson angeleitete Team als landesweit vorbildlich in Sachen Graffitientfernung gelobt. Kollegen aus dem In- und Ausland kamen zu Fortbildungszwecken in die Stadt. »Jetzt droht unsere mühsam aufgebaute Kompetenz verloren zu gehen«, befürchtet Persson. »Bahnhöfe aller Linien sehen ganz fürchterlich aus. Wir müssen machtlos mit ansehen, wie sich der Mob austobt.«

»Das darf doch nicht wahr sein! Wie kann man diese Schweine nur machen lassen! Zerstörung, Gewalt, Schmerzen! Unerträglich!«, zischt Berlitz, als er das liest. Er nimmt das Telefon zur Hand, lässt sich von der Auskunft Perssons Nummer geben und mit ihm verbinden. Persson ist begeistert. Sie kommen sofort ins Gespräch und stellen alsbald fest, dass sie Brüder im Geiste sind, so gut wie wortgleich könnte der eine die

Meinungen des anderen in Sachen Graffitipolitik äußern. Berlitz weiht Persson sofort in seinen Plan ein, »eine granitharte Kampagne gegen die Versauung unserer Stadt« durchzuführen, wie er es ausdrückt, ein Plan, dem Persson sofort enthusiastisch zustimmt. In der Folgezeit laden sie sich gegenseitig bei diversen Gelegenheiten als Referenten ein, bei Berlitz'großer Konferenz ist Persson der Hauptredner. Auf halber Strecke bleibt ihm vor Begeisterung die Stimme weg, er schlägt ein paarmal mit den Knöcheln seiner Rechten auf das Rednerpult, bevor er weitersprechen kann. Persson schließt mit einem flammenden Appell, die Arme auf Brusthöhe weit ausgebreitet wie ein Kreuz: »Wir werden eine schöne, funkelnde, strahlend saubere und schöne Stadt haben, KOSTE ES, WAS ES WOLLE!« Mitgerissen springt Kinderpsychiater Berlitz auf und spendet ihm standing ovations – das übrige Publikum klatscht sitzend.

Seither stehen Berlitz und Persson in ständigem Kontakt, nicht nur fachlich, auch ihre Freundschaft blüht, und so nimmt Persson selbstverständlich an der heutigen außerordentlichen Lehrerkonferenz lonylhalber teil. Die Tagesordnung enthält drei Punkte:

1) *Der Nervenzusammenbruch der Vertretungslehrerin.* Die Kollegen, die am gestrigen Freitag Zeugen des Zusammenbruchs waren, werden von Berlitz einem Verhör unterzogen; er will jedes Detail des Anfalls erfahren. Er legt seine Stirn in fachlich-bekümmerte Falten

und erwägt mögliche Diagnosen. Das Personal in der Psychiatrie, wo sich die Kollegin seit gestern befindet, hat bislang keine klare Auskunft gegeben. Als einzige Therapie haben sie die Lehrkraft mit Beruhigungsmitteln vollgepumpt, damit sie aufhört, so grässlich zu schreien und zu jammern. Das Kollegium gelangt rasch zu dem Schluss, dass Lonyl Auslöser und Ursache des Zusammenbruchs war, schließlich war sein Name das Einzige, was sie noch herausbrachte. Berlitz zermartert sich das Hirn: »Wir müssen das noch viel präziser untersuchen«, sagt er, »wenn wir ihrer Erkrankung einen Namen geben und feststellen können, dass Lonyl das Virus ist, dann sind wir dem Ziel schon sehr viel näher, dieses … dieses Element, dieses Geschwür loszuwerden!« Applaus. Persson klatscht noch drei, vier Mal, als die anderen schon aufgehört haben. Der Kollegin einen Besuch am Krankenlager abzustatten, schlägt keiner vor.

2) *Lonyls Geschmiere.* Das Kollegium macht eine Inspektionsrunde durchs Schulgebäude, die mit einem Appel Perssons endet, solch »chaosstiftendes und terroristisches Pack« von der Schule zu entfernen. Er redet sich derart in Rage, dass die Bisswunde am Bein zu pochen beginnt, und versteigt sich so weit in seinen Sauberkeitstheorien, dass ein Lehrer ihn mahnen muss, sich doch bitte auf die fachmännischen Empfehlungen zu beschränken, derentwegen er geladen ist. Widerwillig verkürzt Persson seine Ausführungen und entfaltet diverse Reinigungsalternativen. Danach wird

diskutiert, wie man Lonyl an weiterem Terror hindern könnte, und folgende Vorschläge werden gesammelt: a) Schadensersatzforderungen an die Eltern, ggf. Anzeige; b) allmorgendliche Durchsuchung Lonyls und Konfiszierung sämtlicher Maluntensilien; c) verschiedene Strafen, die Lonyl direkt treffen sollen (Ausschluss vom Hofgang, von den Leibesübungen, von den zwei wöchentlichen Ruhestunden im schuleigenen Kuschelzimmer, von den Ausflügen usw.) und schließlich d) Schulverweis.

All diese Punkte werden angenomen, außer d), den man für den Fall vorhält, dass a), b) und c) keine Wirkung zeigen. Es wird eine Frist bis Weihnachten vereinbart, um festzustellen, ob die beschlossenen Maßnahmen greifen. Bessert sich Lonyl nicht binnen der acht Tage bis zu den Weihnachtsferien, so soll mit Wirkung zum 1. Januar ein Schulverweis ergehen; die B-Schule wird an diesem Tag die Verantwortung für Lonyls Ausbildung und die Aufsicht über ihn abgeben.

3) *Berlitz' Liste kinderpsychiatrischer Fachliteratur.* Berlitz hat seine absoluten Favoriten aufgelistet. Außerdem präsentiert er den Entwurf eines Briefs an Simpel und Motha, der ein Angebot zum Bezug der Bücher über die Schule enthält: Vor jedem Titel befindet sich ein Kästchen zum Ankreuzen, und unter der Liste steht »JA! *Schicken Sie mir die angekreuzten Titel mehrwertsteuerfrei, damit ich mein Kind in den Griff bekomme!*«

Der Brief wird ohne Diskussion verabschiedet, die Liste geht mit heutiger Post an Lonyls Eltern.

Nach der Konferenz stehen Berlitz und Persson im Flur und unterhalten sich leise. Persson hat auf dem Jungenklo 1 Milligramm Xanax geschluckt, sein Sauberkeitsappell hat ihn zu sehr erregt. Die Wirkung macht sich schon bemerkbar, Persson schaut in Berlitz' blinzelnde Psychiateraugen und redet beherrscht, ohne nervös zu zwinkern. Berlitz hält beim Zuhören den rechten Arm in die linke Hand gestützt, während er sich mit der Rechten den getrimmten Bart streicht. Er benickt, was Göran Persson sagt. Kinderpsychiater Berlitz hat heute etwas ganz Gewagtes getan: Unter der Anzughose trägt er die *lingerie intime* seiner Frau, er allein weiß das. Persson gestikuliert, dann bückt er sich und zieht das Hosenbein hoch. Berlitz bückt sich ebenfalls, betrachtet den Verband und nickt voll Anteilnahme und Mitleid. Persson redet weiter, lässt den Kopf hängen und schüttelt ihn betrübt, dann fasst er sich an die Stirn. Berlitz legt ihm die Hand auf die Schulter: »Mach dir nichts draus, dass es gestern nicht so gut gelaufen ist, Göran. Wir kriegen sie ran! Wir kriegen sie. Noch ein bisschen Geduld, dann machen wir sie fertig!«

BEI SPEEDO, 17.00 H

Gestern nach dem Infomeeting ist Speedo auf direktem Wege ins *Rotz* gegangen und hat dort gesessen und rumgefaselt, bis es dichtmachte. Dann hat er eine Taxe genommen und ist nach Hause gefahren.

Jetzt liegt er im Bett und sieht Pernilles schönes, schönes Haar über sein Kissen wallen. Er schaut auf ihre schönen, schönen Kiefer und auf ihren dünnen, dünnen Hals. Sie liegt auf dem Rücken und schläft geräuschlos. Speedo hat sich noch nicht daran gewöhnt, neben ihr aufzuwachen. Seit einer Stunde liegt er da und schaut sie an.

MONTAG, 14. DEZEMBER, 10.15 H

– VERDAMMTE SCHEISSE! SO EINE RIESENUNVERSCHÄMTHEIT!, schimpft Simpel. Eben war er unten am Briefkasten und hat das Schreiben von der B-Schule herausgeholt. Der Brief zittert in seiner Hand. So sieht er aus:

Virginia M. Axline:
Dibs in Search of Self: Personality Development in Play Theory

Palle Bendsen:
Schulphobie

Margareta Berg Brodén:
Mutter und Kind im Niemandsland: Intervention im Säuglingsalter

Mariann Lederbaum:
Kinder- und Jugendpsychiatrie: Das Kind in der Familie – Die Familie in der Gesellschaft

Erik Homburger-Neumaier:
Kindheit und Gesellschaft

Ann-Marie Ripley:
Entwicklungskrisen im Kindesalter: Einführung in die Kinderpsychologie

William Goldfarb:
Spielerische Augenblicke. Therapie für psychotische Kinder.

Peter Thomsen:
Wenn Gedanken zu Zwang werden: Kinder und Jugendliche mit Zwangssymptomen

Madeleine Rambert:
Das Puppenspiel in der Kinderpsychotherapie

Madeleine Sköld:
»Lieber bringe ich mich um«: Suizid bei Kindern und Jugendlichen

Mary Theophilakis:
Ein Haus der Helfer? Zur stationären psychiatrischen Behandlung von Kindern

Inga Thurman:
Die Hand auf dem Herzen: Hilfe für das Kleinkind in der Krise
Sinn und Gesellschaft
Krankheit, Seele und Gesellschaft
Im Labyrinth des Geistes: Einschlafen trotz Problemen

Hal Kreutz:
Leb wohl, Welt: Wenn unsere Nächsten sich aus der Welt ausschließen

Petter Aslestad:
Der Patient als Text: Die Erzählerrolle in psychiatrischen Berichten

Harold Blomberg:
Opposition – eine Geisteskrankheit? Russische politische Psychiatrie

Johan Bermerberger:
Wege und Irrwege der Psychiatrie

David Cooper:
Psychiatrie und Antipsychiatrie

Kerstin Ericsson:
Die zweideutige Fürsorge. Über die Entwicklung der staatlichen Unterbringung Geisteskranker

Tollack Beck:
Der Dankbarkeitssinn: Einführung in psychiatrische Therapie

Michel Joaquin:
Das Dasein bedrückt: Kindliche Reaktionen auf die Wirklichkeit der Welt

JA! *Schicken Sie mir die angekreuzten Titel mehrwertsteuerfrei, damit ich mein Kind in den Griff bekomme!*

Simpel liest Brief und Liste im Fahrstuhl, aber bevor er wieder am Schreibtisch ist, hat er den Zettel in kleine Fetzen zerrissen. Er spuckt sogar noch darauf, als sie schon im Papierkorb liegen. Beide Hände im Stehen auf den Schreibtisch gestützt – vornüber gebeugt, mit hängendem Kopf – belegt er Berlitz mit den schlimmsten Flüchen, die er kennt. So steht er da, bis sein Puls wieder auf ca. 100 runter ist; rasch eine Xanax-Visite im Bad, dann beschließt er, sein *Fasci*NATION-Projekt zu beschleunigen. Das Konzept ist klar, das Material liegt bereit. Simpel sagt sich, dass er dann aber nicht so bald Zeit für einen erneuten Wohnungswechsel hat, also lässt er FUCK-UP-THE-NEIGHBOURHOOD so lange liegen. Diese Entscheidung begründet er vor sich selber damit, dass er *noch heute* mit der Realisierung von *Fasci*NATION beginnen muss, als direkte Antwort auf Berlitz' Schrieb. »Das kriegt der postwendend zurück, und zwar mit Karacho«, denkt er, »*total commitment.*« Er blättert in den Gelben Seiten, findet unter Design den Eintrag TEXTIL 16, wählt die Nummer und wartet, dass jemand abnimmt. Während er gerade darüber nachdenkt, dass er seit zweieinhalb Jahren keine Erektion mehr gehabt hat, meldet sich irgendeine Kulturschaffende.

– TEXTIL 16, ja bitte?
– Ja, hallo, guten Tag, ich würde gern mit Monica B.

Lexow sprechen. Soweit ich weiß, hat sie doch Räume bei euch, oder? Simpel spricht mit freundlicher, verführerischer Stimme.

– Ja, sie hat hier ihr Atelier, einen Moment, ich stelle dich hoch.

– Ja, danke, du. Simpel kratzt sich abwechselnd im Schritt und malt mit dem Kugelschreiber kleine Kreuze auf ein Blatt Papier. »Verdammtes Wunder, dass das Designerpack schon so früh auf den Beinen ist«, denkt er. Nach einigem Läuten meldet sich Monica.

– Monica.

– Monica Berlitz Lexow?

– Ja …?

– Die Textildesignerin?

– Ja …?

– Ja, guten Tag, du, hier ist Wolfgang Parson. Von der Galerie Wolfgang Parson. Du hast vielleicht schon mal von der Galerie gehört?

– Äää … nein, leider nicht …?

– Nein … vielleicht keine so große Überraschung … Designer hab ich nicht grad viele im Stall, he-he, sag ich mal … he-he-he …

– … hehe … ja, äh …?

– Nein, denn wenn du mich fragst, hat Kunst, oder, wie ich es lieber nenne, zeitgenössische ästhetische Praxis, oder angewandte kritische Theorie, je nachdem, mit so genanntem Textildesign nicht viel zu tun … oder vice versa … aber versteh mich recht – das hat Malerei auch nicht … sag ich mal … he he …

– … Äänein … aber … worum geht's denn?

– Ja, also, um es etwas deutlicher zu sagen … so im Großen und Ganzen führe ich also in meiner Galerie die neuesten Kategorien der ästhetischen Praxis … ob nun Relationsästhetiker, Softmodernisten, Sampler … Interventionisten, Spontan-Konzeptualisten, Posttextualisten, Ortsreferentialisten … undsoweiter, nicht wahr … Ortsresponsivisten, Ortsneglektiker, Institutionskritiker aller Art, Sozio-Utilitaristen, Pseudodiskursivisten, Kontextflacktivisten, eher traditionelle Videokünstler, alle Arten Appropriationskünstler … Installateure … undsoweiter … kritische kulturelle Praxis als solche … ja, du verstehst … du siehst, in welche Richtung das geht, ja …?

– … ja …?

– Aber ich halte auch nicht an starren Kategorien fest … he he … ja, um zur Sache zu kommen … also, ich hab eigentlich eine ganz einfache Anfrage. Neulich bei einem Bekannten, da habe ich einen Katalog gesehen, wo auch ein paar von deinen Arbeiten drin abgebildet waren … interessant, doch, wirklich interessant …

– … Ja? Tatsächlich? … Aber … ein Katalog? Ich hab doch gar nicht …

– Neeeeinalso, ich komme nicht mehr so genau darauf, wie der geheißen hat, aber egal, ich hab mir deinen Namen notiert … du bist doch Monica B. Lexow?

– Ja …

– Ja, also eine einfache Anfrage. Ich bin heute Abend in der Stadt, nur heute Abend, und ich hab gedacht, ob ich nicht vielleicht noch mehr von deiner Produktion sehen könnte, falls dir das heute passt … Also, könnte ich dich im Atelier besuchen? Heute noch, wenn's geht?

– Ja … ja … ja, natürlich! Aber … wann?

– Tja, wann würde es dir passen?

– Äää … ich bin mehr oder weniger den ganzen Tag hier, nicht, da kannst du dir's aussuchen, also, wann passt es dir am besten?

– Sagen wir um sechs, Monica, wäre dir das recht? Ich habe bis um fünf Termine, vor sechs schaffe ich es wahrscheinlich nicht. Oder warte mal … halb sechs ginge auch. Wäre dir das recht, Monica?

– Ja … ausgezeichnet! Die Adresse hast du?

– Ja, die von TEXTIL 16, oder?

– Ja, ja. Und … mein Atelier ist Nr. 309.

– Prima, Monica! Dann sehen wir uns also um halb sechs!

– Ja!

– Bis dann!

– Bis dann, ciao!

»FOTZE!« zischt Simpel, als er aufgelegt hat. Einige Minuten lang sitzt er da und kritzelt auf einem Blatt Papier herum, bis er sich ein bisschen abgeregt hat. »Das machst du nicht umsonst, Simpel. Die zahlt dir alle Nettigkeit und alles Charisma zurück, in Blut und Tränen! Halt durch, Simpel! Halt durch! Heute Abend belohnst du dich. Noch ein bisschen Süßholz raspeln, und dann belohnst du dich, und zwar gründlich.«

Dann steht er auf, zieht seine Jacke über und geht hinaus. Er macht zu Fuß eine große Runde, über den Opernplatz, an den Parlamentsgebäuden vorbei, bis zur S-gate, der Straße, wo die Studios von DESIREVOLUTION liegen. Um überhaupt normal funktionieren zu können, und darauf kommt es jetzt an, muss er sich erheblich beruhigen. Dazu der lange Fußweg. Auf dem Opernplatz spuckt er einem Riesenschnauzer auf den Rücken, ohne dass dessen Herrchen es bemerkt. Der Anblick des großen tabakbraunen Speichelklatschers auf dem Rücken des großen Hundes hebt seine Laune ein bisschen. Seit langem träumt er davon, mal einem großen Hund auf die Hoden zu spucken, aber das hat er noch nie geschafft.

Um zwölf steht er in der Rezeption von DESIREVOLUTION. Hinterm Tresen lächelt Fräulein Oppenheim ihm freundlich zu. »Pfui Spinne, wie kann man nur so aussehen«, denkt Simpel wie jedes Mal, wenn er sie sieht. Fräulein Oppenheim hat eine lange Laufbahn als britischer Pornostar hinter sich; jetzt hat sie die 50 überschritten, hält aber 100%ig an ihrem Porno-Outfit der alten Schule fest: hochtoupiertes, platinblondes Haar, Lippenstift in unvorstellbaren Rosanuancen, dito Nagellack undsoweiter. Simpel geht in den Fahrstuhl und fährt hoch, in die Betrachtung seines Spiegelbilds versunken. Sein Haar sieht im blassen Licht der Deckenlampen etwas dünn aus. Er unterdrückt ein Gähnen. Dann fällt ihm auf, dass seine Allwetter-Tarnkleidung für einen Galeristen nicht sehr glaubwürdig sein dürfte. »PapaHans kann mir sicher was Passendes leihen«, denkt er, und so ist es auch. Oben sitzt PapaHans mit R-Peter, und die beiden diskutieren darüber, ob das allgemein große Interesse des Publikums an Analsex auf eine homosexuelle Grundtendenz zurückzuführen sein mag. Als Simpel ihn nach einem Anzug fragt, nimmt er ihn in sein Büro mit und öffnet einen Schrank; darin hängt eine ganze Reihe qualitativ recht hochwertiger Anzüge.

– Nimm, was dir passt. Wir sind ja ziemlich ähnlich gebaut. Du hast eine Aktion vor, was?, fragt PapaHans.
– Ja, sagt Simpel.

Er nimmt den erstbesten Anzug. Einen Mantel bekommt er auch. Dann geht er ins Studio 2, wo das Aquarium steht, um seine Requisiten zu holen.

– Hei, Ssiimpel, sagt Motha, als er hereinkommt.

Halbnackt und verschwitzt sitzt sie da und trinkt mit Horatia und Zoolou Tee, dazu der splitterfasernackte Ricky Perez und ein paar Kameramänner, die Simpel nicht kennt. Sie machen gerade Pause bei einer Aufnahme von ÜBERBLOND. Neben der Bettenlandschaft, die sie aufgebaut haben, liegen ein paar Doppeldildos auf dem Boden, mindestens sieben, acht Zentimeter im Durchmesser. Es riecht schwach nach Geschlechtsteilen und Hintern. Simpel könnte blind wetten, dass der Hinterngeruch von Perez stammt.

– Hei. Wie läuft's?, fragt Simpel. – Habt ihr meine Requisiten gesehen?
– Ja. Liegen da d'üben. Motha zeigt auf die Ecke gegenüber. – Wir siind bald fe'tig, Ssiimpel, ein, zwei Cuumshoots nook. Wenn du biissken wa'test, köönnen wi' zusaammen nak Hause gehen.
– Ja, aber ich hab nicht alle Zeit der Welt, sagt Simpel.
– Ich muss mich für heute Abend vorbereiten, ich hab 'ne Aktion.
– Heute Abend schon?
– Ja, die Arschlöcher wollen es nicht anders. Wenn du den Brief sehen würdest, den wir heute von Berlitz gekriegt haben! Du kannst gar nicht so viel essen, wie du kotzen willst. Heute Abend zahle ich ihm das heim.
– Waann?
– Ab halb sechs.
– Daann können wi' zusaammen Miittag essen?
– Ja, wenn ihr schnell macht. Ich sitze drüben bei Hans.

Motha und Horatia sind zugleich Produzentinnen und Regisseurinnen der ÜBERBLOND-Filme. Als Motha aufsteht und sagt: »Weiter geht's«, fängt Ricky Perez pflichtschuldigst an, sich wieder steifzuwichsen. Fluffer gibt es hier nicht. Zoolou räkelt sich mit einer Flasche BUTTSLIDE-Gleitmittel auf dem Bett. Simpel schnappt sich die Tüte mit seinem Zubehör und geht in die Lobby, wo PapaHans und R-Peter nach der kleinen Unterbrechung wegen dem Anzug ihre Analdiskussion fortführen. Nicht nur die Lobby, sondern alle Räumlichkeiten von DESIREVOLUTION sehen ganz nach gediegenem Firmensitz aus: Edle Möbel, geschmackvoll gestrichene Wände, ein großes, modernes TV-Gerät neben einer Ledersitzgruppe und einem Glastisch. Drüben, rechts neben der Tür zu PapaHans' Büro, ein Kühlschrank und eine Küchenzeile. Simpel setzt sich PapaHans und R-Peter gegenüber in einen Ledersessel und untersucht den Inhalt der Tüte. Alles ist da: Tätowiergerät und -nadeln, Akku, Tinte, Wein, Latexhandschuhe. Simpel lehnt sich zurück und sieht zu, wie PapaHans zerstreut ein Blatt von der Yuccapalme neben dem Ledersofa pflückt, während R-Peter irgendein pornotheoretisches Argument rauszuwürgen versucht, unbeholfen wie immer. Er ist das unansehnlichste Detail in der Lobby. PapaHans passt hervorragend hier rein: gute Kleidung, überzeugende Sitzhaltung im Sofa. Simpel sieht aus, als käme er geradewegs vom Hochgebirge, aber vom Styling her passt das letztlich auch irgendwie.

PapaHans fragt Simpel, ob er hier Mittag essen möchte. Simpel möchte vorerst nicht. Dann geht PapaHans in sein Büro. Simpel betrachtet das Filmographie-Plakat von DESIREVOLUTION, das gerahmt an der Wand hängt. Rosa auf schwarz stehen dort folgende Filmtitel:

PERPETUAL SCREW
CUM SHOT THE SHERIFF
MY HOME IS MY ASSHOLE
BLACK HOLE

SPANKACUS
THROATIES
MOONA LISA
CARRHARD
RECTUM VERSO
NICOLAS POUSSY: ET IN ANALIA EGO
BEHIND THE DECENT DRAPERY
PORNO WITH ADORNO
HORNUTO/CORNUTO
BLOWN AWAY
THE BIRTH OF VENUS
COCKZILLA
DICK & JANE: MUTUAL HEAD-DONATING
CUNTS WITH BRAINS
LARYNX PUSHERS
ANABEL CHONG IS DOING THE WRONG
SCUBA ASS
THE HEADMASTERIN
SEXYSTENTIALISM
BLOW ME TO THE MOON
WWW.SWALLOW.CUM
FISHERMAN'S END
DICK AN SICH
PORN IN THE USA
FEMALE BLONDING
NOTHING ELSE MATTERS
ANALOGE & DICKITAL
PINCOCKHIO
BOTTOM LINE
PROSTATA TEASERS

ASSK ME
WORLD WIDE WAGINA
ANALARAMA
D&D ANAL
PORNOPOLIS
EXXXHIBITION
LUCKY DYKE/LUCKY MIKE
H(ARD) C(ORE) ANDERSEN
DIRT OPERA
PORR FAVOR
SPLIT LIPS
LATE NIGHT PARADIGM
PARENTAL ADVISORY: EXXXPLICIT CONTENT
THE 120 WAYS OF SODOM
WORLD WIDE WET
TIGHTMARE
OILSPILL
FIST OF FURY
NAUGHT
THE BIG (GANG)BANG
BIRDWATCHING/PORNITHOLOGY
BACK DOOR BENNY
PRETTY UGLY
SUCK-SESS
METHOD FUCKING
CUNT HINT
LUST IS CLEAN SHAVEN
FINAL ANAL-YSIS
BUTT? BUTT? NO BUTTS!
MICROSOFT–MEGAHARD

MERRY XXX-MAS
FUCK & RAPE WITH DUCKT-TAPE
TOTAL COMMITMENT
ABSOLUTE PORN
RE: CTUM
BOREGASM
MC THROAT
WHITE TIGHT BLONDE IN SIGHT
CAVIAR AVENUE
15 MINUTES OF SHAME
CONTEMPORARY ASS
TENDER HARDCORE
EVERYTHING IS THONG
CUMUNISM
PUBIC SPERE
EXPLOITATORIUM
DEEPRESSION
THRUST-WORTHY
INTER DISCOURSE
FED SEX
THONG AN SICH
ALMOST ANUS
FUCKT OR FICTION

Das Plakat ist über ein Jahr alt, gut zehn jüngere Titel fehlen. Simpel versucht sie in Gedanken aufzuzählen. »Wir hatten ANUSKRIPT«, erinnert er sich, »FISTFUL, SEXCUSE, MAXIMALISM … und … MORE TO CUM … HOLE MINERS … und dann? … BANGSTERS PARADISE, EMOTIANAL und SHAFT …« Mehr weiß er nicht.

Kurz überlegt er, ob er R-Peter fragen soll, der natürlich alle Titel auswendig kann, aber nein, lieber nicht. Er hat keine Lust auf die gepressteste und raueste Stimme der Welt. R-Peter nervt alle wahnsinnig mit seiner Stimme, Simpel ist nicht der Einzige, der Gesprächen mit ihm möglichst aus dem Wege geht.

PapaHans kommt wieder aus dem Büro, den Anzug in einem Suitbag, den Mantel überm Arm. Er ist offenkundig gut gelaunt, trotz des ziemlich chaotischen Meetings am Freitag. Simpel hatte eine gewissen Gereiztheit erwartet.

– Hier, Simpel. Bring ihn einfach irgendwann zurück. Gern auch nach Hause, wenn du willst.
– Mmmm …, sagt Simpel.

Aus Studio 2 hört man immer mehr Geräusche. Unverwechselbar Zoolous tiefes Brüllen und ihre Befehle. Mothas und Horatias Stimmen verschwimmen miteinander. Von Perez ist nicht viel zu hören. In regelmäßigen Abständen hört man es klatschen. Die Girls verstummen, wenn sie es miteinander oder mit Perez oral machen.

Es dauert rund eine Stunde, bis Motha fertig ist und duschen gehen kann. Simpels Puls rast wieder. R-Peter hat nach wenigen Minuten ein völlig uninteressantes Gespräch vom Zaun gebrochen. »Was hat der eigentlich hier zu suchen?«, fragt sich Simpel. »Der hat doch jetzt keinen Scheißdreh? Warum bleibt er dann mit seiner grauenhaften Stimme nicht zu Hause? Er hat keine Freunde, daran liegt es. Er kann nur hier rumhocken und PapaHans auf den Wecker gehen. Idiot. Zum Glück hab ich hier kein Büro. Verrückt würde ich werden.« PapaHans ist unglaublich geduldig mit R-Peter, wahrscheinlich wegen der guten Bewertung, die er von Ritmeester bekommen hat. »Ritmeester hat noch nie diese Kotzstimme gehört, das ist alles«, denkt Simpel. »Sonst wäre er anderer Meinung, garantiert.« Er schluckt ein Milligramm Xanax.

Simpel graust es davor, den seriösen und sympathischen Galeristen spielen zu müssen. Mit zwei, drei Stunden Theater muss er mindestens rechnen, bevor er sein eigentliches Werk beginnen kann. »Scheiß Zumutung«, denkt er. »Das wird so was von hart.«

Da kommt Motha, frisch geduscht, eine blendende Erscheinung. Sie sieht aus, als käme sie geradewegs aus dem Hottentottenhimmel und als hätte ROMERO CONNUTO sie eingekleidet.

– Großartig, ist ja irre schnell gegangen, murrt Simpel.
– Ooo, eentschuuldige, Ssiimpel. 'iicky hat so viel gea'beitet die leetze Tage, wi' haben viel Muhe, biis er gekoommen ist, weiß du …
– Mmm. PapaHans will wissen, ob wir hier essen und hinterher ein paar Bewerbungen mit ihm durchgehen. Willst du?

– Ist Loonyyl zu Hause?
– Nein, wieso? Er ist in der Schule. Heute ist Montag.
– Köönnen wi' nikt nach Hause, Ssiimpel? A'me' Loonyyljuunge muuss gaanzen Tag aallein zu Hause.
– Er ist in der Schule! Bist du taub oder was?
– Aach so. Iik bin mude. Will nach Hause. Ja, Ssiimpelmaann?
– Klar, kein Problem. Hans! Wir essen zu Hause. Motha ist müde und ich hab noch zu tun. Bis dann!
– In Ordnung! Macht's gut!
– Macht's gut, röchelt R-Peter.

Simpel hat in der letzten Zeit die ÜBERBLOND-Produktion nicht so ganz im Blick gehabt. Auf dem Heimweg fragt er Motha, an welchem Film sie gerade arbeiten, worum es darin geht undsoweiter. Motha erklärt, er heißt FUNTITLED, es geht um einen Konzeptkünstler der alten Schule, der eine Arbeit mit dem Titel ART AS INTERCOURSE AS IDEA geschaffen hat; die Sexszenen sind nichts anderes als seine Vorstellungen von Geschlechtsverkehr, während er eigentlich im Atelier sitzt und den Kopf hängen lässt. Das Skript ist von Motha und Horatia, wie bei allen ÜBERBLOND-Filmen.

– Warum hast du mir gar nichts davon erzählt? Das ist eine saugute Idee, sagt Simpel.
– Du has nik gef'ag, antwortet Motha.
– Mich wundert ja nur eins, sagt Simpel, beide Hände in die großen Taschen seine Allwetterjacke gesteckt, er schaut auf den Boden, er schaut auf die Spitzen sei-

ner Seglerschuhe, er runzelt die Stirn. – Wie kommt es, dass Perez all diese anspruchsvollen Rollen kriegt. Ich meine, es ist doch allen klar, dass er ein rettungsloser Hohlkopf ist.

– E' hatte als einzige' f'ei, sagt Motha. – Auße'dem b'auch man kein so 'iesentalen, um ein Konzeepkunsle' zu spielen, ja. Caasco muss aus'uhen fu' den Weihnachfiilm.

Zu Hause brät Motha ein paar Eier mit Kartoffeln, während Simpel den Tätowierapparat übungshalber zusammenbaut und auseinander nimmt und dann alles in eine alte Adidas-Sporttasche packt: Tätowierwerkzeug, Akku, Tinte, Latexhandschuhe, Rotwein. Dann rennt er eine ganze Zeit lang fluchend und an die Wände tretend herum und sucht ein altes Glas Schlaftabletten; er weiß genau, er hat es jedes Mal, wenn sie in dem verfluchten Wohnblock umgezogen sind, irgendwo gesehen oder eingepackt. Am Ende muss er sich zusammenreißen und Motha fragen, ob sie sie gesehen hat. Nein, sagt sie, dabei müsste sie sich eigentlich erinnern, dass sie in der untersten Schublade von Simpels Nachtschränkchen liegen, auf einem sonnengebleichten Exemplar von GUNS & AMMO.

– Verfluchte Kotzscheiße, verdammte, sagt Simpel und geht runter zu Saddam Jacz, dem Hausmeister, seinem Komplizen, vielleicht hat der ja Schlaftabletten auf Lager.

– Schalaftabeletten? Was fur aine Fragee! In Nummer 001 habbe ick genuck Schalaftabeletten fur das ganze Land! Kain Propplem, Ssimpel! Wasserloselicke Schalaftabeletten? Kain Propplem!

Er schlurft in Wohnung Nr. 001 rüber und kommt mit zwei Gläsern wasserlöslichen Schlaftabletten zurück. Simpel sieht, dass sein Schlafanzug unter dem Hosensaum hervorschaut. »Hier führen noch andere ein Scheißleben«, denkt er und steigt in den Fahrstuhl. Oben wirft er die Tabletten in die Sporttasche und setzt sich in die Küche. Motha steht vorm Herd, sie wendet ihm den Rücken zu. Simpel mustert sie von Kopf bis Fuß. »Nichts auszusetzen an der Frau«, denkt er, und er meint es ernst. Und er hat Recht, an Motha ist nichts auszusetzen, egal, von welcher Seite man's betrachtet.

Gegen zwei Uhr haben sie fertig gegessen, und Lonyl kommt nach Hause, ohne Schultasche. Simpel und Motha begrüßen ihn versuchsweise; Lonyls Antwort besteht darin, dass er anfängt, auf dem Sofa zu hopsen. TWOMP-TWOMP-TWOMP-TWOMP. Sie können nicht wissen, dass er wieder mal eineinhalb Liter XTREME ENERGY intus hat. Sein kleiner Körper ist der reinste Kohlensäureballon. Weder Motha noch Simpel ist nach Lachen zumute. Motha zündet sich eine Zigarette an und will Lonyl gerade fragen, wo sein Rucksack abgeblieben ist, da entdeckt sie ihn unterm Fernseher, wo er seit Donnerstag liegt, mindestens seit Donnerstag.

– Siiimpel, sagt sie vorwurfsvoll. – Du muuss aufpaass, daass Lonyl sein 'uucksaack mitniimm …
– Hatte er den nicht dabei? Verflixter Bengel! Ich hab's ihm gesagt, Motha, aber er scheißt drauf.
– Du muuss ihm anziehen, weiß du.
– Bald soll ich wohl auch noch hinten in der Klasse sitzen und auf ihn aufpassen, oder was? Und in der Pause den Wachhund spielen? Pfui Teufel, was ein Schweinesystem.

Die übrige Zeit vor der *Fasci*NATION -Aktion keift er mit Lonyl herum und erzählt Motha von Cathrine Færøys Abschiedsbrief. Motha findet auch, dass sie besser kein Wörtchen darüber verlauten lassen. Simpel hat den Brief in der Jackentasche, seit Tiptop ihn am Samstag entdeckt hat.

*Fasci*NATION

Es ist ja durchaus möglich, zugleich aufgeregt zu sein und sich zu langweilen. Langeweile bremst nicht zwangsläufig die Tatkraft. Simpels gegenwärtiger Zustand beweist das zur Genüge. Er geht Richtung Hinrichsgate, zum Ateliergebäude von TEXTIL 16, langweilt sich maßlos und fürchtet sich gleichzeitig. Man könnte diese Mischung geradezu als seine Haupttriebkraft bezeichnen: Angst und Langeweile. Beides ist so stark, dass er anfängt, zur Ablenkung eine Rangliste zu erstellen, eine Liste dessen, was zu bekämpfen ist:

Konkurrenzlos auf Platz eins liegt das Schulsystem samt jeglicher Pädagogik, denkt er. Die ganze Konventionsdressur.

Platz zwei: alle anderen Erziehungs- und Bildungseinrichtungen – Kernfamilie, Fernsehnachrichten, Universitäten usw.

Platz drei: die Bürokratie als solche.

Platz vier: öffentliche Verkehrsmittel.

Platz fünf: Entziehungskliniken.

Platz sechs: Sammlungen für gute Zwecke.

Platz sieben: Kultur inklusive Architektur und Design.

Platz acht: Sauberkeit.

Platz neun: Lohnarbeit.
Platz zehn: positive Werte (Respekt, Rücksichtnahme, Solidarität usw.).

Die meisten lästigen Phänomene lassen sich irgendwie in einer dieser Kategorien unterbringen, denkt er kettenrauchend. PapaHans' Anzug sitzt gut, ein guter Anzug, Simpel geht ohne weiteres als Galerist durch, keine Frage.

Am Ziel angelangt, bleibt er schwer atmend stehen. Er leidet wie ein Hund bei der Aussicht, nett sein zu müssen. Er schluckt 1 Milligramm Xanax, dann geht er rein. Im Treppenhaus hängen quälend viele Plakate mit Hinweisen auf kulturelle Ereignisse. Simpel versucht, nicht hinzusehen. Nicht aus der Rolle fallen jetzt, nicht in Rage geraten. Doch allein schon die Nähe zu so viel verschiedenem Kulturzeugs treibt ihm den Puls hoch. Alles sieht ekelerregend kreativ aus; auch das Treppenhaus ist heruntergekommen, aber bunt. Im ersten Stock erstreckt sich ein Flur weit nach rechts und nach links. Die nächste Tür trägt die Nummer 118. Simpel begreift, dass er noch zwei Stockwerke in der Kulturereignishölle überstehen muss, bis er zu Raum 309 gelangt. Er starrt auf die Treppenstufen, um Veranstaltungstitel dieser Art nicht sehen zu müssen:

KURS ODER KULTUR?
NEW BAD DESIGN
PACKE DIE ENERGIE!
Fireball. DREI KÜNSTLERINNEN VON HEUTE

MALEREI MIT MUT
BRÜCHE UND IMPULSE
VIERMAL KRAFTVOLLES SCHMUCKDESIGN
ART SUCKS. NEUE SKANDINAVISCHE KUNST
GEWEBTE STANDPUNKTE
GLAS UND LICHT
SWEDISH SUBVERTISEMENTS
PORZELLAN UND SINN
ART & WAR. WHAT ARE THEY GOOD FOR?
TEPPICHWUNDER

Oben im dritten Stock setzt sich die Plakatkultur in beiden Richtungen den Flur entlang fort. »Satan! Wollen die die Leute umbringen, oder was?«, murmelt Simpel; er ist nach links abgebogen. Schon ein einziger solcher Titel könnte ihn fertig machen. Zugleich auf den Boden und nach den Türnummern zu schauen, ist schon eine gewisse Herausforderung. Er schielt den Flur hinunter und versucht, den Abstand zwischen den Türen einzuschätzen, dann geht er rasch draufzu, mit kurzen Seitenblicken an den Stellen, wo er die Türen vermutet. Diese Technik funkioniert ganz gut, nur bemerkt er viel zu spät, dass er hätte nach rechts gehen müssen. »VERKACKTE SCHEISSE!«, schreit er stumm und macht eine Kehrtwendung, den Blick auf den Boden genagelt. 309 liegt ganz den rechten Flur hinunter. Im Gebäude herrscht Grabesstille. »Arbeiten die Ärsche gar nicht?«, fragt er sich. Keuchend erreicht er Nummer 309. Er zieht sich den Mantel zurecht und schaut an sich hinunter. »Die beißt an. Die beißt an. Du siehst 100 Pro nach Galerist aus, Simpel. Das weißt du. Das weißt du.« Er wischt die Anzughose glatt, streicht sich mit der flachen Hand das Haar zurecht und klopft an.

– Herein!, tönt es hoffnungsfroh von innen.

Simpel öffnet langsam und sieht sofort seine schlimmsten Befürchtungen bestätigt. Nicht nur, dass die Plakathölle sich drinnen unvermindert fortsetzt, die Plakate sind umgeben von dem grässlichsten Wandteppichspektakel, das man sich vorstellen kann; bemüht ungezwungen für seinen Besuch hergerichtet hängt das alles da. Vorn rechts an der Wand steht ein Webstuhl, darin ein weiteres halb fertiges Teppichmonster. Links ein Zeichentisch, überladen mit Farbtuben und Aquarellkästen und Skizzen, die Skizzen wuchern die Wand empor. In der Ecke rechts von der Tür eine Teeküche mit jeder Menge Teeutensilien. Und mitten in dem Ganzen thront Monica Berlitz Lexow mit offenem Gesicht und gespanntem Blick: ein Trumm aus Hobbydesign, allerlei Tüchern und gewagtem Plastikschmuck.

Simpel wird es schwindlig. Er spürt, wie seine Gedanken zusammenschnurren. Sein Sprechvermögen bockt wie ein Esel. Als Filmeffekt ist Simpel in der Tür ein jähes *Zoom-in-pull-out.* »Das hier geht schief, wenn ich nicht sofort irgendein Ventil finde, einen Notausstieg, eine Öffnung, einen Leuchtturm, einen Aufhänger, einen Auslöser, irgendwas, egal was, Hauptsache, mein Hirn kommt wieder in Gang«, denkt er. Monica B. Lexow schaut ihn an. Simpel schaut zurück. Er sperrt den Mund auf und steht so da. Sein Blick flackert wirr durch den Raum, er versucht tapfer, sich zu fassen. »Das ist ja nicht mal eine echte Scheißdesignerin. Das Zeugs da ist Hobby-Kunsthandwerk von der harmlosesten Sorte. Was willst du hier?«, fragt sich Simpel. »Nein, denk an Berlitz! Berlitz! Reiß dich zusammen, Simpel! Du machst das hier wegen Berlitz, der soll die neunschwänzige Katze schmecken! Verlier dein Ziel nicht aus den Augen, du bist so kurz davor! Denk an Berlitz und tu's! DO IT, verdammte Scheiße!«

– Hallo … äää … irgendwas nicht in Ordnung?, fragt Monica.
– …
– Entschuldigung?
– Oh … hallo … nein, alles okay, ich brauche nur kurz, um … die Atmosphäre auf mich wirken zu lassen … he he …
– Ja… Dann komm doch einfach rein und schau dich um. Bitte sehr.

Simpel tritt in den Raum, die Hände auf dem Rücken verschränkt, und atmet so schwer ein, dass seine Nase pfeift. Er stellt sich mitten ins Atelier und tut so, als würde er die Werke betrachten, während er heldenhaft darum ringt, sich zum Weitermachen zu motivieren. Monica – der im Laufe ihrer Karriere als Textildesigner nicht unbedingt viele Atelierbesuche zuteil geworden sind –, ist so eifrig und aufgeregt, wie eine Kulturschaffende im Klimakterium es nur sein kann.

– Ja, ich habe mich noch gar nicht vorgestellt … Wolfgang Parson … Freut mich sehr …, sagt Simpel.
– Hallo … Ich bin Monica.
– Hallo (Pause). So, hier arbeitest du also … wie viele Ateliers sind eigentlich hier im Haus so?
– Ach, weiß ich gar nicht genau. Um die zwanzig, dreißig, denke ich …
– So viele? Hm … Ich bin noch nie hier gewesen, seltsam eigentlich, na ja, ich habe eben ziemlich viel im Ausland zu tun, aber einen Ort wie diesen sollte ich eigentlich kennen … einen Ort, wo man so … (Simpel schluckt und schließt die Augen) so starke … Arbeiten … sehen kann …

Monica B. Lexow schlägt den Blick nieder und bietet Simpel einen Stuhl an. Er dankt, setzt sich, schiebt die Tasche unter den Stuhl. Rein äußerlich wirkt Simpel genau so, wie es sich für einen Kurator in einem Atelier gehört: Zu fein angezogen für den Ort, ganz offenbar aus einer anderen ökonomischen Sphäre stammend, aber bescheiden und interessiert. Nun hat sich Simpel ja schon immer für den Kultur- und Kunstzirkus interessiert, wie er es nennt. Wenn er sich entscheiden müsste, was er widerlicher, abstoßender findet, das Bürgertum oder den Künstler, dann stünde seine Wahl fest: den Künstler, da, wie Simpel es einmal PapaHans gegenüber formuliert hat: »… die Künstlerfotzen vor lauter Aufgeblasenheit am Ende scheißbürgerlicher sind als die Bürger selbst, und zwar mit viel mehr Begeisterung, als die Bürger je aufbringen würden, und wozu? Na, schlicht und einfach, um sich verfickte, scheißlangweilige, restlos unbrauchbare künstlerische Pseudoglaubwürdigkeit zu verschaffen ... diese beschissenen, geldgierigen, versnobbten Ärsche von Künstlerschweinen ...«

Monica B. Lexow ist beides zugleich, großbürgerlich und Pseudokünstlerin. Das sieht Simpel auf einen Blick. Zwei Fliegen auf einen Streich. Drei, Berlitz mitgerechnet. Simpel schaut sie aus dem Augenwinkel an, er blickt durch die Hobbykünstlerkostümierung bis tief in ihre Bürgerseele, die sie nie wird ablegen können, und wenn sie sich noch so kramphaft aufputzt. »Du kannst dich von mir aus in tausend Fluddertücher wickeln, deinen Feine-Leute-Arsch rieche ich trotzdem bis hierher«, denkt er. Monica, von Simpels lobenden Worten befeuert, erklärt bereits, so intensiv und blumig, wie sie kann, Motivation und Entstehung jeder ihrer monströsen Textilkreaturen. Die haarsträubendsten Wörter fliegen Simpel um die Ohren: interessant, Spannungsverhältnis, faszinierend, betroffen, Suche, Präzision, Gefühlstiefe, Entdeckungen, Bauchgefühle, innovativ, bereichernd, Inspiration, Ausdruckskraft, poetisch, Problematisierung, Strenge, *vibrations*, lebensvoll, engagiert, selbstkritisch, konträr, unbändig, vital, provozierend, zart undsoweiter undsofort. Simpel muss ihren alles verschlingenden Redefluss irgendwie unterbrechen, sonst kann er sich nicht mehr von der Lähmung befreien, die ihn zu befallen droht; am besten, er kommt direkt zur Sache.

– Äää … du, Monica …
– Ja …?
– Wie sehen deine Ausstellungspläne im Moment so aus?
– Äh … Ich sage immer, ich reife noch … im Moment hab ich nichts Konkretes vor … ich will ja nichts zeigen, das ich noch nicht zeigen will … sag ich mal …
– Ja … nein … richtig … richtig …
– Alsooo … Pläne hab ich also keine … im Moment.
– Was, wenn ich dich frage, ob du so fünf bis zehn Teppiche … Textildesignarbeiten … bei mir zeigen möchtest … in meiner Galerie, im Sommer? Ich plane eine Sommerausstellung, mit …
– Oh? Im Sommer? … Willst du nicht erst noch mehr über mich wissen … und sie … also die Arbeiten?
– Ich sehe, was ich sehe, sagt Simpel überzeugt und überzeugend. – Und was ich hier sehe, ändert sich nicht, egal, wie viel Worte man darüber macht.
– … Ja? … Das ist ja … phantastisch! … Ja, also … ein paar von meinen … meinen »kleinen Ungeheuern« … hehe … ich muss ja so mit ihnen ringen, weißt du! … ein paar davon sind fertig, denke ich … eigentlich …
– Dann sehe ich kein Problem. Du kennst dich mit den üblichen Galeriekonditionen aus? Ich bin nicht besonders teuer, ich nehme 30% der Verkaufssumme, manche kassieren bis zu 50, 60%, die sind so gierig wie's Finanzamt, he he …
– He he he.
– … Und ich verkaufe gut, ich habe Kontakte zu ande-

ren Ausstellungsorten im In- und Ausland. (Simpel muss kontinuierlich daran denken, wie er sich dafür schadlos halten wird, dass er sich auf diese Weise zur Hure macht; es wird ihr wehtun!) … ja, also es liegt bei dir … ich habe mich entschieden, als ich in der Tür gestanden habe … für mich ist die Sache klar.

– Oh … Was soll ich sagen … Natürlich! Alles andere wäre ja auch idiotisch … Wolfgang … Selbstverständlich möchte ich in deiner Galerie ausstellen!

– Schön … schön … Du wirst es nicht bereuen.

– Nein … oh! Das ist jetzt schnell gegangen, ich bin ganz überwältigt! Geht das immer so schnell? Vielen, vielen Dank!

– Mir dankst du? (Simpel beißt sich auf die Lippen und schluckt die Magensäure runter, die ihm hochkommt) – Nein, mir schuldest du keinen Dank … nur dir … dir selber …

Monica schlägt erneut den Blick nieder, und Simpel nutzt die Gunst des Augenblicks.

– Weißt du was, Monica? Ich finde, wir sollten auf ein Glas ins BALLERINOS runtergehen, kennst du das? Bisschen was essen, eine schöne Flasche Wein bestellen und uns feiern. Dabei können wir ein paar Details besprechen, ich gebe dir die Adresse und die Telefonnummern undsoweiter … die genauen Daten … ja?

– BALLERINOS? … BALLENTINOS! Das Lokal liebe ich, ich bin nur viel zu selten dort!

»Mein Gott, darauf wäre ich nie gekommen, du banale Fotze«, denkt Simpel. Er lächelt und sagt:

– Na, dann wissen wir ja, wo's langgeht, was? Wir scheinen uns schnell einig zu werden, du und ich.
– Da ist nur ... ich muss kurz noch meinen Mann anrufen und ihm sagen, dass ich ein bisschen später nach Hause komme. Er macht sich sonst schnell Sorgen um mich, weißt du.
– Ruf nur immer an, du ... ich habe alle Zeit der Welt ... he he he ...
– He he he ... lacht Monica und geht zum Ateliertelefon. Aus drei Metern Abstand erkennt Simpel, dass sie Nummer zwei der Top-Ten-Hass-Nummern wählt, die Simpel in den letzten Jahren gesammelt hat. Alles in allem hat er wohl ein paar Stunden lang dagesessen, diese Nummer auf einem Zettel in der Hand, und überlegt, ob er anruft. Aber er hat nie angerufen. Weil er noch *keinen Plan* hatte. Erst vor kurzem ist ihm klargeworden, wie er die Sache angehen will. Motha hat ihn auf die Idee gebracht, als sie in irgendeinem Zusammenhang über das »Iindi'ekte« sprach, »das man nutzen kaann ... man muuss niikt iimme' di'eekt d'aufzugehen ... das köönnt ihr von uns F'auen le'nen ... ihr Männe' ... nik iimme' so übe'deutlich und pluump agie'en.« Das war's! Indirekte Aktion! Er hätte sich verfluchen können, dass er nicht schon früher darauf gekommen war.
– Hallo, ich bin's, sagt Monica ins Telefon. – Ja ... im Atelier ... nein ... du, ich komme heute ein bisschen

später … hab Besuch bekommen … Besuch, verstehst du …

– BESUCH?!, hört Simpel es am anderen Ende der Leitung piepsen (also eigentlich schreien), und er hat keinen Zweifel, wer da so peinlich kreischt. »Die Aktion macht sich jetzt schon bezahlt«, denkt er, »das hier ist der bestorganisierte Übergriff seit Menschengedenken. Sorry, Herr *Kackkinderpsychiater Berlitzarsch*, aber hier steht deine Gattin und bettelt darum, mit in *Durcets Schloss* zu kommen.« Simpel grinst so breit, dass er sich zur Tür umdrehen muss.

– … es ist aber ziemlich wichtig …, jammert Monica dem Mann vor, den sie einst für die Liebe ihres Lebens gehalten hat. – Ich habe Besuch … von einem Galeristen … Sie dreht sich um, will Simpel anlächeln, aber der steht mit dem Gesicht zur Tür (und lächelt).

– Das kann für mich den Durchbruch bedeuten! … Da gibt es nichts zu besprechen … nein … nein, ich weiß nicht wann, später eben … ja … tschüß … ja, ich weiß, dass du das nicht magst … aber es ist WICHTIG für mich … bitte führ dich nicht so auf … ja … tschüß … nein, nein … tschüß … (klick).

Berlitz steht im Wohnzimmer seiner ererbten Jugendstilvilla, das schnurlose Telefon in der Hand, und zischt sich selber »Scheiße!« zu. Unter der Anzughose trägt er immer noch die *lingerie* seiner Frau. »Wenn du dich heute Abend rumtreibst, kann ich mir auch ein bisschen Spaß gönnen«, murmelt er gehässig und fischt ein paar schwarze Videokassetten aus dem Versteck im Regal seines Arbeitszimmers.

Unterdessen sitzt Simpel unten im BALLENTINOS und erzählt Monica B. Lexow gut zwei Stunden lang Ammenmärchen aus der Welt der Galerien. Die Sache läuft genau in seinem Sinn; grob lügenhafte Details über den Termin der Vernissage, Katalogproduktion, Umsatz und Besucherzahlen plätschern nur so aus ihm heraus. Monica nickt zu allem, Simpel sieht ihr an den Augen an, dass sie überglücklich ist. Er zwingt sich irgendeinen Pestopastamist rein, sie hat »unas pequeñas tapas« bestellt, im affektiertesten Pseudo-Español, das Simpel je gehört hat.

Simpel nutzt Monicas Hochstimmung, um ihr bei jeder Gelegenheit Wein nachzuschenken. Monicas Alltag besteht mehr oder weniger darin, im Atelier herumzusitzen und an irgendwas herumzufummeln, dann geht sie nach Hause und verbringt den Abend dort in ihrer freudlosen Ehe mit Herrn Berlitz. Heute Abend ist sie *da draußen in der Welt!*, sie mit ihrer stinklangweiligen 49jährigen Frustseele, und Simpel tut, was er kann, damit ihr schwindlig wird. Nach einiger Zeit schließt er ab, was er die »seelenlosen Geschäftsdinge« nennt, um sie nach ihrem Background usw. auszufragen. Monica lässt sich nicht zweimal bitten und schüttet ihm willig die dünnste Eso-Psycho-Brühe hin: warum sie arbeitet, wie sie arbeitet, warum sie so ist, wie sie ist, undsoweiter, undsoweiter. Simpel nickt und lächelt verständnisvoll, während er Gewaltfantasien hegt, und wartet auf den passenden Moment, um zu sagen: »Monica, ich hab ein paar Flaschen Wein in der Tasche, könnten wir nicht wieder in dein Atelier hochgehen und da noch was trinken? Wir können dieses Gespräch jetzt nicht einfach so abbrechen!« Und als er die Frage endlich anbringt, hat sich das Wörtchen »nein« längst aus Monicas Wortschatz davongemacht. Sie tun, was er vorschlägt. Arm in Arm gehen sie hoch, Monica kichert und schwankt leicht im Flur zum Atelier. Sie hantiert ungeschickt mit den Schlüsseln herum und kichert noch dämlicher und einladender. Drinnen wirft sie sich demonstrativ auf ein sofaartiges Möbel und sagt:

– Und du? Jetzt bist du mit Erzählen dran!
– Was soll ich schon groß erzählen. Simpel macht auf bescheiden und verlegen. – Ich bin nur ein Vermittler. *Du* bist von uns beiden die Geschichtenerzählerin.
– Oh, du willst mir nur schmeicheln, ziert sich Monica. Sie versucht, einen auf kleines Mädchen zu machen. Ohne Erfolg.
– Interesse zeigen ist nicht schmeicheln, sagt Simpel.
– … Du … du … nein, ich weiß nicht, was ich sagen soll … Du hast auf alles eine Antwort … Ich … muss mal drüber nachdenken … also was ich erzählen soll … Entschuldige kurz … ich muss mal kurz raus … die Toiletten sind auf dem Flur, weißt du …

Simpel sieht seine Chance gekommen:

– Jaaa … aber du, Monica? Hast du einen Korkenzieher? Dann kann ich schon mal eingießen …

Sie deutet auf eine Schublade, dann auf Gläser in einem Schrank über der Teeküche, sagt, dass sie jetzt aber nicht mehr viel Wein verträgt und nicht weiß, was sie noch anstellt, wenn sie weitertrinkt, dann trippelt sie in den Flur. »Jetzt oder nie!«, denkt Simpel, geht rasch zu seiner Tasche, reißt eine Weinflasche heraus, zischt zur Schublade, raus mit dem Korkenzieher, er dreht ihn in den Korken, als ginge es um sein Leben, macht die Flasche auf, greift in den Schrank, raus mit zwei Wassergläsern, Wein rein, er wirft sich herum, zurück zur Tasche, her mit den Schlaftabletten, wieder zur Teeküche; zwei, drei Stück in das eine Glas, vor seinem inneren Ohr hört er »viel Wein vertrage ich jetzt aber nicht mehr«; also nur nicht schüchtern, vier, fünf, sechs, sieben Tabletten, er steckt sich die Packung in die Jackentasche, die Tabletten sprudeln ganz enorm im Wein, aus dem Flur sind Monicas Trippelschritte zu hören, sie kommt!, es schäumt noch immer, verdammter Mist, es schäumt wie der Teufel, die Tabletten tanzen auf und ab. Simpel rennt quer durch das Zimmer, stellt die Gläser auf ihren fürchterlichen Zeichentisch und stützt sich auf beide Hände, als würde er die Skizzen studieren. Monica B. Lexow kommt zur Tür hereingetanzt; er beugt sich über eine Skizze und tut so, als ob er zusammenzucken würde, bevor er auf sie zugeht:

– Ah … sagt er. – Ich wollte nicht in deinen Sachen herumspionieren, aber sie waren mir aufgefallen … da das (nickt zu einem Aquarell) … das hab ich einfach angucken müssen. Eine so … aussagekräftige Skizze!

Simpel fürchtet, so langsam überzieht er die Schmeichelei, aber Monica beißt tatsächlich an, Mal ums Mal. Simpel schielt verstohlen zu dem Weinglas, in dem es nach wie vor munter sprudelt. »Mist! Noch mehr Zeit gewinnen!«, denkt er und legt mit einer schwachsinnigen Tirade über Itten und seine Farbgebung los. Im Handumdrehen hat Monica B. Lexow a) wiederum angebissen; b) Simpels eher theoretische Darlegung in irgendein Chakren-Gerede und Stuss über Farbfrequenzen umgebogen, und c) hält sie ihren blödsinnigen Schnack selbstständig am Laufen, nur dann und wann durch kleine verbale Stupser simpelseits ermutigt, während er immer wieder zu den Gläsern hinschmult. Entsetzt stellt er fest, dass der Wein in ihrem Glas deutlich heller geworden ist; immerhin hat er aufgehört zu sprudeln. Rasch erwägt er verschiedene Alternativen, beschließt dann, das verfluchte Glas einfach zu holen. Er geht hin und nimmt es, das andere lässt er stehen; jetzt nur nicht ertappt werden. Er gibt ihr das Glas, sie bedankt sich artig. Simpel bemerkt, dass sie den Wein prüfend anschaut; kurz fürchtet er, er könnte die Nerven verlieren, aber er blickt beiseite und quält sich eine Erklärung ab:

– Ja, wie ich sehe, schaust du den Wein an … die Farbe ist ganz natürlich, falls die dich wundert. Ich war gerade in Katalonien, weißt du, und hab diese Flaschen von da mitgebracht … das ist Frühlingswein … schon mal davon gehört? … Junger Wein, anders gesagt. Darum ist der so hell. Ich bringe immer ordentlich was mit … Hauptsache, der Zoll kommt mir nicht auf die Schliche – kein Wörtchen darüber, ja! Also, ich liebe diesen Wein aus Katalonien. Junge Trauben! So frisch! Lebendig! Wein aus *jungen Sprossen*, sag ich mal. Eine Huldigung an alles, das wächst, das reift – eine Huldigung an dich und mich, Monica! Ja, so kann man es nennen!

– Ah … Monica windet sich. Sie ist eine von denen, die ihre Unsicherheit nicht verbergen können, wenn sie auf unbekanntes kulturelles Terrain geraten. Sie führt das Glas an den Mund, in der Hoffnung, ihre vermeintliche ethno-kulinarische Unbedarftheit vergessen zu machen. Aber der Wein schmeckt ganz abscheulich! Sie verzieht das Gesicht und trinkt so gut wie nichts. Erschrocken schaut Simpel sie an und quält sich ein hysterisches Lachen ab:

– HAHAHA! … jetzt hättest du dich sehen sollen! HAHAHA! Oh Monica, du bist unbezahlbar! HAHAHA! Ojojoj! Ja, nein, tut mir Leid – das ist natürlich meine Schuld. Weißt du, wenn man diesen traditionellen Frühlingswein trinkt, das ist … he he he … sozusagen, als ob man die Oliven direkt vom Baum isst … falls du das schon mal getan hast? … Nein? Na, nicht zu empfehlen. Tut mir Leid, Monica, ich hätte dir zuerst zeigen sollen, wie die alten Katalanen diesen … diesen *sehr* traditionellen und *sehr* charakteristischen Wein trinken. He he he. (Gespielt nachsichtig schüttelt Simpel den Kopf, während er sein Glas holt. Auf dem Rückweg legt er die Hand darum, um die Farbe zu verbergen.) Jetzt zeige ich dir mal, wie sie es machen bei der Fiesta …. Menjor… Menjorita in Cohofenito … mal sehen … sie halten das Glas so, mit beiden Händen, und dann muss man vor allem den Takt der Musik mitmachen (Simpel schwingt die Hüften) und mitsingen: CO-HO-FE-NI-TO! … CO-HO-COHO-FE-FE-NI-HI-TO! FENITO-FENITO-FENI-TO-FE-NI-TO!!! (Er stürzt den Inhalt seines Glases hinunter). So! hast du gesehen? So machen sie das. Du ahnst ja nicht, was da unten los ist, wenn die Fiesta Menorama von Dörfchen zu Dörfchen reist. Ein Erlebnis ist das!

Monica ist etwas blass. Simpels Ethno-Märchen hätte sie mitreißen sollen, stattdessen ist sie still und wirkt so unsicher und beklommen, dass Simpel – voller Angst, alles könnte jetzt noch platzen – sie vom Sofa hochzieht, ihr eine Hand auf die Hüfte legt und sie im Takt schwenkt, während er ihr beschwörend in die Augen starrt und singt: »COHO-COHO-FENI-FENI-TOTO!« Monica schaut ihn an und führt das Glas widerwillig zum Mund. Simpel hilft mit dem Zeigefinger nach, er drückt behutsam, aber nachdrücklich an den Fuß des Glases, er zwingt und quält sie so, wie man es eben darf, wenn es um etwas Exotisches und seltsame Gebräuche und Ethnofutter geht. Er lässt nicht locker, bevor der allerletzte Tropfen in Monica B. Lexows breitem Designermund verschwunden ist. Sie hickst und stößt auf.

– Na, jetzt war es gar nicht so schlimm, oder?
– Mmm …, sagt Monica.

Simpel weiß nicht, wie lange es dauert, bis die Schlaftabletten wirken. Er nimmt schon lange keine mehr, das Xanax war in den letzten zehn Jahren sein bester Freund. Ach ja, Xanax: Simpel lächelt die bröckelnde Monica-Front freundlich an und fragt, ob er mal aufs Klo darf. Beim Pinkeln schluckt er 1 Milligramm, er ist derart vergnügt, dass er tatsächlich pfeift, und das passiert definitiv äußerst selten. An der Wand vor ihm hängt ein Plakat mit der Aufschrift STIMMEN VOM WEBSTUHL, aber nicht mal das kann ihm die Laune verderben. Alles läuft nach Plan. Als er die Ateliertür wieder öffnet, kommt ihm Monica leichenblass entgegengeschwankt, Symptome, die Simpel hochzufrieden konstatiert.

– Ich … glaube … ich … Mir ist nicht gut …, sagt sie.
– Ach, Monica, wirklich? Das ist aber schade. Hast du doch zu viel getrunken, ist es das? Komm, leg dich ein bisschen hin.
– Ich … glaube … ich muss mich übergeben.
– Ich denke, das ist keine so gute Idee. Wenn man sich in diesem Stadium von Übelkeit übergibt, dann

macht das meistens alles nur noch schlimmer. Komm, wir gehen zum Sofa!

Schlaff versucht Monica zu protestieren, doch Simpel schiebt sie zum Sofa. Er drückt sie darauf und breitet eine kleine Decke über sie. Monica starrt leer vor sich hin. Ihre Augen sind noch größer und wässriger als vorher. Sie liegt da wie ein gestrandeter Wal. Die Schlacht ist verloren, sie kann sich nur noch Simpels Gewalt überlassen. Gerade als er sie fragen will, ob er Teewasser aufsetzen soll, hebt sie den Kopf, schaut ihn an und bricht zusammen. Ihr Kinn klappt runter, und sie schnarcht los wie ein Ferkel. »Wehe dir«, flüstert Simpel ihr ins Ohr.

Zu Hause in der Petersgate wandert Berlitz ruhelos im Kreis herum. Nach drei gewaltigen Ejakulationen vorm Videogerät ist er über Monicas Ausbleiben ins Grübeln gekommen. Nicht, dass er sich nach ihr sehnen würde; ob sie da ist oder nicht, ist ihm völlig egal. Es ist nur so, dass die beiden in ihrer Ehe an dem Punkt angelangt sind, wo alles, was der andere tut oder sagt, einem wahnsinnig auf die Nerven geht. Dass Monica mit einem anderen Mann unterwegs ist – einem Galeristen! (Berlitz hat ihre Begeisterung nur zu gut durchs Telefon gehört) –, will er als Gelegenheit nutzen, ihr eine ordentliche Szene zu machen, wenn sie nach Hause kommt. Er legt sich Sätze zurecht, die sich gut herausschreien lassen, zum Beispiel: »DIE KULTURWELT BRAUCHT NUR IHRE VISAGE ZU ZEIGEN, SCHON

LEGST DU DICH HIN UND MACHST DIE BEINE BREIT, WAS?« und »VERFLUCHTE SCHEISSE, WAS GLAUBST DU, WIE ICH MICH FÜHLE, WENN DU MIT GEILEN GALERISTEN AUF SAUFTOUR BIST!?!« und »... JA, DANN GEH DOCH WIEDER ZU DEINER GALERISTENSAU UND LUTSCH IHM DEN SCHWANZ, WENN ER DIR SO SCHEISSWICHTIG IST!« usw. Berlitz schaut auf die Uhr. Kurz vor elf. Er überlegt, ob er nochmal DEEP SUMMER laufen lässt; in dem Film gibt es eine Szene, die ihn wahnsinnig anmacht – er ist todsicher, dass die Mädchen *wirklich* total wild werden, wo sie am Swimmingpool mit dem Doppeldildo spielen –, aber er befürchtet, dass mittendrin Monica kommt. Er kann sich nicht erinnern, dass Monica je bis nach Mitternacht fort geblieben wäre. DEEP SUMMER muss warten. Danach überlegt Berlitz, ein bisschen Arbeit rauszunehmen, damit er richtig vertieft und zerstreut dreinschauen kann, wenn sie kommt. Mit den Jahren hat er sich ein ganzes Arsenal an Schlechte-Gewissen-Tricks erarbeitet und wendet sie mit Wonne an, damit Monica sich vollkommen nutz- und rücksichtslos fühlt, wenn sie nach Hause kommt. Diese Situation jetzt ist die typische Gelegenheit für eine häusliche Szene: Mit einem Fremden unterwegs. Spät nachts. Mitten in der Woche. Er hat allein zu Abend essen müssen. Kulturarbeit contra Pflicht. Wahrscheinlich Alkoholgenuss. Garantiert ist sie fröhlich und aufgekratzt, wenn sie kommt. Undsoweiter. Berlitz nimmt ein paar Aktendeckel und Papiere heraus und verteilt sie geöffnet auf dem Wohnzimmertisch, so dass es richtig nach Arbeit aussieht.

Dann setzt er sich aufs Sofa vor den Fernseher. Er hat es schon früher ausprobiert: Wenn er den Schlüssel in der Tür hört, hat er mindestens zehn Sekunden Zeit, um den Fernseher auszumachen, den Tisch zu umrunden und sich krumm und konzentriert über Aktendeckel und Bücher und Aufzeichnungen mit kinderpsychiatrischem Material zu setzen. Aus dieser krumm-konzentrierten Position heraus kann er Monica äußerst wirkungsvoll über den Rand der Brille hinweg mit seinem gut geübten resigniert-verärgerten Blick mustern. Dann steht sie in der Tür, spürt, wie gute Laune und Schwung nur so aus ihr rauslaufen, und Berlitz ist am Ziel. Er braucht nicht mal was zu sagen. Seine abgeschmackten Blicke sagen mehr als tausend abgeschmackte Worte.

Aber dazu wird es heute Abend nicht kommen.

Eisenmann hat sich vom Kauf eines EAGLE I überzeugen lassen. Tony »Legs« Guerrero hat ihm eine Liste mit Argumenten vorgebetet, dass er nur noch dastehen und nicken konnte. (You've got: →One Year Warranty →Lightweight precision CNC cut aluminium or stainless →Miniature precision offset gearmotor →Constant contact power supply hookup →Drop frame that will accept all of your existing tubes and the most common needle lengths of 5 3/4 inches or less →Self lubricating alloy metal cams →Cam direct drive (power in power out, no needle hang) →Lightweight power cord with no swing →Fully adjusted by cam, tube length and speed – true simplicity! Also hat er einen EAGLE I gekauft, und dazu noch ein FREEDOM II – *Compact Precision Power Supply*. Einen einfacher zu bedienenden Tätowierapparat findet man nicht, so viel hatte Eisenmann von Guerreros Ausführungen begriffen. Simpel ist wahrlich kein technisches Genie, aber mit diesem Ding hier kommt er relativ problemlos zurecht. Das einzige Malheur passiert ihm, als er eine Tintenpatrone verkehrt herum einsetzen will und sie platzt. Eine blutrote Bahn vom Brustbein bis unters Kinn ist das Resultat. Zwei Minuten intensives Fluchen, und die Chose ist vergessen. Zum Glück hat er mehrere rote Patronen dabei.

Simpel hat Pullover und T-Shirts und was noch alles Schicht um Schicht hochgeschoben, bis er sich zu Monicas blassem, fettem Bauch durchgewühlt hatte. Jetzt sitzt er rittlings gebeugt über ihr und zieht säuberlich die Umrisse eines roten Fs, rund sechs Zentimeter hoch und eineinhalb breit. Er hat eine Rolle Klopapier geholt und tupft regelmäßig die Blut-Tinten-Mischung weg, damit er sieht, was er tut. Der Apparat funktioniert einwandfrei. Wie mit Malstiften auf einer nachgiebigen Unterlage arbeiten, denkt er. Zunächst zieht er die Umrisse der Buchstaben, dann füllt er sie mit Farbe aus. Es geht langsam, aber anders geht es nicht. »Du wirst dich wundern, was für Bauchgefühle du jetzt kriegst!«, trällert Simpel vor sich hin, während die Nadel über Monica B. Lexows Speck wandert. Seine Stimme geht im schnarrenden Geräusch des Motors unter. Simpel ist glücklich. Seit TRAM SLAM damals hat ihm die Durchführung eines Projekts nicht mehr so viel Spaß gemacht. »Ich zeig dir's, ich zeeeeig dir's, es soll Tränen geben, ich treib dir deine Freude und deinen Enthusiasmus aus, jetzt musst du dafür blechen, was du bist, Monica«, summt er weiter. Er wird ganz ruhig bei seiner Aktion. Sogar der Gieper auf Xanax verstummt für eine Weile. Sein Herz schlägt gelassen. Kein Sodbrennen mehr. Dann und wann zündet er sich eine Zigarette an. Summt. Arbeitet hingebungsvoll. Kneift kritisch die Augen zusammen. Nach fünf Buchstaben wechselt er von roter zu schwarzer Tinte. Während er die Patrone austauscht, begutachtet er das bisher Geschriebene. Jetzt steht da *Fasci*. Er hatte es in ziemlich strengen Arial-Lettern schreiben wollen, aber es sieht doch eher hausgemacht aus. Trotzdem, dafür, dass er aus der freien Hand arbeitet, ist es gar nicht so übel geworden. Er hat Monica B. Lexows Kopf zur Seite gedreht, damit sie zu schnarchen aufhört. Diese widerwärtige, schnarchende Visage könnte ihm die Freude an seiner Aktion verderben. Monicas Mund steht ein wenig offen, ihr Sabber rinnt auf ein besticktes Kissen. Simpel versucht, sie nicht anzusehen. Seit einer Weile bimmelt das Telefon, es läutet lange. Dann eine kleine Pause. Dann läutet es wieder. So geht es eine gute Stunde lang. Simpel weiß haargenau, wer das ist.

Es soll noch gut zweieinhalb Stunden dauern, bis er NATION durchbuchstabiert hat. Gegen Ende dieser Zeit fühlt Herr Dr. Berlitz, Ehemann, Vater zweier Kinder und Kinderpsychiater, sich von Monicas Ausbleiben und den unbeantworteten Anrufen derart provoziert, dass er den Mantel anzieht und abrauscht, um sie bei einem heftigen Geschlechtsverkehr im Atelier zu überraschen – etwas anderes kann es doch nicht sein, denkt er. Er würde sich nie eingestehen, dass er sich buchstäblich darauf *freut*, seine Gattin dabei zu ertappen, wie sie wild mit einem anderen Mann zugange ist, aber sein Gang voll beschwingter Aggression verrät, dass er dem bevorstehenden Konflikt ausgesprochen lustvoll entgegensieht. Es ist fast drei Uhr nachts, als er bei der Adresse von TEXTIL 16 anlangt. Als Berlitz erst an der Klinke der Ateliertür rüttelt und dann an die Tür hämmert wie ein Wahnsinniger, nimmt Simpel gerade den letzten Buchstaben von NATION in Angriff. Simpel muss fünf Sekunden lang herumfummeln, bis es ihm gelingt, die Maschine abzuschalten. Zu spät. Nur ein tauber Berlitz hätte das Summen und Simpels Hantieren überhört. Die Wände und Türen in dieser Bruchbude von Ateliergebäude sind sehr hellhörig. Nachdem er einige Zeit lang Berlitz' Geklopfe und Gebrülle gelauscht hat (ICH WEISS, DASS IHR DA DRIN SEID! ICH HAB EUCH GEHÖRT! MACH AUF, MONICA! MACH DIE VERFLUCHTE TÜR AUF! KOMM SOFORT RAUS, MONICA! KOMM RAUS, VERDAMMTE SCHEISSE! HAB ICH DOCH GEWUSST, DASS DU MIT ANDEREN TYPEN RUMVÖGELST! DU SAU! KOMM SOFORT RAUS! usw.), hat er keinen Nerv mehr für die Nummer.

– Verpiss dich, sagt er leise, aber vernehmlich.

Berlitz wird eine solche Antwort oder jedenfalls etwas, das seine Fantasien bestätigt, erwartet haben. Vor der Ateliertür herrscht Mucksmäuschenstille. Dann hört Simpel ihn abziehen. »Egal, wen der jetzt holt, das dauert eine Weile. Bis die hier sind, bin ich weg«, denkt Simpel. In der Tat, Berlitz sitzt im Taxi und fährt zu seinem Bruder im Geiste Göran Persson, der auf der anderen Seite der Stadt wohnt: Sie werden eine gute halbe Stunde brauchen. Persson ist streitlustiger denn je und bereit, sich an egal wem auszutoben. Er hat die Ereignisse vom Infomeeting letzte Woche noch keineswegs verarbeitet – es sei denn, man hält eine Überdosis Xanax und gesteigerten Pornokonsum für eine geeignete posttraumatische Behandlung.

Also muss man Persson heute Nacht nicht lange bitten. Berlitz muss ihn nicht mal wecken, er ist wach und – ja, was tut er? Große Überraschung! – masturbiert aggressiv vor einem laufenden Pornovideo. Allerdings bittet er Berlitz, kurz zu warten, er müsse sich erst schnell anziehen. Berlitz pfeift drauf, was Persson treibt, es interessiert ihn nicht die Bohne. Dennoch ist es eine Lüge, in Wirklichkeit muss Persson sich was *aus*ziehen, nämlich ein relativ schlichtes, aber nicht so schnell zu lösendes Seil- und Knotensystem, in das er sich eingeschnürt hat: eine Schlinge um den Hals, von der das Seil über den Bauch zum fest umwickelten Hodensack führt, danach durch den Schritt und über den Rücken wieder hoch zum Hals. Er fummelt es ab, zieht rasch seine Altmännerkleidung an und lässt Berlitz ein. Nur hat er in der Hitze des Gefechts vergessen, die gestrige Zeitung wegzunehmen, die als Spermafänger vorm Fernseher auf dem Parkett liegt. Im Bruchteil einer Sekunde ist Berlitz klar, was das bedeutet, Zeitung-am-Boden-vor-flimmerndem-Fernseher-und-Videoplayer-mit-blinkendem-OPERATE-im-Display; Perssons Tarnoperation ist aufgeflogen. Da hätte er gleich die Tür in seinem Bondagekostüm aufmachen und sich den Stress mit dem Umziehen sparen können. Berlitz schildert ihm in kurzen Zügen, was ansteht, worauf Persson ohne weitere Fragen oder Einwände einen alten Baseballschläger aus dem Schrank holt und Berlitz in den Keller schleift, wo neben anderen Reliquien aus der Kindheit des verlorenen Sohns auch Speedos schäbiges rotes Klappfahrrädchen von vor neunundzwanzig Jahren steht, von dem sie in aller Hast die Kette runterbrechen. Raus ins Taxi, das Berlitz hat warten lassen. Der Fahrer muss aus Pakistan kommen.

Zu Berlitz' und Perssons Pech ist Simpel schon fertig, als sie bei TEXTIL 16 ankommen – der Schriftzug *Fasci*NATION prangt quer über Monica B. Lexows Bauch. Und Simpel hat fast zehn Minuten Vorsprung. Nicht einzuholen. Er hat die Tür offen stehen lassen, die beiden Rächer können ungebremst in Monicas Atelier rennen. Als Berlitz die Dekoration auf dem Schwabbelbauch seiner Gattin sieht, bleibt er wie angenagelt stehen, sperrt den Mund auf und sucht in seinem sauber getrimmten Bart Halt. Persson rennt im Atelier auf und ab und flucht wie ein Räuber. Sie fühlen nach ihrem Puls, ob sie überhaupt noch lebt, und rufen den Notarzt.

Früh morgens um halb sechs ist Monica B. Lexow schon drei Mal der Magen ausgepumpt worden, und sie lässt erste Lebenszeichen erkennen. Berlitz hat mit dem Stationsarzt gesprochen, der ihm schon einen Kostenvoranschlag für die laserchirurgische Entfernung des Tattoos unterbreitet hat. Um sechs kommen zwei Ermittler, um Berlitz, der Anzeige erstattet hat, zu vernehmen. Göran Persson, dessen Anwesenheit nicht mehr vonnöten ist, nimmt ein Taxi nach Hause. Als die Ermittler zur Untersuchung des Tatorts aufbrechen, hört Berlitz ein urschreiartiges Röcheln aus dem Zimmer seiner Frau. Sie ist wach und starrt entsetzt auf ihren Textildesignerbauch.

In der Hinrichsgate, im Hause von TEXTIL 16, finden die beiden Polizisten Krauss und Phoolan nichts, was auf Simpel deuten würde. Simpel hat alle benutzten Utensilien mitgenommen: Klopapier, Gläser, Weinflasche, Tintenpatronen, er hat alles schön sauber hinterlassen. Das einzig Interessante, das die Beamten finden, sind ein verdächtiger Baseballschläger und eine dito Fahrradkette neben dem Sofa auf dem Boden. Sie stecken beides in Plastiktüten und kommen überein zu warten, bis die Lexow wieder vernehmungsfähig ist.

DIENSTAG, 15. DEZEMBER
(Zu Hause bei Casco)

Casco hat ordentlich Bartwuchs. Jetzt hat er sich eine Woche lang nicht rasiert, und es sieht schon aus wie ein richtiger Bart. Die Dreharbeiten für I'M CREAMING FOR A WHITE CHRISTMAS sind direkt für die Weihnachtstage geplant. R-Peter ist in der letzten Zeit mit Terminen etwas unzuverlässig gewesen, nach eigener Aussage war er *einfach zu sehr* mit der Arbeit an neuen Ideen beschäftigt, darum soll erst so spät gefilmt werden. R-Peter hat einige Szenen in weihnachtlich belebte Straßen gelegt, aber derlei Dekos übersteigen das Budget von DESIREVOLUTION, weswegen vor Ort in Realumgebung gefilmt werden muss. Nun war aber keiner der Schauspieler darauf vorbereitet, ausgerechnet an Heiligabend vor der Kamera zu vögeln; R-Peter ist jetzt beim Stab unbeliebter als je zuvor. Casco ist es mehr oder weniger egal, wann gefilmt werden soll, er ist zufrieden, dass er pünktlich einen Bart vorweisen kann. Er freut sich nämlich durchaus nicht auf die Adventsfeier der Scheiss-B-Schule morgen, und er sieht den Bart als letzte Rettung an, um nicht wiedererkannt zu werden, das wäre ihm mehr als peinlich.

Tiptop ist gerade zu Besuch und hat fünf Minuten lang

versucht, Casco mit seinen üblichen, Simpel abgeschauten Spielt-doch-keine-Rolle-Argumenten zu beruhigen. Er hat Casco daran erinnert, dass Fräulein Færøy weg ist und allenfalls die Eltern, die letztes Jahr dabei waren, ihn vielleicht erkennen könnten, und auch die nur ohne den Bart – also wo liegt die Gefahr? Sonst hat Casco doch auch keine Angst vor peinlichen Auftritten, oder?

Die beiden Pornodarsteller sitzen sich an Cascos Wohnzimmertisch gegenüber, einem Tisch, der eigentlich nie benutzt wird. Was übigens für das ganze Wohnzimmer gilt, bis auf Momente wie diesen, wenn Tiptop zu Besuch ist und die beiden noch nicht wissen, was sie anfangen sollen. Tiptops Wohnung ist ebenso nichtssagend wie Cascos. Beide stehen dem bescheuerten Projekt namens Privatleben ohne jede Begeisterung gegenüber und hatten nie Lust und Kraft, etwas aus ihren Wohnungen zu machen. So haben sie je 100 Quadratmeter Wartezimmer, Schlafraum, was man will.

– Kaffee?, fragt Tiptop, was Ausgehen bedeutet, da Casco über keine Kaffee-Infrastruktur verfügt.
– Mja. Casco steht auf und holt seine Jacke, die Tiptops Jacke nicht unähnlich ist. Dann ruft Simpel an, und Casco spricht zwanzig Sekunden lang mit ihm.

Tiptop hört an der Tonlage, dass am anderen Ende der Leitung Begeisterung herrscht, er ahnt, dass sie ihre Pläne ändern müssen. Und genau: Casco legt auf und erklärt, der neue Plan bestehe darin, dass sie Simpel in einer Viertelstunde unten beim FarbFotoExpress treffen.

Der einzige wesentliche Unterschied zwischen Casco und Tiptop ist der, dass Tiptop etwas blonder ist als Casco. Als sie aus der Tür gehen, zeigt sich, dass Tiptop auch zwei, drei Zentimeter größer ist. Sonst gleichen sich die beiden Männer weitgehend. Äußerlich wie innerlich. Beide sind 31 Jahre alt, beide haben sich persönlich und geistig seit dem 19. Lebensjahr nicht nennenswert entwickelt.

Simpel hängt beim FarbFotoExpress über dem Tresen und redet sich immer mehr in Rage:

– Jetzt ist gut über eine Stunde rum, verdammt nochmal! Was werbt ihr erst mit Entwicklung in einer Stunde, wenn ihr's in einer Stunde nicht schafft? Hä? Hä? Eine Stunde und zehn Scheißminuten ist mehr als eine Stunde! Ihr habt mir erzählt, es dauert eine Stunde! Jetzt sind es scheiß siebzig Minuten! So geht das nicht! Hörst du? Hä? Wie lange soll ich mir hier noch die Beine in den Bauch stehen? Wie lange dauert denn bei euch eine Stunde? Sag schon! Hundertzwanzig Minuten? Hundertachtzig? Zweihundertvierzig? Das ist das letzte Mal, dass ich meine Fotos in diesen Saftladen bringe, verlass dich drauf! Von wegen in einer Stunde! Ihr lügt, jawoll, das tut ihr! Ihr seid gottverdammte Lügner!

Jetzt hat der Mann hinterm Tresen, ganz offensichtlich ein junger, willensstarker Kunstfotograf, von Simpels Gejammer den Kanal voll und haut ihm einen Spruch um die Ohren, den er für den Gipfel der psychologischen Rhetorik hält:

– Wer schreit, zeigt damit, dass er der Situation verbal nicht gewachsen ist, das weißt du ja wohl.

– HÄ! WASSAGSTDUDA? HÄ? DU HAST WOHL ZU VIEL KUNDSCHAFT ODER WAS? ICH WERD DIR WAS ZEIGEN VON WEGEN VERBAL NICHT GEWACHSEN, DAS KANNST DU DIR IN DEINE VERKACKTE ARSCHFOTZE SCHIEBEN, UND ZWAR BIS ZUM ANSCHLAG! SECHZIG MINUTEN SIND IMMER NOCH SECHZIG MINUTEN, VON WEGEN NICHT GEWACHSEN! PASS BLOSS AUF, SONST STECK ICH DIR DIE FOTOS SO TIEF IN DEINEN ARSCH, DASS DU SIE NICHT MEHR RAUSKRIEGST, UND WENN DU FÜNFHUNDERT SÜDAFRIKANISCHE GRUBENARBEITERNIGGERHOMOS HOLST! DU VERFICKTES SCHEISSARSCHLOCH VON EINEM ...

Ungefähr bis dahin sind die Dinge gediehen, als Tiptop und Casco in den Laden kommen. Sie bleiben in der Tür stehen und lauschen dem Rest von Simpels verbalem Nichtgewachsensein. Während er noch zetert, kommt eine Frau von hinten mit seinen Fotos aus dem Labor. Sie zögert kurz, denn es ist nicht gerade verlockend, jetzt in seine Nähe zu kommen, aber sie nimmt ihren Mut zusammen und legt den Umschlag vor ihm auf den Tresen. Simpel verstummt, als hätte man einen Wasserhahn zugedreht. Er zahlt und wendet sich Casco und Tiptop zu.

– Na, da sind ja meine beiden Vögelvögel!
– Hallo, sagen Tiptop und Casco halb synchron.
– Jetzt werd ich euch mal was Supermäßiges zeigen. Scheiße, was ich mich freue! Simpel wedelt mit dem Umschlag. Tiptop und Casco folgen ihm über die Straße ins ANKER CAFÉ, wo der Kaffee bekanntermaßen so übel ist, dass man ab der zweiten Tasse schwere Verätzungen der Magenschleimhaut riskiert. Simpel entscheidet sich für einen Rauchertisch am Fenster. Alle drei stecken sich eine an. Zwischen den mittelalten Gästen im ANKER läuft stets ein nicht offen erklärter Wettkampf ab, wer am scheußlichsten hustet. Simpel schaut begeistert von Tiptop zu Casco und von Casco zu Tiptop, während er den Umschlag öffnet und 24 mit Blitz aufgenommene Bilder von Monica B. Lexows blassem Speckbauch mit der Tätowierung *Fasci*NATION herauszieht. Ganz schön snuffmäßig.
– Na, wie findet ihr das? Simpel grinst breit. – Das hier ist der Bauch von der Frau von Berlitz, dem Arsch von Kinderpsychiater, der Lonyl in der Schule immer so quält. Na? Wie findet ihr das? Hä? Außerdem ist sie eine Scheißtextildesignerin! Zwei Fliegen mit einer Klappe, was? Hä? Was sagt ihr dazu?

Tiptop und Casco nicken und lächeln.

– Wann hast du das gemacht?, erkundigt sich Tiptop.
– Heute Nacht.
– Okay. Ist das ein Tattoo …?
– Klar ist das ein Tattoo! Mit Profigerät hergestellt. So leicht kriegt die das nicht mehr weg, das könnt ihr mir glauben. He-he-he. Simpel ergötzt Tiptop und Casco mit einer Schilderung des gestrigen Abends. Irgendwann sagt er, er will sich ja nicht beklagen, aber es ist schon schade, dass Berlitz' Frau keine professionelle Objektdesignerin ist. Textildesign ist noch relativ harmlos, meint Simpel, wenn auch schon grenzenlos ärgerlich, aber Objektdesign, das ist etwas, das mit allen Mitteln bekämpft gehört. Tiptop und Casco lauschen höflich; sie haben das Kommende schon dutzende Male gehört. Interessant ist es trotzdem, denn es wird jedes Mal giftiger. Heute geht es so:
– … eine Sache ist dieses demokratisierte Haushaltsdesign, das ist ja schon schlimm genug, es ist eine Riesengefahr, dass die Leute so einen scheißguten Geschmack anerzogen bekommen sollen, bis sie zu Monstern werden, die sich dank dem ganzen abgekupferten Design angeblich eine Identität zulegen können, Hauptsache, die ist widerlich genug, aber es ist viel schlimmer, die bescheuerten Designer sind jetzt zu sowas wie Volkspädagogen aufgestiegen, sie reden über Moral und Liebe und Menschlichkeit, weiß der Teufel über was für Zeugs noch, und das führt zu was noch viel Schlimmerem, nämlich dass

diese angeblich so progressiven Säcke behaupten, das Design hätte seine Funktion überlebt, es hätte seine Rolle fertig gespielt, und jetzt interessieren sie sich für Nicht-Objekte, hat man so was schon mal gehört? Wie bitte? NICHT-OBJEKTE? Zum Kotzen! Jetzt haben die Designer angeblich auf einmal eine Mission, ja, jetzt haben sie's auf einmal mit den *Ansichten* der Leute, ja, die scheißprogressiven Arschdesigner wollen auf einmal die *Meinungen* von den Leuten und ihre *Liebe* zur Umwelt designen, wie denn das, bitte schön? Jetzt lassen sie auf einmal die Objekte als Mittel der Volkserziehung fallen und reden über Ideen und konzeptionelle Aufgaben, bäh, fünfzig Jahre zu spät kommen die da drauf, ich krieg die Krise, ja, ich kriege Angst, ja, Angst kriege ich vor dem Tag, an dem so eine verkackte Designerhurenweltsicht sich in mein Leben einschleicht, da hab ich eine Todesangst vor, ich bring mich um und meine Familie gleich mit, falls ich mal rausfinden sollte, dass mir die Ideen von diesen ganzen Architektenhomos und Designerschwuchteln unter die Haut gekrochen sind, in meinen Blutkreislauf eingedrungen sind, und ich anfange, meine Familie mit schlechtem Geschmack und verficktem Design kaputtzumachen, das ist so was von unheimlich, schaut mal hier, ich zittere schon, es ist eine so unheimliche Vorstellung, dass die dekadenten scheißurformalistischen Designerseelen und Designerideen sich noch weiter in der Öffentlichkeit verbreiten und in die Wohnungen der Leute eindringen, genau wie es ihnen mit den fürchterlichen Kaffeekannen und zombiemäßigen Obstschalen schon gelungen ist, und dann alle Menschen zu so verfickten dekadenten Designeropfern machen, das ist zu viel, aber es passiert ja schon, das kann man sehen, wenn man nur hinschaut, alle sind schon so scheißbewusst, alle sind sich so verdammt sicher, dass sie Geschmack haben und dass das ihr eigener Geschmack ist, von wegen, und es wird die Hölle auf Erden, wenn wir alle in unseren verkommenen Herzen Design- und Architekturkönige sind, aber ich sehe ja, das läuft schon volle Kanne, dank dem fotzenmäßig überheblichen, dem fotzenmäßig selbstverliebten Design sind alle auf einmal so wahnsinnig bewusst und selbstbewusst und selbstkritisch und autonom und aufmerksam und konsumskeptisch und kulturindustrieskeptisch und wertekritisch und innovationsskeptisch und designskeptisch und zenmäßig und kontrovers und rebellisch, und zur selben Zeit sind alle – dank dem eingebildeten, verschissenen, hochnäsigen, pseudoautonomen Kunstdesign – so wahnsinnig konsumpositiv und nicht-snobistisch versnobt und kulturindustrieunabhängig und konsumunabhängig und pornoliberal und amoralisch und jenseits von diesem und jenem und genreübergreifend und nicht-ironisch und nicht-politisch-politisch und nicht-dandy-dandyesk und nicht-boboistisch undsoweiter, und so könnte man stundenlang alle möglichen blödsinnigen Einstellungen runterleiern, die den Leuten eingetrichtert werden durch diesen mentalitäts- und meinungsschaffenden und mentalitäts- und meinungsverbreitenden verfluchten Designterror, den sie auch nur wieder von dem abgefuckten Scheißarchitekturterror abgekupfert haben, den sie auch nur wieder von dem abgefuckten Scheißkunstterror abgekupfert haben, der ursprünglich die Psychowelt, in der die Leute leben, widerspiegeln und problematisieren sollte, aber die Kunst landet auch nur immer schneller auf dem Wohnzimmertisch genau von dem beschissenen Psychosack, den die Kunst eigentlich hatte kritisieren sollen, weil der Psychosack sich auf einmal so eine pseudofortschrittskunstartige Selbstkritikfähigkeit in sein verficktes Hirn hat pflanzen lassen, und zwar von dem verfluchten Fuckdesign, und die Designer sitzen immer noch da und finden, jetzt haben sie aber was Tolles gemacht, indem sie diese von vornherein tot geborene Kritik verbreitet haben, dreihundertsechzig Grad weit im Kreis rum haben sie die abgefeuert und die ganze Welt damit infiziert, mit der schlimmsten überflussgesellschaftsnazistischen Denkweise, die man sich nur vorstellen kann, der schlimmsten, die die Welt jemals gesehen hat, mit dem doofsten nur vorstellbaren Design, scheißegal, mit welchen Gegenständen es sich befasst, all diese völlig überholten künstlerischen Positionen werden der armen Welt mit einem riesigen SCHÖNER WOHNEN-Klistier den Arsch hochgejagt …

Undsoweiter. Und dann erklärt er nochmal, dass Monica B. Lexow zwar nicht die schlimmste Sorte Designer ist, dass es ihn aber hochzufrieden stimmt, an einem Abend und mit einem Schlag Kinderpsychiatrie, Hobbydesign und Spießbürgerlichkeit eins verpasst zu haben, und zwar so was von. »So eine Paketlösung, die kriegst du nicht jeden Tag hin«, sagt er nachdenklich.

Simpel steht auf und geht aufs Klo. Casco und Tiptop wissen, dass das eine Prise Xanax bedeutet, aber als Simpel zurückkommt, schaut er noch durchgedrehter aus der Wäsche. Sie wissen nicht, warum, und warten gespannt, was nun kommt.

– Scheiße, Casco, morgen ist es so weit! Du hast es vergessen, gib's zu! Du würdest die Scheißadventsfeier morgen völlig vergessen, wenn ich nicht auf dem Scheißhaus drauf gekommen wäre, dich daran zu erinnern …

Simpel fuchtelt mit den Händen, während er redet.

– Äääähnein, sagt Casco.
– LÜG MICH NICHT AN, CASCO! LÜG MICH NICHT AN!

Die Kellnerin hinter der Theke dreht sich um und schaut zu dem Kleeblatt hinüber.

– Nein, Scheiße, ich lüge nicht, und Tiptop hat sogar heute schon von der Feier geredet, stimmt's, Tiptop?
– Hm …

– Stimmt's, Tiptop, stimmt's, Tiptop? (Simpel äfft ihn nach). – *Ich* hatte sie vergessen, das ist es, und du hättest mich daran erinnern müssen, Casco, verflucht nochmal. Stell dir vor, ich hätte die Feier vergessen! Das wär doch mal klasse, wenn du da allein aufkreuzt, ohne mich! Pornoknabe und Lonylteufel Hand in Hand!

– Gib jetzt Ruhe, oder ich scheiß drauf und bleibe zu Hause, murmelt Casco.

– HÄ? HÄ? WAS HAB ICH DA GEHÖRT? DARÜBER MACHST DU MIR KEINE WITZE, CASCO, DAS IST VERDAMMT NICHT KOMISCH, LASS DIR DAS GESAGT SEIN! DU *hast* VERFLUCHT NOCHMAL MITZUKOMMEN!

Die Kellnerin dreht sich wieder um. Simpel kreischt noch gut fünfzehn Sekunden weiter, ohne die Kellnerin oder sonst was zu bemerken. Als er fertig gekeift und als Casco begriffen hat, dass einzulenken die einzige Möglichkeit ist, um ihn zur Ruhe zu bringen, und er ihn damit beruhigt, dass das doch nur Scheiß war, nicht ernst gemeint, und nachdem Simpel noch einmal geäußert hat, dass das aber verdammt nicht komisch war, brechen sie auf. Simpel redet in einem fort über mögliche Szenarien für die morgige Feier, eins aber weiß er nicht: Die Wirklichkeit wird seine Fantasien übertreffen.

Draußen fällt Schneeregen, aber es ist kalt genug, dass die Atemwolken weiß in der Luft stehen. Casco und

Tiptop bemühen sich, ihre Schuhe vor den schlimmsten Schneematschhaufen zu schützen. Simpel pflügt mittendurch, ohne hinzusehen. Er erzählt, wie er seine braunen Seglerschuhe imprägniert, aber ein Blick genügt, um zu erkennen, dass sie gegen kubikmeterweise Schnee und Matsch auch nicht gefeit sind. Tiptop hat schon ein paarmal erlebt, wie Simpel fluchte, als er mit durchweichten Socken und eiskalten Füßen nach Hause kam.

Sie beschließen einstimmig, bei Fazil einen Börek zu essen, und biegen in die Husmannsgate ab, am LAPTOP vorbei, wo Casco wegen Koksgenusses auf dem Klo schon drei-, viermal Hausverbot angedroht worden ist. Casco ist viel ungeschickter als Tiptop oder Motha, was das Schnupfen an öffentlichen Orten angeht. Letztes Mal waren die Ordner so hart drauf, dass Casco PapaHans anrufen musste, der den Wirt davon überzeugen konnte, sein Sohn Casco werde weder diesmal noch künftig Probleme machen. Mit einem langen Blick auf Simpels durchweichte Schuhe überlegt Casco, ob er vielleicht für die bescheuerte Adventsfeier morgen ein bisschen Koks beschaffen sollte, und nach zwei Sekunden findet er, dass das wohl das Beste wäre. »Eisenmann hat meistens was auf Lager«, denkt er, »wahrscheinlich kriege ich bei dem was.«

Fazil begrüßt sie mit offenen Armen und gütigem Lachen. Er lacht immer lauter, je öfter er sie fragt »Wüsst ihr nokk das Inefoomeetink, wo wir uns güpeprügelt haben mit varükte Vatta von Schpiddo?« Casco und Tiptop und Simpel nicken, ja sie wissen noch. Fazil hört gar nicht auf zu glucksen und zu lachen. Er gluckst, während er die Böreks wärmt und was zu trinken holt und sagt »Das geht auf Haus, meinö Kampefesgenossen ha-ha-ha!« Simpel und Tiptop und Casco bedanken sich artig, können aber bei Fazils türkischer Begeisterung nicht mithalten. Als die Böreks so weit sind, setzen sie sich an einen der beiden Tische vom Al Mafar's. Fazil nimmt neben ihnen Platz, springt aber bald auf, er muss aufs Klo. Tiptop muss als nächster, aber das ist leichter gesagt als getan. Er hat ja schon immer gefunden, dass Männerkacke nach verbranntem Kaffee stinkt, aber Fazil hat verflucht nochmal den schlimmsten Mokkachinogestank hinterlassen, den er je erlebt hat. Tiptop versucht die Luft anzuhalten, bis er keucht wie ein Irrer, fast wird er ohnmächtig. Dass Fazil ihn erwartungsvoll anstarrt, als er wieder ins Lokal kommt, macht die Sache auch nicht besser. Fazil sagt: »Ach, du hass überlebet, Tiptop! Hahaha! Also ik wär da nik reinegegangen, nikt mal für eine Müllion! Hahaha!« Glucksend nickt er Simpel und Casco zu und ergänzt: »Erste Weltökrieg mit Gasangeriffe ist Kinderspül gewesen gäggen Situatiun, wo Tiptop gerade erlept hat auf Toalättä, HAHAHA!« »Lass gut sein, Fazil«, antwortet Tiptop sauer und setzt sich. Er kriegt nichts runter, und den Börek auf dem Tisch kann er schon gar nicht mehr anschauen.

Gegen vier Uhr steht Casco bei Eisenmann in der Tür. Eisenmann ist zu Hause, er wundert sich ein bisschen, dass er Besuch kriegt, das passiert nicht oft, schon gar nicht von DESIREVOLUTION-Leuten. Er lässt Casco in sein Höllenchaos, ihm ist klar, dass es um einen Gefallen geht.

– Jau, ich hab ein bisschen was hier, antwortet Eisenman auf Cascos Koks-Anfrage.
– Cool, schön ... ich geh morgen mit Simpel zu Lonyls Schul-Adventsfeier, und ich glaub, ohne ein bisschen Dröhnung steh ich das nicht durch ..., sagt Casco.
– Ich find's unglaublich, dass du für den Typ auch nur den kleinen Finger rührst, ohne dich dafür bezahlen zu lassen. Wirklich, unglaublich, sagt Eisenmann. – Einmal hat er mich sozusagen gezwungen, zu so einer Elternsprechstunde mitzukommen, ich und Lonyl und Simpel und Lonyls Lehrerin ... wie hieß die noch? Na, weiß der Teufel ... aber das hab ich mir verdammt nochmal bezahlen lassen. So was mach ich nicht gratis, wo kommen wir sonst hin? Dass du das umsonst machst, ich fasse es nicht!
– Nein, ich weiß auch nicht. Ich kann Simpel gut leiden. Das ist alles. Du brauchst aber auch nicht ewig sauer zu sein nur wegen dem Infomeeting letzte Woche.
– »Nur«? Die hätten mich um ein Haar umgebracht! Dieser ganze hausgemachte Konzern ist ja gut und schön, aber ich setz für den Laden doch nicht mein Leben aufs Spiel. Wir führen hier auch keinen Guerillakrieg, wie Simpel sich das einbildet. Und das war verdammt nicht das erste Mal, dass Simpel mich fertig macht, jedes Mal, wenn ich was für ihn tue, gibt es

Mordsstress. Glaub mir, der macht mich so was von fertig.

Eisenmann ist 29 Jahre alt. Casco bewundert seinen Körper. Es geht ihm nicht in den Kopf, dass man so aussehen kann, ohne regelmäßig zu trainieren. Sein eigener Körper kann sich zwar ebenfalls sehen lassen, aber er geht auch alle zwei, drei Tage ins Sportstudio. Eisenmann macht nichts, er raucht und besorgt alles Mögliche für DESIREVOLUTION. Sonst sitzt er meistens zu Hause in seinem Chaos. Casco hat eigentlich keine Ahnung, was Eisenmann treibt, wenn er nicht arbeitet. Er schaut sich in der Wohnung um und denkt, Eisenmann ist wohl ein Sammler oder so was.

– Eisenmann!
– Ja? Eisenmann stöbert im Schlafzimmer nach Cascos Koks.
– Was ist das hier für ein Zeug?
– Was für'n Zeug?
– Hier in deiner Wohnung.
– Mist.
– Mist?
– Aller möglicher Mist. Was sich so ansammelt eben.

Eisenmann kommt aus dem Schlafzimmer, ein relativ großes Tütchen Koks in der Hand. Er schüttet ein bisschen auf die Tischkante – das einzige saubere Fleckchen in der ganzen Wohnung – und fängt an zu hacken und zu portionieren. Casco schaut ihn an.

– Scheißviel Zeugs, was?
– Nicht unbedingt mehr als bei anderen.
– Ich hab zu Hause nicht so viel Mist.
– Nein, aber du hast ja auch keine Interessen. Kein Wunder. Wenn du glücklich bist, dann brauchst du keinen Mist zu sammeln, du brauchst keine Interessen zu haben, wenn du glücklich bist. Deine einzige Sorge ist, wann du das nächste Mal ficken sollst, Casco, und nach meiner Definition ist das Glück. Du hast keinen Grund, irgendwelchen Mist zu sammeln. Wahrscheinlich findest du das sogar eklig. Warum solltest du dich auch mit Mist umgeben, was?
– Weiß der Teufel. Mach ich ja auch nicht.
– Eben. Tiptop genauso. Und Motha. Motha braucht ein bisschen Zeug für ihren Kleinen, aber sonst ist in der Wohnung nur Simpels Mist, Zeitungen und so. Oder Speedo. Der ist vollauf zufrieden mit seinem Dasein als Alki. Scheiß glücklich. Vollkommen. Der braucht nichts, darum hat er auch keinen Mist in seiner Wohnung.
– Aha. Ja, hm, so hab ich das noch nie gesehen …
– Nein. Warum solltest du auch über so was nachdenken. Wäre für dich nur vergeudete Zeit. Das ist dein Vorteil.
– Nein … Ja …, sagt Casco und möchte jetzt gern schnell gehen, aber Eisenmann redet weiter.
– Zum ersten Mal ist mir das klar geworden, als ich mal im Bus saß, ist ein paar Jahre her. Neben mir saßen ein paar Mädchen, die kamen gerade von IKEA und hatten alles mögliche Zeug gekauft, riesige IKEA-Ta-

schen voll. Ganz normale Mädchen, so zwanzig, fünfundzwanzig, es war am späten Nachmittag, und ich hab gar nicht unbedingt zugehört, bis die eine sagt, sie können ja noch da und dahin gehen und das und das tun, wenn sie den Mist zu Hause abgestellt haben. Genau das hat die eine gesagt. Da war mir alles klar. Wenn eine Fünfundzwanzigjährige in aller Öffentlichkeit frisch von der Leber weg erklärt, dass das, was sie gerade eben gekauft hat, Mist ist, dann ist die Frage klar. Alle sammeln Mist, in größerem oder kleinerem Maß. Um einen herum sammelt sich Zeugs an. Obdachlose, die keinen Ort haben, wo sie ihren Mist hinstellen können, die schleppen ihn durch die Gegend. Wohnungen dienen im Grunde genommen nur als Lagerplatz für den ganzen Mist. Fertig. Eigentlich nicht weiter schlimm. Alle schaffen sich allen möglichen Mist an. Und ich schaffe mir viel Mist an. Wieviel Koks willst du?

– Nicht viel … ja, so, genügt schon.

– Hast du sonst noch was von unserer Truppe gehört?

– Ja, ich war eben mit Tiptop und Simpel unterwegs. Simpel hat uns ein paar Fotos von der Aktion gezeigt, die er … ja, gestern durchgeführt hat.

– Aha. Hier bitte, Casco, geht aufs Haus.

– Lass mal, Eisenmann, ich bezahl dir das.

– Vergiss es. Die nächste Runde übernimmst wieder du.

– Hast du vielleicht Lust, bei den EUFORIUM-Nummern mitzumachen, wenn Motha und Tiptop und ich losziehen? Tiptop und ich haben schon drüber

gesprochen, dass wir dich fragen wollen. Zuletzt waren wir am Wochenende unterwegs. War ganz okay.
– Hm. Kann ich mal drüber nachdenken. Vielleicht schon, gut möglich. Ruft mal an, wenn's so weit ist.

BRIEF VON RITMEESTER AN PAPAHANS, DIENSTAG, 15. DEZEMBER

Samstag, 12. Dezember

Lieber Hans Foster,
hier ein paar Gedanken zu einer Neuerung innerhalb der DESIREVOLUTION*-Produktskala. Anders gesagt, ich wollte dir von ein ein paar neuen Ideen erzählen, und falls du sie interessant findest, kannst du sie R-Peter weitererzählen.*

Sie sind mittelbar ein Resultat des überraschend komischen Regelverstoßes, den Tiptop Diamond und dein Sohn Casco bei den Dreharbeiten zu THE COCKA HOLA COMPANY *begangen haben.*

Dieser Regelverstoß hat zunächst zu einem Zusatzparagraphen geführt, mit dem ihr euch wohl beim Infomeeting beschäftigt habt. Dann hat er mich auf die Idee einer pornografischen »Slam-Session« gebracht, in etwa vergleichbar den Schnipseln mit verunglückten Aufnahmen, wie sie manchmal in Hollywood-Filmen oder in »The Making of«-Filmen gezeigt werden.

Meine Idee sieht folgendermaßen aus: Nach Überkonsum von konventioneller Pornografie bleibt der Betrachter oftmals mit einer allzu großen Distanz zur Fiktion zurück. Man sollte einmal eine Kompilation missglückter Takes zusammenstellen – Penisse, die rausrutschen,

Schließmuskel, die nicht weit genug aufgehen, danebengegangene Cumshots, Spontanübertretungen von Regeln (s. THE COCKA HOLA COMPANY*), instabile Erektionen, Oralverkehr mit vermasselter Technik usw.-, das könnte die Distanz, die die glatte Fiktion errichtet, vermindern. Ein solcher Realismus wäre eine Erholung für den seriösen Pornokonsumenten, ebenso erfrischend wie eine halbe Stunde Real-TV nach einer Überdosis Spielfilmen und wirklichkeitsfremden Serien.*

Zunächst könnte so ein Projekt kontraproduktiv erscheinen, aber erstens gibt es einen relativ großen Markt für Laienfilme von geringer Qualität, wohl eben dank deren Mängel und Unzulänglichkeiten, und zweitens geht eine der beiden Haupttendenzen in der zeitgenössischen Pornografie Richtung Videodokumentation mit Handkamera und einem großen Anteil von improvisationsbegabten Schauspielern. Mein Vorschlag würde also zwei Fliegen mit einer Klappe schlagen.

Für zwei solcher Kompilationen kann ich bereits Titel vorschlagen, die unseren besten Darstellern gewidmet sind, nämlich CASCO FIASCO *und* TIPTOP NONSTOP. *Klingt nicht schlecht, oder?*

Sprich mit R-Peter und höre, was er davon hält. Nach euren jüngsten Produktionen könnte ich mir vorstellen, dass ihr progressiv genug seid, um euch für so etwas zu begeistern. Schreib mir, wenn du dir eine Meinung gebildet hast.

Ritmeester

BEI CASCO

Als Casco gegen Abend nach Hause kommt, ruft kurz darauf Simpel an. Er will Treffpunkt und Zeit für morgen verabreden. Offenbar glaubt er noch immer nicht an Cascos Zusage, ihn zur Adventsfeier zu begleiten. Sie vereinbaren, dass Casco eine Stunde vor Beginn der Feier zu Simpel nach Hause kommen soll, also morgen um 16.00 Uhr.

– Du musst mir wirklich versprechen, dass du keinen Scheiß baust, ja, ich halt das nicht aus, wenn du irgendwelchen Scheiß baust, und auch nicht, wenn Lonyl irgendwelchen Scheiß baut, beschwört ihn Simpel.
– Was machst du so einen Zirkus, ich hab dir fünfhundert Mal gesagt, dass ich mitkomme, Mann! Wenn du nicht aufhörst, dann scheiß ich drauf und bleibe zu Hause! Casco ist sauer.
– SCHEISSE, CASCO, LASS DAS! Bitte, mach das nicht! Casco, sag doch einfach, dass du keinen Scheiß baust, nur um mich zu beruhigen. Mir zuliebe, ja? Kannst du mir nicht einfach in aller Ruhe versprechen, dass du da oben nicht irgendwelchen Scheiß baust?

Fast tut Simpel Casco doch ein bisschen Leid.

– Ich bau keinen Scheiß, Simpel, versprochen, ich werd einfach nur dasitzen und dich unterstützen, ganz ohne allen Scheiß, das versprech ich dir.

Simpel ist zufrieden, sie legen auf. Casco schaltet den Fernseher an und sieht den Schluss von RADICAL HELL. Kurz darauf ruft PapaHans an und fragt, ob Casco sich für Ritmeesters Idee mit den missglückten Takes interessiert. Casco sagt wahrheitsgemäß, ihm ist das völlig Banane, PapaHans und Ritmeester und R-Peter müssen wissen, was lukrativ und mit den DESIREVOLUTION-Regeln vereinbar ist. Dann fragt er, ob es ihm Geld bringt, PapaHans meint, na ja, das wäre eher eine Art Resteverwertung, worauf Casco einwendet, dass das Konzept ihn als Schauspieler kompromittieren könnte, aber PapaHans beruhigt ihn, er stehe schließlich bei DESIREVOLUTION fest unter Vertrag, also keine Gefahr, weder finanziell noch für die Karriere. Casco sieht das ein, meint aber, »dass ich der Öffentlichkeit sowieso schon genug Gestöhne und Gevögel biete, ich finde es nur recht und billig, wenn ich auch dran beteiligt werde, wenn der Konzern mit meinem Schwanz Geld macht.« PapaHans murmelt was Rhetorisches von wegen, seit wann er denn so öffentlichkeitsscheu ist, fängt sich aber gleich wieder und schließt gewohnt freundlich: »Ich mag mit dir nicht über Geld diskutieren, mein Junge, du bekommst natürlich, was du willst.«

Nicht lange, und Tiptop ruft an, um sich zu erkundigen, ob Casco auch schon mit PapaHans gesprochen hat. Casco bejaht. Tiptop würde gern wissen, was er von Ritmeesters Idee hält. Casco sagt wahrheitsgemäß: »Mir ist das völlig Banane, Hauptsache, es springt für mich was dabei raus.« Tiptop sagt, genau dasselbe hat er PapaHans geantwortet. »Na, dann sind sich ja alle einig«, meint Casco. Tiptop findet, falls sich einer auf die Hinterbeine stellen sollte, dann wohl R-Peter, der sich eine Hand abhacken lassen würde, um seine selbsterdichtete Integrität zu wahren. Sie verabreden lose einen EUFORIUM-Stunt fürs Wochenende. Casco meint, sie könnten vielleicht Eisenmann einladen. Tiptop hat nichts dagegen.

Casco kann ca. drei Minuten ungestört fernsehen, da ruft Speedo an. Er ist kaum zu verstehen. Er sabbelt etwas von einem Geheimnis und erwähnt Eisenmann, aber den Zusammenhang begreift Casco nicht. Casco sagt Speedo, er soll langsam und ruhig reden, und Speedo gibt sein Bestes, aber es bringt nichts. Mehrmals sagt er »Mmmein Ge-ge-kcheimnisss …« Casco resigniert. Speedo legt scheppernd auf.

Um elf überlegt Casco, ob er bisschen was von Eisenmanns Koks probieren soll, entscheidet sich aber dagegen. Er sieht irgendeinen Film über irgendeinen Rechtsanwalt, der irgendeinen Prozess für irgendeinen Typen führt, der wegen irgendwas unschuldig verurteilt worden ist. Zwischendurch zappt er immer mal wieder zu Staglianos FACE DANCE auf dem Adult-Pay-

Kanal, ob da irgendwas zu holen ist, aber er sieht keinen Trick, den er nicht schon kennt.

GÖRAN PERSSONS KONTOAUSZUG VOM 15. DEZEMBER

Auszug Nr. 12 Kontonr. 1607.19.38489
Privatkonto 15.11.–15.12.

Text	Wert	Soll	Haben	Gebucht
Alter Saldo v. 14.11.			17.244,34	
Knossos Deli	16.11.	347,28		17.11.
7-Eleven	16.11.	663,00		17.11.
Geldautomat	17.11.	500,00		19.11.
Pink 69	17.11.	2.348,00		19.11.
Pink 69	18.11.	1.034,98		20.11.
Geldautomat	19.11.	300,00		21.11.
Überweisung	21.11.	3.500,00		22.11.
Pink 69	23.11.	2.239,00		24.11.
7-Eleven	23.11.	69,00		24.11.
Gehaltszahlung	23.11.		98.000,00	24.11.
Studio Slut	23.11.	931,00		26.11.
Bay Club	23.11.	406,00		25.11.
Geldautomat	24.11.	500,00		26.11.
Baranweisung Cathrine Færøy	25.11.	60.000,00		26.11.
Café Hadrian	26.11.	65,00		28.11.
Vegas Video	26.11.	109,00		29.11.
Café Scand.	27.11.	273,00		30.11.
Pink 69	27.11.	690,00		30.11.
Colt Records	28.11.	176,00		02.12.
Gehaltszahlung	29.11.		45.000,00	03.12.
Geldautomat	29.11.	1.000,00		03.12.
Thongs&Thighs	30.11.	3.671,65		05.12.
Nighthawk	30.11.	276,00		05.12.
7-Eleven	30.11.	189,00		06.12.
Übertrag			80.957,08	

(...)

MITTWOCH, 16. DEZEMBER

(Bei Simpel, Motha und Lonyl, um 15.50 Uhr, eine Stunde und zehn Minuten vor der Adventsfeier)

Seit Lonyl aus der Schule gekommen ist, versucht Simpel, ihm vernünftig zuzureden, aber ohne Erfolg. Den Vormittag über hat er davon geträumt, ausgerechnet heute eine Art Vater-Sohn-Gespräch hinzukriegen. Aber vergiss es. Sogar Motha hat irgendwann gesagt, er soll den Kleinen mit seinem väterlichen Kommunikationsdrang verschonen. Simpel hat sich wirklich bemüht, aber die Reaktion auf seine Anstrengungen bestand bisher darin, dass Lonyl ihn 1. mit seinem Rechenbuch; 2. mit der Fernbedienung; 3. mit der Hand; 4. mit einer Eineinhalbliter-Plastikflasche; 5. einem Plastikrohr und 6. einem Hockeyschläger geschlagen hat, ans Bein, auf den Kopf, an den Unterarm, zwischen die Beine (Simpel: »JETZT IST HIER ABER SCHLUSS!!!«) und zweimal auf den Rücken. Simpel hätte gern einen Präventivplan für den Abend besprochen, aber damit ist er vielleicht etwas spät dran. Jetzt sitzt Lonyl in der Ecke vorm Videoregal und malt kleine Striche und Kreuze auf den Boden. Simpel sitzt im Wildledersofa und schaut abwechselnd auf die kleinen Löckchen in Lonyls Nacken und auf Motha, die in der Küche am Tisch sitzt und Zeitung liest. Er macht den Fernseher an und zappt durch die Kanäle. Der Bildschirm ist ein bisschen verschleiert, die Filzerspuren von Samstag sind noch nicht ganz runter. In dreißig Sekunden zappt Simpel durch sechzig Kanäle. Dann macht er den Apparat wieder aus und geht in die Küche. Motha neigt sich zeitunglesend beiseite, um ihn durchzulassen. Simpel schaut in den Kühlschrank, findet aber nichts Ansprechendes. Er setzt sich an den Küchentisch, Motha gegenüber, schaut sie an, wartet auf eine Regung. Jegliche Regung bleibt aus. Motha genügt ihre Zeitung. Sie ist hochzufrieden, dass Mann und Sohn für eine Weile mit ihrem Zirkus aufgehört haben. Simpel sitzt da, betrachtet seine Fingernägel und das Resopalfurnier des Tischs und einen angebrannten Topflappen und anderes banales Zeug in seinem Blickfeld. Er hört, dass Lonyl im Wohnzimmer aufhört zu kritzeln und den Fernseher anmacht. Simpel popelt an der Tischkante herum. Er lehnt sich über den Tisch und fischt eine Zigarette aus Mothas Päckchen. Dann pustet er eine Zigarettenlänge lang Rauch an die Küchenwände. Motha liest irritierend langsam und genau. Am liebsten würde Simpel rübergreifen und für sie umblättern. »Das ist doch scheißunmöglich, derart scheißlange und derart scheißgenau diese verfickte Zeitung zu lesen!«, denkt Simpel. Er hat da eine Theorie, man mag sich ihr anschließen oder nicht, dass in der Zeitung jeden Tag haargenau dasselbe stehe und man daher allerhöchstens fünf Minuten für die Lektüre brauche, egal, welche Zeitung man liest. Er braucht so zwei, drei Minuten, manchmal weniger, aber nie länger als drei. Im ANKER ist er schon viermal so heftig aufgestanden, dass die

Kaffeejauche überschwappte, und hat einem Rentner, über den er sich schon länger ärgerte, wutschnaubend die Zeitung weggenommen; zweimal hat er das Blatt in kleine Fetzen zerrissen, auf den Boden geschleudert und den Rentner angeschrien: »WIE KANN MAN SICH VERFLUCHT NOCHMAL SO LANGE IN DIESE SCHEISSE VERTIEFEN, DAS GEHT DOCH NICHT!« Er unterdrückt den Gedanken, dass Motha in dieser Hinsicht vielleicht noch schlimmer ist als die Rentnersäcke. Nein, er will an diesem Nachmittag lieber nicht mehr Streit vom Zaun brechen als unbedingt nötig.

Lonyl kommt in die Küche getapst. Er hat sich das T-Shirt ausgezogen und ein paar Kreuze auf den kleinen braunen Brustkorb gemalt. Wie jedes Mal, wenn er Lonyl (oder Motha) nackt sieht, ist Simpel beeindruckt. »Nicht zu glauben, Mothas Negergene sind derart stark, dass sie meine Kartoffelsackanatomie restlos k.o. geschlagen haben. Dazu gehört schon was, ein paar Jahrhunderte weiße Degeneration einfach so zu verdrängen«, denkt er und hätte Lonyl beinahe einen väterlichen Klaps auf die Schulter gegeben, lässt es aber aus Angst vor Repressalien. Er sieht zu, wie der Junge im Kühlschrank wühlt.

– Wenn du Carpaccio willst, dann muss ich dir welches machen, das weißt du, Lonyl, ja, sagt Simpel.
– Ja, sagt Lonyl.
– Wie ja? Ja, du willst welches, oder ja, du weißt, dass ich es dir machen muss?

Lonyl sagt keinen Ton mehr. Simpel flucht, dass Casco noch nicht da ist.

– Cool, Ssiimpel. Du weiß ja niikmal, wie spät es iiss.
– Ich weiß genau, dass es jetzt vier ist. Das hab ich im Gefühl. Verdammte Scheiße, wenn Casco nicht kommt, reiß ich ihn in Stücke.

Simpel nimmt noch eine von Mothas Zigaretten und grabbelt eine Weile daran herum, bevor er sie anmacht. Motha ist immer noch mit derselben Zeitungsseite zugange. Simpel erwägt – nicht zum ersten Mal – den Gedanken, ob sie vielleicht ein bisschen unterbelichtet ist. Die Male, wo er sie wütend »Sag mal, bist du dumm im Kopp oder was?« gefragt hat, hat sie fraulich/mütterlich/überheblich lächelnd den Kopf geschüttelt: »Du weiß niik, was du da sags, mein kleine' Ssiimpel.« Simpel hingegen ist sicher, dass er es merkt, wenn er mit einem Idioten zu tun hat. »Ich lasse mir verdammt nochmal nicht das Recht nehmen, jemanden dumm zu finden« hat er jedes Mal gedacht, »auch nicht von dir mit deiner verfluchten Hottentottenweisheit.« Motha hat den Bogen gut raus, Simpel schachmatt zu setzen mit so einer Edle-Wilde-Nummer à la ich-weiß-etwas-das-du-ohne-meine-Urerfahrung-und-meine-Urinstinkte-gar-nicht-wissen-kannst. Sie bringt oft Argumente, die jede weitere Diskussion abwürgen. Mit anderen Worten: Ihre Ehe zeichnet sich nicht unbedingt durch kommunikative Höhenflüge aus. Aber sie kommen gut miteinander klar, letztlich kann man sich miteinander auch wohl fühlen, ohne so wahnsinnig viel miteinander zu reden.

Simpel fühlt sich durch Lonyls Anwesenheit in der Küche extrem gestresst. Ihm wäre es am liebsten, Lonyl würde in seiner Ecke sitzen und ohne Ende weiterkritzeln. Wenn Lonyl hier rumtapst, kann er sich auf gar nichts konzentrieren; es ist nun mal eine unumstößliche Wahrheit, dass es immer Katastrophen gibt, wenn Lonyl nicht autistisch dasitzt. Simpel starrt auf die Tischplatte und wartet auf die Katastrophe, er hat überhaupt keine Lust, wütend zu werden, sondern möchte sich Energie und Zorn für würdigere Anlässe aufheben, aber was soll er tun, er hat ja keine andere Wahl, denn schon wirft Lonyl einen Liter Milch um, der sich über den Kühlschrankinhalt ergießt.

– LONYL, VERDAMMTE SCHEISSE! WAS MACHST DU DA? WAS SOLL DAS? LONYL? WAS SOLL DAS?
– Ssiimpel, das is dok nu' ein bissken Miilk, sagt Motha begütigend.
– DA SCHEISS ICH DRAUF, SCHAFF DAS VERFLUCHTE BALG HIER RAUS! EIN BISSCHEN MILCH? DAS WAR EIN GANZER SCHEISSLITER!!! SCHAFF BLOSS DAS VERFLUCHTE BALG HIER RAUS!

Simpel traut sich nicht, Lonyl in seine Ecke rüberzutragen, schließlich will er weder einen Biss in den Arm noch einen Tritt in die Genitalien riskieren.

Motha erledigt das umstandslos. Lonyl hängt wie ein

Sack in ihren Armen, während sie ihn hinüberträgt. Dort nimmt er die Bodendekoration wieder auf; Simpel geht angewidert in die Knie, um die Milch aufzuwischen, die aus dem Kühlschrank auf den Fußboden rinnt. Motha kommt zurück und liest die Zeitung weiter, immer noch dieselbe Seite. Simpel stöhnt und flucht jedes Mal, wenn er den milchgetränkten Wischlappen über der Spüle auswringt. Um zehn nach vier klingelt Casco.

– Das wird verdammt nochmal auch Zeit, Casco, die Kernfamilie hier oben zersplittert gerade, sagt Simpel bitter in die Gegensprechanlage.

Während Casco hochkommt, schluckt Simpel schnell ein Milligramm Xanax. Casco strotzt nur so vor koksgetränktem Selbstvertrauen. Bevor er zu Hause aufgebrochen ist, hat er sich ein paar fette Lines reingezogen, und er hat so viel Vorrat dabei, dass die Adventsfeier ihm keine Sorgen mehr macht. Alle Kümmernisse sind so rasch verschwunden wie das Koks in seiner Nase. Fragt man Casco, so sieht es bei Simpel und Motha ganz fürchterlich aus; man darf nicht vergessen, dass Cascos Eltern ihm strenge Sauberkeits- und Ordnungsvorstellungen anerzogen haben, bei aller Toleranz und Geduld. Erstens sieht die Wohnung aus, als wäre sie seit Jahr und Tag nicht mehr geputzt worden – dabei wohnt die Familie erst seit ein paar Wochen hier. Zweitens sind Linoleum und Wandverkleidungen voll mit Lonyls Strichen und Kreuzen. Drittens riecht es hier drin nicht unbedingt so gut; jede Familie hat ihren eigenen Familiengeruch, okay, aber auf diesen speziellen Odeur könnte Casco verzichten. Viertens fliegen sämtliche eigentlich gar nicht so zahlreichen Gegenstände, mit denen sich die Familie umgibt, irritierend ungeordnet herum. Fünftens müsste man schon sehr gewandt argumentieren, um zu behaupten, Kippen und Essensreste wären eine appetitliche Kombination. Und sechstens wird es durch die Milch auf dem Küchenfußboden auch nicht besser; Simpel und Motha sitzen daneben und haben ihren kleinen Familienkrach. Casco begrüßt Motha und muss gewaltig aufpassen, dass er beim Hinsetzen nicht in die Milch patscht, die wegzuwischen Simpel aufgegeben hat. Simpel bemerkt nicht, dass Casco ziemlich zugedröhnt ist. Wäre ihm auch egal. Er gibt Casco erst die Hand, als der sitzt, dann bittet er ihn um eine Zigarette. Casco zückt seine LUCKIES und fragt, ob Lonyl sich auf die Adventsfeier freut. Simpel antwortet, es ist unmöglich, mit dem Kind zu kommunizieren, er weiß nicht mal, ob Lonyl überhaupt klar ist, dass er zu so einer Feier geht. Casco fragt, warum sie dann überhaupt zu der Feier gehen – wenn, dann doch wohl nur um Lonyls willen, oder?

– Nein, um des bekackten Scheißprinzips willen, ich dachte, das weißt du.

Casco erkennt, dass er das Thema besser lässt, es sei denn, er will sich explosiven Ausschüttungen von Geifer und Galle aussetzen, und das will er natürlich nicht, weder jetzt noch sonst. Besser, er lässt unnötige Fragen sein. Wenn er genug Koks intus hat, sieht er auch gern über ein paar Details hinweg. Solange Simpel nicht die Gesprächsführung übernimmt, sitzen sie stumm da, aber Simpel hat noch den Wutausbruch von vorhin zu verdauen; möglicherweise hält er bewusst den Mund, bis das Xanax wirkt und den in ihm herrschenden Aufruhr von Wut und Ruhelosigkeit dämpft. Nach gut zehn Minuten, in denen nichts zu hören ist außer Zeitungsgeraschel (nicht etwa vom Umblättern, nur von kleinen Bewegungen), holt Simpel Luft und fragt Casco, ob PapaHans ihm gegenüber das neue Videokonzept erwähnt hat; er für sein Teil findet, das klingt gar nicht schlecht. Wieder sagt Casco wahrheitsgemäß, von ihm aus können sie mit dem Videomaterial machen, was sie wollen, Hauptsache, für ihn kommt was dabei rum. Motha hat offenbar noch nichts von dem Plan gehört, sie legt die Zeitung hin und fragt, worum es geht. Casco erklärt es kurz, und Motha fragt Simpel, warum er ihr nichts davon erzählt hat. Simpel meint, er hätte gedacht, das interessiert sie nicht, aber er weiß, das ist eine fadenscheinige Entschuldigung.

Gegen halb fünf steht Simpel auf und sagt, sie müssen. Casco verfolgt, wie Simpel ein paar Runden im Zimmer dreht, bevor er angestrengt väterlich-freundlich sagt: »Komm, Lonyl, zieh dich an, jetzt gehen wir zur Adventsfeier.« Fünfmal muss er das sagen, bis Lonyl mit einem »Nein« reagiert. »Doch, wir gehen, komm«, sagt Simpel. »Nein«, wiederholt Lonyl. »Doch, wir gehen, komm jetzt!«, sagt Simpel nochmal, und so weiter, bis Simpel laut wird und Motha endlich ihre ewige Zeitung hinlegt und ins Wohnzimmer geht, wo sie Lonyl zum Aufstehen bringt und es irgendwie schafft, ihm was anzuziehen. Casco steht nun auch auf und bindet sich bei der Wohnungstür die Schuhe zu. Während er seine Allwetterjacke anzieht, bittet Simpel Motha, sie runterzubegleiten. »Du musst dabeibleiben, bis er auf der Straße ist, sonst kann ich das gleich vergessen«, jammert er. Lonyl versucht noch dreimal, in Mothas und Simpels Zimmer zu entkommen, beim letzten Mal klammert er sich an einem Bettpfosten fest. Motha lockt und bearbeitet ihren Sohn, Simpel steht da, abwechselnd leise fluchend und Casco hilflos anschauend. »Wenn dieser Abend ohne Stress vergeht, dann klettere ich auf meinen Schreibtisch und hänge ein Kreuz unter die Decke, das schwöre ich«, murmelt er. Casco nickt. Er fühlt sich jeder Situation gewachsen, obwohl er weiß, dass das nur dank der wirksamen Chemie so ist, die er wiederum Eisenmann zu verdanken hat. Casco bietet Simpel einen Kaugummi an, Simpel will ihn nicht; Casco kaut allein, unnatürlich hektisch. Simpel starrt auf Cascos hart arbeitende Kiefer, Casco starrt zurück. Keiner von beiden spricht.

Auf dem Weg in die President Harbitzgate muss Simpel tatsächlich nur viermal mit Lonyl schimpfen. Einmal will der Junge einen Hundehaufen mitnehmen (»Nein, igitt, Lonyl, das ist doch Scheiße! Lass das liegen! Das ist Hundekacke!«), einmal verschwindet er in einem Kiosk (»Verflucht nochmal, Lonyl, du kannst bei der Feier so viel Limo trinken, bis du kotzt!«), einmal legt er sich hin und stellt sich tot (»Komm schon, Lonyl, wir haben keine Scheißzeit für so Quatsch, mit dem billigen Trick legst du mich schon lange nicht mehr rein!«), und einmal dreht er sich einfach um und marschiert ab in Richtung Heimat (»LONYL! KOMM SOFORT HER! ICH HAU ONKEL CASCO EINE RUNTER, WENN DU DICH NICHT BENIMMST!«). Da rennt Lonyl schnell zurück, um zu sehen, ob sein Vater Casco eine semmelt, aber nein.

Oberflächlich gesehen ist an dem Kleeblatt, das jetzt die President Harbitzgate runterkommt, nichts Ungewöhnliches. Lonyl scheint gesund, solange man ihn nicht anspricht, Simpel wirkt ganz harmlos mit seiner Allwetterjacke und den Seglerschuhen, und Casco sieht aus wie jeder x-beliebige wohlgekleidete, wohlgepflegte und wohltrainierte Dreißigjährige.

Sie brauchen noch gut fünf Minuten, bis sie bei Nr. 16 sind, die sich natürlich als das prächtigste Haus der ganzen Straße erweist. Das hier ist kein Einwandererwohnblock mit 1700 Winzbehausungen, nee. Pauline-Pupsine öffnet, als sie klingeln. Als Lonyl sie sieht, will er fliehen, aber Simpel hält ihn am Kragen fest und zischt, er soll cool bleiben, drinnen gibt es Riesenmengen Limo. Pauline-Pupsine begrüßt sie wie eine brave kleine Erwachsene, was Simpel in jeder anderen Situation zum Ausrasten bringen würde, aber jetzt fühlt er sich genötigt zu erklären, dass sie zur Adventsfeier kommen – als hätte Pauline-Pupsine das sonst im Leben nicht erraten. Casco ist der einzig Unbefangene. Als die Kleine sagt: »Bitte, kommt rein, ihr könnt die Schuhe im Flur ausziehen«, ist er als Erster drin, hat im Handumdrehen die Schuhe aus und steht im Wohnzimmer, wo er mit der attraktivsten anwesenden Mutter plaudert, bevor Simpel Lonyl die Jacke ausgezogen hat. »Schleimer«, denkt Simpel, während er versucht, den Tisch mit den Getränken ausfindig zu machen; das ist im Moment die einzige Waffe, die ihm einfällt, um Lonyl ruhigzustellen.

Das Haus ist auch drinnen schnieke wie sonst was, die Eltern ebenfalls. Von ihnen dreien sieht Casco am anständigsten aus. Simpels Sachen sind zwar so weit in Ordnung, er ist nur nicht wirklich *gepflegt*, auf jene Weise, die früher einmal der Oberklasse vorbehalten war, heute aber für alle Welt gilt. Simpel macht sonst immer ätzende Bemerkungen darüber, dass die Leute so wahnsinnig viel Aufmerksamkeit auf ihr Aussehen verwenden, jetzt muss er dafür bezahlen. Er vergisst allzu leicht, dass sein Ordnungs- und Sauberkeitsstandard mit dem anderer Leute nicht kompatibel ist, und bereut, dass er sich nicht wenigstens geduscht und frische Sachen angezogen hat; nicht dass er dreckig wäre oder so, nur erscheinen die Unterschiede in einer solchen Umgebung wie mit dem Vergrößerungsglas verstärkt. Seit Tagen bereitet er sich gedanklich auf diese Feier vor, aber auf die Idee, sich was Frisches anzuziehen, ist er nicht gekommen.

Hocherfreut stellt er immerhin fest, dass Motha – wann eigentlich? – Lonyl saubere Sachen angezogen hat. Er sieht fast aus wie die anderen Kinder, abgesehen von dem bekannten Unterschied. Bei den Getränken muss er Lonyl eine Eineinhalbliterflasche entwinden, die der Junge sich schon an den Hals gesetzt hat; er zischt ihm zu, dass normale Leute aus Gläsern trinken, nicht aus der Flasche wie die Wilden. Den restlichen Abend über benimmt Lonyl sich zu aller Überraschung unauffällig. Was man nicht von jedem behaupten kann.

DIE ADVENTSFEIER

Grob gesehen lässt sich der Abend in zwei Abschnitte unterteilen: Erst Simpels Gespräch mit Paulines Vater, anders gesagt die Zeit vor Cascos Fehltritt. Dann Cascos Fehltritt und die Zeit danach.

Als Erstes heißt Pauline-Pupsines Mutter, die Gastgeberin, alle herzlich willkommen. Die Kinder sitzen mit einem Riesentopf Würstchen im Wohnraum, die Eltern im Esszimmer um einen langen Tisch. Simpel kommt neben dem Gastgeber, Pauline-Pupsines Vater, zu sitzen. Casco ergattert einen Platz neben Sultans Mutter, mit der er bis eben gesprochen hat. Ihr Mann sitzt auf ihrer anderen Seite, ein großer, dicker, nicht unbedingt freundlich dreinblickender Araber. In einer paranoiden Anwandlung späht Simpel in die Runde, ob irgendwer Casco wiedererkennt, aber nein, der Bart scheint als Tarnung zu funktionieren. Er ist nicht besonders lang, dieser Bart, aber Casco sieht durch ihn beträchtlich älter aus als in dem Film, den es letztes Jahr bei der Adventsfeier zu sehen gab.

Dann steht der Vertreter der Vertretungslehrerin auf, ein lebhafter und offenkundig relativ intelligenter junger Mann, und äußert pflichtschuldigst einige Worte darüber, dass dieser Advent keine ganz ungetrübte Freudenzeit war, wenn man Cathrine Færøys Verschwinden und den Zusammenbruch der Vertretungslehrerin bedenkt, aber er findet, dass das eine fabelhafte Klasse ist, dass alle, die da sind, wirklich tolle Kinder haben, auf die sie stolz sein können, und dass er persönlich alles, *alles* tun wird, um die Klasse wieder auf Vordermann zu bringen. »Ich gehe nicht in die Sommerferien, bevor ich es nicht schriftlich habe, dass jedes dieser Kinder gern zur Schule gegangen ist«, verspricht er. »Na, da kannst du lange warten«, denkt Simpel; er sieht, wie Casco sich auf der anderen Seite des Tischs mühsam das Lachen verkneift. Pauline-Pupsines Vater zu seiner Rechten fängt laut an zu klatschen.

– Der Junge wird's schon machen. Guter Mann!

Er nickt Simpel einverständnisheischend zu. Die Tischgesellschaft klatscht mit. Der Lehrer nimmt Platz. Simpel hat den Eindruck, sein Tischnachbar ist gar nicht so übel. »Sicher Medienbranche«, rät er.

Als er den Medienmenschen gerade ansprechen möchte, ereignet sich eine kleine Episode, die darauf hindeutet, dass Simpel – gegen alle Erwartung – wieder Oberwasser bekommt. Zu seiner Linken sitzt eine der Klassenmütter, deren so eineinhalbjähriger Jüngster hinter den Gästen herumtapst. Auf einmal zieht der Kleine Simpel am Hosenbein und sagt »dol-dol … dol-dol …« Die Mutter lacht Simpel freundlich ins Gesicht. Sie hebt den Kleinen hoch und zwitschert irgendwas in Kleinkinderkauderwelsch. Dann sagt sie zu Simpel:

– Hehe … ja, du musst entschuldigen, aber wir haben heute Bohrer gesehen … in einem Schaufenster, und jetzt ist er völlig hin und weg von denen, weißt du … dol-dol heißt bohr-bohr … hehe … das sagt er jetzt zu jedem, absolut zu jedem … dol-dol … dol-dol …

Simpelseits null Reaktion.

– … und weißt du, wie er zu Traktor sagt? Das ist ja so komisch! Er wird jetzt wirklich *zu* komisch. Hast du selber kleine Kinder? Also zu Traktor sagt er …

Simpel unterbricht sie:

– Weißt du, ich will ja kein Spielverderber sein, aber überleg doch mal, jedes einzelne der 20 Milliarden verfluchten Kleinkinder, die es in der Menschheitsgeschichte gegeben hat, hat haar-ge-nau denselben Mist gebrabbelt wie dein Kleiner da, und da ist es mir vielleicht ziemlich egal, dass er dem Muster folgt …?

Die Frau verstummt, und Simpel dreht sich wieder zum Tisch. Rechts neben ihm bewegt sich Pauline-Pupsines Vater, als wollte er auf sich aufmerksam machen. Simpel fragt sich, ob er den kleinen Wortwechsel mit angehört hat. Dann hört er zu seiner Linken ein Räuspern, offenbar hat die Mutter nachgedacht und will was loswerden. Sie räuspert sich noch einmal, unvorsichtigerweise dreht Simpel sich zu ihr um, sie sagt:

– Ich hab da mal was in einem Buch gelesen, ich weiß gar nicht mehr, wie das geheißen hat … aber da könntest du mal drüber nachdenken … und zwar hat da »Was ist das …« … nein … Da hat gestanden »Was ist an dir, das ein völlig Unbekannter nach drei Minuten begriffen hat, aber du selber wirst es nie begreifen?« Na, was meinst du, was ist das …
– Dass du ein bisschen blöd im Kopf bist?, schlägt Simpel vor und hört rechts Gekicher; der Medienmensch kann fast nicht mehr an sich halten. Er legt Simpel eine Hand auf die Schulter, etwas, das Simpel prinzipiell unerträglich findet.

Medienmensch: Mit dir kommt man ja richtig leicht ins Gespräch, was? (Tiefe, klare Stimme)
Simpel: Alles hat seine Grenzen … bitte, sei so gut … (Er signalisiert, dass man die Hand von seiner Schulter entfernen möge.)
Medienmensch: Und womit beschäftigt sich einer, der so eine spitze Zunge hat wie du?
Simpel: Lass erst mal mich raten: Du arbeitest in der Medienbranche, oder?
Medienmensch: Stimmt. Robert.
Simpel: Simpel.

Die Männer geben sich die Hand. Robert hat einen festen Händedruck. Simpels ist ein bisschen feucht.

Simpel: Und welche Richtung? Film? Fernsehen?
Robert: Fernsehen.
Simpel: Aha.
Robert: Und du bist der Vater von …
Simpel: Lonyl.
Robert: Ahaaa … Lonyl … Das ist ja wirklich mal ein Racker …
Simpel: Racker? Wie meinst du das?
Robert: Nein, no offense, ich hab nur gehört, es soll mit ihm nicht immer so leicht sein.
Simpel: Nein, das kannst du verflucht nochmal laut sagen … kann schon scheißschwierig sein, den Jungen zu bändigen … er kann scheißunerträglich sein … du warst nicht vielleicht bei der letzten Adventsfeier dabei? Als er so richtig Mist gemacht hat?
Robert: Nein, nein … ich war nicht da, wir waren verreist. Aber ich hab da was läuten gehört …
Simpel: Was läuten? Glaub bloß nicht alles, was du hörst! Was denn läuten? Scheiße, habt ihr eine beschissene Klatschzentrale, in der ihr andere Eltern mit Dreck bewerft, oder was? Hä? Wo kommen diese beschissenen Gerüchte her? Hä?
Robert: Immer mit der Ruhe. So viel wird über deinen Sohn nun auch wieder nicht geredet. Aber so eine Nummer wie bei der letzten Adventsfeier, das gibt natürlich Stoff, was erwartest du?
Simpel: Und, was hast du gehört?
Robert: Na, es war ja wohl so, dass Lonyl einen … wie soll ich sagen … Film für Erwachsene ins Videogerät geschmuggelt hat …

Simpel: Und?

Robert: Und nichts. That's it. Und dass ihr relativ publikumswirksam abgerauscht seid.

Simpel: Ja … Nein … Mehr ist auch nicht gewesen … Und wer hat dir das erzählt?

Robert: Tja … wer war das noch? … Ich glaube, der Schulpsychiater … dieser Berlitz.

Simpel: BERLITZ?

Man dreht sich nach ihm um, Simpel dämpft die Stimme.

Simpel: Berlitz?

Robert: Ja, Pauline hatte ein bisschen Probleme mit dem Lesen, und wir dachten, sie braucht vielleicht lesepädagogische Maßnahmen.

Simpel: Lesetherapie? Ist sie nicht genauso alt wie Lonyl?

Robert: Ich denke schon, sieben.

Simpel: Ist es da nicht vielleicht ein bisschen früh, ihr so beschissene – sorry für den Ausdruck – verfickte Maßnahmen zuzumuten? Sie ist *sieben* Jahre alt, verfluchte Scheiße. Lonyl wird kein beschissenes Wörtchen lesen können, bis er zwölf ist, und das ist verdammt nochmal nicht zu spät …

Robert: … nicht zu früh?

Simpel: … nein verdammt, nicht zu spät!

Robert: He-he-he … ja, da sagst du was. Vielleicht ist es schon ein bisschen früh für den ganzen Stress.

Simpel: Ja, es ist ein bisschen früh für den ganzen

Stress. (Pause). So, so, mit Berlitz' ärztlicher Schweigepflicht kann man sich also den Hintern wischen. Gut zu wissen.

Robert: Na ja, das war ein öffentliches Ereignis ... Ich hatte rein zufällig nichts davon gehört.

Simpel: Die Hure von Berlitz braucht trotzdem nicht in der Sprechstunde über mich und meinen Sohn herzuziehen.

Robert: Pschscht ... Nein, er hat's auch nur nebenbei erwähnt, kein big deal ... Aber sag mal ...

Robert lehnt sich zu ihm hinüber und senkt die Stimme.

Robert: ... Wie wär's mit einer Zigarette draußen auf dem Balkon ...?

Simpel ist schon schwer auf Nikotinentzug, er nickt und steht auf. Robert geleitet ihn hinaus wie ein Staatsoberhaupt. Zum Balkon geht es durch zwei breite Glastüren; draußen hat man eine großartige Aussicht über die Stadt. Es ist bitter kalt und stockfinster. Simpel blickt nach drinnen, wo die Festgesellschaft in oranges Licht getaucht um den Tisch sitzt. Er pustet weiße Atemluft gegen die Glastür und spürt Hass, aber keine Angst. Robert bietet ihm Zigarette und Feuer an. Simpel bedient sich.

Robert: Also sag mal, dieser Film letztes Jahr ... hatte sich Lonyl da in deinem Lager bedient, oder wo hatte er den her? Hm? Darüber hab ich verdammt oft nachgedacht – erst mal gibt es ja keine anständige Familie ohne ein kleines Lager mit ... Pornos – und unsere Kinder sehen das Zeug mit Sicherheit auch, die wissen doch besser als wir, wo was im Haus versteckt ist, das kann ich dir flüstern ... aber Papas Porno zur Adventsfeier mitnehmen, das bringt sonst keiner. Der Punkt geht an Lonyl.

Simpel: Früher oder später wäre das sowieso passiert. Wir haben eine große Auswahl zu Hause. Ein paar Regalmeter ...

Robert: He? So ein Großverbraucher bist du? Wohnst du allein oder was?

Simpel: Nein, mit meiner Frau, ganz normal.

Robert: Und was sagt die zu deiner Sammlung? Sieht sie die Dinger auch?

Simpel: Sieht – wie man's nimmt ... sie *macht* sie ... Sie spielt mindestens in der Hälfte von den Filmen selber mit, sie hat keine Probleme, dass wir die im Wohnzimmer haben, nö.

Robert: Machst du Witze? Deine Frau ist Pornodarstellerin? Lonyls Mutter? Ist sie ... dunkel? Ja klar, natürlich!! Ich hab sie ja kennen gelernt! Die!?! Die macht so was?

Simpel: Hauptberuflich.

Robert: Ja, Wahnsinn! Das darfst du hier aber nicht laut sagen! Sonst bist du unten durch!

Simpel: Ich weiß schon, wem ich das erzähle und wem nicht. Man braucht nicht der verfickte alte Freud zu sein, um zu wissen, was du für einer bist. Sonst posaune ich das nicht so rum, keine Angst.

Robert: Ist ja irre! Mit einem Pornogatten unterhält man sich nicht alle Tage! Ja, Wahnsinn! Ist das nicht der totale Alptraum? Das ist doch immer eine scheußliche Vorstellung, wenn man Interviews mit Pornostars oder so sieht und die ihre Lebensgefährten oder wie auch immer erwähnen, da muss ich immer denken: Du bist mir ein Glückspilz – tausende fremde Männer sitzen da und schauen zu, wie deine Frau …

Simpel: Hehe … von vorn und von hinten gevögelt wird …

Robert: Hehe … du scheinst darüber gar nicht so unglücklich zu sein …

Simpel: Kommt halt darauf an, wo die Grenzen sind … Ich sehe die Pornoproduktion nur als Mittel zum Zweck an, zur Realisierung von wirklich wichtigen Projekten.

Robert: Heißt das, du hast auch mit den Pornos zu tun?

Simpel: Jaja … Ich hab die Firma gegründet, mit einem Bekannten. Wie das immer so geht; wir hatten ein paar Sachen scheiß über. Ja, eigentlich zwei Sachen. Einmal, dass die Leute die ganze verdammte Zeit übers Geld jammern, dass alles so teuer ist und dass es vorn und hinten nicht reicht und so. Immer dieselbe scheißöde Leier. Bei jeder Gelegenheit, beim Mittagessen und immer. Oh Mann, haltet die Schnauze, haben wir gedacht. Wir scheißen auf eure Probleme. Dass ihr die habt, beweist nur, dass ihr fantasielose Loser seid, mehr nicht.

Robert: Ganz deiner Meinung …

Simpel: Und das andere, wovon wir die Schnauze voll hatten, das war *der Rest der Welt.* Wie Normen und Regeln und Strukturen und Mechanismen und der ganze Scheiß funktionieren, das ist genauso bescheuert und vorhersehbar wie das Geldgerede – und alles, was du in so einer Situation tun kannst, also wenn du es satt hast, wie die Leute sich abrackern und sich und andere quälen, das ist: Widerstand leisten. Widerstandsarbeit. Dagegen angehen. Du musst nein sagen. So, und dann ergibt sich eins aus dem anderen: Wenn du Widerstand leisten willst, musst du erst mal den lähmendsten Kontrollmechanismus von allen außer Kraft setzen, die Lohnarbeit. Erst dachten wir, lassen wir eben andere für uns arbeiten, aber wir wollten niemanden in die Lohnarbeitshölle zwingen, um selber frei zu sein. Das ist unser Prinzip. Wir mussten uns was einfallen lassen. Und da hatte ich die geniale Idee, damit Geld zu machen, wozu die Leute *Lust* haben … genau: Lust, Begehren, nicht wahr, Lust, Trieb, vögeln, ficken lutschen rammeln nageln reiten … nicht wahr? Ich kann dir sagen, vom Ficken leben ist nicht das Schlechteste. Das Problem ist nur, Leute zu finden, die so ein problemloses Leben ertragen, ein rein glücksbezogenes Leben. Das halten viele einfach nicht aus. Essen-schlafen-ficken-schlafen-essen, ja? Da musst du wen auftreiben, der entsprechend erzogen wurde, damit meine ich wen, dem sie nicht den ganzen Selbstverwirklichungsscheiß vorgelallt haben. Wer so aufgewachsen ist, ist glücklich, wenn er glücklich ist, fertig. Kein leeres Gerede von wegen weiterkommen, den Horizont erweitern, Verantwortung übernehmen und was noch alles. Wir haben also eine Crew von glücklichen Menschen zusammengesucht, kein Neid, bitte, und kein schlechtes Wort über meine Frau, ja, aber man sollte nicht allzu komplex gestrickt sein, wenn man mit einem Dasein klarkommen will, das sich einzig und allein ums Sexleben dreht. Wer das kann, ist verdammt glücklich dran. Wie auch immer: Wenn du eine Bande Vögelvolk zusammenkriegst und sie vor die Kamera stellst, dann erzeugt das Geld. Weil andere Leute im Grunde genommen dasselbe wollen. Die paar Minuten, in denen du einen Porno siehst, das sind zwar scheißkurze, aber doch sorgenfreie Minuten, nicht? Du leihst dir ein bisschen Lebenszeit von sorgenfreien Menschen. Okay? Dafür bezahlst du doch gern. So läuft das. Die Leute ertragen ihr Leben nicht und zahlen schweres Geld, um da rauszukommen. Der Plan war also nicht, Geld zu verdienen, indem wir andere Leute glücklich machen, damit rackert sich schon die normale Filmindustrie ab, sondern indem wir ganz einfach selber glücklich sind. Ich kann dir sagen, das läuft wie geschmiert.

Robert: Und du mittenmang dabei?

Simpel: Wie gesagt, ich hab den ganzen Quatsch erfunden, und jetzt bringt mir das Geld für meine Projekte. Die anderen vögeln, ich mache Aktionen.

Robert: Aktionen?

Simpel: Ich betreibe Widerstandsarbeit. Der Kumpel, mit dem ich den Laden aufgemacht hab, findet, eine Pornoproduktionsgesellschaft zu leiten, ist subversiv genug, aber wenn du mich fragst, ist das Bullshit, Pornos sind genauso stubenrein wie das meiste andere. Was soll subversiv daran sein, etwas zu machen, das alle interessiert? Aber Hans ist nicht mehr der Jüngste, soll mir recht sein, wenn er es auf seine alten Tage ruhig angehen will. Der da ist übrigens sein Sohn.

Simpel nickt zu Casco, der so nahe an seine hübsche Tischnachbarin rangerückt sitzt, wie es gerade noch schicklich ist. Simpel fühlt sich wohl, eine absolute Seltenheit. Er spürt, dass die letzten Hürden fallen, alles geht wie von allein, er braucht nur dazustehen und zu reden. »Wenn ich unversehrt aus dieser bescheuerten Adventsfeier rauskomme, dann kann mich nichts mehr aufhalten«, denkt er. »Ich stehe mit dem Teufel im Bunde, ich habe kein bisschen Angst mehr. Wenn Lonyl den Rest des Abends kein Chaos veranstaltet, bin ich geheilt, verdammte Scheiße.« Casco blickt auf, linst zum Balkon und nickt Simpel zu. Dann entschuldigt er sich bei seiner Tischdame, steht auf und geht aufs Klo. Als er kurz darauf zurückkommt, ist er dreimal so gut drauf wie zuvor; er hat Koks geschnupft, von dem Klodeckel, auf dem Pauline-Pupsine immer sitzt, wenn sie allein sein und ein bisschen nachdenken oder singen will.

Robert: Sein Sohn? Er blickt Casco nach, der gerade in den Flur geht.

Simpel: Ja.

Robert: Und was macht er hier?

Simpel: Er begleitet mich. Motha hat nicht gekonnt.

Robert: Motha?

Simpel: Meine Frau. Das da ist Casco. Versprich mir, es nicht zu verraten: Er gehört zu unserer Crew ...

Robert: Er macht Pornos?

Simpel: Jau.

Robert: Heißt das, sein eigener Vater beschäftigt ihn als Pornodarsteller?

Simpel: Jau.

Robert: Das ist ja total irre ...

Simpel: Und damit nicht genug ... (Simpel blickt genüsslich in die Wohnung. Er beugt sich näher zu Robert) ... Der in dem Film bei der Adventsfeier letztes Jahr, das war er. Hehe ... Was sagst du dazu? Er hat sozusagen auf den Weihnachtsbaum ejakuliert. Und jetzt sitzt er hier mitten unter uns. Kein Schwein erkennt ihn!

Robert: Ist ja irre. Das ist ja wahnsinnig stark. Ist das Ganze hier eine von deinen Aktionen, oder was?

Simpel (äfft ihn nach): Ist das Ganze hier eine von deinen Aktionen ... Könnte man aber tatsächlich sagen. War zwar nicht so geplant, aber wenn du es so siehst, dann soll mir das verdammt nochmal als Qualifikation genügen. Hähä. Er hat sich einen Bart wachsen lassen, damit er unerkannt bleibt. Hähä. Ist doch saukomisch, das. Wehe, du sagst ein Wort ...

Robert: Die Leute haben ihn schon komisch angeschaut, als ihr gekommen seid.
Simpel: Da scheiß ich drauf. Solange Lonyl Spaß hat …

Simpel drückt die Wange an die Glastür und schaut in das Zimmer hinüber, wo die Kinder essen. Lonyl sitzt mutterseelenallein vor einem Haufen zerbröckelter Würstchen.

Simpel: Was die Leute über mich denken, ist mir scheißegal, aber mit Lonyl ist das was anderes. Was die Leute über mich denken, wenn es um Lonyl geht, das zählt. Ich will nicht, dass die Leute Lonyl ablehnen, nur weil …
Robert: Aber dein Kumpel da … Casco? … macht ihm das nichts aus? Hier sitzen und Angst haben müssen, dass ihn wer erkennt?
Simpel: Ja, scheint ihm nichts auszumachen, was? Mir kommt er sogar etwas *zu* fröhlich vor. Wahrscheinlich hat er bisschen …
Robert (neugierig): Und deine sonstigen Aktionen? Willst du mir von denen noch was erzählen?
Simpel: Warum nicht. Du machst ja schwer einen auf in Ordnung, also gut …
Robert: He he.
Simpel: … ich werde nicht jeden Tag höflich gefragt, was ich so treibe, das kannst du mir glauben. Hm … also erst ein bisschen Theorie … alles, was ich mache, hat natürlich einen konzeptuellen Hintergrund. Du kannst doch sicher auch diese Esoteriker und so

nicht ab, alle hassen die, das ist an sich noch nichts Unkonventionelles. Du weißt schon ... Räucherstäbchen, Batiktücher ... so Leute mit ernst gemeinten Selbstfindungsstrategien, die was von wegen universeller Liebe faseln, diese Chakralehrer, Farben- und Aurafritzen, ja? Leute, die die Verkrampfungen lösen und zu den Gefühlen vordringen wollen, die alles ausdiskutieren und den Urschrei schreien ... ja? Die den Gefühlen nachspüren, einander respektieren wollen. Du weißt, was ich meine? Du als hektischer Medienmensch hasst diese Art Leute. Du fühlst dich in der Kulturindustrie wohl, trotz gewisser Kritikpunkte, du hasst einfach diese ...

Robert: ... na ja, hassen würde ich nicht gleich sagen ...

Simpel: Ach komm! Erzähl keine Märchen! Dir ist dein Hass auf diese Typen vielleicht nicht so klar bewusst, aber vorhanden ist er trotzdem! Komm schon, gib's zu! Wenn du *deinen Gefühlen nachspürst*, dann merkst du, dass sie dich anwidern. Du hast nicht so wahnsinnig oft mit Exemplaren dieser Gattung zu tun, aber wenn, dann findest du sie zum Kotzen. Da gehe ich jede Scheißwette drauf ein.

Robert: Na ja, besonders schätzen tu ich solche Leute schon nicht, nein.

Simpel: Nein, und das ist auch gut so. Du bist verdammt nicht der Einzige, den das Esogesocks anscheißt. Die wollen, dass es allen gut geht und dass niemand sein Innerstes verleugnen muss undsoweiter.

Robert: Hmhm.

Simpel: So, und jetzt stell dir dein abstoßendes Gefühl vor, diesen Ekel, diese Empfindung, die dir sagt, dass du denen für keinen roten Heller traust. Und dieses Gefühl nimmst du jetzt mal fünfzig.

Robert: Hehe … Ja?

Simpel: Und dann stellst du dir vor, dass dir jedes Mal genauso übel wird, wenn du mit positiven Begriffen konfrontiert wirst, mit positiven Konzepten …

Robert: Wie meinst du das?

Simpel: Okay … Also du nimmst den Ekel über die Begriffe aus der Esokacke und dem Gutmenschentum, also Gefühlslandschaft und vorbehaltlose Nächstenliebe und Seelenfrieden und Harmonie, und unterlegst damit allgemeine positive Begriffe, also: Vertrauen, Glaubwürdigkeit, Fürsorge, Umsicht, Vernunft, Nutzen, Regelmäßigkeit … ööö … Überschaubarkeit, Liebe, Sittlichkeit, Treue, Verpflichtung, Gemütlichkeit, Familie, Freunde, Wanderungen, Ausflüge, Wohl und Wehe, Dynamik, Entfaltung, Identität, Fülle, Sinn, Bedeutung, Werte, Gemeinwohl, Recht, Billigkeit … ööö … Hilfe, Mitleid, Mitgefühl, Empathie, Sympathie, Verständnis, Güte, Nettigkeit, Gesundheit, Wahrheit, Stärke, Stolz, Akzeptanz, Gemeinschaftssinn, Zusammengehörigkeitsgefühl, Glück, Gleichheit, Brüderlichkeit, Höflichkeit, Demokratie, Wohlfahrt undsoweiter … nicht wahr. Got it?

Robert: Ich denke schon.

Simpel: Wenn du diese Übersetzung hinkriegst, wenn

du den verfünfzigfachten Esoterikekel auf diese Liste anwendest, dann hast du ein ungefähres Bild davon, wie es mir tagaus, tagein geht, dann kennst du das Motiv für meine Aktionen und eine Übersicht über das, was es zu bekämpfen gilt.

Robert: Ja?

Simpel: Ja, genau die Sachen, die ich dir eben aufgelistet habe. Das sind genau die Begriffe und Einstellungen, gegen die ich angehe, wo ich nur kann. *Nichts* auf der Welt kotzt mich so an wie diese gemeinsamen Werte. *Nichts* finde ich abstoßender. Ehrlich gesagt hab ich Casco mitgebracht, weil ich vor dieser grässlichen Adventsfeier echt Angst hatte. Es gibt doch kaum eine Gelegenheit, wo die Dichte an gemeinsamen Werten größer wäre, als so ein Elterntreffen. Schulische Anlässe und so sind einfach der neunte Kreis in der verfickten Wertehölle. Und dann noch Weihnachten, das musst du dir mal vor Augen halten, ja? Ja? Schlimmer ist nur noch der Tod, wenn überhaupt. Im Prinzip würde ich lieber auf dem Experimentiertisch des Mörderarztes von Dachau liegen als hier sitzen.

Robert: Und was unternimmst du gegen das Ganze?

Simpel: Was ich unternehme? Alles Mögliche. Wenn es dir Spaß macht, kann ich dir ein paar Beispiele verraten …

Robert: Yes …

Simpel: Gut, also … Die Pornoproduktionsgesellschaft, die meine Aktionen finanziert, ist mit der Zeit gewachsen, sie hat inzwischen ein paar Tochtergesellschaften, die andere Pornokategorien produzieren, und einen Mitarbeiterstab von, tja, ich hab gar nicht mehr ganz den Überblick ... ziemlich vielen Leuten – Schauspieler, Techniker, Kameramänner – Hans, mein Kumpel, ist der Produzent der meisten Filme ... und wir haben einen Chefideologen. Ritmeester.

Robert: Ich dachte, du bist der Ideologe?

Simpel: ... Er ist der Pornoideologe ... Ritmeester ist immer up to date über die neuesten Pornotendenzen, alle unsere Filme müssen bei ihm durch, bevor sie auf den Markt kommen. Diese Firma ernährt also eine ganze Reihe Leute und ihre Projekte. Da wäre zum Beispiel Eisenmann, ein furchtbar lästiger Typ, er ist unser Requisiteur und macht seinen Job eigentlich ganz gut, aber er ist leider ziemlich zänkisch. Er beschafft uns alles, was wir so brauchen, und ist auch unser Filmrequisiteur. Dann ist da wie gesagt Ritmeester, der Pornoideologe, einerseits die Zensurinstanz für unsere Pornoprodukte, und außerdem betreibt er ein Isolationsprojekt. Seit ein paar Jahren hat er außer Eisenmann keinen Menschen gesehen. Auch ich bin ihm nie persönlich begegnet. Er schreibt Briefe, liest Zeitungen und Zeitschriften, sieht Filme und raucht ... mehr nicht. Und er weiß genau Bescheid, was angesagt ist, was wann und wo läuft, obwohl er außer Eisenmann, dem Dämlack, niemanden sieht oder spricht. Dann haben wir Fazil, der betreibt eine Art ironisches Türkenprojekt; er ist Türke und hat einen türkischen Imbiss, aber nur so zum Spaß, um dem Klischee zu entsprechen. Eine

Art unsichtbares Theater. Kein Mensch kommt drauf, dass er den Imbiss nicht ganz ernsthaft betreibt. Unterm Ladentisch vertreibt er unsere Filme. Und dann ist da Speedo, unser Vertragsalkoholiker. Der Konzern versorgt ihn mit Schnaps und Bier, und er ist weiß Gott das Gegenteil von dem, wozu sein schwachsinniger Vater ihn hat machen wollen. Eins unserer erfolgreichsten Projekte, finde ich.

Robert: Hehe … und du?

Simpel: Ja, ich betreibe wie gesagt allgemeine Widerstandsarbeit. Ich plane die Aktionen, gebe ihnen Namen und führe sie durch. Eine meiner ersten Aktionen war TRAM SLAM. Da bin ich in die Straßenbahn gestiegen, ein paar Stationen vor einer Kreuzung, wo im Winter immer die Weichen einfrieren. Ich hab mich direkt hinter den Fahrer gesetzt, und als der ausgestiegen ist, um die Weiche manuell zu stellen, bin ich auf seinen Platz und losgefahren. Fast hätte ich ihn überrollt, aber er hat noch beiseite springen können, und den Rest der Fahrt habe ich aufs Gas gedrückt, dass es nur so geraucht hat, und ins Mikro gebölkt: »SICHER NACH HAUSE MIT DEN ÖFFENTLICHEN VERKEHRSMITTELN! WIR LERNEN UNSERE STRECKE KENNEN!«

Die Gäste, die drinnen um den Tisch sitzen, drehen sich zum Balkon um, aber sie sehen kaum mehr als zwei glühende Zigaretten. Simpel senkt die Stimme.

Simpel: Mitten im Berufsverkehr, wo die Leute am

apathischsten auf den Sitzen hängen. Das hat Leben in die Bude gebracht! Der Witz an der ganzen Sache war natürlich, dass es eine *Straßenbahn*entführung war, also mit einem Fahrzeug, mit dem man gar nicht abhauen kann, ja; ich bin haargenau dieselbe Strecke gefahren, und die Polizei konnte ohne die geringste Mühe wissen, wo ich langkomme …

Robert: Hehe … bis zur Endstation?

Simpel: Bis zur Endstation. Hehe …

Robert: Und was war die Strafe?

Simpel: Och, paar Wochen auf Bewährung, keine Vorstrafe. Das war jede einzige Sekunde wert.

Robert: Und andere Aktionen?

Simpel: Mal sehen … ja, gleich nach TRAM SLAM hatte ich SCHAUT MAL WAS ICH MIT DER STEUERERKLÄRUNG MACHE. Das ist das einzige Video, das ich gemacht habe. Und auch das nur aus praktischen Gründen. Die Aktion bestand nämlich ganz einfach darin, dass ich vor der Kamera auf die bereits vollständig ausgefüllte Steuererklärung schiss, also buchstäblich kackte. Close up: das Formular auf dem Boden, mein Arsch und eine fette Kackwurst. Und dann hab ich statt der Erklärung die Kassette ans Finanzamt geschickt, fristgemäß.

Robert: Und was ist passiert?

Simpel: Nichts. Sie haben mir neue Formulare geschickt und angedroht, sie würden … ach, ich weiß gar nicht mehr, was.

Robert: He he he.

Simpel: Dann kam SCHLAFEN VERBOTEN, da habe ich

die Angehörigen der arbeitenden Bevölkerung, die in der Öffentlichkeit schliefen, in Bussen oder im Bahnhof, angerempelt oder geschlagen, und bevor sie irgendwie reagieren konnten, habe ich sie angeschrien: »SCHÄMST DU DICH DENN GAR NICHT? WIE KOMMST DU DAZU, IN ALLER ÖFFENTLICHKEIT ZU SCHLAFEN WIE EIN WRACK! WAS IST DAS FÜR EIN BENEHMEN! WENN DU AUF TOD ODER LEBEN SCHLAFEN WILLST, DANN GEH GEFÄLLIGST NACH HAUSE!«

Wieder blicken die Gäste gen Balkon, wieder senkt Simpel die Stimme. MedienRobert lacht schallend und schüttelt den Kopf.

Robert: Also wirklich … hehe … irre, wirklich irre. Ganz schön heftig, was du da machst …
Simpel: Und das ist verdammt noch nicht alles. Interesse an mehr?
Robert: Klar, verdammt! Wart nur mal kurz, ich muss meiner Frau sagen, dass sie sich allein um das Fest kümmern soll, Momentchen … hehe …

Robert macht die Balkontür auf und geht zu Pauline-Pupsines Mutter rein. Er reibt sich die frostkalten Hände. Sie wechseln einige Worte. Simpel sieht die Gastgeberin ein paarmal herausblicken. Er freut sich über Roberts Interesse. Der tut was, um Simpel weiter zuhören zu können. Seine Frau nickt leicht, und Robert kommt wieder raus.

Robert (etwas atemlos, Schreibtischkondition, ganz klar): Jau, Elise kümmert sich um die Gäste und zeigt den Film und so, es kann weitergehen.

Er gibt Simpel eine neue Zigarette und Feuer.

Simpel: Ja … dann verschiedene Aktionen, dabei eine etwas introvertierte, die hab ich besonders gemocht, obwohl sie nicht so lustig zu erzählen ist: HYPNAGOGE PARLAMENTSVISION. Da hab ich erst mal eine ordentliche Dosis Diacethylmorphin eingenommen …

Robert: Dia …

Simpel: Heroin … Äitsch, Dope, Stoff, wie du willst, und dann bin ich ins Parlament auf die Besuchertribüne – du weißt ja, da kann man sitzen und den Clowns unten in der Manege zuschauen – und habe da oben einen ganzen Sitzungstag verdöst. Bei dem Projekt ging es eigentlich nur um das subjektive Erlebnis, wie das ist, so zwischen Schlaf- und Wachzustand im Parlament zu sitzen.

Robert: Aber – nimmst du so was öfter?

Simpel: Nein, keine Angst, ich verwende es dann und wann als Material, als Werkzeug, das ist doch nicht so scheißschwer zu begreifen, oder? Nur Idioten halten das für so gefährlich. Im Prinzip ist Heroin nicht gefährlicher als Alkohol … falls du mal probieren willst …?

Robert: Hab ich schon (flüstert Simpel ins Ohr) … *einmal.*

Simpel: Na, dann weißt du ja, wovon ich rede, oder? Stell dir eine politische Debatte in diesem Zustand vor, das kommt voll gut.
Robert: Hähähä …
Simpel: Und dann wäre da … ach was, die Namen sprechen eigentlich für sich:

XANAX-PSYCHIATRIE
TOURETTE-SYNDROM IM FAHRSTUHL
PAYBACK TAX
150 UNERFREULICHE ANRUFE BEI WERNHER VON BRAUN
KÖRPERARBEIT: EINFÜHRUNG IN MÄNNLICHE PSYCHOLOGIE FÜR VÄTER, DIE IHRE MINDERJÄHRIGEN TÖCHTER ABENDS NACH 21.00 UHR IN DURCHSICHTIGEN ODER HAUTENGEN HOSEN AUF DIE STRASSE LASSEN
RENTNERJAGD I, II UND III
DESIGN RABUALIS I–IV
SOMETHING TOO NIGHTMARISH FOR WORDS
BEWUSST KRIMINELLE HANDLUNG I–X
ABSOLUTE EVIL
ESST MEHR FETT
ESST MEHR FETA
NEO-FLACKTIVISM I + II
WILLKOMMEN IN DER REZEPTHÖLLE

… mal sehen … dann war da noch CRITIQUE IS USELESS, das bestand in grober körperlicher Gewalt gegen einen amerikanischen Kritiker, einen von den ganz schlauen; dann SURVIVAL OF THE HIPPEST, außerdem habe ich ein Buch geschrieben, es heißt: WENN EINE SACHE AUF DER WELT VORHERSEHBAR IST, DANN DIE VERFICKTE LEBENSERFAHRUNG, UND VERSUCH BLOSS NICHT, WAS ANDERES ZU BEHAUPTEN, DU SCHEISS ESOSCHWEIN! … ist aber nicht veröffentlicht … Ja, da sind noch die Sachen in der Uni: LEIDER SIND SIE IM IRRTUM, HERR MIKROBIOLOGE und LEIDER SIND SIE IM IRRTUM, HERR ZEITGESCHICHTLER, da habe ich zwei Professoren physisch dazu gezwungen zuzugeben, dass ihr Lebenswerk gefaket war … und dann hatte ich noch:

WE WANT WAR
DES BLINDEN MANNS TANGO (OHNE STOCK)
FUCK UP THE NEIGHBOURHOOD
WER HÖRT EINEN HILFSARBEITER, DER UM HILFE RUFT?
ENTSCHEIDE DICH: 1) ES IST OKAY, EIN MENSCHENFEIND ZU SEIN; 2) DU KRIEGST DIE ROTE FAHNE INS ARSCHLOCH GESCHOBEN
WORAUF STEHEN LINKE POLITIKER?
BELLETRISTISCHER AUTOR VERNICHTET SEIN UNVERÖFFENTLICHTES MANUSKRIPT I–III
DU HAST DREISSIG SEKUNDEN, UM MIR IN SCHRIFTFORM DREI GUTE GRÜNDE ZU NENNEN, WARUM ICH DIR DEIN BESCHEUERTES AUGENBRAUENPIERCING NICHT AUSREISSEN SOLLTE I–IV
JE OLLER JE DOLLER

DAY OF PIGS

OVERSOCIALIZED LEFTIE IN PAIN I + II

IDEOLOGISCH FEST ÜBERZEUGT, ABER UNTER TRÄNEN

UNSCHULDIGE MOBBEN

… und schließlich *Fasci*NATION, das war gerade erst vorgestern.

Robert: Ja, Wahnsinn … voll der Wahnsinn …

Simpel: Hehe … und das sind nur die Projekte, die ich schon umgesetzt habe, keine Aktion ohne Umsetzung …

Robert: Ja, Wahnsinn …

Simpel: Ich hab noch jede Menge weitere Projekte; wenn's dich interessiert, kannst du eine vollständige Beschreibung von allem kriegen, das ich in petto hab, ich führe so ein dämliches Logbuch … für die Nachwelt. Ein paarmal hab ich überlegt, ob ich in das Logbuch reinkacken soll, das Logbuch als Klopapier sozusagen … hehe …

Robert: Aber eigentlich könnte man dich als einen notorischen Kriminellen bezeichnen … wie schaffst du es, dass du nicht schwerer bestraft wirst? Hast du noch nie gesessen?

Simpel: Du als Medienfuzzy solltest wissen, dass Vorbestrafte keine großen Probleme mehr mit den Behörden haben, wir sitzen hier schließlich nicht in Saudi-Arabien sozusagen, denk an die Junkies, die haben ein stehendes Abo bei der Bullerei, die gehen da ein und aus, ohne dass ihnen größer was passiert.

Was ich mache, ist doch nur Kleinzeugs, ich hab ja schließlich niemanden umgebracht …

Robert: … noch nicht …

Simpel: He he he …

Robert: He he … also du hast noch nie gesessen?

Simpel: Nein, obwohl das ein Wunschtraum von mir ist, ich stelle mir das Gefängnis als einen der inspirierendsten Orte vor, die unsere Gesellschaft zu bieten hat. Hinter verschlossenen Türen muss man sich so was von wahnsinnig gut konzentrieren können, ich meine, Zeit für sich selber zu haben, das ist Mangelware bei uns, das hat nicht mal der schlimmste Loser …

Robert: Aber, ich meine, auf viele von diesen Aktionen steht doch eigentlich Gefängnis, oder?

Simpel: Ich werde nur erwischt, wenn ich das will. Dann hinterlasse ich Spuren, genauer gesagt meine Visitenkarte.

Robert: Wenn du ein so romantisches Bild vom Gefängnis hast, warum lässt du dich dann nicht mal verhaften und gehst für einige Zeit in den Knast?

Simpel: Scheiße, du hast überhaupt nichts kapiert, du verdammter Idiot. Jetzt denke ich, endlich rede ich mal mit einem vernunftbegabten Kerl, und dann stellt sich heraus, der ist genau so ein ARSCHLOCH wie der Rest der Meute.

Die Meute dreht sich noch einmal zum Balkon um, noch einmal beherrscht Simpel sich und redet leiser weiter.

Simpel: Rechne doch mal eins und eins zusammen, wenn dein Medienspatzenhirn das schafft. Wenn ich länger ins Gefängnis wandere, wer hat darunter zu leiden? Na …?

Robert: Lonyl?

Simpel: Ach bitte! Vergiss Lonyl! Dem ist es so was von scheißegal, wo ich bin. Denk nach, bevor du so nen Scheiß verzapfst! Wenn ich ernsthaft ins Visier der Polizei gerate, dann rollen die uns den ganzen Konzern auf! Ich will nicht daran Schuld sein, dass ein paar Dutzend Leute die angenehmste Lebenssituation verlieren, die man sich vorstellen kann! Das muss doch sogar dir klar sein! Ich hab viel Streit mit den Leuten im Konzern, GUT UND SCHÖN, aber ich hänge mein eigenes Scheißprojekt nicht so viel höher als die anderen. Aber so denkt ihr wahrscheinlich nicht in eurer Medienfotzenwelt. Hä? Genau so hab ich mir euch vorgestellt, ihr widerlichen bekackten Diktaturhuren.

Robert (mit versöhnlicher Medienstimme): Cool, Simpel, ich hab das nicht als Kritik gemeint … ich hab mich nur gefragt, ob … ob das mit dem Gefängnis vielleicht mal konkret wird, wo du das so verlockend findest … oder?

Simpel: Frag dich meinetwegen, bis dir das Blut aus dem Arsch läuft. Irgendwann wirst du schon kapieren, dass es Fragen gibt, die wichtiger sind als deine. Aber das ist vielleicht ganz fürchterlich schwer zu verstehen …?

Robert: Eh … nein … Ich hab ja zum Beispiel diese

Adventsfeier organisiert … was relativ Soziales … oder Unegoistisches … wenn man so was macht …

Simpel: HÖR BLOOOSS AUF, sonst muss ich dir leider ein paar reinsemmeln. Wenn du noch einmal diese bekackte Adventsfeier hier als Ausrede für irgendwas benutzt, dann kracht es dermaßen, dass du's nicht so bald vergisst. Wenn das Ergebnis dieses Gesprächs ist, dass du mich von vorn bis hinten missverstehst, dann können wir's gleich lassen, dann scheiß ich drauf! Also Schluss, besser jetzt als später, verdammte Scheiße. Mediensack.

Simpel reißt die Balkontür auf und geht zitternd aufs Klo. Casco blickt ihn an und beißt die Zähne zusammen – Simpels hektische rote Flecken am Hals können nichts anderes bedeuten, als dass er wütend ist; dann kriegt er diese roten Flecken, egal wie kalt es ist. Casco beißt sich auf die Unterlippe und hofft, dass Simpel das Xanax dabeihat. Simpel setzt sich auf den Klodeckel, von dem Casco vorhin säuberlich das restliche Koks abgeschleckt hat, nimmt das Xanax-Glas hervor und wirft eineinhalb Milligramm ein, was ihn über seinen täglichen Durchschnitt bringt, aber dieser Tag ist ja auch anders als andere. Ein paar Minuten – ziemlich lange für einen Aufenthalt auf einer fremden Toilette – sitzt er da, den Kopf zwischen den Knien, und atmet durch, dann geht er wieder ins Wohnzimmer. Robert lässt er stehen und schaut nach Lonyl. Der sitzt immer noch allein da, von noch mehr zerpflückten Würstchen umgeben. Kurz erwägt Simpel, ob er ihm väterlich die

Hand auf den Kopf legen soll, aber er muss nicht lange nachdenken, bevor er es verwirft. Stattdessen fragt er Lonyl, ob's ihm gut geht, obwohl er weiß, dass dem nicht so ist, obwohl er weiß, dass er keine Antwort bekommt, und er bekommt auch keine, was letztlich bedeutet, dass es dem Jungen tatsächlich nicht so besonders geht. Simpel dreht sich um und sieht, dass die Eltern nach und nach vom Tisch aufstehen, bis auf Casco und Sultans Mutter, die sich tief in die Augen blicken, innig ins Gespräch vertieft – ein Gespräch über irgendwelchen Scheiß, denkt Simpel. Der Vertretungsvertreter wirft mit großen Worten um sich, von wegen »kleinen Menschen« nicht mit sturer Lehrbuchpädagogik zu begegnen, was die halbgebildete Schar von Kindsmüttern von Mitte dreißig, Anfang vierzig, die sich um ihn versammelt haben, offensichtlich schwer beeindruckt; die Männer halten genügend Abstand, sind durchschnittlich zehn Jahre älter als ihre Frauen und um einiges fetter als der Junglehrer. Männerpsychologie ist eine übersichtliche Materie. Pauline-Pupsines Mutter wuselt herum und kümmert sich; gleich gibt es Zeichentrickfilme für die Kinder und Kaffee/Cognac für die Erwachsenen. Robert scheint unschlüssig, was er tun soll. Simpel denkt, wenn der Typ Format hat, dann nimmt er wieder Kontakt auf. Er hat's einmal geschafft, da sollte es ihm das zweite Mal nicht so wahnsinnig schwer fallen. Und tatsächlich. Es dauert zwar ein Weilchen, aber Robert kommt zurück. Erst schafft er einen Stapel Teller in die Küche, hilft seiner Frau beim Kaffeemachen und stellt Cognacgläser auf ein Tablett. Robert und seine Frau hatten früher am Tage eine längere Diskussion, ob es angemessen ist, Cognac zu servieren. Zum Schluss hat er sie mit folgendem Argument überzeugt: »Wenn nicht mal wir – *wir* – der steifen Gesellschaft ein Gläschen anbieten, dann braucht man sich nicht zu wundern, dass es so schlecht um die Welt steht. Die Eltern von Paulines Klasse sehen so zu uns auf, es schadet nichts, wenn wir uns ein bisschen volksnah geben. Schlimmstenfalls haben sie abends im Bett was zu reden.« Er stellt die Gläser und ein paar Flaschen auf den Tisch, nicht weit von Casco entfernt, der immer noch mit Sultans Mutter dasitzt, gießt sich ein Glas ein und hält einen kleinen Schwatz mit Fredriks Vater und mit Hassan, Sultans Vater, die schon länger dastehen und nicht so recht miteinander warm werden, aber was sollen sie sonst tun, also unterhalten sie sich gezwungen. Bisher hat Hassan ein scharfes Auge auf die Bewegungen seiner liebreizenden Frau gehabt, aber jetzt verstellt ihm erstens Robert die Sicht, und zweitens ist Robert charismatisch genug, dass er für eine Weile alle Aufmerksamkeit auf sich zieht und sogar arabische Ehrbegriffe in den Hintergrund drängt. Robert erzählt irgendeine faszinierende Geschichte aus der Welt der Medien, Sultans und Fredriks Vater lachen laut und ausgiebig, wie selbstbewusste Kerle das bei gesellschaftlichen Anlässen so tun. Nach zehn Minuten und ein paar Millilitern Cognac geht Robert sich was nachschenken, sieht Simpel und geht zu ihm. Simpel steht mitten im Zimmer, ebenso allein wie Lonyl, wen wundert's. Robert kommt sofort zur Sache:

Robert: Komm schon, Simpel ... Ich find's schade, dass unser Gespräch so geendet hat ... tut mir Leid, dass ich mich ungeschickt ausgedrückt habe ... Aber verdammt nochmal, meine Begeisterung für deine Projekte müsste dir doch beweisen, dass ich dich nicht völlig missverstehe, das ist sicher nicht so, Simpel, wenn ein Mensch hier im Haus versteht, worum es dir bei deinen Aktionen geht, dann ganz klar ich, glaub mir ...

Simpel: Ja, das hatte ich auch gehofft, aber vorhin hast du nicht gerade viel Fingerspitzengefühl bewiesen ... das musst du schon einsehen. Ich meine, als Journalist kannst du alles wie Dreck behandeln, aber ich halt's einfach nicht aus, wenn du mich und meine Kollegen als mittelmäßige Scheißer hinstellst, das solltest du verdammt nicht tun, wirklich ...

Robert: Zu einem mittelmäßigen Scheißer wäre ich nicht wieder zurückgekommen wie jetzt zu dir, schon gar nicht in meinen eigenen vier Wänden. Höchstens bei der Arbeit ... (unsicheres Lachen) ... und jetzt bin ich nicht bei der Arbeit ...

Simpel: He he (*könnte* versöhnlich klingen).

Robert: ... obwohl ich mir fast wünschen würde, dass ich jetzt bei der Arbeit wäre ...

Simpel: Wie meinst du das?

Robert (springt ins kalte Wasser): Ich meine, ich finde eure Projekte so interessant, dass ich mir vorstellen könnte, da was drüber zu bringen ...

Simpel: Was drüber bringen, wie meinst du das?

Robert: Na ja ... einen Beitrag, eine Sendung oder so.

In diesem Augenblick erscheint Roberts Frau und bittet ihn, mal mitzukommen. Sie ist blass und ruckt noch hektischer mit dem Kopf als sonst schon, also muss was Ernstes sein. Robert fragt, worum es geht, aber sie will ihn unter vier Augen sprechen. Sie gehen. Simpel ist neugierig. Er kann sich kaum vorstellen, dass irgendwas Schlimmes sein soll, ohne dass er ursächlich damit zu tun hat. Lonyl sitzt immer noch allein und harmlos im Nebenraum. »Wer behauptet, dass Lonyl heute was angestellt hat, der kriegt es verflucht nochmal mit mir zu tun!«, schwört Simpel. Er sieht, wie Robert und seine Frau in den Flur und die Treppe ins Obergeschoss hochgehen. Nicht lange, und Robert kommt wieder runter. Atemlos nimmt er Simpel beim Arm:

– Komm, komm schnell.

Simpel meckert ein bisschen, was denn verflucht nochmal sein soll. »Ich hab doch nichts gemacht«, sagt er, als würde er festgenommen. Auf dem Weg in den Flur sieht er, dass Cascos Platz leer ist. »Scheiße, ist was mit Casco? Hä?« Robert antwortet nicht, wortlos führt er Simpel die Treppe hoch. Die Stufen sind mit Teppichboden belegt, ihre Schritte sind nicht zu hören. Am Ende des Flurs oben steht eine Tür etwas auf. Robert deutet auf die Tür, legt den Zeigefinger auf den Mund und schiebt Simpel vor sich her. Simpel geht leise hin, dicht gefolgt von Robert. Am Ziel angekommen, hält er die Luft an, lehnt sich vor und schaut hinein. Und sieht: Sultans Mutter im Profil, an etwas wie einen Arbeitstisch gelehnt, den Araberrock bis über die Hüften hochgeschoben; hinter ihr kniet Casco und wichst, das Gesicht in ihrem Schritt vergraben. Simpel sieht MedienRoberts leicht schwitziges Gesicht an, der neben ihm hineinschaut. Robert hebt eine kleine Kompaktkamera hoch und nickt Simpel begeistert-erschrocken zu. Er schaut durch den Sucher und drückt ab. Doch als der Blitz zuckt, fliegt die Tür auf, Simpel wird überrannt und kullert ins Zimmer. Hassan hat Unrat gewittert und stürmt herein wie ein wütendes Nashorn. Mit dem Aufschrei »DU HUUURENBOOOCK!« geht er auf Casco los. Casco wirft sich verblüfft zur Seite und versucht, gleichzeitig aufzustehen und sich die Hose hochzuziehen. Sein Halbständer wippt zwischen seinen Beinen, während er Hassans Schlag ausweicht. Daneben. Roberts Blitz erleuchtet den Raum. Simpel fasst sich, ruft: »STEH AUF, CASCO!« und hält Hassan am Kragen fest. Die Jackensäume des wütenden Arabers krachen, Casco bekommt Gelegenheit, auf die andere Seite des Raumes zu humpeln. Hassan verflucht Simpel auf Arabisch und verpasst ihm einen ordentlichen Hieb auf die Knöchel. »AAAU SCHEISSE, MEINE HAND!«, schreit Simpel. Casco hat sich die Hose hochgezogen und will zur Tür, Hassan kreischt »SCHANDE!« und gibt seiner Frau eine auf den Hinterkopf, dass sie der Länge nach über dem Tisch landet. Das geht Casco zu weit, er springt hin, nimmt Hassan in den Schwitzkasten und zieht ihn zurück. Hassan fuchtelt röchelnd mit den Armen und fällt auf den Rücken. Wieder der Blitz der Kamera. Simpel drückt Hassans einen Arm auf den Boden, den anderen übernimmt Casco, er ruft Sultans Mutter zu: »SCHNELL, HAU AB!« Sie schwankt an den drei Männern vorbei zu Robert in der Tür. Und noch einmal der Blitz. Hassan wirft den Kopf hin und her und brüllt dazu arabische Verwünschungen. Casco und Simpel müssen ihn mit aller Kraft festhalten. »HALT STILL! BERUHIGE DICH UND HALTE STILL!«, kommandiert Simpel. »IIK BERIING EUK UUUM! IIK BERIING EUK UUUUM!«, zetert Hassan. Robert geht vor die Tür und macht sie zu, damit die herbeieilenden Eltern und Kinder nichts sehen; Hassans 130-Kilo-Aufprall war im Erdgeschoss deutlich zu hören. Simpel ruft Robert wieder herein, er soll ein paar Väter holen, damit die Hassan festhalten und er und Casco und Lonyl abhauen können. Robert sorgt für schnelle Erledigung, die Väter von Kåre, Lars und Fredrik übernehmen trotz der Nazibeschuldigungen und Morddrohungen, die Hassan schreit. Sie packen Hassans Arme, Lars' Vater setzt sich auf seine Beine. Wegen der Schaulustigen im Flur kommen Simpel und Casco fast nicht durch die Tür. »Macht Platz, ihr verfluchten Glotzer!«, ruft Simpel, eine Mutter antwortet: »Du und dein Balg, ihr habt die ganze Klasse kaputtgemacht!« Casco hält immer noch den Hosenbund in den Händen. Unten sitzt Lonyl und zerquetscht ein weiteres Würstchen. »Lonyl! Komm! Das Fest ist vorbei! Komm!«, kommandiert Simpel. Lonyl folgt sofort, seltsam genug, er scheint zu begreifen, dass hier jetzt der Boden brennt. »Onkel Casco hilft dir mit den Schuhen!« »Ach ja?«, fragt Casco selbstsicher. »Schnauze, Casco, wir sprechen uns später, jetzt hilfst du Lonyl, oder du kriegst ein paar verpasst!«, zischt Simpel. Casco knöpft sich die Hose zu und bückt sich, um Lonyl die Schuhe zu binden. Robert kommt die Treppe runter, zwinkert Simpel zu und flüstert: »Wir hören voneinander!« »Mmm«, macht Simpel.

Draußen auf der Straße gehen sie ein ganzes Stück schweigend. Lonyl geht zwischen den beiden Männern; er hat Simpel tatsächlich mal die Hand gegeben. Casco fühlt sich inzwischen nicht mehr ganz so unbesiegbar, die Wirkung des Kokains flaut ab, und seine Gedanken kreisen darum, wann er was nachpfeifen kann. Er sagt sich, er geht mit hoch zu Simpel, da kann er sicher was schnupfen, vor allem mag er nicht gleich nach Hause gehen. Er fragt sich, ob Simpel wohl noch sauer ist. Wenn die leichte Brise von hinten kommt, riecht er den Mösenduft in seinem Gesicht; Sultans Mutter hat ihm den Bart parfümiert. Unter den Schuhen der drei knirscht der gefrorene Schneematsch.

- Na, auf dich kann man sich ja wirklich verlassen, Casco, sagt Simpel unvermittelt.
- Ja? ... äh ... wie? Casco hat an Simpels Stimme erkannt, dass er nicht mehr wirklich sauer ist.
- Glaubst du etwa, ich hab dich auf die Adventsfeier mitgenommen, damit du alle Mütter vögelst, die bei drei nicht um die Ecke sind? Oder habe ich so was durchblicken lassen? Nicht, dass ich wüsste. Du

kannst manchmal so wahnsinnig scheißbescheuert sein, echt. Wenn ich nicht ausgerechnet mit dem Gastgeber so ein saugutes Gespräch gehabt hätte, ich weiß nicht, was ich jetzt mit dir machen würde; du kannst wirklich von Glück reden. Blödsack. Was ist mit dir los, hä? Bist du auf Kola?

– Coca Cola?, fragt Lonyl.

– Ja, weißt du, Simpel, ich war ja vorher auch so'n bisschen nervös, und da hab ich was Koks von Eisenmann bekommen, um den Druck bisschen zu mindern. Sonst hätte ich mich gar nicht mitgetraut ... wegen letztem Jahr war mir das ziemlich peinlich ...

– Na, und jetzt hast super dafür gesorgt, dass man dich auf keinen Fall vergisst ... saubere Arbeit, Casco, Kompliment ... Du bist aber auch ein Witzbold. Weiß der Teufel, auf was für Repressalien der Arabo noch kommt. Hättest du dir nicht wenigstens die Frau von irgendeinem weißen Schwächling raussuchen können? Aber nein, Herr Casco muss ja *unbedingt* der Frau von der Arabermafia die Nase in den Arsch stecken. Puuh. Echt, du bist scheißgefährlich, das bist du. Kaum pass ich mal zwei Minuten nicht auf dich auf, schon geht's los. Hast du ihr auch was Kola angedreht?

– Coca Cola?, fragt Lonyl.

– Ja ... hehe ... so bisschen was hat sie genommen ... nicht mal wenig ... aber der ihre Nase war keine Jungfrau, das kann ich beschwören, die hat das weggeputzt, als wäre Silvester ...

– Ach ja? Na, das ist doch ein gutes Zeichen. Die Frauen von den Hadschis sind ja auch bekannt dafür, dass sie von morgens bis abends Koks schnupfen, deswegen hast du das gedacht, was?

– Ich hab nichts Besonderes gedacht, ich …

– Hast du nicht? Keine Überraschung. Du denkst ja nicht mal mit dem Schwanz. Wenn du mit dem Schwanz denken würdest, ja, dann hättest du zum Beispiel die Tür von deinem Liebesnest zugemacht, und sei es nur, um ungestört zu vögeln, aber nein, richtig Zeit und Konzentration für den Fick hat Herr Casco erst, wenn die Tür sperrangelweit offen steht, du bist doch nicht mehr ganz richtig im Kopf, Casco, was für eine Meisterleistung, dümmer zu sein als der eigene Schwanz, gratuliere! Mann, wirklich! Was hast du dir dabei gedacht, die Tür offen stehen zu lassen? Ich persönlich, ich scheiß drauf. Das lass dir gesagt sein. Wir drei sind für diese Leute sowieso mehr oder weniger Abschaum. Muss man da die Situation *noch* schlimmer machen? Aber scheiß drauf. Das Einzige, womit wir das hätten übertreffen können, das wäre, wenn wir die ganze Bande abgemurkst hätten, abgesehen davon war deine Nummer das Schlimmste, was man in so einer Situation bringen kann, unvorstellbar ist das, was du da gemacht hast, Casco, aber mir ist es vollkommen scheißegal, ich will dich nur vor dir selber schützen und dir klar machen, wie abgrundmäßig dumm du bist. Wenn du in so einer Situation etwas dermaßen unbegreiflich Dummes machen kannst, dann wage ich mir nicht vorzustellen, was du dir womöglich einfallen lässt, wenn du mal nen schlechten Tag hast. Ich glaube, du hast dich zu sehr daran gewöhnt, beim Ficken Publikum zu haben. Kriegst du keinen mehr hoch, wenn nicht mindestens zehn Leute zusehen? Hä? Hehe. Ist das so? Hä? Kommt mir ganz so vor. Du karnickelst bei offenen Türen los ... und nur bei offenen Türen ... was für eine Schnapsidee! Hehe ... Du hast verflucht dumm ausgesehen, wie du da kniest und wichst ... hehe ... du denkst doch hoffentlich nicht, dass die Leute sich Weihnachten schon gar nicht mehr vorstellen können, ohne dass sie zusehen, wie du dir die Stange polierst? Hehe ... Zwei Weihnachtsfeste nacheinander zeigst du uns, wie ein Pornofritze drauf ist, zweimal Volltreffer, du vögelst dich durchs Leben. DESIREVOLUTION kann sich glücklich schätzen, du pflegst dein einziges Talent, trainierst sogar in der Freizeit. Nicht schlecht. Wirklich klasse. Hehe. Du bist verdammt nochmal so dumm, dass ich gute Laune davon kriege. Verfluchte Scheiße, was hab ich mir nur dabei gedacht? Was hat mich geritten, dass ich ausgerechnet dich, *dich* zur Adventsfeier von meinem Sohn mitnehme, wie konnte ich bloß? Manchmal habe ich den Verdacht, mein Scharfsinn ist auch schon im Arsch, und im Arsch, da ist's bekanntlich dunkel. Ausgerechnet dich nehme ich mit zu der Adventsfeier, vor der ich mich so gegraust habe, wie ein Hund hab ich mich gegraust, dass du's nur weißt, du hättest mir das ausreden müssen, du hättest mich davor bewahren müssen, dass ich dich mitschleife, du bist ein toller Freund, Casco ...

– Jetzt reicht's aber, Simpel … Ich hab ja ein paarmal gesagt, dass ich nicht mitwill, sagt Casco.

– JETZTHALTABERMALDIESCHNAUZE! Du hast gar nichts zu sagen, deine Zunge hat vorhin noch bis zum Anschlag im Hintern von der Sultanmutter da gesteckt, du mit deinem bescheuerten Hirn voll Kola …

– Coca Cola?, fragt Lonyl.

– Ja, Kola … also bleib mir mit deinen schwachbrüstigen Protesten vom Leib, Casco. Vergiss es. Vergiss es, sag ich … Scheiße, jetzt hatte ich fast gute Laune gekriegt, nächstes Mal denkst du erst nach, bevor du mir so bescheuerte Ausreden servierst, Casco, jetzt ist meine Laune wieder im Eimer.

– Gut, gut … Casco klingt resigniert. – Aber kann ich noch mit hoch zu euch? Ich hab noch keine Lust, nach Hause zu gehen …

– Wenn du es bei uns so toll findest, bitte …

– Nein, ich hab nur keine Lust, nach Hause zu gehen, das ist alles, und ich hab noch ein bisschen Koks dabei, vielleicht hat Motha ja Lust auf ne Nase voll?

– Weiß ich doch nicht, frag sie selber …

Die drei gehen zum Saddam-Block hoch, wie der Volksmund ihn nennt. Irgend so ein visionärer Billiggropius von Stadtplaner hatte gefunden, Vorstadtwohnblocks wären so genial konstruiert, dass früher oder später die Oberschicht ganz wild darauf sein müsste, auch in so was zu wohnen, und als Konsequenz aus diesem revolutionären Einfall steht der Block, in dem Simpel samt Familie wohnt, in einem besseren Viertel, ein Wohnblock der schlimmsten Art, der erwähnte Stadtplaner hat in blindem Glauben wie um sein Leben für seine Wohnblocks-für-die-Oberschicht-Vision und dafür kämpfen müssen, dass er hier hinkommt. Deshalb, nur deshalb geht Lonyl in die B-Schule, die eigentlich von Kindern aus der oberen Mittelschicht und der Oberschicht besucht wird. Keiner mag den Block; die Leute hier im Viertel mögen die Leute im Wohnblock nicht, die Leute im Wohnblock mögen die Leute im Viertel nicht, die Leute im Viertel mögen den Wohnblock als solchen nicht, und auch die Leute im Wohnblock mögen den Wohnblock als solchen nicht, sich selber mögen die Leute im Wohnblock übrigens auch nicht unbedingt; wer gezwungen ist, hier zu wohnen, ist entweder sozialer Ausschuss, mit dem kein Mensch zu tun haben will und der selber viel lieber in irgendeiner homogenen Stadtrandwohnblocksiedlung wohnen würde, oder es sind Mittelklasse-Einwanderer, die absolut nichts tun, um sich irgendwie zu integrieren oder zu assimilieren. Wahrscheinlich ist Simpel der Einzige, der relativ gern in dem Ding wohnt, aber auch das nur wegen Saddam und dessen Mithilfe bei Simpels Privatprojekten.

Als sie in der Wohnung ankommen, ist Motha höchst interessiert zu hören, wie es war. Sie fragt Lonyl und bekommt keine Antwort. Simpel und Casco muss sie die Würmer einzeln aus der Nase ziehen. Endlich fängt Casco an zu erzählen, er versucht, der Sache einen humoristischen Dreh zu geben, aber Motha sitzt die ganze Zeit nur da und schüttelt wortlos den Kopf.

Simpel, für den das Ganze schon Vergangenheit ist, unternimmt im Hintergrund tapfere Versuche, Lonyl ins Bett zu bringen. Also wird nix aus Zähneputzen und Schlafanzuganziehen und Gutenachtgeschichte. Bevor Casco fertig ist, liegt Lonyl im Bett, also in seiner Ecke, in der Simpel ein paar weiche Sachen zusammengeschoben hat, und so ist es allen recht. Casco schließt seine Geschichte mit einer Pointe, die, findet er, bei Motha fabelhaft ankommen müsste, aber Motha findet es ganz offenbar nicht weiter komisch, dass er mal ins Bad muss, um sich »einen gewissen Nachgeschmack von Araberarsch« aus dem Gesicht zu waschen. Sie kommentiert die Sache mit keinem Wort, nimmt aber Cascos Angebot von etwas Koks dankend an. Angesichts des unerwarteten Schweigens, mit dem sein Bericht aufgenommen wird, serviert Casco ihr den Schnee um so williger. Simpel lehnt dankend ab, er findet Xanax und Koks keine gute Mischung, lieber sitzt er still da und raucht Mothas Zigaretten. Casco macht den Fernseher an, Motha geht in die Küche und brät ein paar Zambizis, so eine Art Mehlkuchen, die irgendwo in Afrika ganz sicher als Delikatesse gelten. Den restlichen Abend über sitzen sie vorm Fernseher und essen Zambizis; Motha und Casco essen sie schnell und ohne Appetit, Simpel isst sie langsam.

DONNERSTAG, 17. DEZEMBER, 11.00 H

Der Tag nach der Adventsfeier. Bis Heiligabend ist es noch eine Woche. Seit Dienstag früh liegt Monica B. Lexow auf der Intensivstation. Das Erlebte hat sie zutiefst aufgewühlt. Sie weint mehr als sonst, und Berlitz hat mit mal mehr, mal weniger Glück versucht, sich in ihre Gefühle hineinzuversetzen, ja, das Ehepaar hat insgesamt versucht, *zusammenzuarbeiten*, obwohl Monica eine von denen ist, die gern leiden, und Berlitz seiner Frau nicht unbedingt aufrichtige Sympathie entgegenbringt.

Eben ist Berlitz unten am Krankenhauskiosk gewesen und hat Tageszeitungen geholt, wozu er zunächst langwierig und unerfreulich hat Schlange stehen müssen. Ein jeder wird ihm beipflichten, dass Kranke – zumal wie hier als Warteschlange – keine heitere Gesellschaft sind. Dass Berlitz sich nach einem ausgiebigen Wannenbad so *sehr* wohlgepflegt fühlt – porentiefe Hautreinigung, Bartpflege, Gesichtsmaske und partielle Körperrasur (da er blind wetten könnte, dass Monicas wenig aufdringliche Libido durch das traumatische Erlebnis ganz vergangen ist, hat er sogar eine vollständige Intimrasur gewagt) – dass er sich so gepflegt fühlt, hat die Situation in der Schlange nicht gerade verbessert; je gesünder man sich fühlt, desto kränklicher und jämmerlicher wirken die Patienten. Kurz, er hat Monica Zeitungen und Schokolade gekauft, vier verschiedene Zeitungen sogar, denn ehrlich gesagt rechnet er damit, sich zu Tode zu langweilen, wenn er den lieben langen Tag am Bett seiner mit den Nachwirkungen des Schocks beschäftigten Frau sitzen muss.

Nach rund einer Stunde intensiver Zeitungslektüre kreischt Monica plötzlich auf. Berlitz flucht innerlich, er denkt, da läuft irgendein posttraumatischer Mist, aber Monica brabbelt:

– … da, da, da! Das muss er sein! Mein Gott, schau bloß mal hier! Hierhierhier! Ich bin ganz sicher! Das ist er! Ooooh! Uhhuuu! Schau doch! Das ist er …

Sie schüttelt die Zeitung, während sich ihr allerlei unartikulierte und artikulierte Geräusche entringen. Berlitz steht auf und beugt sich über ihr Bett, um zu sehen, was ist.

– Was willst du mir sagen, Monica …
– Das ist er … Ich bin mir ganz sicher … Ich erkenne ihn wieder … Oh, Hilfe, Hilfe … er hat wieder zugeschlagen …

Berlitz sagt, sie soll sich beruhigen und ihre Hand beiseite nehmen, damit er was sehen kann, aber sie regt sich immer mehr auf und kreischt herum, bis er in seinem zweitstrengsten Tonfall sagt, jetzt soll sie ihm die Scheißzeitung geben, sonst kann er ihr gar nicht helfen.

Auf der letzten Seite, im Vermischten, befindet sich folgender Artikel nebst zwei Fotos:

ADVENTSFEIER FÜR LECKERMAUL – NICHT NUR MIT KEKSEN
Für eine 2. Klasse endet das Schuljahr mit unerwartetem Höhepunkt: Gast nutzt die Adventsfeier zum Flirten – nascht an einer Mutter.
Von Paal Helge Reitan

Der Bekannte eines Vaters nutzte gestern die Adventsfeier im privaten Rahmen für ein Sexabenteuer. Die letzte diesjährige Zusammenkunft der Klasse endete mit einem turbulenten Auftritt.

Leckermaul
Eltern und Kinder sitzen unschuldig bei der Adventsfeier. Keiner ahnt etwas von den Absichten des ungebetenen Gastes (31), der heimlich mit der Mutter (28) eines Ausländerkindes flirtet. Kurz ist deren Gatte (35) unaufmerksam – schon hat der Täter sie in den ersten Stock entführt und geht dort mit Appetit zur Sache. Robert Jegleim, der Gastgeber, entdeckt die Turteltauben, als der Mann sich gerade oral an der Frau zu schaffen macht. Hatten ihm Kekse und Lebkuchen nicht genügt?

Aktivisten
»Ich hatte gerade ein sehr interessantes Gespräch mit dem Freund des Mannes, dem Vater eines Kids aus der Klasse meiner Tochter, als meine Frau kam und sagte, dass man

mein Büro zum Liebesnest umfunktioniert hat«, lächelt Jegleim (45), der als Redakteur beim Fernsehen arbeitet. Er ging in den ersten Stock und konnte feststellen, dass dort tatsächlich schon die Weihnachtsglocken läuteten.

Der fragliche Vater (40) und sein Freund, das Leckermaul, sind laut Jegleim Mitglieder einer Gruppe von Aktivisten. Mehr will der TV-Mann aus Diskretion nicht verraten.

»Der Vater hat mir von seinen wirklich unkonventionellen Aktionen berichtet. Nicht ausgeschlossen, dass die Sex-Episode eine davon ist«, sagt Jegleim, der annimmt, dass das nicht die letzte Aktion der Gruppe war.

Handgemenge

Der Mann der betroffenen Frau, ebenfalls ausländischer Herkunft, kriegt mit, was da läuft, und schreitet wütend ein. Es gibt eine wilde Rauferei. Mehrere Väter müssen ihn festhalten, damit der Täter, sein Freund und dessen Kind die Feier unversehrt verlassen können.

»Nein, wir haben nicht vor, Anzeige zu erstatten, das müssen die Betroffenen untereinander ausmachen. Und da war weder Zwang noch Gewalt im Spiel …« lächelt Jegleim.

Kommissar Markus Orvik informiert auf unsere Frage, dass sexuelle Handlungen im Privatbereich nicht strafbar sind, auch nicht bei einer Adventsfeier. »Was die Leute in ihren eigenen vier Wänden treiben oder bei anderen Leuten, geht die Polizei nichts an. Solange nicht Anzeige erstattet wird, leiten wir keine Ermittlungen ein«, sagt Orvik.

Die beteiligte Frau und ihr Mann waren gestern Abend für Nachfragen nicht erreichbar.

Auf dem einen Foto sieht man Simpel von hinten, der gerade Hassans Kragen loslässt. Hassans Gesicht ist mit einem Balken unkenntlich gemacht. Sein Arm schwingt nach links, er hat eben Simpel geschlagen. Im Hintergrund ist unscharf Casco zu erkennen, die Hose auf den Knien, ebenfalls mit einem Balken vorm Gesicht – und einem vorm Schritt. Ganz am Bildrand leuchtet blass der Hintern von Sultans Mutter. Auf dem anderen Foto hat Casco Hassan niedergerungen, dessen Frau nach seinem Schlag über Roberts Arbeitstisch liegt. Auch hier ist deutlich zu sehen, dass Casco die Hose noch nicht ganz wieder an hat; ein Streifen bloßer Haut über dem Balken, der seinen Schritt bedeckt, zeigt, dass sein Schwanz noch nicht wieder eingepackt war, als er Hassan angriff. Die Unterschrift unter den beiden Bildern lautet: ***Ende einer Adventsfeier**: Betrogener Ehemann ertappt Frau auf frischer Tat – Wilde Rangelei.*

– DU BIST NICHT DIE EINZIGE, DIE DIESEN KERL ERKENNT!, schreit Berlitz aufgeregt.
– Was meinst du? Kennst du den etwa auch?, fragt Monica.
– KLAR KENNE ICH DEN SCHEISSKERL!, krakeelt Berlitz.
– Tatsächlich? Tatsächlich? Monica fängt an zu weinen; die Erinnerung an den furchtbaren Abend fällt sie an.

Eigentlich sieht Simpel ziemlich gewöhnlich aus, aber Monica B. Lexow erkennt auf dem ersten Bild ganz deutlich seine Nackenpartie und seinen Haarschnitt. Berlitz hat sowieso keine Zweifel. Er weiß besser, als ihm lieb ist, um welches Kind und welchen Vater welcher Klasse 2a es sich hier handelt. Jetzt hat das Ehepaar Berlitz alles in der Hand, was es braucht, um Simpel die Hölle heiß zu machen.

BEI SIMPEL

Erst jetzt kommt Casco bei Simpel und Motha auf dem Wildledersofa zu sich, ein Wunder allein schon wegen dem Krach, den Lonyl wie jedes Mal veranstaltet hat, bevor er zur Schule gegangen ist. Noch sind keine Weihnachtsferien, obwohl sich alle danach sehnen; sie müssen das unfreiwillige Zusammensein namens *Unterricht* noch ein paar Tage ertragen.

Kurz geschildert, verläuft der Vormittag so: Simpel sitzt am Schreibtisch (unmöglich, zu sagen, ob er arbeitet oder nicht) und schickt Casco, sobald der aufgewacht ist, los, er soll Eier, Bacon und Zeitungen kaufen, was Casco auch tut, wonach sie sich beide in nicht enden wollenden Lachanfällen über dem bewussten Zeitungsartikel krümmen. Wer erwartet hätte, dass zumindest Simpel sich darüber aufregt, der hätte sich getäuscht. Er hat noch nie etwas über seine Taten in den Medien gesehen, und jetzt fühlt er eine bislang nie erlebte Befriedigung, unbändige Fröhlichkeit, er muss vor lauter Glück einfach lachen. Eine geschlagene halbe Seite in einem Revolverblatt – so einen Einbruch in die Normalität haben er und Casco gemeinsam hinbekommen! Und dann noch diese Fotos, die reinste Clownsnummer!

Der Nachmittag verläuft kurz geschildert so: Casco geht nach Hause, und PapaHans, der den Artikel gelesen und ebenfalls erkannt hat, um wen es geht, ruft bei Simpel an, etwas besorgt: Ist es nicht unvorsichtig, sich in der Boulevardpresse abbilden zu lassen? Simpel beruhigt ihn: a) sind die Gesichter nicht zu erkennen; b) ist nichts Strafbares vorgefallen; c) bewirkt die Sache allenfalls, dass er selber ins Fadenkreuz der Behörden gerät und schließlich d) würde er, Simpel, unter gar keinen Umständen seine Verbindung zu DESIREVOLUTION offenlegen oder irgendwelche Details über den Konzern verraten. »In unserem verfickten alten Skandinavien wird man ja nicht mit glühenden Messern oder Elektroschocks verhört«, sagt er und erläutert, dass er schon den ganzen Tag darüber nachdenkt, weitere Projekte über die Medien publik zu machen. »Ich will etwas mitteilen – das weißt du so gut wie ich, Hans – und jetzt habe ich endlich Zugang zu der abgefuckten Schweinepresse!« PapaHans lässt sich beruhigen, weist im Gesprächsverlauf aber noch mehrmals darauf hin, dass man keine Risiken eingehen sollte, wenn man so hautnah an einer relativ verwundbaren Konstruktion wie ihrer Firma dran ist. Simpel antwortet jedes Mal, es ist ihm wahnsinnig wichtig, dass DESIREVOLUTION nicht gefährdet wird, und hier irgendwelche Risiken einzugehen, das wäre ja genauso dumm, wie das eigene Kind zu vernachlässigen.

Ziemlich genau sieben Minuten, nachdem Simpel aufgelegt hat, donnert ein größeres Polizeiaufgebot an seine Wohnungstür und verhaftet ihn wegen vorsätzlicher schwerer Körperverletzung. Nach zwei Minuten haben die Beamten das Tätowierwerkzeug gefunden, die Sporttasche steht schlauerweise seit der Aktion mitten im Wohnzimmer. Die illegal großen Mengen Xanax im Bad hingegen fallen den Polizisten nicht weiter auf.

Bald darauf wird das Ehepaar Berlitz von Inspektor Krauss informiert, dass der Täter verhaftet ist. Berlitz hängt sich sofort ans Telefon und ruft seinen Freund Göran Persson an, den Waschmittelproduzenten und Zwangsalkoholikervater. Das Gespräch ist kurz, Berlitz faucht: »Jetzt sind wir so weit, Göran, jetzt brauchen wir nur noch ein paar Infos über die verfluchte Räuberbande loszulassen, und die Sache läuft von selbst. Heute ist ein großer Tag; wir haben alles, was wir brauchten, auf einem Silbertablett serviert gekriegt. Ab jetzt geht's bergauf. Das wird ein fröhliches Neujahr!« Monica fragt Berlitz immer wieder, woher er den Täter so gut kennt, aber er lässt nichts verlauten, als dass der Mann der Vater vom »scheußlichsten Balg« der ganzen B-Schule ist.

Noch eine weitere Freudennachricht erhält das Ehepaar Berlitz an diesem Nachmittag, dass Monica nämlich schon bald einen Termin beim Laserchirurgen hat. Er hat sie zwar darauf hingewiesen, dass nach dem Eingriff erstmal Narbengewebe die Tätowiertinte ersetzt; eine Hauttransplantation ist ausgeschlossen, da die infrage kommenden Spenderregionen an Monicas Körper allzu sehr von Zellulitis in Mitleidenschaft gezogen sind. Monica hat gesagt, sie würde egal was mit sich machen lassen, sogar eine rein symbolische Operation, Hauptsache, es beschert ihr eine »Traumamassage« (das Wort hat sie von Berlitz aufgeschnappt). Angesichts der geballten Glücksbotschaften lässt sich Berlitz zu einem Küsschen auf die Wange seiner Frau hinreißen, so wenig sie auch dazu verlockt, wie sie daliegt. Er hält die Luft an, küsst sie trocken und produziert etwas, das als Lächeln interpretiert werden könnte. Monica lächelt zurück, obwohl sie sich nur ungern von dem frisch getrimmten Bart die Wange aufkratzen lässt. Einen getrimmten Bart findet sie sowieso den Gipfel der Geschmacklosigkeit, so was steht nur den paar Leuten, denen sowieso alles steht, und auch nur, wenn sie wirklich unter fünfunddreißig sind. Also ist Berlitz gut fünfzehn Jahre überfällig; nur gibt es keine Chance, dass er den Bart abnimmt, denn zunächst mal fehlt ihm jegliche Selbsterkenntnis, und außerdem ziert ein ebensolcher Bart das Gesicht von Berlitzens verehrtem Vorbild, dem amerikanischen Tiefenpsychiater Norman Schulz. Aber Details beiseite: Die Ehe von Berlitz und Monica Berlitz Lexow erreicht an diesem Nachmittag einen vorläufigen Höhepunkt, immer im Einklang mit dem kitschigen Merksatz: »There's nothing like a little desaster for sorting things out.«

Als Lonyl nach Hause kommt, ist Motha noch bei der Arbeit, aber er hat einen Schlüssel. Dass Simpel nicht zu Hause ist, bemerkt er nicht, sondern fängt sofort an, auf dem Wildledersofa zu hopsen.

Motha, die zum Zeitpunkt von Simpels Verhaftung gerade Mittelpunkt einer Doppelpenetration war, kommt rund ein Stündchen nach Lonyl. Sie fragt ihren hopsenden Sohn, wo Papa ist, keine Antwort. Eine knappe halbe Stunde vergeht mit Rauchen und Zeitunglesen (inklusive kopfschüttelnder Lektüre des Artikels über ihren Gatten, ihren Sohn und ihren Kollegen), dann wird Motha von irgendeinem Beamten angerufen, der sie davon in Kenntnis setzt, dass Simpel für zunächst drei Wochen in Untersuchungshaft genommen wurde. Briefe und Besuche sind erlaubt, Motha meldet sich für morgen an.

FREITAG, 18. DEZEMBER, 8.30 UHR

Motha hat gestern Abend mit Lonyl darüber gesprochen, dass Papa von der Polizei abgeholt worden ist, was bei Lonyl keine erkennbare Reaktion hervorrief, ebenso wenig wie die Mitteilung, dass er heute nicht zur Schule muss, weil sie PapaSimpel besuchen wollen. Null Reaktion, weder positiv noch negativ. Er scheißt restlos auf die Schule, und er scheißt restlos auf Simpel. Er scheißt restlos darauf, dass in knapp einer Woche Weihnachten ist. Und auf noch etwas scheißt er restlos, nämlich, dass PapaSimpel auch am Heiligen Abend einsitzen wird. Lonyl weiß in seinem kleinen Kinderhirn noch ganz genau, wie Simpel getobt hat, als er, Lonyl, damals den Weihnachtsbaum umschmiss, den Simpel auf Mothas Drängen hin ins Haus geholt hatte (»Koomm schon, Ssiimpel, das wü'de den Kleinen so i''e f'euen«). Der Baum stürzte auf den Fernsehtisch und riss einen Stapel Zeitschriften mit, worauf Simpel ein neues, ab dem nächsten Jahr obligatorisch vor der Bescherung durchzuführendes Weihnachtsspiel verfügte: MANDEL IM REIS. Wer die Mandel im Milchreis erwischt, kassiert eine Tracht Prügel und wird für den Rest des Abends in den Besenschrank gesperrt. Simpel macht den Milchreis selber, tut die Mandel rein und verteilt die Speise eigenhändig, mit entsprechendem Einfluss auf den Ausgang des Spiels. (Damals hat er sich dann beim Abendessen wieder beruhigt, mithilfe von zwei Milligramm Xanax. Der Rest vom Fest verlief einigermaßen normal, Simpel übernahm sogar den Job als Weihnachtsmann: Verkleidet mit einer roten Skimütze, ein paar von Mothas Binden mit Tesafilm als Bart ins Gesicht geklebt, einen äußerst sparsam gefüllten Rucksack auf dem Rücken, rief er mäßig begeistert: »Sind hier irgendwelche unglücklichen Kinder?«, und Lonyl antwortete: »JAAAAAA!«)

Den heutigen Tag beginnt Lonyl nicht, indem er das achtzehnte Türchen vom Adventskalender aufmacht, er hat keinen Adventskalender. Nach dem Aufwachen hört er als Erstes, dass Motha bei DESIREVOLUTION anruft und die Dreharbeiten für heute absagt, ohne Angabe von Gründen, sie sagt einfach, dass sie nicht kann. Lonyl hört nicht, dass Frl. Oppenheim das nicht in Ordnung findet, Motha sollte doch wissen, wie gestresst Perez immer vor den Dreharbeiten ist und dass es kein lustiger Job ist, ihm erzählen zu müssen, dass es mit Ficken heute nix ist. Danach wird Lonyl aus seiner Ecke gezerrt, er zetert, dass er keinen Hunger hat, Motha findet das okay, sie zieht ihn an und gibt ihm zum Frühstück einen halben Liter Wasser. Dann nehmen sie die U-Bahn in die Stadt, Lonyl nutzt die Gelegenheit und ergänzt die Schmierereien auf den Sitzen mit seinen Kreuzen und Strichen, während Motha an die Tunnelwand starrt. In der Polizeizentrale geleitet man sie in das Besucherzimmer, wo sie einen glänzend aufgelegten Simpel antreffen; er ist fast freundlich. Abgesehen von der hier herrschenden Ordnung ist der Raum ihrer Wohnung nicht unähnlich. Billige Scheißmöbel aus dem Kaufhaus, skandinavische Standardziergardinen, ekelgelbe Wandfarbe. Simpel erzählt Motha, dass sie ihn wegen der *Fasci*NATION-Aktion festgenommen haben, dass er durch den gestrigen Zeitungsartikel aufgeflogen ist und dass sie sich keine Sorgen um ihn machen soll, dass er morgen verhört wird, nachdem Monica B. Lexow, Berlitz' Frau, ihre Aussage gemacht hat, und dass er sich schuldig bekennen wird, aber nur dieser einen Tat. Er erwähnt auch, dass es diesmal eine Freiheitsstrafe setzen wird, aber Motha weiß selber, dass er sich schon immer nach der Ruhe und Konzentration gesehnt hat, die das Gefängnis bietet. (»Du biis ja imme'auf 'itmeeste' neidisch gewes und sein P'ojek mit de' Isolation.«). Er erzählt, dass er diese Nacht in einer Ausnüchterungszelle verbracht hat, aber zu seinem Glück schon heute Nachmittag eine andere Zelle im Kreisgefängnis bekommt. Jetzt kann er sich endlich mal richtig konzentrieren, sie kommt doch gut allein mit Lonyl zurecht, Weihnachten können sie sicher bei PapaHans und Sonja feiern, Lonyl wird sich nichts draus machen, nicht wahr, Lonyl? (null Antwort), und so sollen sie den Konzern gemeinsam leiten, bis er wieder draußen ist, das ist doch kein Problem, oder? Nach ein paar Monaten im Think-Tank kommt er dann mit neuen, besseren Projekten und Aktionen zurück, da kann sie sich schon mal drauf verlassen, vielleicht ist das ja genau die kleine Pause, die er dringend braucht usw. (Er hat noch nicht mitgekriegt, dass im Gefängnis Arbeitspflicht herrscht, außer in der Untersuchungshaft). Motha merkt an, dass es für Lonyl nach diesen Geschehnissen in der B-Schule vielleicht nicht ganz leicht wird, und Simpel antwortet, er hat die Schweine von der Schulleitung schon längst im Verdacht, dass sie Lonyl rausschmeißen wollen, lassen wir ihn noch die paar Tage bis Weihnachten da hingehen, und nach Neujahr suchen wir ihm eine andere Schule, kein Problem, schließlich hat der Staat Pflichten gegenüber seinen Bürgern, in solchen Fällen wie hier, da können wir den Staat brauchen usw.

Auf der Heimfahrt fragt Motha Lonyl, ob PapaSimpel ihm Leid tut, weil er ins Gefängnis muss, und Lonyl sagt, nö, tut er nicht.

AM SELBEN TAG, 14.00 H

Berlitz verlässt das Zentralkrankenhaus und Monica und trifft Speedos Vater, den Waschmittelproduzenten Göran Persson, im Café HADRIAN, um dort ihre Strategie für die Zusammenarbeit mit Inspektor Krauss festzulegen, der in Sachen *Fasci*NATION ermittelt. Sie kommen überein, Krauss die Telefonnummer ihrer Informantin zu geben, die sie aus Gründen des Zeugenschutzes »Pernille« nennen, jedenfalls, wenn sie sie in der Öffentlichkeit erwähnen. »Wenn wir Krauss Pernilles Nummer geben, ist der Konzern, der unser Leben zerstört hat, so gut wie kaputt«, sagt Berlitz. Persson nickt lächelnd und sieht Licht am Ende des Tunnels; dort angekommen, wird er seinen Sohn zurückholen. Zurück wohin, ist unklar. Herr Psychiater Berlitz hat Persson gebeten, die gestrige Zeitung mitzubringen, damit sie sich gemeinsam die Bilder ansehen können, doch irrtümlich hat Persson heute früh ausgerechnet diese Zeitung als Masturbationsunterlage benutzt und keine neue auftreiben können; alle Kioske hatten die unverkauften Exemplare von gestern bereits zurückgegeben. Persson muss sagen, dass er die Zeitung vergessen hat, woraufhin Berlitz – wieder einmal – befürchtet, sein alter Freund werde allmählich ein bisschen senil.

Am Ende ihrer Besprechung rufen sie von Berlitz' NOKIA Inspektor Krauss an und geben ihm »Pernilles« Nummer. Dann muss Berlitz wohl oder übel zu seiner traumatisierten Gattin mit ihren sensiblen Lippen zurück, die voll tiefem Selbstmitleid im Zentralkrankenhaus liegt; Lust dazu hat er keine, aber so ist das eben mit der Ehe, sie zwingt einen zu zahllosen Dingen, die man eigentlich nicht will. Unterwegs denkt er über das Wort auf Monicas Bauch nach, und obgleich er nicht ganz begreift, wie das alles zusammenhängen soll, muss er sich eingestehen, dass er kaum jemandem begegnet ist, der die Wörter »Faszination«, »faszinierend« und »fasziniert« so oft verwendet wie seine Frau. »Warum eigentlich, zum Teufel?«, fragt er sich.

Der Waschmittelproduzent Göran Persson seinerseits hat seit dem Tod seiner dritten Frau niemanden, der ihn zu Hause erwartet, und auch niemanden, den er zu sich nach Hause einladen könnte, einmal, weil man sich mit seinem Alkisohn nicht mehr verständigen kann, und weil Berlitz der einzige Mensch ist, den er wirklich als Freund betrachten könnte. Persson fährt trotzdem nach Hause.

Zurück bei Monica, die zu seiner Verärgerung schläft, als er ankommt – wie oft muss sie eigentlich noch *ausschlafen*, fragt sich Berlitz, ist sie denn nie, nie fertig mit *ausschlafen*? –, sagt Berlitz, dass Persson und er beschlossen haben, Inspektor Krauss entscheidende Informationen zukommen zu lassen, Informationen, die so entscheidend sind, dass sie sowohl Simpel (er hat ihr den Namen des Täters genannt) als auch seinem ganzen widerlichen Haufen den Hals brechen werden. Die Bande ist geliefert, das ist so sicher wie das Amen in der Kirche. Monica lächelt zart und sagt »Danke, Liebster.« Dann erzählt sie Berlitz, was sie ihm jedes Mal erzählt, wenn er länger als eine Viertelstunde weg gewesen ist, nämlich von ihrem letzten Gespräch mit Oberarzt Jansson, einem hochgewachsenen, blonden Mediziner Ende dreißig, von dem sie, da könnte Berlitz blind wetten, zutiefst *fasziniert* ist. Jedes einzelne Mal kommt sie mit der Leier, dass es ja so beruhigend für sie ist, mit Oberarzt Jansson zu reden, dass sie die Laserbehandlung besprochen haben, vor der Monica natürlich Angst hat, dass er auf der Bettkante gesessen und ihr während des Gesprächs die Hand gehalten hat. »Ich weiß gar nicht, was ich ohne ihn machen würde«, sagt sie, »er hilft mir ja so fabelhaft dabei, die *Hölle* zu verkraften, die ich durchgemacht habe.« »Schön«, antwortet Berlitz und futtert das Konfekt, das Monicas klapprige alte Mutter ihr mitgebracht hat. Dann lenkt er das Gespräch wieder auf den Fall Simpel. Er wiederholt mehrfach, dass sie sich für morgen motivieren *muss*, dann kommt Inspektor Krauss, um sie weiter zu vernehmen, sie soll ihm einfach nur erzählen, was passiert ist, weiter braucht sie sich um nichts zu kümmern, sie soll nur einfach alle Details von jenem Nachmittag und Abend schildern, vom ersten Anruf bis zu dem Moment, wo er sie vergiftet hat und sie eingeschlafen ist, den Rest soll sie ihm überlassen, also Berlitz. »Zeig du ihm die Spitze des Eisbergs, ich sorge schon dafür, dass Inspektor Krauss sich um das kümmert, was unten in der Tiefe lauert«, sagt Berlitz mit starrem Blick. Monica nickt ergeben, ihre bebenden Lippen irritieren ihn derart, dass Berlitz an seinem Ehering spielt. Den ganzen Vormittag über hat sich Monica innerlich schon auf die Vernehmung vorbereitet und ist genauso erpicht darauf wie Berlitz, Simpel möglichst tief reinzureißen; sie hat sich noch nie so betrogen und missbraucht gefühlt, geistig und gefühlsmäßig vergewaltigt, wie durch Simpels Tat; sie ist zutiefst einer Meinung mit Berlitz, nur haben die Eheleute Berlitz leider alle Körpersprache verschlissen, das gesamte Repertoire an Gesten, mit denen sie sich verständigen könnten. Sie haben die Reaktionen des anderen einfach über. Wahrscheinlich überleben die meisten Langzeitehen nur dank kleiner, interner Gesten, einer Art zwischenmenschlicher Mindestkontaktfläche; Berlitz' und Monica B. Lexows Problem ist, dass sie so etwas nicht mehr haben.

Bis abends um sechs sitzt Berlitz bei ihr, dann fährt er nach Hause. Angeblich um zu arbeiten, in Wahrheit holt er DEEP SUMMER aus seinem geheimen Videolager, um knapp eineinhalb Stunden vorm Bildschirm zu masturbieren. Die große Neuerung heute sind natürlich Berlitz' glattrasierte Genitalien, mit denen er die ganze Zeit hingerissen spielt. Zur Feier des Tages macht er sogar eine gute Flasche Wein auf, so freut er sich, dass Monica auf gar keinen Fall hereinplatzen und seine Sitzung unterbrechen kann. DEEP SUMMER spiegelt sich im Bordeaux, das bauchige Glas steht neben ihm auf dem Boden, und Berlitz ist eine geschlagene Stunde lang glücklich. Ungetrübter Hochgenuss.

SAMSTAG, 19. DEZEMBER

Simpel hat wohlgemerkt schon dann und wann mal eine Nacht auf der Polizeiwache verbracht, aber eine richtige Gefängniszelle hat er noch nie von innen gesehen. Jetzt nennt er eine sein Eigen. Wie die meisten von uns es wären, ist er glücklich, dass ihm hier alle Entscheidungszwänge abgenommen sind. Würde man ihn fragen, so würde er die Zelle als die perfekte Konzentrationskammer bezeichnen und das Gefängnis als das perfekte Konzentrationslager – im besten Sinn, als einen Ort, an dem man sich konzentrieren kann. In der Zelle befinden sich eine Pritsche, ein Schreibtisch unterm Fenster und ein kleiner Kleiderschrank. Gleich gestern Nachmittag hat er einen Wärter um Papier und Stift gebeten und beides bekommen. Bis nachts um drei hat er höchst inspiriert dagesessen und kleine Sätze aufs Papier geschrieben, hat Blatt um Blatt auf einen Stapel gelegt, neben den Stapel mit unbeschriebenem Papier. Voll Begeisterung malt er sich aus, wie viel er zwischen den Gefängnismauern wird arbeiten können. Er ist nicht gespannt, wie lange sie ihm aufbrummen werden, sondern wie viel er produzieren wird, während er einsitzt. Unter anderem hat er geschrieben:

CONTROLLING THE MEANS OF DESTRUCTION
MC COMPLEXITY
THE COFFEETABLEIZATION OF EVERYTHING
THE EVOLUTION OF THEORY
PLAGUE/PARTY – APOTHEQUE/DISCOTHEQUE
RED LIGHT IN SIGHT
BAN THIS
CORPS
ARE YOU NOT ENTERTAINED?
TRAUMA-BOY
SHIP OF FOOLS
693 DARK AVENUE
MY STYLE IS MY CASTLE

Auf Englisch schreibt er, da er sich mit fortschreitender Nacht immer stärker zu internationalem Format auflaufen gefühlt hat. Das einzige Shakespeare-Zitat, das er auswendig kann, hat er in seiner kleinen Zelle immer aufs Neue wiederholt, oft auch mehrfach hintereinander: »I could be bounded in a nutshell and count myself a king of infinite space.« »I could be bounded in a nutshell and count myself a king of infinite space.« usw., was sich auch als pure bescheuerte Sentimentalität bezeichnen ließe. Er hat sich diese Situation schon so lang gewünscht, dass er in dieser Nacht seine blühenden Gefühle nicht unter Kontrolle kriegt. Zwischen den intensiven schöpferischen Phasen hat er längere Zeit vor dem kleinen Stahlspiegel an der Zellenwand gestanden und sich darin betrachtet. Auch sehr angenehm, dass der Spiegel so klein ist, hat er gedacht.

Simpel ist kein hässlicher Kerl, aber wie die meisten Männer um die vierzig muss er sich doch wild verrenken, wenn er in einem Ganzkörperspiegel annehmbar aussehen will. Hier sieht er sein Gesicht von den Schlüsselbeinen aufwärts, mehr als genug, um seine Theorie zu nähren, dass harte Denkarbeit ihn sexy macht. So bestand seine erste Nacht aus harter Denkarbeit (z.B. beim Ersinnen der o.g. Titel) und Selbstbespiegelung (um zu schauen, ob er dank der harten Denkarbeit schon jenen betörenden verschleierten Zug um die Augen hatte), Denkarbeit, Selbstbespiegelung, Denkarbeit, Selbstbespiegelung usw. Beides feuerte sich gegenseitig an; erst gegen drei Uhr morgens ging Simpel auf, dass er hier exakt die schlimmste Art von *Autofellatio* vollführte, die in jeder autonomen Arbeit lauert. Schweinemäßiges Hirnwichsen. Augenblicklich beendete er seine Tätigkeit und ging ein paar Runden durch die Zelle (ohne in den Spiegel zu schauen), legte sich dann hin, belämmert, weil er sich auf frischer Tat bei einem Ritual ertappt hatte, das sogar unter der Würde einer Monica B. Lexow wäre, so dachte er.

Sanftes Klopfen an der Zellentür weckt Simpel. Er hört Schlüssel rasseln, die Tür geht auf. »Guten Morgen, es ist sieben Uhr«, sagt der Wärter, der sofort bemerkt, dass noch Leben in der Zelle ist. Simpel schießt hoch, bevor der Beamte draußen ist, und redet auf ihn ein, der Spiegel müsse entfernt werden. Falls das nicht geschieht, wird er sich schwer damit verletzen, kündigt er mehrmals an. Er hat es sogar schriftlich vorbereitet, in zwei Ausfertigungen: SPIEGEL IN ZELLE 301 MUSS VOR 12.00 H SAMSTAGMITTAG RAUS, SONST WERDE ICH MIR DAMIT VERLETZUNGEN ZUFÜGEN. Ein Exemplar überreicht er dem Wärter, mit der Versicherung, er werde ihn, falls nötig, zur Verantwortung ziehen. »Das hier gibt es in mehreren Exemplaren, verstehst du? Wegwerfen ist zwecklos.« Er starrt dem Wärter in die Augen. »Du bist gewarnt, also sorge dafür, dass das klappt!« Das zweite Exemplar hat Simpel unter den beschriebenen Stapel gelegt, um einen Beweis in der Hand zu haben. Um acht Uhr wird das Frühstück serviert, in der Zelle, was ihm gründlich missfällt. Er hatte sich darauf eingestellt, gleich heute neue Bekanntschaften zu machen. Woher zum Teufel nochmal sollte er auch wissen, dass Untersuchungshäftlinge in der Zelle essen müssen?

Der Spiegel verschwindet, als Simpel nach dem Mittagessen auf Hofgang ist. Ebenso die Zweitausfertigung. »Ach, so halten die das hier«, denkt er, als er, wieder in der Zelle, den Stapel durchblättert und feststellt, dass das Blatt weg ist. »Denen werd ich zeigen, dass sie's hier mit einem anderen Kaliber zu tun haben als mit einem gewöhnlichen Scheißkriminellen!«

Gegen vierzehn Uhr kommen zwei Wärter und führen ihn in das Besucherzimmer, wo zwei Polizeibeamte warten, die ihn durch einen unterirdischen Gang ins Polizeihauptquartier bringen. Dort warten im Verhörraum Inspektor Krauss und ein zum Protokollführen verdonnerter Polizeischüler. Krauss hat Monica B.

Lexow noch einmal im Krankenbett vernommen und nichts erfahren, was er noch nicht wusste. So langsam geht ihm ihr Gejammer *die ganze beschissene Vernehmung über* auf den Sack. »Mann, was die winselt«, dachte er, während ihm Monica (mit bebenden Lippen) alles so detailliert wie nur möglich nochmals vortrug. »Cut the crap«, dachte Krauss, »sie ist betrogen und betäubt worden, und hinterher hatte sie ein Tattoo auf dem Bauch. That's it. Alle kennen den Täter. Alle kennen das Opfer.« Aber einen Bericht muss er schreiben, da hilft alles nichts, und Krauss weiß, dass man sich durch derlei unnütze Arbeit durchfressen muss, um an die Rosinen im Kuchen zu kommen – in diesem Fall Simpels Verhör.

Inspektor Krauss hatte keine philantropischen Motive, um in den Polizeidienst zu gehen. Auf der Polizeischule dröhnte er seinem Mitschüler Jeff Nilsen oft genug die Ohren voll – vor allem, wenn sie einen trinken waren –, dass »das Verbrechergesindel in meinem stahlharten Griff heulen soll, so, wie ich immer und immer und immer wieder im stahlharten Griff meines Vaters geheult habe! Hörst du?! Sabbern und heulen und um Gnade winseln sollen sie!« Nilsen hatte ursprünglich etwas edlere Motive für seine Berufswahl gehabt, aber Krauss' Hass beeinflusste ihn zutiefst; heute ist er vom Dienst suspendiert, seit er einen verhafteten Nordafrikaner gezwungen hat, seinen langen schwarzen Schlagstock zu lutschen.

Inspektor Krauss hat im Laufe der Jahre bei der Polizei einen Fetisch entwickelt oder eine Perversion, wenn man so will, durchaus nicht seine einzige, damit das klar ist. Dieser Fetisch besteht in Folgendem, wie Krauss es selber sagte (besser: brüllte, in Polizeilehrer Petersens Ohren, bei der vorletzten Weihnachtsfeier; brüllte, um LIFE IS LIFE [Coverversion] zu übertönen):

»Weißt du, was mir den Kick gibt, den richtigen, fetten Kick!? Hä!? Erzähl ich dir, und ich bin nicht der Einzige, dem es so geht, da bin ich mir scheißsicher. Hörst du!? Ja!? Du warst doch auch schon bei Verhören dabei, was!? Hä!? Und du weißt, wie das ist, wenn das Arschgesicht von Verdächtigem reinkommt und denkt, du hast keine Ahnung von ihm!? Hä!? Also einer, der nicht vorbestraft ist. Der denkt, du kannst ihm gar nichts, aber in Wirklichkeit weißt du ALLES *über ihn!* ALLES! *Ja!? Kapiert!? Du hast deine Hausaufgaben gemacht und einen Haufen Hinweise gesammelt und du warst zu Hause bei dem Arschgesicht, was er nicht weiß, und du weißt so unglaublich viel mehr von seinem bekackten kleinen Verbrecherleben, als er sich je hätte träumen lassen … und weißt du, was mir den Kick gibt!? Hä!? Möglichst lange zu warten, bis ich ihm zu verstehen gebe, dass ich seine ganze Karriere, sein ganzes verpisstes Leben in der Hand habe. Und zwar … Hörst du!? … Ich suche mir irgendeinen Fakt aus, gut überlegt, der ihm sozusagen verrät, dass ich alles weiß. Kapiert!? Ja!? Ich zieh irgendwas raus, ein Merkmal, eine Erinnerung, ein Leitmotiv … nenn's, wie du willst … und wenn er das hört, dann weiß er, er ist gefickt. Das ist mein* Fick-Fakt. *Kapiert!? Erst mal lasse*

ich das Verhör laufen, wohin es will, ja!? Einfach so. Und dann lasse ich den Idioten langsam, aber sicher auf seinen Untergang zusteuern. Ich gehe mit ihm ganz nach vorn an den Abgrund ran, und wenn er da steht und nichts ahnt, dann hau ich ihm den Fick-Fakt *um die Ohren und er stürzt ab. Kapiert!? Ich hab den* Fick-Fakt *immer auf einem Zettel vor mir liegen, kodiert. Und das Beste von allem ist die Fresse von so einem ausgewachsenen Kerl, wenn dem auf einmal klar wird, dass er fällt. Hähä! Das ist der Leckerbissen! Kapiert!? Das ist der Leckerbissen! Du machst einen bescheuerten Riesenumweg, das Verbrecherschwein geht mit und denkt, ist sowieso alles nur Geschwätz über's Wetter, und auf einmal kriegt er den* Fick-Fakt *um die Ohren. Dann lehn ich mich zurück und schau mir genau an, was in der Visage von dem Arschgesicht abläuft, wenn ihm in seinem Spatzenhirn auf einmal klar wird, dass er gefickt ist, dass das Kartenhaus seines Lebens zusammenstürzt, wo er bis eben noch gedacht hat, das ist wer weiß was für'n Palast. Ja!? Kapiert!? Und wenn du das so richtig genießt beim Verhör, diesen Zusammenbruch … hehe … dann kannst du alle Stadien bei dieser schockartigen Erkenntnis verfolgen. Du glaubst ja nicht, wie langsam das manchmal geht. Da brauchen welche fünfzehn, zwanzig Sekunden, echt nicht zu glauben! Nicht zu fassen, wie lange manche brauchen, um zu schnallen, dass ihr Leben im Arsch ist. Kapiert!? Ich glaub sogar, da kann man dran erkennen, unter was für Bedingungen einer aufgewachsen ist. Wenn er lange braucht, bis er begreift, dass sein Leben im Arsch ist, dann unter guten Bedingungen, und wenn er es schnell rafft, dann unter schlechten. Kapiert!? Ja!? Wenn einer das sofort schnallt, dann heißt das Scheißbedingungen. Oder Intelligenz, das gibt es auch, aber selten, wenn du verstehst, was ich meine !? Hähä …«*

Krauss' heutiger *Fick-Fakt* steht verschlüsselt – er hat den Kode selber entwickelt, nur er kann ihn lesen – auf einem Zettel, der vor ihm liegt. Krauss hebt langsam den Blick und sieht hochbefriedigt, dass Simpel, der ihm gegenübersitzt, recht selbstsicher dreinschaut. »Je höher der *flight*, desto tiefer der Absturz«, denkt Krauss und reibt sich einen seiner dunklen Augenringe. »Du hast keine Scheißahnung von ›Pernille‹, das sehe ich deiner hässlichen Visage an …«

Die erste Runde verbringen sie mit Formalitäten. Name, Stand, Geburtsdatum usw. Dann geht das Verhör los. Simpel ist seit langem entschlossen, alles, was mit *Fasci*NATION zu tun hat, ohne Gegenwehr und en detail zu gestehen. Er schildert, wie er Monica B. Lexow angerufen hat und was danach alles kam. Auf die Frage, wo er das Tätowierzubehör herhatte, verweist er auf die Quittung vom Einkauf. Als Krauss wissen will, woher die Schlaftabletten waren, weiß er erst keine Antwort, dann lügt er, er hätte vor ein paar Jahren ein Rezept gehabt, das waren die Reste. Ob er denn nicht weiß, dass Pillen, vor allem Schlaftabletten, nach Ablauf des Haltbarkeitsdatums gefährlich sein können, Simpel antwortet, ja, doch, weiß er. Und ob Simpel daran gedacht hat, dass Alkohol und Tätowieren nicht zusammengehören, will Kraus wissen, was Simpel wahrheitsgemäß verneint. Krauss kann sich die Belehrung nicht verkneifen, dass Alkohol das Blut verdünnt, was einigen Blutverlust bewirken kann, wenn die tätowierte Fläche groß genug ist. Der Ordnung halber nennt er die Maße der Tätowierung auf Monica B. Lexows Bauch, nämlich 6 x 55 Zentimeter, Simpel antwortet überrascht, er hätte gedacht, höchstens 5 x 45. Krauss wiederholt, dass eine solche Fläche zu starken Blutungen führen kann, wenn Alkohol mit im Spiel ist; was er nicht erwähnt, ist die Quelle dieses Wissens, die sich in Form eines schwarzen Panthers unter seinem hellblauen Uniformhemd von einer Schulter zur anderen erstreckt, seit er als Jungpolizist vor dreiundzwanzig Jahren hackevoll und blutend wie eine abgestochene Sau in Manila beim Tätowierer lag. Simpel bestätigt, dass Monica ziemlich heftig blutete, was seine Arbeit durchaus erschwerte. Krauss fragt nach dem Motiv, Simpel sagt, er hatte einfach Lust dazu, ihm geht der Kulturschaffendenjargon schon so lange tödlich auf die Nerven, dass er sich eine kleine Racheaktion ausgedacht hat. Krauss macht eine Anspielung auf frühere Fälle, in denen Simpel verhaftet wurde, und Simpel sagt, er sitzt oft zu Hause und peitscht in sich »die Begierde hoch, eine konkrete Antwort auf die größten Irritationen des Alltags zu geben, eine Art angewandte misanthropische Theorie«. Krauss nickt; jetzt hat Simpel ihm einen Angriffspunkt geliefert, um seinen *Fick-Fakt* anzubringen; er ist so langsam wahnsinnig wütend (auf eine glückliche, erregte Weise) über Simpels offenkundige Selbstsicherheit. Er lässt sich nichts anmerken und fragt Simpel, was genau er mit *Begierde* meint? Kann man die Triebkraft, die ihn zu seinen Missetaten anstachelt, mit sexueller Begierde vergleichen?

– Oh ja, durchaus. Ich bin impotent, weißt du, und es verschafft mir eine sehr viel größere, äh … wie soll ich sagen … Triebabfuhr, diese »Missetaten« zu begehen, wie du es nennst, als mich sexuell zu betätigen.
– Aha. Es ist also eine Art kriminelles Verhalten an die Stelle deiner sexuellen Bedürfnisse getreten?
– Ich habe zwar nicht das eine durch das andere ersetzt, aber du kannst sagen, ich lebe meinen Druck nicht mehr sexuell aus. Ich finde ja, der Sexualtrieb ist ein ziemlich schwachsinniger Trieb, den man ohne viel Mühe unter Kontrolle halten kann.
– Aha? Du verwendest also schlicht und einfach … sexuelle Energie für – laut Gesetz – kriminelle Handlungen?
– Nenn's, wie du willst, scheiß drauf … aber bei einer Sache bin ich mir todsicher, nämlich dass alle Menschen ficken oder ficken wollen, und dass sie ganz schön viel Energie entweder darauf verwenden, den lieben langen Tag lang zu ficken oder Trübsal zu blasen, weil sie es heute schon wieder nicht in den Sexhimmel geschafft haben. Wer gefickt hat, der treibt hinterher irgendwas Ekliges Lebensvolles, der spielt zum Beispiel warm auf seinem Saxophon, so dass man's bis auf die Straße hört … so was oder 'nen anderen Scheiß. Die Leute müssen irgendwie um jeden

Preis beweisen, dass bei ihnen fickmäßig alles im Lot ist. Wer also nicht fickt, der ist gezwungen, auf der Straße andauernd die Saxophonmusik oder was auch immer von den Fickern zu hören. Viele von denen, die das Saxophon überall auf der Straße hören, sind selber Ficker. Die finden so ein entspanntes Straßenleben gut, die könnten den ganzen Tag lang dem Ficksaxophon zuhören. Wer *nicht* gefickt hat, den beruhigt das entspannte Straßenleben vielleicht, dem hilft es zu vergessen, dass er nicht gefickt hat, während wir, die wir *gar nicht* ficken, wir müssen zusehen, wie wir mit der abgeschmackten Scheißwelt zurechtkommen, die die Ficker produzieren, entweder, weil sie unzufrieden sind, dass sie es nicht geschafft haben zu ficken, oder weil sie Fick sei Dank zufrieden sind – egal, wenn du mich fragst, ist das eine wie das andere absolut zum Kotzen; wer *nicht* fickt, kompensiert das, indem er entweder warm und nett ist, aber auch *ein bisschen* unzufrieden, so voll verkannter Menschenliebe, oder aber er ist unbefriedigt und sauer und aggressiv, weil er auf Teufel komm raus ficken will und es nicht schafft. Wer hingegen fickt, der ist entweder warm und nett und ein Menschenfreund, oder er ist sofort sauer und verbittert, weil der Fick nicht gut genug war oder weil er mehr will. Nein, ich finde, es lohnt sich sehr, über der ganzen Fickerei zu stehen und all diesen Fallen zu entgehen.

– Das heißt, du lebst enthaltsam?

– Oh ja. Die Leute sind zu blöd, wenn sie glauben, sie

müssen die ganze Zeit ficken oder sich einen runterholen, sobald sich die Lust meldet. Ich fasse es nicht, dass alle so viel Zeit und Geld für den ganzen Sexquatsch verplempern, wo es so viel anderes gibt, das man mit sich anfangen kann.

– Für diese Meinung wirst du aber nicht gerade viele Zuschüsse von der Pornoindustrie bekommen, denke ich …, sagt Kraus und lehnt sich zurück, um genüsslich zuzusehen, wie der Simpel, ein Mann von vierzig Jahren, begreift, dass seine Zukunft am Arsch ist, im Klo, und dass der Mann ihm gegenüber – Krauss – bereit ist, sie runterzuspülen.

Simpel starrt den Inspektor an. »Zuschüsse von der Pornoindustrie? Zuschüsse von der Pornoindustrie?«, denkt er. Krauss starrt zurück; sein Blick sagt: »Pass auf, ich hab noch mehr in petto.« Simpels Mund verzieht sich leicht. Sein Blick wird trüb und wendet sich nach innen, zum Hirn, von dem im Augenblick aber keine Hilfe zu erwarten ist. Die Reibung in einem Hirn, das sich selbst erfolglos um Hilfe anfleht, führt fast unweigerlich zu einem Gesichtsausdruck à la: »Verdammt, jetzt geht's mit mir den Bach runter.« Krauss verfolgt aufmerksam die Stadien von Simpels Erkenntnisschock. Zufrieden zieht er die Augenbrauen hoch. Simpels Gesichtsausdruck verändert sich langsam. Krauss hat gewonnen, und Simpel weiß, dass Krauss gewonnen hat. Simpel hat verloren, und Krauss weiß, dass Simpel verloren hat. Keiner würde behaupten, dass der Inspektor buchstäblich einen Ständer in seiner loose-fit geschnittenen Jeans hat, aber viel fehlt nicht. Der Rest des Verhörs besteht in einem einzigen langen Krampf simpelseits. *The tables are turned.* So fängt er an:

– Was meinst du mit Zuschüssen?

Krauss bläst sich auf:

– Was ich meine? Höre ich recht? Was ich meine? You tell me, Drecksack! You tell me, sag ich! Willst du mich etwa für doof verkaufen? Hä? Glaubst du, ich verschwende meine Zeit mit einem bescheuerten Fall von Körperverletzung an einer beknackten Textildesignerin? Ich sag dir, ich hab so viele Weihnachtsüberraschungen für dich im Sack, dass wir noch zu Silvester in diesem Scheißzimmer sitzen, wenn du nicht sofort aufhörst, dich dumm zu stellen!

»Oh Mist, Mist, Mist, Mist, Mist, Mist, Mist, Mist...«, denkt Simpel. »Scheiße, shit, shit, Scheiße, Scheiße, Scheiße, shit, shit, shit, Scheiße, oh shitshitshitshit-shit...« Er schaut auf den Tisch, auf Krauss' Zettel, auf dem ONQMN steht, er schaut auf seinen Stift, aufs Wasserglas, auf das Bein des Protokollanten, auf die Tischkante, vom einen zum anderen und zurück, wieder auf den Stift, auf den Zettel, auf den Rand des Wasserglases, der sich aus Simpels Perpektive mit der Tischkante deckt, auf das Wasser im Wasserglas, auf seine Hände, auf sein Bein, wieder auf die Tischkante, auf die

Holzmaserung, auf den stählernen Fuß des Tischbeins, auf den Zettel, auf ONQMN, auf Krauss' Bauch, der sich ruckweise unter dem blauen Uniformhemd bewegt. Krauss schreit geradezu eine zutreffende Anschuldigung nach der anderen heraus. Simpel spürt, dass sein Hals heiß wird, was rote Flecken bedeutet. Eins nach dem anderen purzelt aus Krauss' Mund: DESIREVOLUTION, ÜBERBLOND, Motha, Speedo, jede Menge zu Speedo, über Fazil und das Al Mafar's, R-Peter und Casco und Tiptop. Auch über den Sexualpsychopathen Ritmeester und den Gewohnheitsverbrecher Eisenmann ist er völlig im Bilde. Ausführlich lässt er sich über den Häuptling der Perversionen aus, Hans Foster »alias – ist mir übel – *PapaHans*« und seine mitschuldige Ehefrau Sonja. Es schließt sich an die Tirade über Lonyl und das Kindswohl, über miserable Bedingungen und Vernachlässigung. Kurz, bevor der Protokollant sich genötigt fühlt, Krauss daran zu erinnern, dass er Inspektor ist, nicht Staatsanwalt, denkt Simpel: »Robert Jegleim! Robert Jegleim! Einziger Ausweg! Robert! Robert Jegleim! Medien! Medien! Einziger Ausweg!«

Als Krauss mit seiner Tirade endlich durch ist – mit ordentlichen Schweißflecken unter den Armen –, sagt Simpel, ohne Anwalt werde er sich zu keiner einzigen der vorgebrachten Beschuldigungen äußern, nur zu *Fasci*NATION. Simpel nickt seriös und formuliert bedachtsam. Krauss schnaubt, Simpel sei ein unglaublicher Warmduscher, und einen Anwalt zu bezahlen, nur damit der daneben sitzt, während Simpel fertig gemacht wird, das heiße doch Geld zum Klo runterspülen. Simpel besteht darauf. Kraus wiederholt das Argument mit der Spülung. Simpel sagt, so kommen sie nicht weiter. Krauss antwortet, ja, genau, jetzt, wo Krauss seine »dreckige Vergangenheit« aufgerollt hat, kommt Simpel überhaupt nicht mehr weiter, absolut nicht, »*what so ever!*«

Simpel ist anpassungsfähig. Auf seine Weise. Das muss man ihm lassen. Der *Fick-Fakt* hat seine Wirkung gehabt, okay, Simpel ist vor Schreck und Überraschung erstarrt und alles, Bilder von DESIREVOLUTION in Trümmern stehen vor seinem inneren Auge, und er reagiert reflexhaft, indem er panikartig überlegt, welche Folgen das hier für ihn und seine Familie und seine Umgebung haben wird. Aber das war eben; jetzt hat er schon wieder einen gewissen Überblick über die Situation. Er findet seit jeher, dass keine Situation so schwierig sein kann, dass sie sich nicht zum Vorteil wenden lässt. Und jetzt ist Robert Jegleim der rettende Ausweg.

Inspektor Krauss vergeudet noch ein bisschen Zeit, indem er Simpel anherrscht und beschimpft – zornig stellt er fest, dass der Häftling die Situation durchaus meistert (der Fetisch-Rausch ebbt ab) –, dann ruft er zwei Beamte herein. Sie bringen Simpel wieder in das Besucherzimmer. Von dort führen ihn dieselben zwei Gefängniswärter, die ihn vorhin abgeholt hatten, wieder in die U-Haft. Unterwegs sagt er, er müsse mal telefonieren. Einer der Wärter verspricht, ihn für den

Abend dafür anzumelden, macht ihn aber darauf aufmerksam, dass er nicht mehr als zweimal zwanzig Minuten pro Woche telefonieren darf.

Um 15.30 Uhr wird ihm ein nicht sonderlich schmackhaftes Abendessen gebracht. Die Kartoffeln schafft er, aber der Sauerkohl bleibt liegen. Preiselbeeren sind auch nicht gerade Simpels Lieblingsspeise. Er denkt so angestrengt nach, dass er langsam isst. Zweierlei steht auf seiner Liste: 1) Das verdammte Scheiß-Arschloch, das sie verpfiffen hat; 2) unbedingt den MedienRobert ins Boot kriegen. Simpels Freude darüber, verhaftet zu sein, hat dafür gesorgt, dass er seit gestern nicht mehr als vier-, fünfmal an Xanax gedacht hat; jetzt, nachdem er weiß, wie bedroht er und die Seinen sind, würde er ein Milligrämmchen oder zwei nicht ausschlagen. Er drückt den Knopf der Gegensprechanlage zum Wärterzimmer. Auf seine Bitte um ein Beruhigungsmittel kriegt er zu hören, da müssten sie erst mal seine Akte ansehen. Gut, dadrin steht das eine oder andere; aber Xanax wird er allenfalls via Eisenmann von PillenPasztor kriegen. Eine grässliche Vorstellung, auf irgendeine wirkungslose skandinavische Scheißdroge angewiesen zu sein.

Erst um 20.00 Uhr kann Simpel telefonieren. Er wird in den Telefonraum gebracht und ruft PapaHans an. Ganz unglaublich, wie viele schwachsinnige Zeichnungen die Gefängnisinsassen auf dem Quadratmeter Wand neben dem Telefon untergebracht haben. Es klingelt eineinhalb Mal, dann nimmt PapaHans ab, brennend interessiert, wie die Dinge stehen. Simpel berichtet behutsam, wie schlecht sie stehen, während PapaHans am anderen Ende fortwährend flucht. Dann fragt Simpel PapaHans, was er meint, ob das Telefon wohl abgehört wird.

– Was weiß ich, Scheiße. Aber du rufst mich ja wohl nicht an, um mich so blödsinniges Zeug zu fragen?
– Ich glaub nicht, dass es abgehört wird, nein. Glaub ich nicht, Scheiße nochmal. Das dürfen die nicht so einfach. Dann müssen sie einen informieren. Mir hat jedenfalls keiner gesagt, dass das ganze Gefängnis zuhört. Nein … nein … das kann nicht sein, das glaub ich nicht … egal … Unter uns ist ein Verräter, Hans, und ihr müsst verdammt nochmal sofort rausfinden, wer das ist. Ich kann mich nicht darum kümmern. Es ist einer von uns, ganz klar, sonst hätten die hier nicht diese Infos. Einer von uns, verdammte Scheiße! Ich hab keine Ahnung, wer das sein könnte, so viel ich auch nachdenke. Und mach dich darauf gefasst, dass du demnächst Besuch von der Trachtengruppe kriegst. Und mach einen Rundruf, damit alle anderen auch aufwachen. Du musst das tun, ich darf hier nicht so viel telefonieren, deswegen muss ich jetzt auch auflegen. Tschüß … *tschüß* …
– Tschüß … (klick)

Hoppla, das war sicher das unerfreulichste Gespräch, das Simpel jemals mit PapaHans hatte. Jetzt sucht er Robert Jegleims Nummer in dem Telefonbuch, das vor ihm liegt. Weiß der Geier, wie viel tausend nervöse Gespräche mit Muttern daheim das Telefonbuch mitbekommen hat; es ist völlig zerknittert. Sonst regt sich Simpel immer wahnsinnig über Leute auf, die ihre nervösen Finger nicht stillhalten können, in den unpassendsten Situationen hat er hibbelige Leute angeschrien: »HALT ENDLICH DEINE WICHSGRIFFEL STILL, SONST BRECH ICH SIE DIR ALLE ZEHN!«

Die kleine Pauline-Pupsine meldet sich. Simpel verlangt nach ihrem Papa, ohne zu sagen, wer er ist. Pauline-Pupsine antwortet derart altklug »Einen Augenblick, bitte«, dass Simpel am liebsten den Hörer auf die Gabel schmeißen würde, aber er beherrscht sich. Robert meldet sich:

– Robert Jegleim ...
– Simpel hier.
– Simpel! Ja Wahnsinn! Wo bist du?!?
– Im Knast.
– Nee, ne! Mach keine Witze! Was?
– Hat nichts davon in der Zeitung gestanden?
– Wie, in der Zeitung? Was denn?
– Dass sie mich verhaftet haben!
– Warum denn?
– Körperverletzung. Diese Tätowierungsgeschichte, von der ich dir erzählt habe.
– Hä? Keine Ahnung, wirklich. Nee, keine Ahnung. In der Zeitung steht so viel Kleinkram. Nein, ich weiß nichts, Simpel. Seit wann denn?
– Na, was denkst du, seit wann, du Medienriese? Wer

hat denn die Fotos in die Zeitung gebracht, auf denen mich alle Welt erkennt?

– Nein, erzähl keinen Scheiß, Simpel! Was? Ich bin schuld daran? Aber ihr wart doch beide nicht zu erkennen, du und dein Freund da …

– Casco.

– Ja, genau, ihr hattet doch Balken vorm Gesicht.

– Hat aber nichts geholfen, Scheiße nochmal.

– Oh verflucht, das hab ich nicht gewollt. Ich halt's nicht aus, das tut mir wahnsinnig Leid. Wann war das, sagst du?

– Hör mir doch zu, Robert! Gestern, nachdem deine Fotos in der Zeitung waren, du Idiot! Aber hör auf zu jammern, ich bin nicht sauer auf dich oder so. Was passiert, passiert eben, blöder Spruch. Darum ruf ich dich auch nicht an. Ich will dich um einen Gefallen bitten. Du wirst mir ja wohl einen Gefallen tun, als Ausgleich für das, was du mir angetan hast?

– Ja klar, natürlich, Simpel …

– Gut, sonst wärst du auch ein Riesenarschloch. Nein, die Sache ist nämlich die, dass irgendein Sack den ganzen Konzern verpfiffen hat, und wie's aussieht, geht die ganze Scheißgeschichte in den Arsch. Fette Geldbußen und Bewährungsstrafen, oder sie stecken uns gleich alle ins Loch. Ich glaube kaum, dass meine Leute die Studios und alles schnell genug clean kriegen, schon gar nicht die Finanzen, bis der verfickte Inspektor bei ihnen in der Tür steht – wie auch immer, ich bin mir leider ziemlich sicher, dass DESIREVOLUTION geliefert ist.

– Oh Scheiße … ich schäme mich ja so …

– Hör auf, sag ich dir … Ich habe eine Bitte … Heute Nacht in der Zelle ist mir aufgefallen, dass noch keiner die Geschichte von DESIREVOLUTION aufgeschrieben hat. Wir sind bis heute einfach nicht auf die Idee gekommen, der Öffentlichkeit von uns zu erzählen. Einerseits aus guten Gründen, das ist ja mehr oder weniger ein lichtscheues Business, aber trotzdem hat es sich die ganze Zeit an die Öffentlichkeit gerichtet, könnte man sagen. Nicht wahr? Und da hab ich gedacht … jetzt wird es verdammt nochmal Zeit, den Leuten zu erzählen, was wir tun. Jetzt, wo alles zusammenbricht. Ich denke, es gibt nur eine Möglichkeit, dass der Konzern sozusagen weiterlebt, nämlich die Aufmerksamkeit der Menschen … also, ich will einfach nicht, dass alles, was ich investiert habe … ich bin ja immer nur sozusagen mit meinen Opfern und der Polizei in Berührung gekommen … und ich will nicht, dass das alles einfach so verschwindet … ja? Ich habe die Notwendigkeit erkannt, dass eine breite Öffentlichkeit … verstehst du? Damit nicht das ganze Projekt, meine und Papa-Hans' Idee … Ich will nicht, dass sich unsere Idee einfach in Luft auflöst … das ist nämlich eine super Idee … und darum will ich dich fragen …

– Ob ich wen suchen würde, der über euch schreiben könnte?

– Nein nein nein … Hältst du mich für doof? Spinnst du? Das fehlt noch, dass irgendeiner von diesen verfickten Fotzenschreiberlingen über uns was macht, die dir tagaus, tagein ihre scheißklugen Betrachtungen über Politik und Kultur und Zeitgeschehen auf den Tisch kacken. Vergiss es! VERGISS ES, SAG ICH! Ich arbeite nicht mit so Pseudofritzen. Scheiße, Robert … ich denk, du bist beim Fernsehen? Hä? Damit hast du doch angegeben bei dieser Adventsfeier?

– Na ja, angegeben …

– So, dann hör jetzt her. Ich will in eine Talkshow. Sonst nichts. Beschaff du mir eine Einladung in eine Show mit hoher Einschaltquote und mach den Säcken, die da verantwortlich sind, klar, dass sie mich frei reden lassen sollen. Du hast doch kapiert, worum es mir geht bei meinem Projekt, oder? Du musst die Talkshowleute davon überzeugen, dass sie dieses eine Mal alles vergessen sollen, Rücksicht aufs Publikum und all den Scheiß. Es wird sich für sie lohnen, das verspreche ich. Und, machst du's …?

– Mmjjaa ..

– Machst du's, hab ich gefragt?

– Ja, ja, ich mach's, ich mach's, Simpel, das Problem ist nur, ich kann dir nicht hier und jetzt versprechen, dass du morgen in einer Talkshow auftrittst, das kann ich einfach nicht, aber ich will tun, was ich kann, das verprech ich dir, ich verstehe gut, worum es dir geht, wirklich, verdammt gut, ich habe sogar ein persönliches Interesse daran, dass dein Projekt Öffentlichkeit bekommt, ich finde das echt verdammt wichtig. Ich hab gute Verbindungen, das kannst du mir glauben. Ich kann was bewirken. Und ich bin dir das schuldig. Aber, Simpel, wie gesagt, versprechen, dass du gleich morgen auf Sendung gehst, kann ich dir nicht …

– Ich bin ja auch nicht bescheuert … aber du musst mir dein Ehrenwort geben, dass du alles tust, was du kannst. Das ist verflucht das Mindeste, was ich verlangen kann.

– Ganz deiner Meinung, Simpel, ganz deiner Meinung … Ich meine, wenn man das, was du gemacht hast, zusammenfasst, dann ist das doch ein Superstoff. Dein Lebenslauf ist was für die Prime time, echt, Simpel. Aber in meiner Branche muss man immer scheißvorsichtig sein, man darf sich nicht zu früh freuen. Also lass die Korken erst knallen, wenn die Einladung wirklich kommt, einverstanden?

– Einverstanden oder nicht, egal, was soll ich hier in Alcatraz schon groß tun.

– Ha ha ha, der war gut, Simpel … Du, ich meld mich … Wo sitzt du überhaupt?

– Im Kreisgefängnis.

Simpel wird wieder in die Zelle gebracht. Unterwegs fragt er den Wärter – klarer Fall von Alkoholiker, »Wer dir das nicht am Gesicht ansieht, der hat Tomaten auf den Augen«, denkt Simpel –, ob es irgendwo PC und Drucker gibt, mit denen er arbeiten könnte. Ja, gibt es, sagt der Wärter, aber der Arbeitsraum ist nur tagsüber geöffnet. Simpel versucht kurz zu streiten, von wegen wen es interessiert, wann er arbeitet und wann nicht, er braucht ja nicht mal morgens aufzustehen, aber selbst dazu fehlt ihm die Energie. Er will Robert beim Wort nehmen und einen Lebenslauf schreiben, was er in seinen vierzig Lebensjahren noch nicht getan hat. Und dazu braucht er einen PC, denkt er, damit das einigermaßen seriös aussieht. Gut, wartet er bis morgen und nutzt den Abend, um sich noch ein paar brillante Titel auszudenken.

Aber so brillant läuft es dann nicht am Schreibtisch in der Zelle. Die Gedanken fliegen ihm nicht zu. Er denkt an Ritmeester und wie es ihm wohl ergehen wird. Wenn PapaHans ein bisschen Grips im Kopf hat, schickt er sofort Eisenmann hin, statt einen bescheuerten Brief zu schreiben oder so. Ritmeesters Video- und Zeitschriftensammlung ist sicher nicht so ganz legal. Das ist eins, aber wer weiß, wie Ritmeester nach der langen Zeit die Konfrontation mit Leuten, nein, mit ihren *Fressen* überstehen wird? Weiß der Henker. Das kann nicht gut gehen. Simpel schreibt SHINING/SCARFACE auf ein Blatt Papier und legt es auf den Stapel mit den beschriebenen Blättern. So langsam regt ihn die gelbe Farbe an den Wänden auf. Sonst pflegt Simpel auf solche Details eher zu scheißen, aber diese Farbe hier ist unerträglich. Quietschgelb. Er begreift gar nicht, dass ihm das was ausmacht. Die ganzen Theorien über die Wirkung von Farben sind doch alle Scheiße. Trotzdem, die Farbe quält Simpel. Und es quält ihn, dass er sich von einer *Farbe* quälen lässt, so was Bescheuertes! Wer erklärt, dass er sensibel für Farben und so ist, der ist ein verlogener Scheißspinner, lautet eine von Simpels Kerntheorien. Deswegen macht ihn das so nervös.

»Ich kann hier nicht bleiben, wenn ich hier verblöde«, denkt er und schreibt auf ein frisches Blatt Papier: I HATE THE FACT THAT EVERYTHING, EVERY FUCKING THING, EVERY ACTION AND EVERY FUCKING ATTITUDE, EVERY REBELLION AND EVERY INDECENCY – *everything* – TURNS INTO DESIGN, SOONER OR LATER.

SONNTAG, 20. DEZEMBER, 07.00 H
(Aus Eisenmanns Perspektive)

Ich sitze am Telefon. Ich bin scheißmüde. Ich bin nackt. Mein Schwanz hängt über den Rand vom Holzstuhl. Ich sitze da, die Ellbogen auf die Knie gestützt, mit hängendem Kopf, den Hörer mit der Schulter eingeklemmt. PapaHans quatscht ohne Ende. Ich glaub nicht, dass ich ihn schon mal so viel am Stück reden gehört hab. Ich sage immer nur: »Mmm … mmm … jammm … mmm …«, schaue meinen Schwanz an oder mache die Augen zu. Ich hab immer was zu tun gefunden, wenn DESIREVOLUTION in den Arsch geht, macht es mir nichts weiter aus. Mir geht durch den Kopf, ich könnte was sagen von wegen, es gibt ja nichts, keinen Scheißvertrag, kein Mitgliederverzeichnis, keine Lohnlisten, *nichts*, das den Konzern irgendwie illegal erscheinen lassen könnte. Dinger wie Speedos Zwangsalkoholikervertrag könnten genauso gut erfunden sein. Das einzige wirkliche Problem ist PapaHans' Finanzchaos; woher so wahnsinnig viel Geld auf seinem Konto eingeht und wo es dann bleibt. Aber ich hab keinen Bock, das alles zu sagen, weil ich so wahnsinnig müde bin, und weil es nur Wasser auf seine Mühlen wäre. Ich sage immer nur ja, ja, ich mach eine Runde und warne die Leute, auch die, die schwer zu erreichen sind, anders gesagt Speedo und Ritmeester. PapaHans quasselt drauflos, wir würden die Räumlichkeiten verlieren und die Ausrüstung und die Schauspieler und den Markt usw. Fast würde ich ins Telefon schreien, dass das alles kein Problem wäre, wenn er nur seine Scheißbuchhaltung in Ordnung bringen würde, er soll sich entspannen, wir haben ja absolut nichts, dessen Besitz ungesetzlich wäre, kein beschissener Geldbetrag ist auf kein beschissenes Konto überwiesen worden, das mit irgendeinem der beschissenen Betroffenen in Zusammenhang zu bringen wäre, die einzigen Gesetzesbrüche hat Simpel begangen, und der sitzt ja nun schon, wie praktisch, okay, die Produktion von Pornos ist illegal, aber kein Mensch kann beweisen, dass mit unserer Ausrüstung welche gedreht worden sind, es sei denn, R-Peter, dieser Sack, hat keinen cleanen Rechner, und PapaHans' Archiv muss auch clean sein, und Ritmeesters Berichte, in denen das Produktionsteam genannt wird, die müssen weg ... jetzt erzählt PapaHans, dass die Bullerei nicht nur die Adresse von unseren Studios kennt, sondern auch die von R-Peter, Ricky Perez (dem Schwachkopf), Ritmeester, PapaHans, und meine auch, nur zum Beispiel. Ich scheiß drauf und schreie ihm nicht ins Ohr, was ich schreien könnte. Ich sage immer nur weiter »Mmmm ... mmm ...« und versichere PapaHans, dass ich sofort die Runde mache.

Ich lege mich wieder ins Bett und schlafe wie ein Stein. Ich träume, dass PapaHans in Studio 1 vor dem knienden Ricky Perez steht, auf dessen halbsteifen

Schwanz zeigt und ruft: »THIS IS NOT THE ANGLE OF THE DANGLE! THIS IS NOT THE ANGLE OF THE DANGLE!« Perez stottert: »I know, I know …«, aber PapaHans schreit einfach weiter. Dann träume ich, ich wäre mit Tiptop und Casco in einem Plattenladen. Tiptop steht hinten bei der Klassik und lacht. Er geht zu Casco und zeigt ihm das Cover von einer CD. Ich gehe hin und lese einen Aufkleber auf dem Cover: PARENTAL ADVISORY. THE MUSIC ON THIS CD IS OF THE LOWEST QUALITY AND CHILDREN WHO HAVE NOT ALREADY DESCENDED INTO THE REALM OF THE LOWEST SHOULD NOT BE EXPOSED TO IT. Casco und ich lachen auch. Ich wache davon auf, dass ich im Schlaf lache. Das kommt öfter vor, aber sonst kann ich mich meist nicht an den Traum erinnern. Im Wachzustand lache ich nie. Es ist jetzt elf Uhr.

Um Ritmeester nicht völlig zu überrumpeln – er reagiert recht sensibel auf Übergriffe von außen – will ich die Bullenwarnung mit einer Nahrungsmittellieferung verbinden. Es ist schon gut eine Woche her, dass ich bei ihm war, und ich habe eine neue Einkaufsliste. Darauf steht:

Einkaufsliste 51. Woche:
6 Laibe Weißbrot
10 Liter Magermilch
350 g Presskopf in Scheiben
1 Zigarre, Marke »Schwarzer Mann«
2 Stangen Marlboro Filter

Zigarre und Presskopf gönnt er sich wahrscheinlich zu Weihnachten. Da schlägt er mal über die Stränge. Ich liege auf der Bettdecke. Es ist kalt, aber meine Morgenlatte steht gen Himmel. Vorhin, um sieben, als PapaHans anrief, hatte ich keine. Ich schaue an mir hinab. Weiß der Teufel, warum, mir fällt ein, was ein Sexologe in irgendeinem Buch mal geschrieben hat: »Es ist richtig und wichtig, mal mit einem oder zwei Fingern auf Entdeckungsreise in den Anus zu gehen – mit ein bisschen Öl als Gleitmittel –, zum Beispiel in der Badewanne.« *Auf Entdeckungsreise*? Ich stehe auf, stopfe meine Morgenlatte in die Jeans und gehe einkaufen. In meiner Wohnung stapelt sich derart viel Mist und Krempel, dass sie einem Lager ähnlicher sieht als einer Wohnung; ich mag mich nicht länger als irgend nötig in ihr aufhalten. Draußen ist es scheißkalt, der Schneematsch ist gefroren, was die Sache nicht besser macht, jedenfalls optisch nicht. Er ist braungrau und eklig und glatt wie Sau. Die Stadt ist dunkel und dreckig und voll mit Leuten, die aussehen, als hätten sie Todesangst, alle rennen herum und machen einen Mordslärm, die Bäume sehen schäbig aus ohne Laub, in manchen hängt schief und krumm ein bisschen Weihnachtsbeleuchtung, überall riecht es scheußlich, der Schneematsch taut unter all den Rädern und Füßen und wird zu Modder, der einzige Unterschied zur Hölle ist, dass es da warm ist und hier scheißkalt. Ich gehe in den Supermarkt bei Ritmeester um die Ecke und kaufe seine Sachen. Ich habe Hunger und nehme mir ein SNICKERS, das ich an der Kasse esse, während ich warte, dass eine

Rentnerin fertig wird; sie ist derart scheißlangsam, dass ich ihr am liebsten eine Kopfnuss verpassen würde. Als die alte Schachtel endlich so weit ist, vergesse ich, das SNICKERS zu bezahlen. Ihre Schuld, verflucht nochmal. Die kann einen genauso wahnsinnig machen wie die alten Säcke in der Straßenbahn. Die werden so irre hektisch, wenn die Tram anfährt, bevor sie sitzen. Sie fuchteln mit flackernden Blicken herum und versuchen, sich auf einen freien Platz fallen zu lassen. Und beim Aussteigen genauso. Es ist so was von ätzend, wie die sich anstellen, wenn sie aussteigen müssen. Minutenlang ärger ich mich blau, wenn ich mit ansehe, wie so ein Rentnersack Panik kriegt, lange, bevor seine Station kommt. Der Gipfel ist dann, wie so einer versucht, sich schnell zu bewegen, wenn es so weit ist, sich aber nicht schnell bewegen kann, Angst im Blick und voll die Panik, dass die Tür wieder zugeht, bevor er richtig rausgekrabbelt ist. Ich habe noch nie einem Rentnersack meinen Platz angeboten und werde das auch niemals tun, weder in der Straßenbahn noch sonstwo, versprochen! Simpel ist zwar ein Idiot, und es schadet ihm absolut nichts, eine Zeit lang im Knast zu sitzen, aber eins muss man ihm lassen, im Rentnermobben ist er wirklich super.

Im Treppenhaus bei Ritmeester kommt mir eine Frau entgegen, mit der ich sofort zu einem nichtmissionarischen Geschlechtsverkehr bereit wäre. Wir schauen uns im Vorbeigehen an. Das war's dann auch schon. Die Tüten mit der Milch schneiden mir die Finger ein. Ich fluche. Wie kann man nur so schwitzen, wenn es draußen so kalt ist. Ritmeester ruft herein, als ich klopfe. Er sitzt lächelnd in seinem Ohrensessel und sieht abgrundmäßig mies aus. So was von ungesund hab ich noch nie gesehen. Aber alles wie immer blitzsauber. Glänzendes Parkett, die Zeitungen und Zeitschriften millimetergenau gestapelt, keine Kaffeetasse oder so steht rum, staubfrei, frische Luft usw. Manche Leute sind so sauber, bei denen ist sogar der Abfall reinlich. Besonders gewisse Frauen. Ich war bei so welchen zu Hause, da war ich jedes Mal wieder überrascht, wenn ich den Mülleimer aufgemacht hab. Plastikverpackungen, zerknülltes Papier, Eierschalen, alles sieht so aus, als hätten sie's vor dem Wegwerfen gewaschen. Diese Frauen können auch auf der Toilette machen, was sie wollen, ohne dass es ihnen was anhat. Ein Duft von Rosenblüten umweht sie, wenn sie vom Klo kommen. Genauso wirkt es bei Ritmeester, abgesehen von seinem Äußeren, das ist wirklich furchterregend. Er macht sich nicht die Mühe aufzustehen, bis er meine Tüten sieht. Da springt er auf und kommt her. Traditionsgemäß stelle ich sie hin, er will sie alle miteinander nehmen, schafft es nicht und bringt je zwei in den Schrank unter der Küchenzeile. Als er fertig ist, fängt er an zu reden, er brabbelt was über den Zweiten Weltkrieg, dass am D-Day gar nicht so *wahnsinnig* viele Amis und Kanadier und Engländer umgekommen sind, verglichen mit dem Ersten Weltkrieg, dessen größte Schlacht so zirka eine Million Menschenleben gekostet hat, und dass die größten Verluste am D-Day nicht von den MGs der Deutschen, sondern von ihren

88-mm-Kanonen verursacht wurden, und dass SAVING PRIVATE RYAN, der letzte Film, den er vor seiner Isolation gesehen hat, ein viel zu rosiges Bild zeichnet usw. Nach ein paar Minuten hole ich einen Kassenbon raus, schreibe auf die Rückseite »Hat PapaHans dir geschrieben? Wichtig!« und halte ihm den Zettel hin. Ritmeester steht mindestens fünf Minuten ungläubig da, bevor er liest. Dann schaut er mich misstrauisch an und antwortet: »Neeein?« Ich mache den Mund auf und will es ihm erzählen, er schreit: »NNEEEEIIINNPSCHSCHSCHT!«, hält die Hände hoch und kneift die Augen zu. Kommt nicht in Frage, dass ich den Mund aufmache. Er holt einen Block von seinem Schreibtisch, deutet zum Sofa, ich soll mich hinsetzen und da schreiben. Ich seufze so laut, dass er die Augen verdreht: »Pass auf, sonst fliegst du raus!« Verfluchter Irrer. Vollhirni. Ich bin kurz davor, mir eine Geschichte auszudenken, die nichts mit der Wirklichkeit zu tun hat, damit DESIREVOLUTION hops geht, aber der Laden geht sowieso hops, also scheiß drauf. Ich schreibe:

Simpel ist festgenomen worden weil irgentwer uns verfifen hat. Polizei weis bescheid über dich und mich und ale. Komt sicher balt her. Reum auf!

Ritmeester lacht: »Scheiße, bist du Legastheniker?« Er steht mit verschränkten Armen vor mir. Ich schreibe NEIN unten auf den Block und erinnere mich an viele quälende Situationen in der Schule und im Leben danach. »Ach nein?« lächelt er. Dann geht er in seine

Teeküche und holt einen ganzen Stapel Plastiktüten aus einer Schublade, alle aus dem Supermarkt, in dem ich gerade war. Er geht zum Videoregal und leert zwei ganze Bretter voll Pornofilme in die Tüten. Dann sackt er Zeitschriften von drei bestimmten Stapeln ein. Nach einer Weile schaut er mich an und sagt:

– So, fang schon mal an. Du schaffst das doch mit einmal, was, Eisenmann?

Ich schaue dumm aus der Wäsche, er redet weiter:

– Na los schon. Bring das Zeug raus. Schaff es weg. Ist das so schwer zu verstehen? Ich habe alles nach Kategorie, Datum und Legalität geordnet. Das hier sind die illegalen Sachen. Die müssen raus. Dein Job. Fang an. Legastheniker.

Ich nicke und überlege, wo ich mit dem ganzen Zeug hin soll, habe aber keine Lust auf noch mehr Geschnauze, sondern nehme fünf, sechs Tüten mit Pornos und Zeitschriften und gehe los. Ritmeester räumt hinter mir weiter aus. Ich gehe runter auf die Straße. Ritmeester wohnt mitten in der Stadt. Zentraler geht's nicht. Ich stehe vor der Haustür und schaue die Straße hoch und runter. Zwei Blocks weiter oben steht ein Laster mit Plane über der Ladefläche. Ich gehe hin und schaue nach, ob wer drinsitzt. Dann löse ich die Gummileine von ein paar Haken und schaue unter die Plane. Auf der Ladefläche liegt Straßenarbeiterwerkzeug, sonst ist Platz. Um mich herum wimmelt es von Leuten, die mich ebenso wenig beachten wie ich sie. Ich hieve die Tüten auf die Ladefläche. Aus einer ergießt sich ein Stapel Magazine mit dem Titel PRE-PUBERTY. Auf der Titelseite des obersten ist ein Schwanz zu sehen, der gerade aus einem deutlich minderjährigen Arschloch kommt, voll mit Scheiße. »Frohe Weihnachtsgrüße ans Straßenbauamt: Ritmeester«, denke ich und gehe wieder hoch.

Ritmeester hat mindestens noch neun Tüten voll Pornos fertig. Ich versuche, sie alle auf einmal mitzunehmen, aber keine Chance. Unten ist der Laster weg. Auf der anderen Straßenseite wird eine Fassade gereinigt, vor dem Haus steht ein Container, in den werfe ich die Tüten. Die letzte Ladung mit illegalem Material füllt einen Müllcontainer hinter dem Sentrum Teater bis zum Rand. Dann gehe ich zum letzten Mal hoch, um mich von Ritmeester zu verabschieden. Er sitzt wieder in seinem Ohrensessel, die Hände vorm Mund gefaltet. Seine hässlichen Augen gucken scharfsinnig und durchdringend. Mich persönlich kotzt es gründlich an, dass er so auf unschlagbarer *wise guy* macht. Er winkt mich wieder aufs Sofa. Ich höre zu.

– Du musst dafür sorgen, dass PapaHans die gesamte Korrespondenz vernichtet, alle Verträge, alle Berichte und so, sagt er. Ich nicke. – Er hat gesagt, er hat völlige Übersicht über die Papiere von DESIREVOLUTION. Ich verlasse mich darauf. Er muss einfach alles Geschriebene loswerden. Das Finanzielle kriegt er sicher nicht frisiert, bis die Steuerfahndung kommt, aber das muss er auf seine Kappe nehmen. Hauptsache, es gibt keine Beweise mehr für unsere Kontakte. Hans wird damit leben müssen, dass die Geschäftsführung des Konzerns in andere Hände übergeht, solange er sich mit dem Finanzamt rumschlägt. Mehr droht ihm nicht.

Hast du keine Angst, das die hier reinkomen und du mit ihnen reden must?, schreibe ich auf und halte es ihm hin.

– Schon mal was von Doppelkonsonanten gehört? Hehehehe! Nein, Eisenmann, ich kümmer mich darum, ich habe da meine Verbindungen. Mehr braucht es nicht, um mir die Leute vom Hals zu halten. Um mich mach dir keine Sorgen. Dass wir mein … *erwachsenstes* Material weggeschafft haben, war nur eine Vorsichtsmaßnahme. Die Sache *kann* richtig schiefgehen. Wird sie schon nicht, aber sie *könnte*. Sag PapaHans, dass jetzt alles von ihm abhängt. Wenn's schief geht, ist er selber schuld. Er muss das alles jetzt sehr sensibel handhaben.

Ich gehe raus und rufe aus der erstbesten, nach Pisse stinkenden Telefonzelle PapaHans an und erzähle ihm, was Ritmeester gesagt hat. PapaHans lauscht stumm. Ich erzähle auch, dass ich Ritmeesters schlimmstes Pornomaterial weggeschafft habe. PapaHans antwortet, Ritmeester habe zwar mit allem Recht, nur war die Polizei schon im Studio und hat einen Riesenhaufen

Material beschlagnahmt. Ab jetzt wird es verdammt schwer, sich da rauszureden, sagt er. Ich murmle, na, dann kann man die ganze Scheiße ja wohl vergessen, aber PapaHans schreit ins Telefon, nichts können wir vergessen, bevor der verfluchte Sack nicht gefunden ist, der uns verpfiffen hat!

Es dauert nicht lange, und wir, nein, ich habe ihn gefunden. Nein, sie, die Fotze, die uns verpfiffen hat. Ich gehe aus der verpissten Telefonzelle direkt zu Speedo. Ein gutes Stück. Aber ich nehme extra nicht die Straßenbahn. Mich deprimiert, dass man in der Scheißstraßenbahn gezwungen ist, andere Leute in Gedanken zu sehen. Eines der schlimmsten Schauspiele auf Erden. Sofort, als Speedo die Tür aufmacht, schöpfe ich Verdacht. Erstens ist er nicht voll. Zweitens ist seine Zweizimmerwohnung relativ aufgeräumt. Drittens will er mich nicht so gern reinlassen, wo er sonst um Besuch nur so bettelt, und viertens, viertens begegne ich einer Frau, als er mich dann reingelassen hat. Sie kommt aus dem Bad und zuckt zusammen, als sie mich sieht. Speedo wird rot und macht uns miteinander bekannt. Die Frau heißt Pernille und hat alles, was die feine Dame ausmacht, Gang, Kleidung, Stil, Stimme usw. Nur dass sie mich nicht gerade fein anschaut. Wichtiger ist aber, ich bin bombensicher, dass ich die schon mal gesehen habe. Ich weiß nur nicht mehr, wo. Ich verberge mein Misstrauen hinter billiger Jovialität und erkundige mich, wie lange die beiden schon was laufen haben. Speedo sagt, seit ein paar Wochen. Pernille nickt lächelnd. Ich bitte für mich und Speedo um Entschuldigung und zerre ihn in den Hausflur. Zuerst frage ich ihn, ob sie das war neulich, als ich in seiner Wohnung wen gehört habe. Speedo schaut zu Boden und gibt es zu. Er murmelt, er hat sie eben ganz allein für sich haben wollen. »Du weißt genau, dass alle Mitglieder von DESIREVOLUTION es melden müssen, wenn sie zu einem Außenstehenden eine Beziehung eingehen, die länger als 12 Stunden dauert, oder?«, frage ich. Speedo nickt und wiederholt, er hat sie ganz allein für sich haben wollen. »Das spielt verdammt keine Rolle, Speedo«, sage ich und erzähle ihm, dass seine Süße ganz oben auf die Liste der Verdächtigen kommt und der ganze Konzern in der Scheiße sitzt. Speedo wirkt überrascht, fragt mich nach ein paar Details und schwört, dass seine «kleine Pernille« nichts, wirklich nichts mit der Sache zu tun hat, niemals würde sie ihn hintergehen. Ich kann seine Phrase von wegen seine »kleinen Pernille« schon fast nicht mehr hören und sage, er muss sofort seine großen und kleinen Geheimnisse gestehen. Außerdem muss er ein bisschen was trinken, wenn er mit PapaHans keinen Ärger kriegen will. Speedo steht ziemlich betreten oben an der Treppe, als ich wieder runtergehe. Von Pernille verabschiede ich mich nicht. Es scheißt mich an, dass mir nicht einfällt, woher ich sie kenne.

Speedos Wohnung liegt zwei Straßen vom Rotlichtviertel entfernt, dem kleinen Rotlichtviertel dieser scheißkalten Stadt. Kurz lasse ich das Nachdenken über Pernille sein und frage mich, woher zum Teufel eigentlich die Nuttenmode kommt? Was für ein Stil ist das? An allen Ecken stehen die Nutten und bibbern in demselben globalen Outfit. Als mir Pernille wieder einfällt, ist alles klar. Die Besprechung! Die Elternsprechstunde! Das ist verdammt nochmal Lonyls Lehrerin! Genau! Ich weiß nicht mehr, wie sie heißt, aber es gibt keinen Zweifel, wer sie ist. Ich und Simpel und Lonyl haben in irgendeinem Scheißbüro in der B-Schule gesessen und über Lonyls Verhalten oder seine Zukunft oder was auch immer geredet. Will sagen: Sie hat geredet, ich und Simpel und Lonyl saßen da und schauten auf den Boden. Nein, Lonyl schaute auf den Boden, genau, und Simpel und ich saßen da und schauten auf den Tisch. Ich sagte während der ganzen bescheuerten Besprechung keinen Ton. Simpel hatte mich gezwungen mitzukommen und dazusitzen, ich hatte ihn gezwungen, mich dafür zu bezahlen. Aber fürs Reden hatte er mich nicht bezahlt, also sagte ich nichts.

Ich Idiot, dass ich nicht gleich auf Lonyls Lehrerin gekommen bin! Ich rufe sofort PapaHans an und erzähle, dass Speedo mit Lonyls Lehrerin zusammen ist. Er fragt drei-, viermal, ob ich Witze mache, dann fängt er an, mich anzuschnauzen, dass ich sie nicht gleich verkloppt oder mitgeschleppt habe, damit einer von DESIREVOLUTIONS Jungs ihr gibt, was sie verdient hat. Ich muss ihn ein paarmal fragen, bis er mir den Zusammenhang erklärt.

– Hast du das nicht mitgekriegt? Nein? Und du willst unser Laufbursche sein? Liest du vielleicht mal Zeitung zwischendurch, Eisenmann? Das steht seit Wochen in der Zeitung!, ruft Hans.

– Was steht in der Zeitung?, frage ich.

– Dass Lonyls Lehrerin verschwunden ist! Hast du das wirklich nicht mitgekriegt? Sie ist verschwunden, spurlos, seit drei Wochen, sie wird gesucht und alles. Da kein Abschiedsbrief vorliegt, wird angenommen, dass ein Verbrechen geschehen ist. In der letzten Woche hat es fast jeden Tag in der Zeitung gestanden. Und jetzt frag ich dich, welche beschissene Rolle spielt sie die ganze Zeit?

– Meinst du etwa, sie hat uns verpfiffen?, frage ich leise. Es ist immer ärgerlich, wegen einer Sache angeschisssen zu werden, von der man nichts weiß.

– Gratuliere, Eisenmann! 100 Scheißpunkte, du verkackter Schnellmerker! (Jetzt klingt er wie Simpel.) Sie hat uns ausspioniert, begreifst du nicht? Sie ist die Kollegin von Berlitz, dem Psycho an der B-Schule, und Berlitz ist der Freund von Göran Persson ... von Speedos Altem. Sie hat uns über den Idiot von Speedo ausspioniert, der seit zehn Jahren nicht mehr gevögelt hat. Kapierst du? Der hätte sich sogar mit Attila eingelassen, um ein bisschen Nähe und menschliche Wärme zu kriegen. Der beschissene Idiot. Und du bist auch nicht besser, dass du die Fotze hast laufen lassen! Verdammt! Eisenmann, das ist unentschuldbar, du hättest sie erkennen *müssen müssen müssen.* Man muss immer die Augen offen halten! Wie oft habe ich das gesagt? Alles starrt dich ununterbrochen an, du musst zurückstarren, das ist deine einzige

Chance! Das mit Lonyls Lehrerin ist eine der zentralen Sachen in den letzten Wochen UND ICH KANN ES EINFACH NICHT FASSEN, DASS DU DAS NICHT MITBEKOMMEN HAST! WIE HAST DU DAS GESCHAFFT?

– Mir hat keiner was davon gesagt. Ihr hättet das wenigstens auf dem Infomeeting erwähnen können, wenn das so wichtig ist ... dafür sind die Meetings schließlich da, oder? Mir ist erst auf der Straße wieder eingefallen, wer das ist.

– SCHNAUZE EISENMANN! Das kannst du keinem in die Schuhe schieben, das hast du ganz allein verbockt!

– Hör mal, ich bin keine zehn Minuten aus Speedos Wohnung weg, ich geh sie sofort holen ...

– Denkst du denn, die ist genauso dumm wie du? Hä? Die ist *auf der Hut*! Die ist längst weg! Vergiss es. Die hat in der Sekunde, als du Hohlkopf zur Tür raus warst, ihre Sachen gepackt. Die sitzt längst in einem verfickten Flugzeug nach Brasi ...

Ich lege auf und gehe zurück zu Speedo. Als ich klopfe, öffnet Speedo und sagt, Pernille ist unterwegs, warum? Ich sage, ich glaube, dass ich ihr schon mal begegnet bin, und ich will sie was fragen. Speedo antwortet, sie ist gleich nach mir gegangen, nur »bisschen runter«, was er eigentlich seltsam findet, wo sie nicht vor der Tür gewesen ist, seit sie sich kennen gelernt haben. Ich fluche und gehe wieder runter. In diesem Scheißladen ist nichts zu holen als Geschnauze. Mir doch egal, dass die ganze Scheiße zum Teufel geht, soll mir recht sein.

MONTAG, 21. DEZEMBER

Nach seinem gestrigen Telefonat mit Eisenmann hat PapaHans als Erstes im Kreisgefängnis angerufen und seinen Besuch angemeldet. Aber Besuchszeit ist nur an Werktagen, also musste er sich bis heute gedulden.

Das Leben zwischen Gefängnismauern hat sich offensichtlich nicht so ganz nach Simpels Plan entwickelt. Als er in den Besuchsraum kommt, ist sein Gesicht vor Langeweile ganz leer.

- Na, wie geht's? PapaHans gibt Simpel die Hand.
- Weiß der Henker. Langweile mich so langsam. Hab nicht gedacht, dass das so schnell geht.
- Sieht ja fast aus wie in deiner Wohnung hier.

PapaHans nickt in den Raum und betrachtet die Wände. Das hier ist nicht gerade ein Bankettsaal, aber so übel findet PapaHans es nicht. Trotz allem. Simpel schaut PapaHans an und findet, für einen, der 61 Jahre alt ist, sieht er gut aus. PapaHans hat Falten, aber gesunde, starke Haut. Und er hat noch viele Haare auf dem Kopf. Seine Hände sind kräftig. Na, scheiß drauf, denkt Simpel und unterdrückt ein Gähnen. Weder Wärter noch andere Beamte sind mit im Raum, also redet PapaHans ungeniert weiter mit Simpel, der ihm gegenübersitzt.

– Eisenmann hat gestern was entdeckt …
– Was? Simpel schaut ihn neugierig an. PapaHans merkt, dass er ein bisschen aufwacht. Die Gefängniskluft sieht anders aus, als PapaHans sie sich vorgestellt hat.
– Ich hab ihn geschickt, dass er alle warnt, und rate mal, wen er in Speedos Wohnung getroffen hat?

Simpel legt die Stirn auf den Tisch und rollt schwer atmend den Kopf hin und her. PapaHans hört, wie er »Scheißescheißescheißescheißescheißescheiße …« vor sich hinsagt. Schon ein merkwürdiger Anblick, wenn ein erwachsener Mann von vierzig Jahren sich so aufführt. PapaHans wartet ein bisschen, bevor er weiterspricht, verliert aber schnell die Geduld.

– Na, was ist los, Simpel? Wenn's dich nicht interessiert, kann ich gern wieder gehen, verflucht. Willst du's wissen, ja oder nein?
– Ich weiß verdammt nicht, ob ich wissen will, was der BESCHISSENE IDIOT VON SPEEDO angerichtet hat … Scheiße. Ich halt's nicht aus … los, Hans, gib's mir. Viel schlimmer kann's ja nicht mehr werden … los, erzähl … erzähl … Simpel hebt den Kopf und schaut PapaHans mit verhangenem Blick an.
– Eisenmann ist hoch zu Speedo, um ihm zu erzählen, was los ist, und da war eine Frau, die er irgendwie

kannte, aber ihm ist erst draußen wieder eingefallen, woher. Er hat dich doch mal zur Elternsprechstunde begleitet …
- Oh Scheiße (lange Pause). Oooooh Scheiße (lange Pause). Das darf nicht wahr sein. Oooh Scheiße. Wir Idioten.

Simpels Kopf plumpst wieder auf die Tischplatte. PapaHans schaut ihm auf den Kopf. Die Kopfhaut wird rot. Die Mistkerle, die den Laden hier führen, haben es noch nicht geschafft, ihm was zur Beruhigung zu geben. So langsam spürt Simpel, dass ihm etwas ernstlich fehlt. Er kann sich verdammt nicht erinnern, wann er zum letzten Mal vier Tage ohne Xanax überstanden hat. Dass er immer aggressiver wird, macht die Arbeit in der Zelle immer zäher. Aggression ist zwar die Triebkraft hinter seinen Projekten, aber wenn er keine ruhige Stunde hat, kann er die Aggressionen nicht richtig zu Papier bringen. Heute Nacht hat er hingeschrieben ONE GROWS TIRED OF THE COMMONPLACE – aber das war auch schon die ganze Produktion.

- Verursacht ist die ganze Misere eindeutig durch dein Projekt, fängt PapaHans an.
- KOMM MIR NICHT DAMIT! Die ganze Bande hat das verbockt, Hans, versuch ja nicht, mich zum Sündenbock zu machen …
- Ist ja schon gut … PapaHans lässt die Anklage fallen.
- Ich nutze sogar die Zeit hier drin und mache mir Ge-

danken, wie wir … oder wie ich uns noch irgendwie retten kann …

– Aha?

– Der Typ, der die Fotos gemacht hat, also die in der Zeitung waren, das ist der Vater von einem Mädchen aus Lonyls Klasse, und der will mir einen Auftritt in einer Fernsehshow vermitteln. Mit freier Redemöglichkeit … hab ich selber von ihm verlangt. Ich hab gedacht, wenn jetzt alles zum Teufel geht und ihr die meisten Spuren und Existenzbeweise von DESIREVOLUTION vernichten müsst, dann ist es für alle, die sich engagiert haben, gut, wenn …

– … wenn man alles öffentlich macht?

– Ja. Findest du nicht? Simpel versucht, nett auszusehen, es klappt aber nicht.

– Na ja … Ich meine … Wenn du glaubst, ich habe die Firma betrieben, um eines schönen Tages alles über das ganze Projekt zu veröffentlichen, dann ist das kein Beispiel von geglückter Kommunikation, fürchte ich …

– DANN LASS DIR GESAGT SEIN, DASS ICH AUF *geglückte Kommunikation* SCHEISSE SCHEISSE SCHEISSE! WENN ICH EINS HASSE, DANN IST DAS *geglückte Kommunikationspseudoscheiße*!

Simpel haut auf den Tisch, beherrscht sich aber, bevor die Wärter reagieren. PapaHans schüttelt den Kopf.

– Nun bleib mal auf dem Teppich, Simpel, das ist nicht nötig, ich sag ja gar nichts gegen deine Pläne, ich habe nie was gegen deine Pläne gesagt, egal wie wenig die getaugt haben. Ich kann dich nicht daran hindern, Gott und der Welt deine Version der Dinge zu erzählen. Publizier, was du willst, wenn du glaubst, es hilft. Aber Namen und so musst du da raushalten, das versteht sich von selbst ...

– Ich bin doch nicht völlig bescheuert, Hans ... Scheißgemecker ...

Dann diskutieren die beiden Männer noch fünf Minuten, wie eine Racheaktion gegen die Verräterin aussehen könnte. PapaHans ist erheblich ruhiger als beim Telefonat mit Eisenmann, er meint, es nutzt ja nichts, auch noch Öl ins Feuer zu gießen, aber Simpel findet dringend, »die Sau muss bestraft werden, wie sie es verdient.« Sie vereinbaren, Casco und Tiptop darauf anzusetzen. Casco und Tiptop sind eigentlich keine zentralen Figuren bei DESIREVOLUTION, das müsste funktionieren. Wenigstens versuchen muss man's doch, wenn man ein bisschen Sinn schaffen möchte, meint Simpel.

Dann kriegt der gute Simpel noch Besuch von Robert Jegleim. Jegleim berichtet angeregt, dass er Simpel in DAS WAR DAS JAHR hat einschleusen können, für genau heute in einer Woche. Und zwar für ein Zweiergespräch; der Moderator, Peter Nilsen, ist, so Robert, für seinen subjektiv-kritischen Journalistenblick landesweit bekannt. Simpel sagt, er sieht zwar nicht viel fern, aber er hat mitbekommen, dass dieser Nilsen Diskussionen leitet, ja, und meint, »dann schauen wir mal, wie weit er mit seinem kritischen Journalistenblick kommt, wenn die Antimoral-Dampfwalze anrollt«, wobei er auf sich deutet und versuchsweise lächelt. Dank für seine Mühe hört Robert Jegleim nicht, sieht aber, dass Simpel zufrieden ist. Bevor er nach Hause geht und mit Pauline-Pupsine und seiner Frau zu Abend isst, erzählt er Simpel noch von den Konditionen, unter denen er an der Show teilnehmen darf. Erst hätte es geheißen, dass der Moderator samt Kamerateam in den Besuchsraum kommen soll, aber dann hat er der Gefängnisleitung teils gut zugeredet, teils mit Meinungsfreiheitsklischees und so gedroht, mit dem Ergebnis, dass Simpel in den Sender darf, natürlich nur unter Bewachung. Simpel lächelt, als er erfährt, dass das Interview vor Studiopublikum geführt wird.

WAS IN DER LETZTEN WOCHE PASSIERT
(Bis zum Showauftritt)

SIMPEL:

In dieser Woche bringt Simpel einen – *einen* – einzigen Titel zu Papier. Er lautet: CTRL. PUBLISH! Ansonsten bereitet er sich auf das Interview vor. Mental. Heiligabend kommen Motha und Lonyl und bringen zwei Weihnachtsgeschenke, nämlich Cathrine Færøys Abschiedsbrief – Simpel hat Motha gebeten, ihn aus der Nachttischschublade zu holen – sowie den Brief, in dem ihnen mitgeteilt wird, dass Lonyl von der B-Schule verwiesen ist. »*Das Schulpersonal hat seit der letzten Aufforderung an die Erziehungsberechtigten bzgl. Kooperation keine Zeichen einer Besserung in Lonyls Verhalten erkennen können. Laut Beschluss der Schulkonferenz vom 21. Dezember des Jahres wird Lonyl daher mit Wirkung zum 31.12. der Schule verwiesen. Gez. Schulleitung.*« Simpel schäumt und flucht und sagt, die können sich ihren Verweis in den Arsch stecken, er würde seinen Sohn sowieso keinen Tag länger in diese Scheißschule gehen lassen. Dann fragt er seinen Sohn mit lieblicher Stimme, in welche Schule er denn gehen will. Lonyl zuckt mit den Schultern. Am zweiten Weihnachtsfeiertag kommt ein Beamter und bringt ihm Sedativa. Nicht das stärkste Mittel, aber besser als gar nichts. Simpel wird noch zweimal von Inspektor Krauss verhört. Was DESIREVOLUTION angeht, gesteht er nichts, was *Fasci*NATION angeht, alles.

PAPAHANS UND SONJA:

PapaHans leiht sein Auto Eisenmann, der dreimal zur Müllverbrennungsanlage fährt und Unterlagen, Berichte etc. entsorgt. Er nimmt Kontakt zu einem Buchprüfer auf, den Fazil ihm empfohlen hat, der also keine Vorbehalte gegen anrüchige Jobs hat, aber schnell feststellt, dass seine Akten beim Finanzamt gesperrt worden sind. Krauss und seine Mistbande waren schneller. Sonja sitzt entweder auf dem Klo, weil sie eine nervöse Verdauung bekommen hat, oder macht Essen und versucht, PapaHans zu beruhigen. Und schluckt Beruhigungsmittel. PapaHans nimmt das ganze Desaster eigentlich mit stoischer Gelassenheit. Er trinkt Gin Tonic und versucht, das Beste draus zu machen. Zu Weihnachten sehen sie viel fern. Sonja versucht vergeblich, Hans zum Umschalten auf den Kulturkanal zu bewegen. Sie überlegen, ob sie ihre Europa-Reise canceln sollen.

MOTHA UND LONYL:

Motha und Lonyl verbringen den Heiligen Abend bei PapaHans und Sonja, die sich nicht gerade ein Bein ausreißen, um Weihnachtsstimmung zu erzeugen. Zwischen ihren Sitzungen auf dem Klo hat Sonja ein paar Weihnachtsmännchen hervorgeholt, die Casco als Kind gebastelt hat. Leider war der kleine Casco in Werken eine absolute Niete; die Figuren sehen eher aus wie kleine rote Amphibien als wie Weihnachtsmänner. Am ersten Feiertag nimmt PapaHans Lonyl mit auf eine Anhöhe außerhalb der Stadt, von wo aus man Aussicht über Fjord und Stadt hat. Es ist hundekalt. Als PapaHans ihn fragt, ob er den Viermaster im Hafen sieht, rülpst Lonyl statt »ja« zu sagen wie ein Alter, dass sein Atem nur so durch die kalte Luft weht. Auf dem Schiff hat PapaHans in seiner Jugend mal angeheuert und ist nach Panama rübergesegelt. Er versucht, Lonyl mit ein paar Seemannsgeschichten zu unterhalten, aber Lonyls Interesse könnte nicht geringer sein. Auch den auf PapaHans' Unterarm tätowierten Papageien hat er schon geraume Male gesehen; seinerzeit hat der ihm schwer imponiert, aber auch einem Kind gegenüber gibt es Grenzen, wie oft sich ein und dieselbe Geschichte aufwärmen lässt. Ein paarmal hat Lonyl versucht, sich selber einen Papageien auf den Unterarm zu malen, hat aber immer nur ein Gewurschtel aus schwarzen Filzerkringeln zustande gebracht. Nicht unbedingt *Picasso as a young boy*. Jetzt lockt der Papagei ihn nicht mehr hinterm Ofen vor, PapaHans muss sich was Neues einfallen lassen, wenn er den Jungen begeistern will. Zu Hause stehen Motha und Sonja und tauschen ihre Sorgen aus, will sagen: Sie kochen. Heute gibt es einen Braten. Motha erzählt Sonja, wie zufrieden Simpel ist, dass er endlich im Gefängnis sitzt. Sonja informiert Motha, dass das Lied inzwischen schon ganz anders tönt. Motha will das nicht glauben. »Ssiimpel hat schon imme', imme' viel allein sein wollen«, sagt sie. Als sie später am Tage mit Lonyl im Besucherzimmer vom Kreisgefängnis sitzt und Simpel reinkommt, sieht sie auf den ersten Blick, dass Sonja Recht hatte. Simpel ödet sich zu Tode. Die restliche Weihnachtszeit über sucht Motha eine neue Schule für Lonyl; nicht der leichteste Job, da kaum jemand mit offenen Armen auf ein Problemkind wartet und weil ferienhalber kaum jemand da ist. Natürlich sind sämtliche Dreharbeiten abgesagt, da hat sie Zeit, sich ihre Gedanken über das Familienleben als solches zu machen.

FAZIL ARTANA:

Heiligabend ruft Fazil Eisenmann an und bittet ihn, ihm bei seinem Räumungsverkauf von Hinterzimmerpornos zu helfen. Eisenmann eilt zu ihm. Wenn er im ganzen beschissenen Konzern einen schätzt, dann ist das Fazil. Er fährt ins Al Mafar's und isst erst mal mit Fazil, seiner Frau Eelsi und dem kleinen Munan Izmir Köfte, dann fängt er an zu arbeiten. Fazil, Eelsi und Munan sind Muslims (Munan noch ohne es zu wissen), also herrscht auch hier keine ausgesprochene Weihnachtsstimmung. »Was für Scheweinerei isstu morgen, Eisenmann?«, will Fazil wissen und lacht. Eelsi lacht auch. Eisenmann findet das nicht so furchtbar witzig, er lächelt dünn und erzählt, dass er Weihnachten hasst und wahrscheinlich mutterseelenallein zu Hause liegen wird. Das Al Mafar's – Fazils »Restaurant« – läuft seit Jahren aus eigener Kraft. Nachdem die Pornos aus dem Haus sind, kann Fazil entspannt sein Projekt weiterbetreiben, wahrscheinlich als Einziger bei DESIREVOLUTI-

ON. PapaHans' Finanzchaos berührt ihn nicht. Auch Fazil und Eelsi sehen viel fern. Am zweiten Weihnachtsfeiertag gehen sie in die Moschee in einen Stadtteil, der noch kaputter ist als der, wo sie wohnen.

EISENMANN:

Wie versprochen verbringt Eisenmann den ersten Feiertag alleine, er liegt auf dem Bett und sieht fern und hat seine liebe Mühe damit, den Weihnachtssendungen aus dem Weg zu gehen. Gegen zwei Uhr morgens denkt er, jetzt würde er bereitwillig Kubricks gesammelte Werke für fünfzehn Minuten Porno hingeben. Wie alle anderen hat er seine Bestände aus dem Haus geschafft, aber er ist der Einzige, dem sie schon fehlen.

RITMEESTER:

Selbstverständlich verbringt auch Ritmeester den Heiligen Abend allein. Seine einzige Adventshandlung hat darin bestanden, seiner alten Mutter zu schreiben, die in einem Altersheim vor der Stadt wohnt. Sie hat auch geantwortet, mit einem Brief, aus dem hervorgeht, dass sie a) kein Wort von Ritmeesters Brief verstanden hat; b) nicht weiß, dass Weihnachten ist; c) glaubt, Ritmeester sei vierundzwanzig Jahre alt, was nicht stimmt, er ist dreiundvierzig. Egal, ihr Brief kommt am 22. Dezember an und Ritmeester hat bis Heiligabend gewartet, um ihn aufzumachen. Ansonsten ist in seiner Einzimmerwohnung alles wie gewohnt. Nur der erste Feiertag ist eine Ausnahme, wenn man so will: statt 40 Marlboros raucht er 60.

SPEEDO:

Seit seine liebe Pernille weg ist, hat Speedo enorm gesoffen. Heiligabend, der erste Feiertag, der zweite ebenso, die Tage verstreichen von schwerem Suff vernebelt. Als er am Tag vor Silvester zu sich kommt, sitzt Pernille bei ihm. Sie weint gar fürchterlich und ist nicht ganz so entgegenkommend wie früher, aus Gründen, die wir gleich erfahren werden.

BERLITZ, MONICA B. LEXOW UND GÖRAN PERSSON:

Berlitz, Monica B. Lexow und Göran Persson feiern gemeinsam Weihnachten. Erfolglos haben sie versucht, Cathrine Færøy aufzutreiben. Ihr Mobiltelefon ist abgeschaltet und sie hat keinerlei Andeutung über ihren Aufenthaltsort gemacht, was keinen der drei wundert. Monica ist aus dem Krankenhaus entlassen worden, wo sie bereits eine erste Laserbehandlung hatte; jetzt sieht *Fasci*NATION aus wie gebratener Bacon in der Form ihres Tattos. Die seelischen Nachwirkungen machen ihr immer noch enorm zu schaffen, und sie nervt Berlitz wahnsinnig damit. Persson hat seit der großen Enttarnung keinen Kontakt zu seinem Sohn aufnehmen können und verbringt die Zeit, die er nicht mit Berlitz und Monica zusammen ist, indem er sich mit Xanax vollstopft und masturbiert.

CASCO UND TIPTOP

Casco und Tiptop nehmen ihren Auftrag, die Verräterin zu jagen, sehr ernst und befinden sich seither in intensivem Kontakt mit Speedo, um seine »Freundin« zu finden. Sie wohnen sozusagen bei ihm. PapaHans hat sie aufgefordert, bei der Wahl ihrer Rache Fantasie walten zu lassen. Überfall und Vergewaltigung ist das Fantasievollste, worauf sie gekommen sind. Speedo wird immer voller, je länger die Zeit zwischen den Jahren voranschreitet. Ein ums andere Mal lallt er, dass Pernille ihre Goldkette vergessen hat und ganz sicher eines Tages kommen wird, um sie zu holen. Er weiß nichts von dem Verrat und findet es total nett, dass Casco und Tiptop hier mit ihm auf Pernille warten. Instinktiv nehmen die beiden Pornodarsteller an, dass sie sie noch vor Silvester finden und ihre Rache vollziehen werden, sie haben für den 30. Dezember Flugzeugtickets zu den Virgin Islands nicht nur bestellt, sondern auch schon bezahlt.

Am 29. Dezember morgens um vier – Speedo hat sich längst ins Traumland gesoffen, Casco und Tiptop sitzen schlafend in Sesseln – dreht sich ein Schlüssel in der Tür: Speedos Ersatzschlüssel, den er Cathrine Færøy unvorsichtigerweise anvertraut hat, in blinder Verliebtheit, schon am zweiten Tage ihrer so genannten Beziehung. In der Tat kommt sie wegen der Goldkette und glaubt, falls Speedo jetzt zu Hause ist, schläft er mit Sicherheit. Da hat sie ja auch so, so Recht, aber wer hätte ahnen können, dass in der guten Stube zwei Gewaltverbrecher in spe schlummern? Sie steht mitten im Wohnzimmer, da wacht Tiptop, der immer einen leichten Schlaf hat, mit einem Ruck auf und wirft sich auf sie. Der Lärm, mit dem sie zu Boden gehen, weckt auch Casco. Tiptop hat seine liebe Not, Færøy den Mund zuzuhalten, während Casco ihr Hose und Unterhose auszieht und seinen Pornoschwanz in sie zwängt. Seit dem Dreh für THE COCKA HOLA COMPANY haben sie sich nicht mehr miteinander vorn und hinten an einer Frau zu schaffen gemacht. Færøy liegt auf dem Rücken, ihr Oberkörper auf Tiptops Schoß. Er hat einen Arm um ihren Hals geschlungen und hält ihr mit der anderen Hand den Mund zu. Casco kniet ihm gegenüber, fickt und versucht sich mit harten und bedrohlichen Äußerungen: »Jetzt siehst du, was wir mit Verräterschweinen machen!« usw. Nach rund drei Minuten wechseln sie die Plätze, so wird die Schuld gleichmäßig verteilt. Tiptop übernimmt das Ficken und Drohen: »Und wag es bloß nicht, das hier rumzuerzählen, vergiss es, vergiss es, sonst bist du endgültig fällig. Wenn du die Schnauze hältst, wird alles gut. Keine Bullen, kein Berlitz, kein Persson. Kapiert!?! Kapiert!?!« Færøy weint und jammert. Die Nummer endet damit, dass sich Tiptop und Casco zufällig in die Augen schauen. Sie bleiben ein paar Sekunden sitzen und starren sich an. Tiptop fickt nicht weiter. Casco zuckt mit keiner Wimper. Die beiden sehen sich eigentlich recht ähnlich. Sie sind 31 Jahre alt. Cascos Mund geht auf. Beide starren einander an. Tiptops Augen sind ein bisschen heller als Cascos. Casco hat dickere Augenbrauen. Tiptop sieht, dass Casco in der Halsgrube und auf der Stirn schwitzt. Seine schweren Lider rühren sich nicht. Beide Männer sind glatt rasiert. Casco hat blasse Lippen. Tiptop zieht sich raus und knöpft seine Hose zu. Færøy liegt schlapp in Cascos Armen. Rotz und Tränen.

Sie ziehen sie hoch, bringen sie in Speedos Schlafzimmer und schließen von draußen die Tür zu. Dann gehen beide nach Hause und packen. Den nächsten Tag verbringen sie außerhalb ihrer Wohnungen, mit dem Gepäck. In der Nacht zum 30. Dezember schlafen sie in einem Hotel abseits der großen Straßen. Ihr Flug zu den Virgin Islands geht morgens um 8.30 Uhr.

MONTAG, 28. DEZEMBER: DIE FERNSEHSHOW

Eine ziemlich hässliche Visagistin pudert Simpel Nase und Stirn. Simpel hat ihre schrundigen Lippen dicht vor den Augen. Hinter ihm stehen zwei Polizisten in der Maske. Direkt nervös ist er nicht, man kann aber sagen, dass er unruhig ist. Wer weiß, ob das jetzt am Xanax-Mangel oder am Lampenfieber liegt. Vor dem Aufbruch hat er im Gefängnis eine Wochendosis Beruhigungsmittel geschluckt. Sein Spiegelbild ist von Glühbirnen umrandet. Alle Schatten werden weggeleuchtet, er findet, er sieht okay aus. Zu der Visagistin sagt er: «So, das ist also euer Trick: Damit man drinnen nicht gleich zusammenbricht, weil man so hässlich ist, haut ihr einem hier in der Maske derart viel Licht um die Ohren, dass man nicht wiederzuerkennen ist … und in der Erinnerung denkt man, man sieht … *okay* … aus, was?« Er meint das als Scherz, sie versteht es definitiv nicht so. Robert Jegleim, der Simpel und die beiden Polizisten mit breitem, versöhnlichem Lächeln draußen vor dem Funkhaus empfangen hatte, kommt herein, Seite an Seite mit Peter Nilsen, dem Moderator. Nilsen schaut konzentriert drein und grüßt Simpel ernst. »Wie ich sehe, hast du deinen kritischen Journalistenblick schon aufgesetzt«, sagt Simpel, wieder ein

Scherz, der meilenweit daneben geht. Robert versucht, die Peinlichkeit zu bemänteln, indem er als Einziger laut lacht. Peter Nilsen schaut ihn an, bis er fertig gelacht hat. Dann wird Simpel informiert, dass es heute Abend drei Gäste gibt, er ist der Dritte, er hat rund eine Viertelstunde zur Verfügung. »Ich stelle dir Fragen, und dann liegt es bei dir, was du daraus machst«, sagt Nilsen. »Die Leute draußen an den Bildschirmen sind von den Weihnachtstagen ziemlich betäubt, du kannst ruhig ein bisschen Zunder geben. Und noch was: Im Fernsehen sehen die Dinge kleiner aus, als sie sind, also denk an meinen Tipp: *Drück auf die Tube*!« Über diese Meinung ließe sich wohl diskutieren, aber sie wird verständlich, wenn man weiß, dass Peter Nilsen seinen Kollegen schon öfter geschworen hat, er habe vor, »der Jerry Springer des kritischen Journalismus« zu werden. Mehrmals schon hat er unten in der Journaillenkneipe HOTLINE das Bierglas an die Wand gepfeffert und gebrüllt: »Ihr werdet heulen und mit den Zähnen klappern an dem Tag, wenn das ganze Land auf den Knien liegt und nach meinem *subjective debattainment* jammert! Hört ihr!?! Ihr werdet dasitzen, eure dämlichen Enkelkinder auf dem Schoß, und meinen Namen als Entwickler des Begriffs *critical talkshow* in euren billigen CD-ROM-Lexika nachschlagen! Heulen werdet ihr! Hört ihr mich!?!« Undsoweiter. Kein Zweifel, Peter Nilsen ist ein ehrgeiziger Mann, das ist er immer gewesen. Er dreht Simpel den Rücken zu und geht hinaus. Robert signalisiert Simpel, dass sie ihm folgen sollen. Die Beamten folgen Simpel, der Robert Jegleim folgt, der Peter Nilsen folgt; sie durchwandern einen halben Kilometer Gänge und Flure, bis sie im Studio ankommen. Es sind noch zehn Minuten bis zur Sendung, ein Producer sagt Robert, Simpel solle sich auf einen Stuhl setzen, hinter eine Furnierwand, die eine Art Hinterzimmer abtrennt. Dann zeigt er ihm auf der Bühne den runden Interviewtisch, zu dem Simpel auf sein Zeichen rausgehen soll. Robert wiederholt das alles für Simpel, der es schon beim ersten Mal verstanden hat. Simpel geht hinter die Wand und setzt sich hin. Robert folgt ihm, legt ihm die Hand auf die Schulter und sagt: »Das wird lustig, Simpel! Ich freu mich drauf!« Simpel bürstet sich mit der Hand die Schulter ab. Draußen wird dem Publikum, Stücker 150, mitgeteilt, dass es jetzt still sein soll. Die Kameras rollen auf die Plätze, wieder einmal schickt der Producer Peter Nilsen hinaus in den Äther. Das Publikum applaudiert auf Kommando und Nilsen erzählt, wer heute seine Gesprächsparnter sind. Simpel bezeichnet er als »Gewalttäter oder Märtyrer der Freiheit?«

Als Erste kommt eine Frau, die nach einer fehlgeschlagenen Behandlung im Zentralkrankenhaus mit dem etwas zweifelhaften Begriff »Schmerzenswrack« bezeichnet wird. Jetzt hat sie im Ausland professionelle Hilfe gesucht, auf eigene Rechnung, und wird hier dem Arzt, der die Sache versiebt hatte, zum Rededuell begegnen. Das Schmerzenswrack kommt in einer Art Rollstuhl, eher einem fahrbaren Bett, ins Studio und hält einen fast zehnminütigen Klagegesang, bis Oberarzt Rausch hereinkommen darf und was zu hören kriegt, dass ihm die Ohren flattern. Das Publikum jubelt dem Schmerzenswrack zu und buht Oberarzt Rausch aus. Simpel schaut Robert steif an. Er winkt ihn zu sich und fragt, ob sie am Ende auch einen von seinen Feinden ins Studio geholt haben, »hinter meinem Scheißrücken?« Robert verneint.

Als Zweiter kommt ein Börsenfuzzi, der über seinen und anderer Börsenfuzzis Heroinmissbrauch berichtet. Das Publikum macht »Oooh!«, als er sagt, dass er seit elf Jahren abhängig ist. Peter Nilsen feuert allerlei kritische Fragen ab. Wird die Schädlichkeit von Heroin nicht übertrieben? Sollte man nicht eine Legalisierung anstreben, da nicht der Missbrauch, sondern die Beschaffungskriminalität das größte Problem ist? Sind die Junkies unten am Bahnhof und in den Grünanlagen nicht eher deswegen so elend dran, weil sie zum Heroin Rohypnol nehmen, Schnaps trinken und Lösungsmittel schniefen? Und kann man überhaupt an etwas anderem als der Pupillengröße feststellen, ob jemand, zum Beispiel der anwesende Börsenmakler, unter Heroin steht? Steht er jetzt unter Heroin? Das Publikum macht wieder »Oooh!«, als er sagt, ja, tut er. Usw.

Und dann ist Simpel an der Reihe. Der Producer zeigt nach amerikanischer Manier mit dem Finger auf ihn, Simpel steht auf und geht zu Peter Nilsen rein. Das Publikum applaudiert und jubelt. Er stellt sich auf den ihm zugewiesenen Platz am Interviewtisch, dorthin, wo das Schmerzenswrack und der Börsenfuzzi lagen respektive standen, und wartet ab, was Nilsen sagt. Nilsen stellt ihn und sein Projekt ganz annehmbar vor.

Wegen der ganzen Lampen sieht Simpel so gut wie nichts.

Peter Nilsen: Simpel … dein Name ist Simpel. Gegenwärtig sitzt du wegen eines Überfalls in Untersuchungshaft. Stimmt das?

Simpel: Das stimmt.

Peter Nilsen: Aber du bezeichnest deine Tat nicht als *Überfall*, sondern als *Aktion* oder *Intervention*. Würdest du uns Ziel und Zweck dieser Intervention erklären?

Simpel: Ja … Also … Ich hab die Faszinations-Diktatur der Kulturschaffenden satt gehabt, also dass alle kulturellen Äußerungen auf Tod und Leben immer so *faszinierend* sein müssen; ein Phänomen als *faszinierend* zu bezeichnen, taucht die ganze Welt in ein sentimentales, ein heuchlerisches Licht. Und da unser Land vor lauter Kulturarbeitern bald überläuft, dachte ich, es ist höchste Zeit, etwas gegen die *Faszinations*-Generation zu unternehmen … meine Generation … denn die verdirbt einfach alles … Wenn man nachdenkt, sieht man, dass man schon überhaupt nichts mehr wirklich faszinierend finden kann.

Peter Nilsen: Und hast du diese Meinung kundgetan?

Simpel: Ich … kurz gesagt, ich habe eine Textildesignerin betrogen, habe erzählt, ich wäre Galerist … und dann … dann habe ich sie mit Schlaftabletten betäubt und ihr in fetten Buchstaben quer über den Bauch das Wort *Fasci*NATION tätowiert.

Das Publikum macht »Oooh!« und lacht.

Peter Nilsen: Mit anderen Worten, du hast ihr deine Kritik für immer und ewig in die Haut gebrannt?

Simpel: … ja, stimmt …

Peter Nilsen: Mmm … Auf die Gefahr hin, als politisch unkorrekt zu gelten: Deine Ausgangsidee wirkt durchaus nachvollziehbar. Wahrscheinlich sind viele von uns nicht gerade begeistert über die Art und Weise, wie die Kulturleute überhand nehmen, oder was meint das Publikum?

Publikum: NEEEIIN!

Peter Nilsen: Oioioi … Wie du hörst, stößt du auf breite Zustimmung, Simpel … Aber das war nicht deine einzige Aktion?

Simpel: Nein, also, ich arbeite seit einer Reihe von Jahren an solchen Aktionen …

Peter Nilsen: Und wie finanzierst du diese Projekte?

Simpel: … Ich habe … Hinter mir steht eine Pornofilmgesellschaft, die mir finanziell die nötige Ruhe und Konzentration erlaubt hat …

Peter Nilsen: … eine Gesellschaft, die du selber gegründet hast?

Simpel: Ja … mit einem Bekannten von mir, eben um wirtschaftlich unabhängig zu sein – eine Voraussetzung, wenn man problematisieren will … über unsere Gesellschaft nachdenken will.

Peter Nilsen: Anders gesagt Gesellschaftskritik, von Pornogeldern subventioniert?

Simpel: Stimmt …

Peter Nilsen: Publikum, klingt das gut?

Publikum: JAAAA!

Peter Nilsen: Jetzt könnte ich mir denken, dass ihr wegen der Pornografiegesetze hierzulande Probleme bekommen habt? Was hältst du eigentlich von diesen Gesetzen?

Simpel: Ehrlich gesagt, scheiße ich mehr oder weniger darauf. Ich mach, was ich machen will, egal, was die Gesetze sagen. Aber es ist wohl klar, dass keine Macht der Welt das Recht haben sollte, den Leuten vorzuschreiben, was sie sich reinziehen …

Peter Nilsen: Was sagt das Publikum dazu?

Publikum: JAAAA!

Peter Nilsen: Und deine anderen Projekte, worum ging es da?

Simpel: Nun, die drehen sich auf verschiedene Weise um das Konzept Misanthropie … also Menschenverachtung. Ich gehe von den Sachen aus, die mich ärgern … offen gesagt, sind das die meisten Sachen … und dann mach ich was damit. Meine Misanthropie äußert sich in allgemeinem Misstrauen gegenüber allen menschlichen Handlungen und Konstrukten. Einfach gesagt, bin ich zutiefst überzeugt, dass das, womit sich die Leute schinden, sie nie wirklich voranbringen wird. Das lehrt die Erfahrung. Meine Aktionen richten sich meist gegen Dinge oder Haltungen und Verhaltensweisen, die zu penetrant in meine Welt hereindrängen. Wenn man es recht bedenkt, beruht eigentlich jede menschliche Haltung auf irgendwas Verdorbenem, Hinterhältigem, Heuchlerischem. Die edelsten Absichten sind idiotisch und stinken. Darum richten sich meine Aktionen gegen Leute in der Straßenbahn, aber auch gegen Entwicklungshilfe, Pädagogen, Intellektuelle, Junkies, Finanzbehörden, Familienleben, Kultur, Medien, Geschäftsleben, *you name it.*

Peter Nilsen: Ja, du bist sicher nicht allein mit deiner Wut über manche dieser … wie sollen wir es nennen? Institutionen?

Simpel: Gern …

Peter Nilsen: Simpel … wenn ich dich jetzt einen *Befreier* nennen würde, einen, der die Wünsche und Irritationen der Leute in die Praxis umsetzt … wie würde das zu deinem Selbstbild passen?

Simpel: … Also … ich sehe mich nicht als *Medium* oder so was … Der Grund für meine Aktionen ist, dass die Leute mich anwidern … sie quälen mich … sie quälen mich absichtlich … alle möglichen Lifestyles und wie die Leute sich zurechtmachen, all das finde ich zum Kotzen … so gesehen kann ich nicht behaupten, ich würde für irgendjemandes Sache kämpfen … oder Träume und Wünsche erfüllen, wie du sagst … Ich tu das für mich selbst. Ich bin gegen alles. Ich sage *nein* … auch zu Leuten, die nicht den eben genannten Institutionen angehören.

Peter Nilsen: Aber jeder, der gegen etwas Widerstand leistet, muss doch irgendeine Vorstellung von etwas Schönem am anderen Ende haben? Von einer Alternative?

Simpel: Nein.

Peter Nilsen: Nein?

Simpel: … Ich glaube einfach nicht an die Leute, begreifst du das nicht? Ich glaube nicht, dass die Leute was Gutes im Schilde führen. Ist das so verdammt schwer zu begreifen? Ich glaube nicht, dass die Dinge besser würden, wenn so Arschlöcher wie ich ihren Willen bekommen und die Leute formen würden, statt dass das so Arschlöchern wie dir überlassen bleibt … alle Leute haben schäbige, zum Scheitern verurteilte Ideen, alle Leben sind schäbig und zum Scheitern verurteilt, egal wie …

Peter Nilsen: Alle?

Simpel: STELL DICH JETZT NICHT DUMM AN, JA? JETZT DENK MAL NACH, JA? ALLE SIND TIEF INNEN SCHÄBIG! JETZT DENK MAL NACH, VERDAMMTE SCHEISSE!

Peter Nilsen: Es geht sowieso alles zum Teufel, willst du das sagen?

Simpel: JETZT HÖR MAL GUT ZU, JA! WIR *sind* SCHON ZUM TEUFEL GEGANGEN! NICHTS KANN BESSER WERDEN, ALS ES IN UNSEREM VERFICKTEN SKANDINAVIEN SCHON IST UND WAS BEDEUTET DAS? HÄ? NILSEN? WAS BEDEUTET DAS? DAS BEDEUTET, DASS DIE LEUTE GENAUSO VERFICKT SCHÄBIG SEIN WERDEN UND ES IHNEN GENAUSO VERFICKT SCHÄBIG GEHEN WIRD, EGAL, WIE BESCHISSEN GUT ALLES WIRD. WIR *sind schon in der Hölle*! UND WIR WERDEN NIE AUS DER HÖLLE RAUSKOMMEN, NIE!

Publikum: JAAAA!

Simpel: SCHNAUZE!
Publikum : OOOH!
Simpel: SCHNAUZE. VERDAMMT NOCHMAL!
Peter Nilsen: Was meint das Publikum dazu?
Publikum: JAAAA!
Peter Nilsen: Du hast offenbar ein ganzes Heer von Gefolgschaft, Simpel …
Simpel: Fresse … die ganzen Stinkfotzen …
Publikum: OOOH!
Peter Nilsen: Was sagst du zu so viel Zustimmung?
Simpel: …
Peter Nilsen: Hör, was das Publikum sagt! Du bist ganz offensichtlich nicht so allein auf der Welt …!?
Simpel: …
Peter Nilsen: … Zustimmung, Simpel? Das Publikum liebt dich! Was hältst du von Zustimmung? Was, wenn die Leute dir zustimmen? Was, wenn dein Projekt auf Zustimmung stößt?
Simpel: … Zustimmung ist der Satan …
Peter Nilsen: Der Satan?
Simpel: … wenn sie dir zustimmen, das ist wie … ewige Verdammnis. Wenn sie dich gut finden, hast du verloren. Dann bist du tot.
Peter Nilsen: Publikum?
Publikum: JAAAA!

Tom Kummer

BLOW UP

Legendär sind die Star-Interviews von Tom Kummer, die seit den frühen neunziger Jahren von zahlreichen Magazinen veröffentlicht wurden. »Die Leute wurden süchtig nach meinem Stoff«, sagt Tom Kummer. Und er erzählt erstmals, was wirklich in ihm vorging.

Blow Up ist mehr als die Aufarbeitung eines Skandals um gefälschte Interviews. Es ist die Geschichte eines Grenzgängers, der sich auf die Suche nach dem mehr im Leben begibt. Sie handelt von einer Jugend in einfachen Verhältnissen. Vom tragikomischen Scheitern als Tennisprofi. Vom Neuanfang als junger Wilder in Berlin. Von den Abenteuern als Reporter bei Tempo. Und von der ruhmreichen wie abgründigen Zeit als Star-Interviewer in Hollywood.

Tom Kummer polarisiert. Für die einen ist er ein genialer Konzeptkünstler, andere halten ihn für einen Hochstapler. Wie man auch zu ihm stehen mag: Seine Memoiren sind ein Spiegel unserer Zeit. In der Tradition des Gonzo-Journalismus eines Hunter S. Thompson beschreibt Blow Up eine Gesellschaft, in der sich Lüge und Wahrheit zum Verwechseln ähnlich sehen.

Gebunden, 272 Seiten
ISBN 978-3-936738-26-1

Blumenbar Verlag